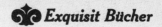

GERTY AGOSTON

ROMAN

WILHELM HEYNE VERLAG
MÜNCHEN

HEYNE EXQUISIT BÜCHER
16/464

Herausgeber: Werner Heilmann

Copyright © 1989 by Wilhelm Heyne Verlag GmbH & Co. KG, München,
und Autorin
Printed in Germany 1989
Umschlagfoto: Dia-Express/Peter Borsche, Garmisch-Partenkirchen
Umschlaggestaltung: Atelier Ingrid Schütz, München
Satz: IBV Satz- und Datentechnik GmbH, Berlin
Druck und Bindung: Presse-Druck, Augsburg

ISBN 3-453-03821-5

*»Wann kommen wir drei
wieder zusamm'?«*
Shakespeare, ›Macbeth‹

»Küß mich! Laß mich ganz zu dir!« bettelt der wildfremde, blonde junge Mann. Er ist schön, wie ein junger Gott aus den nordischen Heldensagen. Das fällt mir selbst in meiner verzweifelten Lage auf. Sein Haar klebt in feuchten Strähnen an seiner hohen Stirn.

Es ist beinahe stockdunkel in unserer Höhle. Bevor wir zusammen in den Berg flüchteten, sah ich auch, daß der junge Mensch sehr große, leicht schräggestellte grüngraue Augen hat. Es sind die Augen eines Panthers. Er hat auch den Körper eines Panthers. Seine dichten Augenbrauen sind von einem ganz hellen Weißblond, wie Korn, das die Sonne ausgedörrt hat.

»Laß mich zu dir!« bittet er mich. Ich protestiere. Ich versuche, mich aus seiner Umklammerung zu befreien. Ein hirnverbranntes Unterfangen. Ich kann ihm ja gar nicht entfliehen! Es gibt keinen Fluchtweg, der mir offen stünde!

Der blonde Riese umarmt mich noch fester. Wir liegen auf einem schmalen Felsvorsprung, über uns wölbt sich die zerklüftete Decke aus Granit. Neben uns schaukelt das Paddelboot mit eingezogenen Rudern auf dem Kanal.

Wir sind tief hineingepaddelt in die Höhle, in die Grotten- und Geisterbahn, die zum ›Starlight Lunapark‹ gehört. Der Park liegt in der Nähe des schon ein bißchen altmodischen Seebades Cape Clifford, am südlichsten Punkt des ›Gartenstaates‹ New Jersey. New York liegt drüben, jenseits des Hudson-Flusses, der die beiden Bundesstaaten trennt.

Meine Unterlage ist nicht nur schmal, sie ist auch schrecklich hart. Der Felsen hat überall spitzige, böse Zakken. Ich liege auf den bloßen Steinen.

»Küß mich!« bettelt der unbekannte dreiste Mann, mein Retter. Jetzt benimmt er sich nicht mehr wie ein mutiger, selbstloser Retter, sondern wie ein Sittenstrolch. Er sieht wirklich aus wie ein Film- oder Fernsehstar. Oder ein Bodybuilder, nur hat er einen schöneren Körper als diese überzüchteten Muskelkolosse. Eigentlich ist er ganz mein Typ. Bloß bin ich diesem Typ, diesem Traummann, noch nie begegnet.

»Du...«, keucht der Mann, »vielleicht ist das unsere letzte Stunde? Ich bin gar nicht sicher, daß wir hier lebend herauskommen! Dieser verdammte Tornado hat den Eingang zur Grotte wahrscheinlich längst zugeschüttet und alles, Häuser, Straßen und Hügel, dem Erdboden gleichgemacht...«

Will er mir noch mehr Angst einjagen? Ich breche in Tränen aus. »Ich hab' solche Angst! Warum sind Sie so grausam? Ich weiß doch, daß wir in Lebensgefahr schweben...«, sage ich.

Er streichelt mein Gesicht.

»Nicht weinen, Honey! Solange wir atmen können, können wir auch küssen! Und... wenn man elend umkommen muß, so kann man ebenso gut küssend sterben! Meinst du nicht auch?«

Ich kuschle mich an ihn. Ich habe keinen Gedanken mehr im Kopf, mir klappern die Zähne vor Todesangst.

»Ich habe noch nie eine schönere Frau gesehen!« flüstert der Mann. »Du bist das herrlichste, das aufregendste Geschöpf unter der Sonne! Küß mich!«

Ist der Mann betrunken? Er redet ja wirres Zeug durcheinander. Wie alt mag er wohl sein? Ich schätze ihn auf allerhöchstens zwanzig Jahre.

Oder ist er verrückt? Nur ein Wahnsinniger kann in einer so gräßlichen und lebensgefährlichen Lage an Küsse und Umarmungen denken.

Auch das stimmt nicht ganz. Ich habe so viel von Torschlußpanik gehört. Von wüsten Bacchanalien vor dem erwarteten Weltuntergang. Außerdem lügt der Junge nicht. Ich kenne meine körperlichen Vorzüge. Ich weiß, daß ich sehr schön bin. Und noch jung. Noch jung. Ich bin nicht ›jung‹. Ich bin ›noch jung‹. Das ist ein himmelhoher Unterschied.

Doch gerade jetzt kann ich unmöglich hinreißend schön

sein! Ich bin naß wie eine aus dem Wasser gezogene Katze. Kein Mensch kann mir ansehen, wie schön die hochelegante und immer wie aus dem Ei gepellte Marlies sonst ist. Oder doch?

Immerhin haben mir meine Verehrer und auch meine drei abservierten Ehemänner immer wieder versichert, daß ich frühmorgens, ohne Make-up und zerrauft, noch reizvoller aussehe als in tadellos hergerichtetem Zustand.

Es ist mir unter Aufbietung meiner sämtlichen Kräfte gelungen, den schweren Körper des Mannes von mir herunterzurollen. Beinähe wäre er ins Wasser, in den Kanal gefallen. Und das Wegstoßen half mir wenig. Der Fremde ist das reinste Stehaufmännchen, läßt sich nicht herumkommandieren. Er liegt ja schon wieder auf mir.

Ich habe keine Kräfte mehr. Er küßt mich, hört nicht auf, mir mit den Zähnen die Lippen zu zerfetzen. Er schiebt die Hände, große, breite Bauernpratzen, unter mein völlig durchweichtes dünnes Sommerkleid. Er verschränkt die Finger unter meinen Hüften. Seine Hände bilden eine Schale. Sie schützen mich vor den Felszacken. Jetzt stemmt er sich geschickt hoch, zieht mich wieder hart an sich.

Mir tut jeder Knochen im Leib weh. Ich habe vermutlich schon jetzt eine Menge blaue Flecken. Doch das soll meine geringste Sorge sein. Seltsamerweise spüre ich keine Todesangst mehr. Das verdanke ich den prachtvoll muskulösen Armen des jungen Unbekannten, der mein Retter war. Die erste Rettungsphase hatte er mit fliegenden Fahnen bestanden. Doch werden wir unser Versteck heil und ganz verlassen können? Werden wir den Weg ins Freie finden, oder werden uns die Such- und Bergungsmannschaften aufspüren? Wer weiß...

Der Mann überschüttet mich schon wieder mit Küssen, seine Lippen lassen mich nicht mehr los. Er hängt wie ein Blutsauger an mir. Ist er wahnsinnig? Unter gewöhnlichen Umständen würde ich jetzt gellend um Hilfe rufen. Das allerdings würde mir in dieser Stunde, unter diesen fantastischen und lebensgefährlichen Umständen, nur wenig nützen.

Als der Tornado – ein kohlschwarzer, gespenstischer Trichter, ein gigantisches Gespenst – am Horizont erschien, retteten wir uns in die Grottenbahn. Der Wirbelsturm schleuderte mich buchstäblich in die Arme des Unbekannten. Ich war leichtsinnigerweise, allen Vorhaltungen meines Managers zum Trotz, aus Philadelphia, wo ich gestern in einer Freiluftaufführung des ›Tannhäuser‹ Triumphe gefeiert hatte, nach dem Lunch ganz allein über die Autobahn nach New York aufgebrochen. Es regnete bereits, als ich losfuhr. Ich hätte vernünftiger gehandelt, noch einen Abend in Philadelphia zu verbringen oder zurückzufliegen, der Flug nach New York dauert kaum fünfzehn Minuten.

Mein Porsche war so verläßlich...! Die Meteorologen hatten zwar einen Sturm vorausgesagt, doch kein Mensch rechnete weit und breit mit einem Tornado! Es war der erste Tornado in diesem Teil des Landes; im allgemeinen wüten diese gefährlichen Wirbelstürme vor allem im Mittelwesten der USA.

Und da hatte der Trichter an diesem glutheißen Julitag plötzlich die Autobahn erreicht. Ich konnte noch rechts ausscheren, stoppte hinter einer Raststätte, sah nichts mehr vor Staubwolken, suchte nach einem Unterschlupf... die Raststätte stand nicht mehr. Der Sturm hatte sie gepackt und hoch hinauf in die Luft geschleudert.

»Kommen Sie!« schrie ein Mensch, den ich nicht bemerkt hatte. »Kommen Sie, vielleicht erreichen wir die Grottenbahn...«

Ich hatte meine Schuhe verloren, die Handtasche..., ich sah noch, wie der Wirbelsturm meinen Wagen ergriff, als wäre er ein Kinderspielzeug. Dann ließ ich mich von dem großen, breitschultrigen Menschen mitreißen und mitzerren, wußte nicht, wohin er mich brachte.

Ich konnte den Eingang zu einer Höhle ausmachen. Es war die Einfahrt zur Grottenbahn. Wir sprangen in ein schmales Paddelboot, rudern hinein in den Berg, der etwa fünfzig Meter hoch ist, eigentlich ein Hügel und kein Berg. Ein Glück – unsere Lebensrettung –, daß ein findiger Unternehmer, wie man mir später erzählte, vor zwei Jahren hier den ›Starlight Lunapark‹ eröffnet hatte. Es gab ein Riesenrad, Ringelspiele und ein paar bescheidene Imbißstuben. Der Sturm hatte alles dem Erdboden gleichgemacht, nur die Grottenbahn stand noch, als wir hier Zuflucht suchten.

Mich konnten schon als Kind keine zehn Pferde dazu bewegen, nach meinem allerersten Ausflug auf einen Rummelplatz mit dem Ringelspiel oder der Geisterbahn zu fahren. Es war in Coney Island bei New York gewesen. Im Ringelspiel wurde mir übel, ich mußte mich übergeben. Und in der Grotten- und Geisterbahn graute mir vor den Gespenstern der Gehenkten und Ertrunkenen, den dürren Knochengerippen, Schädeln mit leeren Augenhöhlen, die von der Decke baumelten. Eine Gespensterhand griff mir sogar in die Haare! Das hatte ich nie vergessen.

Ich bekomme überhaupt immer leicht Gänsehaut, verkrieche mich bei Donner und Blitz. Als Kind versteckte ich mich im Kleiderschrank oder in der Besenkammer.

Grotten- und Geisterbahnen sind eine nette, harmlose Zerstreuung für junge Menschen, die sich im Dunkeln küssen und gleichzeitig ein bißchen angenehm ängstigen wollen. Nicht für mich. Mir machte sowas nie Spaß.

Es war so pechschwarz dunkel in der Grotte, daß ich beim Vorbeipaddeln nur zwei scheußliche Spukgestalten ausmachen konnte. Einen Gehenkten, der mit heraushängender Zunge an einem Strick baumelt. Und eine grünlich schimmernde Wasserleiche. Beide befanden sich in der Nähe des Eingangs, wo es noch ein bißchen hell war. Als ein fahler Blitz aufleuchtete, grinste mich die grünliche Wasserleiche an. Ich schrie laut auf. Die beiden Gespenster und auch die anderen Spukgestalten wurden vermutlich elektrisch angestrahlt, doch mußte der Tornado wohl die gesamte Stromzufuhr an der Südküste von New Jersey lahmgelegt haben. Später sahen wir die Leitungsmasten, der Tornado hatte sie wie Zündhölzer zusammengeknickt und herausgerissen.

Ich kann das Gesicht dieser grünlichen Wasserleiche nicht vergessen. Damals dauerte der Schrecken nur eine Minute lang. Ich hatte keine Zeit, mich zu fürchten, wir mußten geschwind weiterpaddeln, um möglichst tief in die Grotte zu gelangen.

Mir wird noch heute Angst und Bange, wenn ich an die widerliche grüne Leiche denke. Sie war, das wußte ich, aus harmloser Pappe und bemaltem Kunststoff, mit wirr in alle Windrichtungen starrendem Haar, als habe man sie soeben aus dem Wasser gezogen. Durch die schmutziggraue Bluse schimmerten die mageren, widerlich baumelnden Brüste der Toten.

Vorbei, vorbei.

»Du! Küß mich, bitte, bitte!«

Schon wieder diese Bettelei.

Aber – warum soll ich eigentlich den Bitten des unbekannten jungen Mannes, meines Lebensretters, nicht entsprechen? Warum nicht? Die Philosophie des ›Carpe Diem‹ ist mir nicht fremd. ›Pflücke den Tag!‹ Wer weiß, ob uns morgen ein neuer Tag dämmert!

»Carpe Diem...!«

Der fremde Jüngling benimmt sich ganz so wie ein blutjunger Rekrut beim Abschied. Der Rekrut wurde soeben an die Front abkommandiert. Morgen geht es los. Er will sein Mädchen heute noch einmal heiß und innig an sich drücken. Vielleicht ist es das letztemal. Wer weiß, ob man die Heimat und sein Mädchen wiedersieht!

So war es schon zur Zeit der Kreuzzüge. Und das hat sich bis zum heutigen Tag nicht geändert.

»Carpe Diem.«

Ich zittere vor Todesangst, und muß doch die zügellose Leidenschaft dieses jungen Draufgängers erdulden. Er küßt mich mit einer Vehemenz, die ganz echt wirkt. Sie kann unmöglich geheuchelt sein. Warum sollte sich ein Mann in Lebensgefahr eigentlich bemühen, einer wildfremden Frau etwas vorzumachen? Ich bin ja ganz in seiner Gewalt. Er kann mich nehmen, und wenn ich mich noch so energisch sträube. Ich bin viel zu schwach, um mich erfolgreich verteidigen zu können. Er hat es wahrhaftig nicht nötig, mir vorzuschwindeln, ich sei die Schönste. Nein, er meint es wirklich ehrlich. Davon bin ich jetzt überzeugt. Durchaus möglich, daß meine Reize auch noch in Lumpen wirken, selbst ein nasses und schmutzverkrustetes Antlitz kann noch schön sein. Das habe ich irgendwo gelesen, oder habe es in einer Filmschnulze gehört...

Betrunken ist der junge Fremde auch nicht. Wäre mir längst aufgefallen. Er lallt nicht. Er spricht jedes Wort richtig aus. Er überschüttet mich mit verwegenen Zärtlichkeiten, die mich erschrecken und mir unsäglich wohl tun. Er drückt meine Brüste roh zusammen. Das tut weh. Das tut wohl. Ich genieße den Schmerz.

Er stemmt mit den Knien meine Schenkel auseinander. Ich dulde noch immer nicht, daß er in mich eindringt. Wir kennen uns doch kaum! Ich hasse kurzfristige Abenteuer, bin nicht dafür geschaffen...! Und plötzlich packt mich die riesengroße Angst: er hat doch nicht etwa... Ich bin außerstande, das gefürchtete Wort auszusprechen. Ganz Amerika zittert vor der neuen Pest.

Ich habe, wenn ich ganz ehrlich sein will, überhaupt noch nie auf Anhieb, nach dem ersten Kuß, mit einem Wildfremden geschlafen. Ich war schon immer sehr wählerisch. Hatte ein Recht, es zu sein. Warum dulde ich überhaupt seine Küsse, diesen stürmischen Frontalangriff? Gesund... nun ja, gesund wird er hoffentlich sein. Er gleicht einem frischen, unberührten Bauernjungen...

Warum ich den Überfall dulde? Doch nur, weil ich mir nicht helfen kann. Und weil mir der Fremde das Leben gerettet hat.

Meine Unterwäsche ist längst zerfetzt. Mir ist so schwindlig, ich muß Fieber haben. Meine Zähne klappern im Schüttelfrost.

Der fremde Mann will sich und mich in zwölfter Stunde betäuben, wir küssen uns in einen schwebenden Zustand zwischen Schlafen und Wachen und traumhafte Bewußtlosigkeit hinein. Wir liebkosen und beißen einander in diesem erregenden Halbschlaf, wie Tiere bei der Paarung. Der Mann ist gierig, wie ein Panther. Verspielt, wie ein Löwenjunges. Und ich? Ich habe mich immer geschämt, im Bett die Kannibalin zu zeigen, die in mir schlummert. Alle Fesseln abwerfen. Dazu trieb es mich. Und dann siegten die kleinbürgerlichen Rücksichtnahmen und Hemmungen.

Nun weiß ich auch, warum. Man schämt sich vor Männern, die keine ebenbürtigen Sexpartner sind. Meine zwei Ehemänner, dem Temperament und der geistigen Beschaffenheit nach guter, langweiliger Durchschnitt (wobei ich zugeben muß, daß Allan, mein erster Mann, sehr viel von Musik verstand und mich ausbilden ließ)... meine beiden Ehepartner hätten die Augen aufgerissen, wenn sie plötzlich eine Tigerin, eine Kannibalin, eine Gottesanbeterin in den Armen gehalten hätten. Ich glaube, sie hätten schleunigst Reißaus genommen und nicht abgewartet, bis ich ihnen den Laufpaß gab; denn so gingen meine zwei Ehen zu Ende. Ich gab meinen Ehepartnern auf möglichst taktvolle und schonende Weise den Laufpaß, sicherte mir aber zuvor ihre lebenslange Freundschaft und vor allem einen sehr, sehr hohen Unterhaltsbeitrag. Das alles legte ich auf die hohe Kante. Außerdem verstand ich es trotz meiner Jugend, die Scheidungsverfahren so geschickt und schlau zu inszenieren, daß jeder meiner ›Verflossenen‹ schließlich der Meinung war, die Trennung sei von ihm, und nicht von mir, in die Wege geleitet worden... So macht man's. Und man bleibt gut Freund mit allen!

Auf dem nassen Felsvorsprung, an die Brust eines völlig tobsüchtigen Wildfremden gedrückt, brauche ich mich plötzlich nicht mehr zu zügeln. Ich darf mich gehen lassen, unbeherrscht sein, wie noch nie. Im Angesicht des Todes diktiert einem auch die Vernunft, jede Lebenssekunde auszukosten. Küsse sind das beste Rezept vor dem ›Carne Vale‹, dem Abschied vom Fleisch. Küsse sind eine saftstrotzende, exotische Frucht. Ich habe schon immer gern geküßt, doch niemals waren es die Küsse einer Kannibalin gewesen. Ich mußte mich immer beherrschen, das war meine Lebensform, meine Lebenslüge. Damit ist es nun zu Ende. Ich zerschmelze unter den Küssen des fremden blonden Riesen, in einer Grotte mit zugeschüttetem Zugang, als lebender Leichnam. Oder sind die Retter bald da? Sehe ich zu schwarz?

Nein, nein, nein! Warum sich weiter selbst belügen? Hier kommen wir nicht lebendig heraus!

Wieviel Uhr ist es eigentlich? Wo ist meine Armbanduhr? Mein linkes Handgelenk ist nackt. Richtig, ich habe die Uhr vor der Abfahrt von Philadelphia im Handschuhfach meines Wagens verwahrt, sie war plötzlich stehengeblieben. Ich werde weder die Uhr noch meinen schnittigen Porsche je wiedersehen. Kaum hatte mir der fremde Mann aus dem Auto geholfen, als uns der Tornado-Trichter eingeholt hatte. Er packte das Auto und schleuderte es hoch hinauf in die Luft, wirbelte es herum, es blieb wohl kein heiler Reifen davon übrig.

Für mich war es der erste Tornado, den ich erlebt hatte. Ich kannte diese lebensgefährlichen Wirbelstürme bisher nur aus der Tagesschau. Da kriegt man ganz schöne Gänsehaut, wenn man, ein Glas Apfelsaft in der Hand, vor dem Bildschirm sitzt und die schaurigschönen Fotos der gigantischen Trichter betrachtet. Erlebt man dieses furchtbare Naturphänomen am eigenen Leib, so lernt man buchstäblich Heulen und Zähneklappern kennen. Da schlottert man vor Angst, bekommt weiche Knie und ist außerstande, das, was man sieht, für Wirklichkeit zu halten. Ein Hexentanz ist es. In dieser Gegend, wo noch niemals ein Tornado sein Unwesen trieb, sind nicht alle Villen und Läden unterkellert. Die beste Zuflucht im Wirbelsturm bietet aber noch immer ein guter, alter, dickwandiger Keller. Wer unter freiem Himmel von einem Tornado überrascht wird, ist dem Tod geweiht, falls er nicht das irre Glück hat, daß der Tornado auf seiner Zickzackbahn gerade der Stelle ausweicht, wo man sich duckt.

Die Auswirkungen des Tornados ›Bill‹ (in Amerika bekommt jeder Hurrikan und jeder Tornado einen Frauen- oder Männernamen) waren im übrigen noch schlimmer, als wir es uns ausmalen konnten. Bis zum nächsten Morgen hatte der Sturm beinahe hundert Todesopfer gefordert. Keine Farm, keine Gemeinde blieb verschont, mit Ausnahme des altehrwürdigen Seebades Cape Clifford samt Bootshafen und Badestrand. Auch die schmucke Reihe der schneeweiß getünchten, mit Türmchen und Zinnen verzierten Badehotels aus Holz und das kleine Städtchen, wo amerikanische Patrizier seit gut zweihundert Jahren ihre Villen und Wohnhäuser haben, fiel nicht in die Zickzackbahn von ›Bill‹. ›Er‹ schlug einen großen Bogen um diesen Badeort mit Patina und eleganter Atmosphäre.

Cape Clifford blieb bis heute auf ausdrücklichen Wunsch seines Stammpublikums, und vor allem der Ortsbewohner, vom Rockmusik- und Casinorummel der amerikanischen Ostküste verschont. Es wollte niemals ›in‹ sein, Atlantic City mit seinen Casinos niemals Konkurrenz machen. Auch die teuren Fischrestaurants am Strand haben die Atmosphäre eines feinen Londoner Klubs, wo man sich nur in gedämpftem Tonfall unterhält.

Das alles sollte ich erst viel später, nach dem Abenteuer dieser Sturmnacht erfahren. Noch hänge ich am Mund des Fremden. Meine Lippen sind mit den seinen verschmolzen. Und mein Widerstand schmilzt wie Schnee in der Sonne.

Jetzt dränge ich selbst dem blonden Riesen unablässig meinen Mund auf, und nicht umgekehrt. Ich dulde keine Kußpause mehr. Kein Atemholen. Jeder Kuß macht mich durstiger, begehrlicher. Ich bin wie ein Säufer, der nach jedem Glas noch durstiger wird. Ich bin rettungslos einem für mich ganz neuen, herrlichen Rausch verfallen.

Warum suchen sich die Rauschgiftsüchtigen nicht den richtigen Partner zum Küssen? Warum küssen sie nicht besinnungslos und hemmungslos, statt Kokain zu haschen und sich dreckige Nadeln in die Venen zu jagen? Weil sie töricht sind. Nur blitzdumme Menschen suchen Vergessen oder irre, farbige Gespensterreigen in Heroin- oder Kokainräuschen statt in Kußlawinen.

Ich lasse diese Lawinen heute, fünfzig Jahre alt, zum erstenmal über mich hinwegbrausen, mich von ihnen zuschütten.

So kann es also sein – so schön, so unvorstellbar, so befriedigend und aufstachelnd im selben Atemzug. Soviel Glück kann der Kuß eines Mannes spenden! Und so groß ist der Hunger, den ein Kuß hervorruft. Ich war noch nie so durstig und hungrig im Leben, und auch noch nie so befriedigt-unbefriedigt. Bei meinen zwei Ehemännern hielt ich artig still. Ließ mich küssen und liebkosen. Langweilte mich fürchterlich in meinen Hochzeitsnächten und spielte, weil ich wohlerzogen, aber auch schlau bin, immer eine gute Komödie.

Am liebsten hätte ich meine Ehemänner schon in der Hochzeitsnacht weggestoßen oder sie gebeten, mich mit keinem Finger zu berühren, doch hatten meine Mutter und ich beschlossen, aus meinen Ehen einen fetten finanziellen Nutzen zu ziehen, und darum hielt ich – tatsächlich und auch im übertragenen Sinn – still.

Ich hatte ja auch das Pech, zwei im Küssen und Lieben absolut unbegabte Männer, Finanzgrößen und Industriekapitäne, zu heiraten. Immerhin hielt mein schlechtes Gewissen wegen der wohl nicht ganz gelungenen Komödie, die ich als Siebzehnjährige meinem ersten Mann, einem spitzbäuchigen Mäzen von sechzig Jahren, vorspielte, nicht lange vor. Nehmen wir mal Allan, meinen ersten Mann, der meine bereits entdeckte prachtvolle Stimme ausbilden ließ, Ingrid für mich aufspürte, mit der Oper über mein Debüt als Leonore verhandelte. Später sang ich ausschließlich dramatische Wagner-Partien, doch welche blutjunge Sängerin wäre nicht überwältigt gewesen, wenn man ihr die weibliche Hauptrolle in der einzigen Oper Beethovens, die ›Leonore‹ in ›Fidelio‹, angeboten hätte?

Der liebe Gott stieg einmal zu den Menschen herab, weilte unter ihnen und beschenkte sie mit den wunderbarsten, ja überirdischen Schätzen, die uns beglücken werden, solange sich die Erde dreht. Der liebe Gott hieß Beethoven.

Ich vergöttere Beethoven und Bach. Welcher denkende und fühlende Mensch tut es nicht? – Und ich liebe meinen dritten Abgott, Richard Wagner, mit einer typisch weiblichen und sinnlichen Leidenschaft, die mir den vor rund hundert Jahren Entschlafenen so nahe rückt, als hielte ich ihn nachts in meinen Armen.

Papa Freud nannte dergleichen ›Ersatzbefriedigung‹. Obwohl ich die alberne Psychoanalyse hasse, muß ich Freud, was ›Ersatzbefriedigung‹ anbelangt, zustimmen. Ich floh im Traum in Richard Wagners Arme, ich versuchte, seine Küsse auf meinen Lippen zu spüren, weil ich in den Betten meiner zwei öden Ehemänner einen Mangel an erotischen Ideen, an muskuliner Tatkraft, an echter, ungekünstelter Zärtlichkeit erlebte.

Marlies, der große Star, die reich verheiratete junge Frau, ließ sich küssen. Ich war nicht schlechter dran als Millionen von anderen amerikanischen Bürgersfrauen. Bei uns bleiben auch die Milliardäre in 99 von 100 Fällen ›petit bourgeois‹ im Bett. Die Ausnahmen bestätigen nur die Regel... Ausnahmen gibt es sogar im Weißen Haus, und ich kenne ein halbes Dutzend Präsidenten, mit denen ich liebend gern geschlafen und nicht nur geschlafen hätte...

Und nun liege ich hier in den Armen eines Unbekannten, in der naßkalten, sturmumheulten Grotte und lerne in dieser verrückten Situation, wie man richtig küßt und wie ein Mann eine Frau liebkosen kann. Dazu gehört Intuition. Dieser bildschöne blonde Bengel betupft die intimsten Stellen meines Körpers. Seine Finger dringen dort ein, wo mich noch keine Männerhand berührt hat. Ich erfahre in dieser Stunde nicht nur, wie man richtig küßt, sondern auch, wie man eine Frau von Kopf bis Fuß betört und bezaubert.

Der Junge steckt mich mit seinem zügellosen, herrischen und dennoch zärtlichen Temperament an. Ich bin Dornröschen – er ist mein Märchenprinz. Ich habe jahrzehntelang hinter einer hohen Dornenhecke geschlafen. Er, mein Prinz, hat mich zum Leben erweckt und eine heißblütige, begehrliche Frau aus mir gemacht, für die es in Zukunft im Bett nur noch Maßlosigkeit geben kann.

Mein Märchenprinz ist breitschultrig, groß und überhaupt herrlich gebaut, doch trägt er ein zerfetztes nasses Hemd und zerrissene Blue Jeans. Die Hose hat er sich irgendwo während unserer Flucht aufgerissen, an einem Stacheldrahtzaun oder beim Sprung ins Paddelboot. Hier, in unserem Unterschlupf, hat er sie längst bis zu den Knien heruntergeschoben.

Rauschgift. So muß es sein, wenn man zum erstenmal hascht. Nein, nein. Ich falle mir sogleich ins Wort, ich darf diesen Rausch nicht mit den armseligen und höchst schädlichen Wahngebilden vergleichen, die ein Heroin- oder Kokainrausch heraufbeschwört. Mein Rausch ist ein gesunder, guter Rausch, geballte sinnliche Leidenschaft. Oder am Ende aufkeimende Liebe? Ich wage es nicht, diesen Gedanken auszuspinnen. Liebe? Das könnte mir gerade noch fehlen. Der

Junge könnte beinahe mein Sohn sein. Außerdem... kann man sich doch nicht so Hals über Kopf, gleichsam in fünf Minuten verlieben...!

Dann fällt mir ein, daß ich von solchen Leidenschaften, durch den Krieg, durch eine plötzliche Katastrophe bedingt, schon oft gehört habe. Im Bunker treibt das Schicksal eine Frau in die Arme eines Mannes. Und die beiden bilden sich ein, es sei Liebe. Sie schmieden Zukunftspläne. Schon bei der ersten Entwarnung stehen sie sich aber wie zwei Wildfremde gegenüber. – Also nein. Das ist nichts für dich, Marlies!

Rauschgift... Warum hatte ich es eigentlich immer konsequent abgelehnt, das Zeug ein einzigesmal auszuprobieren? Ganz Hollywood hascht. Auch die New Yorker Broadwaygrößen versuchen diesen Mist, weil es ›in‹ ist. Oder war. In den letzten Jahren lehnen es die vernünftigen Künstler dank der Angst vor der neuen Pest, die Amerika heimsucht, ab, Rauschgift zu spritzen. Sie schnupfen auch weniger Kokain als früher.

Warum ich nie daran dachte, mich mit dem angeblich unschädlichen, in Wahrheit äußerst gefährlichen Stoff zu berauschen? Weil ich seit meinem siebzehnten Lebensjahr alle Kräfte für die Bühne, den Konzertsaal, für mein Studium mit meinen beiden Gesangslehrern und Korrepetitoren, Ingrid und Albert, für meine Arbeit mit den Sprachlehrern, für Reisen und Sport, Turnen, Ski und Schwimmen und für die wenigen unumgänglichen gesellschaftlichen Verpflichtungen brauchte; für Einladungen, die ich absolut nicht absagen konnte. Solange ich verheiratet war, ertrank ich buchstäblich in Arbeit und in meinen hausfraulichen Pflichten. Wir hatten oft Gäste zum Dinner. Ich mußte zwar nie kochen – ich bin eine Feinschmeckerin, aber eine sehr unbegabte Köchin –, doch mußte ich die Köchin und den Diener überwachen.

Allerdings durfte nichts auf Kosten meiner Arbeit und ständigen Fortbildung gehen. Ingrid, eine sehr präzise und strenge schwedische Musikpädagogin, ist ebenso unerbittlich wie ihr Kollege Albert. Ingrids höchstes Lob besteht darin, daß sie mir huldvoll zunickt. Sie würde sich lieber die

Zunge abbeißen, als mich öffentlich zu loben. Nicht aus Bosheit, wie sie mir oft versichert, sondern ›damit ich nicht zu üppig werde‹.

Ich weiß, daß mich Ingrid liebt wie eine Tochter. Sie ist rasend stolz auf mich. Nach meinem ersten Bayreuther Erfolg als ›Sieglinde‹ fiel Ingrid, die mich mit Mann und Kindern und mit meinen Eltern nach Bayreuth begleitet hatte, buchstäblich in Ohnmacht. Während des Applausorkans bekam sie einen Anfall von Atemnot.

»Daß ich diesen Tag erleben durfte...« wiederholte sie später immer wieder, während wir uns den Sekt schmecken ließen. »Ich glaube, selbst der Meister wäre mit dir zufrieden gewesen, Kind! Sogar Cosima!«

Ich will nichts von Cosima hören. Je inbrünstiger ich mich Wagners Werken widme und mich bemühe, mich seines Namens würdig zu erweisen, um so heftiger quält mich die Eifersucht auf Cosima, die seine glücklichsten Arbeitsjahre mit dem Meister teilen und ihm Kinder schenken durfte. Das quält mich am meisten. Daß Cosima ihren Gatten, der sich zeitlebens brennend Kinder wünschte, endlich zum Vater machen durfte.

Ich habe keine Kinder. Ich wollte nie Kinder haben.

Zumindest nicht vor der Tornadonacht bei Cape Clifford, in den Armen des blonden Unbekannten. Ich starre ihm ins Gesicht. Es ist nun etwas heller in der Höhle. Oder haben sich meine Pupillen bloß an die Finsternis gewöhnt? Mir fällt etwas Seltsames auf. Der attraktive Fremde sieht Elvis Presley ähnlich. Und Rudolf Valentino, dem Stummfilmkönig, dessen vergilbtes Foto mit Autogramm im Schlafzimmer meiner Großmutter hing. Valentino war für die Generation unserer Großmütter das, was Elvis Presley für die Jugend der Sechzigerjahre war.

Freilich, der Fremde hat schräggestellte Augen, Katzen- oder Pantheraugen, und keine feuchtschimmernden Mandelaugen wie Rudolf Valentino und Elvis Presley, doch ähnelt der Blick aus diesen Pantheraugen der magnetischen Kraft, die Valentinos und Presleys Augen entströmte. Der Fremde hat eine gerade, kräftige Nase mit breitem Sattel und einem breiten Mund mit sinnlichen, aber nicht zu vollen Lippen. Er hat einen Mund, der wohl imstande ist, eine Frau bis ans Lebensende zu fesseln.

Ich werde an diesem Mund hängenbleiben. Ich werde mich aber schwer hüten, von Rudolf Valentino und Presley zu schwärmen. Dann hält mich der blutjunge Mensch für noch älter, als ich es wirklich bin.

Außerdem hat er wohl Valentinos Namen noch nie gehört.

Ich küsse ihn schon wieder. Meine Zunge dringt tief in seinen Mund ein, ich spüre seine Zähne, seine Zunge schmeckt so gut wie sein Gaumen, ich koste seinen Gaumen mit der Zungenspitze.

»Ich liebe dich!« flüstert der Junge zwischen zwei Küssen.

»Sie sind verrückt!« sage ich. »Sie reden blühenden Unsinn! Wir kennen uns doch gar nicht!«

Es ist ihm inzwischen gelungen, meine Schenkel auseinanderzustemmen. Ich lasse ihn zu mir.

Kaleidoskopartig jagen einander die Bilder aus meinem sehr bürgerlichen Leben. Wenn Ingrid wüßte, was ich hier treibe! Und Albert, mein deutscher Korrepetitor! Der würde mich ganz einfach anbrüllen und schreien, daß ich mich wie eine Nutte benehme. Stimmt ja auch.

Albert ist ein hervorragender Pianist und Begleiter, außerdem einer der bedeutendsten Wagnerforscher unserer Zeit. Er hat acht Bücher über Leben und Werk Richard Wagners geschrieben, sie wurden in alle Kultursprachen übersetzt. Obwohl Albert seine pädagogische Tätigkeit am New Yorker Musikkonservatorium längst aufgab, behielt er eine einzige Gesangsschülerin: mich, Marlies von Ritter.

Im Gegensatz zu Ingrid macht Albert, wenn er in der ersten Parkettreihe der Oper oder in der Proszeniumsloge sitzt, seiner Begeisterung Luft und klatscht wie toll, wenn ich mich vor dem Vorhang verneige. Zwischen meinen beiden Lehrern, die mich bei Konzerten abwechselnd am Klavier begleiten, herrscht begreiflicherweise eine starke Rivalität. Immer gelang es mir bisher, die kleinen Streitigkeiten zu überbrücken. Ich schmeichle beiden Lehrern.

Sowohl Albert als auch Ingrid raten mir seit meiner letzten

Scheidung vor vielen Jahren entschieden ab, mich zu verlieben. Solange ich verheiratet war, wußten mich beide ›in sicheren Händen‹. Nun äußern sie ab und zu die Befürchtung, ich könne mich, gerade weil ich eine ›reife Frau‹ sei, besinnungslos verlieben. Und warum? Weil ich noch nie so richtig verliebt war.

Ich beruhige beide, lache ihnen ins Gesicht. Meine Tage sind randvoll mit Arbeit, Sport, Korrepetieren, dem Studium neuer Arien und Lieder, mit Reisen und Lesen und Museumsbesuchen ausgefüllt. Schließlich muß ich, immer mit anderen und gutaussehenden Begleitern, die wichtigsten Theaterpremieren und fast alle neu einstudierten Opernaufführungen besuchen, muß mich im Zuschauerraum der ›Met‹ zeigen, wenn ich nicht auftrete.

Ich beruhige meine treuen älteren Freunde. Mein Vater lebt nicht mehr, meine Mutter hat nach dem Tod meines Vaters einen pensionierten US-Bundessenator in Washington geheiratet und interessiert sich nur noch dafür, wer im Bereich des Kapitols und des Weißen Hauses mit wem fremdgeht. Ich liebe meine Mutter, und Mama hängt an mir und ist sehr stolz auf meine Karriere, doch komischerweise ist sie, die ältere, in den Kreisen der Schickeria zu Hause und nicht ich, die jüngere. Mich haben die Schickimickis schon immer entsetzlich gelangweilt.

Daß Ingrid und Albert zu einer älteren Generation gehören, fiel mir noch nie auf, obwohl sie Vater- und Mutterstelle an mir vertreten.

Ich muß die beiden Freunde immerzu beruhigen, wenn sie wieder einmal die Befürchtung äußern, ich könnte mich verlieben oder, wie es Albert nennt, ›verplempern‹.

»Keine Bange!« sage ich dann. »Ich verspreche euch hoch und heilig, mich nicht mehr zu verlieben. Übrigens war ich noch nie verliebt, ich bin einfach nicht der Typ. Also – habt euch nicht so! Es wäre ja auch reichlich spät. Ich hab' nicht die geringste Lust, zu jenen noch jungen Stars über fünfzig zu gehören, die vor jedem neuen Fältchen zittern und es den Teenagern gleichmachen wollen, weil sie sich in irgendeinen jungen Gigolo verknallt haben. Also nein. Ich danke für Obst. Ich habe Geschmack und Selbstkritik!«

Diese am laufenden Band gemachten Versprechen hinderten Ingrid nicht daran, mich scharf zu beobachten. Alberts Fürsorge war eher onkelhaft und schüchtern.

Ingrid hatte mich nach Philadelphia begleitet, wo ich an zwei aufeinanderfolgenden Abenden zwei Konzerte gab. Leider flog Ingrid allein nach New York zurück. Ich war eigensinnig wie immer, wollte mit dem Auto zurückfahren und einen kleinen Abstecher nach dem renommierten alten Seebad Cape Clifford machen. Ich hatte soviel von der Weltabgeschiedenheit der Dünen gehört, von den Villenkolonien, die im Entstehen begriffen waren, und ich hatte die Absicht, mir dort ein fertiges Sommerhäuschen zu kaufen oder eines bauen zu lassen – ebenerdig sollte es sein, im Stil eines schleswig-holsteinischen Bauernhauses. Meine Urgroßeltern und Großeltern waren Bauern in Schleswig-Holstein gewesen.

Ingrid hatte mich bei der Cocktailparty, die das Philharmonische Orchester mir zu Ehren gab, scharf beobachtet. Ein junger Musikkritiker mit Schifferbart und zudringlichen Manieren, der meinetwegen von Boston nach Philadelphia gekommen war, schien der guten Ingrid verdächtig und gefährlich – er machte mir sehr auffallend den Hof.

Ingrid erriet meine Gedanken. Ich überlegte mir wirklich, ob ich die Nacht mit dem Schifferbart verbringen sollte. Immerhin hatte er einen guten Namen, die ›New York Times‹ veröffentlichte sehr oft Musikkritiken und Essays aus seiner Feder.

»Du trinkst wie ein Bürstenbinder!« schalt meine Freundin und Begleiterin Ingrid. »Willst du, daß morgen alle Fernseh-Klatschtanten berichten, Marlies von Ritter sei nach ihrem Triumph in Philadelphia sternhagelvoll beschwipst gewesen?«

»Geht dich einen feuchten Kehricht an!« zischte ich. »Laß mir doch ein bißchen Spaß!«

Ich hatte drei Glas Sekt und sonst gar nichts getrunken. Ich habe noch nie im Leben Whisky, Rye oder Wodka probiert. Ich trinke ausschließlich Sekt und die besten deutschen und französischen Weine, aber niemals harte Sachen, und Bier kann ich nicht einmal riechen. Mein ständiges Lieblingsgetränk sind Obstsäfte, die ich literweise hinunterschütte. Leider machen Fruchtsäfte dick, und ich muß mein Gewicht ständig kontrollieren.

Ich maß den Musikkritiker, der auf den Namen ›Silvester‹ hörte, nochmals von Kopf bis Fuß und kam zu dem Ergebnis, daß ich ihn nicht einmal küssen könnte, geschweige denn mit ihm ins Bett gehen. Pfui. Er hatte einen schwarzen Bart, und ich mag keine schwarzhaarigen Männer.

Ingrid spielte die beleidigte Leberwurst.

»Ich werde dich bei deiner Mama verpetzen, oder bei Albert!« sagte sie dann. Ingrids Fürsorge entsprang keineswegs einer anomalen Veranlagung... das hätte ich schon vor Jahren wahrgenommen. Sie kam sich einfach wie die Hüterin des Grals vor, und der Gral war in diesem Fall meine Stimme. Außerdem hatte Ingrid zwei Söhne, aber keine Tochter, und so mußte ich ihr ein klein bißchen auch die Tochter ersetzen. Allerdings ist Ingrid ein- oder zweiundsechzig Jahre alt, und ich habe meinen fünfzigsten Geburtstag hinter mir... Ich könnte also unmöglich ihre Tochter sein!

Nein, Marlies von Ritter wird sich nie kopflos verlieben. Ich weiß gar nicht, wie man so etwas macht! Laß doch die überreifen Film- und Fernsehstars, diese säkularisierten Vamps und Punk-Mädchen *entre deux ages*, einen Narren aus sich machen! Die belasten sich mit hirnlosen Gigolos. Ich sage bewußt ›belasten‹, denn die jungen Bettgenossen entpuppen sich sehr bald als Last. Und als sehr geldgierige Schmarotzer. Diese Habgier zeigen sie allerdings ganz offen immer erst vor der Trennung. Zunächst hupft man mit der schon etwas älteren, aber noch immer reizvollen und schönen, gutbetuchten Freundin ins Bett, zeigt ihr, wie es die jungen Männer machen und verdreht ihr den Kopf. Das tut man am besten, indem man Madame die Hüften und Schenkel verrenkt und ihre Brüste in den Mund nimmt. Das haben die reiferen Jahrgänge sehr gern.

Das habe ich, Marlies, sehr gern. Ich wußte es nur früher nicht.

Hab's erst heute erfahren, in einer naßkalten Grotte, auf dem verschütteten Rummelplatz.

Ja, dann hat man der steinreichen Partnerin den Kopf verdreht und sie geheiratet. Das ist wichtig. Ein Boyfriend hat viel weniger Anspruch auf das Vermögen der Geliebten als der legitime Ehemann, und darum lassen sich die Gigolos oder ›Strizzis‹, wie man's in Wien und Süddeutschland nennt, so gern Knall und Fall zum Altar schleppen. Oder... sie schleppen ihr Opfer zum Altar. Ob so oder so, das Ergebnis ist dasselbe.

Also nein! Ich, Marlies, wäre zu so einer Geschmacklosigkeit niemals fähig. Was würden meine treuen Fans auf fünf Kontinenten sagen? Auslachen würde man mich. Und die Opernintendanten und Musikkritiker wären schnell mit ihrem Urteil fertig. Die Ritter ist krank im Kopf. Oder – noch schlimmer – sie hat ganz früh, schon mit fünfzig, die gefürchtete Alzheimer-Krankheit bekommen. Könnte mir noch fehlen. Bestenfalls hieß es in der Presse und im Fernsehen, ich sei so besinnungslos verliebt, daß ich mich lächerlich mache. Darf ich das? O nein. Meiner Kunst, meiner Karriere bin ich es schuldig, mich nie lächerlich zu machen. Ich durchschaue jeden Mann, der sich mit fadenscheinigen und frechen Komplimenten an mich heranpirscht. Jeder Mann möchte mit mir ins Bett gehen – entweder aus Prestigegründen, oder um mich für eine kurze und finanziell ergiebige Ehe zu ködern. Und die meisten Männer wären stolz darauf zu sagen: »Ich habe mit dem Weltstar Marlies von Ritter geschlafen!«

Jüngere Männer? Knaben? – Mir hat noch nie ein jüngerer Mann gefallen. Ich bin doch nicht pervers! Laß die anderen Frauen tun, was sie wollen. Die bilden sich ja ein, dieses *faire l'amour* mit einem jüngeren Mann verjünge auch die ältere Partnerin. Das Gegenteil ist der Fall! Und wer den Schaden hat, braucht für den Spott nicht zu sorgen! Außerdem kostet dergleichen Geld. Denkt mal daran, was die Sexkönigin Joan Collins blechen mußte!

Vor allem: Ich würde lieber sterben, statt mich vor aller Welt, vor meinen treuen Fans, vor meinen Freunden und meiner lieben, aber sehr spitzzüngigen Mama lächerlich zu machen. Ich habe immer nur Männer vernascht, die viel älter waren als ich. Und sie ganz schön geschröpft! Diese besseren Herren mit den leicht ergrauten Schläfen...

Mein zweiter Mann war ›nur‹ fünfzehn Jahre älter als ich, Allan, mein erster Mann, den ich als Siebzehnjährige heiratete, war ganze vierzig Jahre älter. Damals hatten Mama und ich überhaupt kein Geld. Papa war gestorben, hatte aber das bißchen, was wir besaßen, mit hübschen jungen Mädchen durchgebracht. Wir waren verbittert, die Mama und ich. Mama beschloß, mich ziemlich skrupellos zu verschachern, und es gelang ihr – aber von Allan, meinem ersten Mann, bekamen wir viel mehr, als wir erwarten durften, nicht nur Geld, sondern vor allem meine musikalische Ausbildung. Allan machte mich zum Weltstar.

Auf Anraten meiner klugen Mutter und ihres Anwalts schloß ich mit Allan und später mit meinem zweiten, vollkommen uninteressanten, aber schwerreichen Mann vor der Heirat Eheverträge, die für den Scheidungsfall geradezu fürstliche Abfindungssummen und Unterhaltsbeiträge vorsahen. Ich wurde durch meine Scheidungen reich, und meine künstlerische Karriere machte mich noch reicher. Mama und ihre Finanzberater legten mein Geld gut an. Ich interessierte mich nur fürs Geldverdienen, nicht aber für Investitionen. Inzwischen hatte ich eine beispiellose Karriere gemacht. Geldsorgen werde ich niemals haben.

Der Fremde, der Schöne, der Starke drückt mich an sich. Ich weiß nicht, wie oft der klatschnasse, vor Kälte zitternde Unbekannte bisher in mich eingedrungen ist. Ich hatte ihn zunächst weggestoßen. Dann gab ich jeden Widerstand auf.

Auch ich zittere wie Espenlaub; ich habe mir todsicher längst den Keim zu einer schweren Lungenentzündung geholt.

Was auf mich einstürmt, ist zuviel. Ich kann es nicht verkraften. Vielleicht träume ich alles? Oder ich sitze im Kino und sehe einen schaurigen Film. Diese Frau auf der Filmleinwand kann doch unmöglich ich sein, Marlies von Ritter! Ich habe mich in eine geile Hexe verwandelt. Ich erkenne mich selbst nicht wieder. Ich möchte den Fremden, der auf mir liegt und in mich stößt, nie wieder von mir lassen. Ich hasse ihn, weil er mir in dieser unmöglichen Situation, in ausgesprochener Lebensgefahr, Dinge der Liebe, das Geheimnis der Verschmelzung zweier Körper beibringt. Dinge, die ich nur vom Hörensagen kannte. Ich kann mich überhaupt nicht erinnern, ob ich in Allans oder Franks Bett je einen Orgasmus hatte. Allan war mein erster, Frank mein zweiter Mann.

Ach was. Ich hatte nie einen Orgasmus, ich habe diesen Schwall und diese Erfüllung, dieses langsame Abklingen und bald darauf sehnsüchtige Drängen, noch nie erlebt; diese Ekstase, die ich in meinen Bühnenrollen so geschickt zu mimen verstand.

Für mich waren meine ehelichen Hingaben alberne Pflichten, wie die Aufsätze in der Schule. Man muß stillhalten, sagte ich mir, und ich hielt still im Bett, während Allan und Frank vielleicht – so genau weiß ich es nicht – ihre sexuelle Befriedigung fanden. Ein- oder zweimal war ich während meiner langweiligen, aber finanziell so ergiebigen Ehejahre fremdgegangen. Auch das hatte erotisch nicht geklappt, und ich gab es bald auf. In den letzten Jahren, seit meiner Scheidung von Frank, hatte ich sexuelle Erregung buchstäblich nur auf der Opernbühne gespürt – und davon geträumt, wie schön es wäre, wenn der Tristan, an dessen Leiche Isolde im dritten Akt tot zusammenbricht, im zweiten Akt ein wirklicher Kußpartner gewesen wäre und die arme, unbefriedigte Isolde heiß geküßt hätte.

Wo war der Liebestrank, der einen Fremden zu meinem Liebsten, meinem Sklaven und Gebieter, meinem Partner in unserem kurzen Leben und in der langen Nacht der Erfüllung ohne Ende machen konnte?

Und nun, ganz plötzlich, hat Isolde ihren Tristan gefunden. Zum Teufel mit der seelischen und geistigen Gemeinschaft! Ich brauche den Mund eines Mannes! Seine gierigen und unersättlichen Lippen. Seine schönen Schenkel. Den langen, starken und wuchtigen Pfahl, der tief in mich eindringt!

Ich greife mit beiden Händen nach diesem wunderbaren Werkzeug der Liebe und drücke es noch tiefer in meinen durstigen Körper, bis ich vor Schmerz und Lust aufschreie.

Zum erstenmal im Leben habe ich volle Befriedigung genossen. Nicht im Bett! Nicht in einem der hundert oder tausend Hotelbetten, die Marlies von Ritter während ihrer Konzerttourneen und Operngastspiele durch ihre Berührung beehrt und erhöht hat. Nicht in einer meiner Eigentumswohnungen und Villen, sondern in einer naßkalten, dumpfig riechenden Grottenbahn, einer künstlich angelegten Höhle, in den Armen eines blutjungen Unbekannten.

Vielleicht ist der Kerl ein Mörder? Hat er absichtlich einer Frau das Leben gerettet? Es waren doch auch Kinder und ganze Familien auf der Autobahn gestrandet! Rettete er mir nur das Leben, um mich später auf raffinierte Weise zu töten?

Mörder oder Zauberer: ich habe zum erstenmal im Leben volle sexuelle Befriedigung gefunden. Und nun möchte ich in seinen Armen einschlafen. Ja, ich würde an seiner Brust einschlafen, wäre er bei mir zu Hause mein Gast. In einem ganz normalen Bett. Ach, muß das gottvoll schön sein! Warum können wir es eigentlich nicht nachholen?

Falls wir am Leben bleiben, lade ich ihn ein, mich in New York zu besuchen. Falls wir am Leben bleiben, werde ich mich nie wieder von ihm trennen.

Marlies, du hast den Verstand verloren!

»Du bist herrlich!« stöhnt der Mann. Er liegt schwer wie ein Sack auf mir. Wunderbar schwer. Er ruht noch immer in mir, sein Pfahl steckt tief zwischen meinen Schenkeln. »Bleib bei mir!« bettelt er.

Und nun lache ich ihn nicht aus. Ich verspreche: »Ja, ja, ich bleibe bei dir!«

Kein Zweifel. Wir sind beide durchgedreht. Wir haben den Verstand verloren. Und gleichzeitig mit dem Gelübde, für immer bei dem Unbekannten zu bleiben, steigt in meiner Kehle ein unbezähmbares Lachen auf. Marlies von Ritter, die weltberühmte Opernsängerin, der internationale Star, die blendende Diva Marlies von Ritter gelobt einem über und über verschmutzten jungen Unbekannten, ihn nie mehr zu verlassen! Allerdings, der Wahrheit die Ehre: dieser Unbekannte ist umwerfend attraktiv.

Was das schmutzige Aussehen meines Galans betrifft, so bin auch ich dreckig vom Kopf bis zu den Füßen. Wie aus dem Kanal gezogen. Auch ich zittere vor Kälte. Meine Lippen beben aber auch in den Nachwehen meiner ersten vollkommenen sexuellen Erfüllung. Der Fremde hat mich rasend glücklich gemacht. Ich werde bei ihm bleiben, ihn nicht mehr von mir lassen. Ich werde jede Nacht mit ihm schlafen. Wir werden uns auch am Vormittag und Nachmittag lieben. Gibt es eine bessere und gesündere Unterbrechung der Arbeit? Wir sind keine Spießbürger, haben es nicht nötig, den Einbruch der Dunkelheit abzuwarten, um mit gutem Gewissen ins Bett zu gehen.

Wieso weiß ich eigentlich, daß der Fremde kein Spießbürger ist? Ich habe ja keine blasse Ahnung, in wessen Armen ich liege! Der Junge kann ein Spießbürgr sein, einer der vielen Farmer, die hier in New Jersey Viehzucht betreiben und mit ihren Lastautos täglich Hühner und Eier nach New York bringen. Er kann aber auch ein Schullehrer sein. Ein Fernfahrer. Oder ein Student. Vielleicht ist er nicht älter als achtzehn? Was soll's?

Und vielleicht ist es ein Raubmörder, dem der Wirbelsturm sehr gelegen kam... der an der Autobahn auf Opfer lauert?

Das alles ist mir gleichgültig. Ich will mich nicht von ihm trennen. Mein Körper hat sich selbständig gemacht, schmiegt sich an den Fremden, gehört zu ihm. Ich werde täglich mit ihm schlafen und jede Nacht.

Ist der Fremde wirklich so gesund, wie er aussieht? Oder habe ich mit einem Kranken... Der Gedanke ist so grauenvoll, daß ich ihn nicht ausspinnen darf. In Amerika ist man vorsichtig geworden. Und ich, eine angeblich hochintelligente und vernünftige Frau, habe mich nicht genügend gewehrt, als er mich nehmen wollte!

Unmöglich. Dieser blonde junge Gott da kann nicht krank sein. So sieht kein Träger der gefürchteten neuen Pest aus.

Und nun schreie ich laut auf. Nicht auf dem Gipfel der Erfüllung, nein. Wir liegen ruhig da, eng aneinandergeschmiegt. Der Junge hat sich in mich fallen lassen.

Nein. Ich schreie auf, weil sich ein Gesicht zwischen uns gezwängt hat. Da ist sie wieder, die Ertrunkene, die widerliche Wasserleiche mit dem grünlich angelaufenen Gesicht! Gegenwart und Vergangenheit verschmelzen miteinander. Das grüne Gesicht quält mich heute, quälte mich gestern. Damals, vorgestern, an dem Tag, als ich dem Unbekannten in die Grottenbahn folgte, konnte es mich unmöglich gequält haben. Oder litt ich schon damals an Halluzinationen?

Ausgeschlossen.

Damals schlief ich noch tief und fest, durchschlief ich jede Nacht, und Alpträume bei hellichtem Tag kannte ich nicht.

»Ich fürchte mich!« rufe ich in meiner Erinnerung. »Ich fürchte mich! Siehst du das Scheusal nicht?«

Gegenwart und Vergangenheit verschmelzen, die Erynnien kennen keine Zeitrechnung. Wen sie an der Kehle gepackt haben, den lassen sie nicht mehr los.

»Ich fürchte mich!« schreit Marlies von Ritter damals, vor knapp fünf Jahren.

»Was hast du? Fürchte dich nicht, ich bin ja bei dir!« beruhigt mich der Unbekannte.

»Siehst du sie nicht? Die Wasserleiche?« rufe ich. »Die Leiche der Ertrunkenen! Sie lag doch auf dem Felsen, wir sind an ihr vorbeigepaddelt! Sie liegt vorn, gleich am Eingang, in der Nische! Und nun drängt sie sich zwischen uns! Sie will nicht, daß wir uns umarmen und küssen!«

Mein neuer Freund zieht mich eng an sich.

»Sei doch kein Hasenfuß! Wer wird sich vor einem grünen Scheusal aus Pappe graulen!« sagte er und küßt mich, bis mir der Atem vergeht.

Ja, Gegenwart und Vergangenheit gehen fließend ineinander über. Oder konnte ich schon damals, vor Jahren, in die Zukunft blicken? Hatte ich hellseherische Kräfte?

»Du bist viel zu jung für mich!« flüstere ich. Wir sind wieder allein in der Grottenbahn, die Grüne ist verschwunden.

Warum diese übergroße Ehrlichkeit, Marlies? Vielleicht siehst du den Burschen nie wieder. Vielleicht sagen wir einander in ein, zwei Stunden *adieu pour jamais*. Was geht den Fremden mein Alter an? Wozu die Beichte?

Er lacht mich aus. »Zu jung für mich? Sei doch nicht albern! Ich habe nie eine schönere Frau gesehen!«

Ich glaube, er meint es ehrlich. Ich weiß, daß ich unheimlich jung aussehe. Wer nicht einigermaßen mit meiner langen und ruhmreichen künstlerischen Laufbahn vertraut ist, könnte mich auf fünfundzwanzig oder allerhöchstens dreißig schätzen. Weiß der Fremde wirklich nicht, wen er in den Armen hält?

Ob so oder so – wäre ich unter gewöhnlichen, alltäglichen Umständen mit einem so blutjungen Menschen ins Bett gegangen, so hätte ich mich prügeln können. Doch wer will sich Selbstvorwürfe wegen einer so verrückten Sturmnacht machen? Die Hauptsache, wir kommen mit dem Leben davon.

»Diese Kälte!
»Küß mich!«

Jetzt spüre ich wieder seine heiße Zunge in meinem Mund. Das ist unermeßlich gut. Ich habe noch nie solche Küsse genossen. Ich möchte seine Zunge immer zwischen meinen Lippen haben. Seine Zunge ist sein zweites Geschlechtsorgan. Sie regt mich noch viel mehr auf als der kräftige Pfahl dort unten, zwischen seinen Schenkeln.

Der ganze junge Mensch ist ein einziges großes, imposantes Geschlechtsorgan.

Ich habe der ganzen Clique, Ingrid und Albert inbegriffen, meinen ›Groupies‹, die mir überall hin folgten und sich über Marlies von Ritters Privatleben den Kopf zerbrachen, feierlich gelobt, keine Dummheiten zu machen. Ich lebe ja nun einmal in einem Glaskasten, daran ist nicht zu rütteln. Als Operndiva wird man ständig und überall beobachtet.

Wenn ich meinen Coiffeur auf der Fifth Avenue verlasse und zufällig von einem Fan oder einem Journalisten erkannt werde, so mutmaßen die auch schon: ›Wohin geht Marlies? Für wen hat sie sich heute schönmachen lassen?‹

Daß nach dem Friseurbesuch nicht unbedingt ein Rendezvous folgen muß, fällt den Menschen gar nicht ein.

Gut und schön. Wer berühmt ist, wird beobachtet und beargwöhnt und begeifert. Ich nehme diese Schattenseiten meines Künstlerlebens gelassen mit in Kauf. Wo viel Licht ist, dort ist eben auch viel Schatten. Und ich fahre fort, meiner Freundin Ingrid und meinem Korrepetitor und intimen Freund Albert zu versichern, daß ich mich nie verlieben werde, und schon gar nicht in einen jüngeren Mann.

»Ich kann doch junge Männer nicht ausstehen!« sage ich, und das ist die pure Wahrheit. »Ich bin überhaupt nicht der Typ, der sich Hals über Kopf und blindlings verliebt! Ich hätte mich nur in einen einzigen Mann unrettbar, blind und todesmutig verliebt – in Richard Wagner. Und ich hätte gelitten, wie alle, die ihn liebten. Ich weiß noch nicht einmal, ob Richard Wagner nicht auch Cosima betrogen hat...«

Wenn ich ehrlich sein will, so war ich schon immer, solange ich zurückdenken kann, in einen Toten verliebt. In Richard Wagner. Ich bin entsetzlich eifersüchtig auf Cosima, weil sie mit ihm leben und arbeiten und ihm Kinder gebären durfte.

Ich habe selbstverständlich die Tagebücher der Cosima und Richard Wagners Autobiographie mehrmals gelesen. Eine gebildete Operndiva ist das ihrem internationalen Ruf schuldig. Meine Liebe zu Wagner und meine Eifersucht auf alle Frauen, auf denen sein Auge ruhte – vor allem auf Mathilde Wesendonck und Cosima – wuchs unter dem Einfluß der Lektüre.

Eifersucht. Wagner hat Mathildes fünf Gedichte herrlich vertont. Es kann kein wertvolleres Geschenk für eine Frau geben. ›Tristan und Isolde‹, die Dichtung, ist im Asyl entstanden, das Mathilde und Otto Wesendonck Richard Wagner einräumten. Ein zweites Geschenk von unermeßlichem, ewigem Wert. Angesichts dieser geistigen und seelischen Bande zwischen Richard Wagner und Mathilde Wesendonck ist es völlig müßig, sich den Kopf darüber zu zerbrechen, ob und wann der Meister mit Mathilde... Ich gehöre nicht zu jenen Idioten, die die Entstehung eines ganz großen, genialen Werkes auf die ›Inspiration‹ durch eine Frau oder einen Mann zurückführen. Das Genie Richard Wagner ging seinen Weg, und die Statisten bei der Entstehung seines Werkes spielten allenfalls Nebenrollen.

Ich bin dennoch auf die ganz wenigen Frauen eifersüchtig, die Richard Wagner wirklich liebte. Vor allem auf Cosima und Mathilde. Wie hätte ich mich verhalten, wäre ich als junges Mädchen in den Bannkreis des Meisters geraten?

Ich hätte zu seinen Füßen gekauert wie ein Hund.

Als ich in New York meinen fünfzigsten Geburtstag feierte, war ich auf der Höhe meines Ruhmes und meiner Schönheit. Meine Stimme hatte sich voll entfaltet. Man verglich mich nicht mehr mit Birgit Nilsson. Marlies von Ritter war einfach der neue Stern, die größte und dramatischste Wagnerstimme aller Opernhäuser der Welt. Mein Impresario konnte sich vor Angeboten nicht retten. Ich mußte mit meiner Stimme haushalten. Heutzutage kann man ja bis zu seinem achtundfünfzigsten oder sechzigsten Lebensjahr als Isolde auf der Bühne stehen...

Mit fünfzig fing ich endlich an, ein bißchen an die Zukunft zu denken. Sogar an ›mein Alter‹. Brrrr. Ich konnte diese Gedanken nicht verkraften, wies sie von mir, so oft sie mich quälten. Mir konnte nichts passieren. Finanziell war ich glänzend versorgt, ich hatte eine liebe, gescheite Mutter, einen sehr netten Stiefvater, Freunde in Hülle und Fülle, Ingrid und Albert, und wenn Albert einmal zu alt sein würde, mich im Konzert zu begleiten, so war überreichlich Ersatz vorhanden. Was Ingrid, die über sechzig war, betraf, so würde sie noch mit siebzig und achtzig meine ideale und sehr strenge Lehrerin sein.

»Treib bloß keinen Raubbau mit deiner Stimme!« raten mir Ingrid und Albert, und der alte Freund und Fachmann unkt gern weiter: »Irgendwann einmal...«, sagt er, »mußt du wohl Abschied von deinem Rollenfach nehmen. Kannst ja später noch die Marschallin singen, die darf ruhig ein bißchen angejahrt sein, obwohl sie im Libretto ganze zweiunddreißig Jahre alt ist... gewiß ›alt‹ für die Rokokozeit! Liebling, du kannst auch die Klytämnestra singen, wenn du nicht mehr so knusprig bist. Und Lieder. Und Oratorien.«

Mein ständiger Einwand lautet bei solchen Vorhaltungen: »Birgit Nilsson war über sechzig, als sie noch die Brunhilde und Isolde sang. Und zwar über alle Maßen gut!«

»Das war die Nilsson!« erwidert Albert. »So ein Wunder gibt es alle tausend Jahre!«

Und damit hat er recht!

Sein Ausspruch tut mir dennoch weh. Früher nahm eine Sopranistin mit fünfzig Abschied von der Bühne. Zum Beispiel Kirsten Flagstadt. Die Altersgrenze wird doch immer höher hinaufgeschraubt! Ich kann es mir einfach nicht vorstellen, jemals Abschied von der Opernbühne zu nehmen. Oder doch von meinem Rollenfach. Haben alle großen Sopranistinnen dasselbe Problem, oder sind sie vernünftiger? Ich bin nicht vernünftig!

Ingrid tröstete mich oft, wenn ich von der, gottlob noch fernen, Zukunft sprach.

»Du kannst ja unterrichten, solange du lebst, Liebling!« sagte sie. »Zu Lotte Lehmann strömte die ganze Welt! Und zu Elisabeth Schwarzkopf nach Salzburg! Marlies von Ritter wird sich als Gesangspädagogin krankverdienen! Aber es ist doch noch lange nicht so weit, also zerbrich dir nicht deinen hübschen Kopf!«

Eigentlich hätte ich nicht übel Lust, Wagner-Regisseurin zu werden, die amerikanischen Festspiele in Seattle oder New York zu leiten. Aber mit ›normalen‹ Bühnenbildnern. Mich traf fast der Schlag, als ich vor Jahren mit Ingrid zu den Bayreuther Festspielen flog, und wir Loge und Wotan in Kostümen aus Wagners Zeit begegneten. Der alberne Firlefanz verschlug uns den Atem.

Ich, die gefeierte Sopranistin und Wagnersängerin Marlies von Ritter, gestattete mir den Luxus, nicht zu applaudieren!

Und nun schmiegt sich diese berühmte Sieglinde und Elisabeth und Isolde in einer naßkalten Grotte an die Brust eines wildfremden Recken. Zugegeben, er sieht blendend aus. So stellte ich mir in meinen Wunschträumen immer den idealen Heldentenor-Partner auf der Bühne vor.

Ob der Junge, der so berauschend zu küssen versteht, eine Dauerfreundin hat? Vielleicht ist er schon verheiratet? Ja, so wird es wohl sein. In Amerika heiraten die Männer doch noch immer als halbe Kinder... und angesichts der neuen Pest, die uns alle bedroht, sind diese frühen Heiraten gar nicht so dumm!

Doch warum faselt der Junge immerzu von ›Bei-mir-bleiben‹, wenn er verheiratet ist?

Warum nicht? Auch ein Jungverheirateter kann eine Dauerfreundin suchen. Ich sehe gewiß nicht aus wie ein Straßenmädchen mit ›Aids‹.

Wir haben in dieser unmöglichen Lage, auf dem harten und nassen Felsvorsprung, drei- oder viermal den Höhepunkt erreicht. Ich hörte mich stöhnen, ganz schamlos, so wie noch nie im Leben. Wenn ich das Ingrid erzähle, glaubt sie mir nicht. Albert darf nichts erfahren, der ist so altmodisch. Meine sehr moderne Mutter würde sich totlachen über mein recht ungewöhnliches Abenteuer, vorausgesetzt... ja vorausgesetzt, daß wir mit heilen Knochen aus der Höhle herauskommen!

Habe ich denn vergessen, in welcher Lebensgefahr wir noch immer schweben?

Ich muß seine Brust küssen. Die ist so stark, breit und jung. Er hat ganz wenig Haar auf der Brust, einen hellblonden Flaum. Ich hasse starkbehaarte Männerbrüste. Kein bißchen Fett hat der Junge am Bauch. Trainiert wohl täglich. Ist gebaut wie ein Schwimmer oder Leichtathlet. Das gefällt mir, das reizt mich, regt mich auf. Ich mag keine Schwerathleten-Figuren. Schwarzenegger mag ja ein reizender Junge und lieber Mensch sein, doch hatte ich schon immer Angst vor ähnlichen Muskelkolossen – erotisch ließen sie mich kalt.

Mein neuer Geliebter – wahrscheinlich nur Sexpartner für ein paar Stunden, und dann wird es heißen, *adieu pour jamais* – hat einen harten, sinnlich betörenden Körper, doch keine Body-Builder-Muskeln. Und darum finde ich ihn so herrlich schön. Gleichzeitig bin ich mir meiner, unserer grotesken Situation bewußt. Marlies von Ritter mußte die sexuelle Erfüllung ihres Lebens ausgerechnet während einer Tornado-Katastrophe auskosten! Genießen wie eine Hetäre. Es wäre himmlisch, Hetäre in den Armen dieses Unbekannten zu sein – im Bett, auf einem Heuhaufen, am Sandstrand. In der Badewanne. Ich möchte mich im heißen Wasser in seinen Armen aalen. Vielleicht ist dieser Wunsch erfüllbar?

Ich geriet doch bisher immer nur auf dem Konzertpodium oder auf der Bühne in erotische Erregung. Ich verwandelte mich in Isolde, in Elsa, in Venus. Selbst meine Elisabeth war, wie die Kritiker immer wieder schreiben, sinnlicher als die meiner Vorgängerinnen oder Zeitgenossinnen – der anderen Wagnersängerinnen unserer Zeit, die mir nicht das Wasser reichen können.

Und ich war zufrieden. Liebe und Erotik in meinen Rollen haben mich immer befriedigt. Ich verlangte nicht mehr. Die Wogen meines Glücksüberschwanges, durch die Liebe des Publikums und die Beifallsstürme erzeugt, schlugen auch auf mein Privatleben über. Ich war glücklich. Ich war glücklich.

Ich habe mich belogen. Das weiß ich jetzt, zitternd vor Kälte und Lust, halberfroren, halb verbrannt trotz des Schüttelfrostes, heiß und kalt zugleich.

Und dann, das grüne Gesicht. Ich glaube, ich falle in Ohnmacht.

Der Mann fängt mich auf, streichelt mich, beruhigt mich. Zieht meine nassen Rockfetzen hoch und küßt mich mit seiner unverschämt gierigen Zunge dort unten – küßt und dringt tief in mich ein.

Ich werde ihn nie wieder von mir lassen.

Ich schlage mit beiden Händen in die Luft. Wo bin ich? Die grüne Wasserleiche ist wieder da. Sie greift nach mir...

Aber nein. Noch ist es lange nicht so weit.

Ich liege noch auf den nassen Granitfelsen, in der Grottenbahn, und der schöne Junge beschützt mich. Damals gab es noch keine Gespenster. Damals gab es noch keine Gespenster.

»Wie lange sind wir wohl schon hier?« frage ich. »Meine Armbanduhr habe ich entweder verloren, oder ich hatte sie im Handschuhfach meines Wagens verstaut, sie war stehengeblieben.«

»Ich hatte gar keine Uhr mitgenommen!« sagt der Junge. »Ich wollte doch nur eben mal eine Zeitung holen, als mich der Tornado überraschte. Aber mehr als zwei Stunden werden nicht vergangen sein, seitdem wir in die Grotte kamen... Weißt du, eigentlich wäre es himmlisch, wenn man uns nie fände. Ich könnte ein Leben lang hier bei dir liegen und dich küssen und küssen und an mich drücken...«

Er ist ein Fantast. Ein Verrückter Ein Romantiker.

Bald werden wir die Romantik satt haben und uns nach einem Bad sehnen...

Mein Bett war ›leer‹ in beiden Ehen. Mit knapp dreißig hatte ich zwei Ehemänner konsumiert, Allan und Frank. Mama sorgte dafür, daß ich nur sehr reichen Bewerbern mein Jawort gab. Beide Ehemänner hatten ihre Büros in der Wall Street. Keiner der beiden erwartete eine Liebeskomödie von mir. Allan hatte allerdings den Ehrgeiz, mich zur größten Wagner-Sopranistin der Welt auszubilden. Und er wollte sich immerzu im Scheinwerferlicht mit mir zeigen, den Rahm von meinem frühen Ruhm abschöpfen.

Eigentlich verdanke ich Allan von allen Menschen, die sich je um mich bemühten, am meisten. Er ließ die siebzehnjährige und völlig unbemittelte Musikstudentin ausbilden, er fand auch Ingrid für mich – die ideale Lehrerin. Mama erklärte sich damit einverstanden, daß ich noch vor meinem achtzehnten Geburtstag den sechzigjährigen Bräutigam heiratete. Allan führte mich in die Stadtbibliothek, ließ mir Sprachunterricht erteilen, besuchte mit mir die Museen. Ohne Allan wäre ich heute wohl eine von jenen New Yorkerinnen, die zur Schickeria gehören und auf jeder Vernissage entweder Gelesenes nachplappern oder unfaßlichen Blödsinn von sich geben. Mein Mann erklärte mir die Bilder. Allan spielte selbst ein bißchen Geige und Klavier und hatte ein Opernabonnement; er besuchte regelmäßig die Philharmonischen Konzerte und nahm mich schon als seine Braut mit. Auch für Allan, der einen erlesenen musikalischen Geschmack hatte, gab es nur deutsche Opern- und Liederkomponisten; auch er wollte mit Ausnahme von Carmen keine französischen Opern gelten lassen.

Ursprünglich wollte Allan selbst die Künstlerlaufbahn einschlagen, er wäre ein guter Konzertpianist oder Begleiter geworden. Sein Wunsch scheiterte am Widerstand seiner schwerreichen Bankiersfamilie, und Allan wurde Bankier und internationaler Finanzmann. Seine Firma verlieh Musikstipendien, und bei einem solchen Stipendienkonzert im Lincoln Center lernten wir uns kennen. Allan war überglücklich, einer Opernelevin zu begegnen, die seine unerfüllte Sehnsucht nach einer eigenen künstlerischen Laufbahn erfüllen würde.

Es störte meine Mutter überhaupt nicht, daß Allan Frederick Wilcox vierzig Jahre älter war als ihre Tochter.

Und ich? Mir war es gleichgültig. Ich wollte für die Musik und nur für die Musik leben, und um diesen Wunsch erfüllt zu sehen, mußte ich reich, sehr reich heiraten.

Ich fand es allerdings nicht gerade überwältigend, daß Allan eine komplette Glatze und einen Spitzbauch hatte und daß ich ihn um einen Kopf überragte. Ich tröstete mich damit, daß ich ohne Allans finanzielle Schützenhilfe als blutarmes Mädchen in irgendwelchen langweiligen Bürojobs hätte schuften müssen, um mein Musikstudium zu bezahlen. Lieber geht man mit einem glatzköpfigen Spitzbauch ins Bett; außerdem sind Glatzen, dank Telly Savalas, modern.

Nun waren Mama und ich aller Sorgen ledig.

Nach meiner Scheidung heiratete Allan wieder, eine Witwe mit zwei Kindern, und diese Witwe gebar meinem Ex-Mann auch noch einen Sohn! Allan war stolz wie ein Schneekönig. Wir blieben gute Freunde, Allan und seine zweite Frau saßen bei meinen New Yorker Opernaufführungen immer in der ersten Reihe Parkett, und wir besuchten einander... Unmittelbar vor meinem Jubiläumskonzert in der Carnegie Hall ist Allan leider gestorben.

Ich wollte von meinem ersten Mann keine Kinder haben, und auch nicht von meinem zweiten Mann, Frank. Vielleicht war ich ganz einfach zu egoistisch. Zu egozentrisch. Zu sehr auf die Künstlerin Marlies von Ritter eingestellt, um Mutterpflichten zu übernehmen. Wer aus sich selbst das höchste herausholen will und kann, braucht sich nicht immer darauf zu vertrösten: Was du nicht erreichen konntest, dafür werden dich deine Kinder entschädigen.

Mein Ehrgeiz kannte keine Grenzen. Frank, mein zweiter Mann, ein Financier, der vielleicht noch mehr Geld hatte als Allan, pflegte recht nüchtern zu sagen: »Ich weiß, daß du mich nur meines Geldes wegen geheiratet hast!«

»Stimmt auffallend!« antwortete ich ehrlich. »Dafür hast du aber eine sehr junge und treue Frau bekommen, die sich nur für ihre Musik und ihren Haushalt interessiert. Ich habe dir versprochen, dich nie zu betrügen. Na? Hab' ich's etwa nicht gehalten?«

Frank nickte stürmisch und küßte mir galant die Hand. Er überraschte mich jede Woche mit neuen kostbaren Schmuckstücken und neuen Autos. Wir gingen pünktlich zweimal die Woche ins Bett, und ich kannte das gesamte sexuelle Programm meines Mannes auswendig. Ich hätte es im Schlaf hersagen können.

Zunächst übergoß sich Frank mit Eau de Toilette, Marke ›Bengalischer Tiger‹. Dann zog er sich einen pastellfarbenen, meistens hellblauen oder zartgrünen seidenen Schlafanzug an. Er sah in diesen Verkleidungen aus wie ein Clown. Schließlich klopfte er an meine Schlafzimmertür – wir hatten getrennte Schlafzimmer – und rief mit einer ganz unnatürlichen, kleinjungenhaften Stimme: »Babylein! Marlieskind! Ist Babylein bereit, heut' nacht mit Bubilein zu schlafen? Bubilein hat nämlich Appetit auf Babyleins wilde Küsse!«

Als ob ich ›Bubilein‹ je wild geküßt hätte...! Meist saß ich vor dem Fernsehapparat oder las ein Buch. Manchmal schlief ich auch schon. Ich gehe sehr gern früh schlafen, im allgemeinen um 23 Uhr. Weil ich mir aber nach Adam Riese an allen zehn Fingern ausrechnen konnte, daß heute wieder einmal Montag oder Donnerstag war – Frank bevorzugte diese beiden Tage für seinen vorprogrammierten Geschlechtsverkehr (vielmehr die späten Nachtstunden, um seine sexuellen Lüste zu befriedigen) – fand er mich zumeist noch lesend oder fernsehend vor. Herrgott, wenn wenigstens Ingrid oder Mama seine plumpen Annäherungen hätten mitansehen können! Dann hätten wir uns ins Fäustchen gelacht.

So aber mußte ich gute Miene zum bösen Spiel machen.

Ich antwortete vollkommen ernst: »Jawohl, dein Babylein ist bereit, mit Bubilein zu schlafen!« Ich gab mir überhaupt keine Mühe, mein Äußeres im Spiegel zu überprüfen. Ich war ja eh zu schön für Frank. Ich konnte die zwei bis drei Ehejahre, die ich Frank noch großzügig schenken wollte, kaum mehr aushalten. Und dann hatte ich die Nase voll. Ich eignete mich überhaupt nicht für die Ehe. Nie wieder! Nie wieder! Ich wollte ungebunden sein, arbeiten, Geld verdienen..., und aus Frank würden wir tüchtig Geld herausziehen!

Ich wollte allein nach Hause kommen. Allein schlafen!

Und ich öffnete Frank die Tür und ließ mich charmant lächelnd von Frank umarmen. Frank war ziemlich groß, hager, er hatte eine rotgelbe Haartolle, sein besonderes Wahrzeichen, das er tief in die Stirn kämmte. Seine Augenwimpern waren ebenfalls rötlichgelb, seine Schenkel hager und seine faltigen Knie sehr hart. Daran kann ich mich deutlich erinnern. Später kaufte der Finanzmann auch eine wacklige Autofabrik und brachte sie innerhalb von sechs Monaten glanzvoll auf die Höhe. Mir schenkte er eine Luxuslimousine mit Autotelefon und Fernsehapparat und Bar. Ich habe sie nie benutzt. Wer im Auto fernsieht, ist verrückt. Im Handel kostet dieses Schaustück über 200000 Dollar.

Heute steht der Wagen in einer meiner Garagen. Ich fahre gern schnittige Kleinautos. Ich bin doch keine Angeberin!

Frank war ein netter Kerl. Und dankbar. »Du hilfst mir im Geschäft eine ganze Menge!« versicherte er oft, während er jeden einzelnen Finger an meinen Händen küßte. Vor allem, wenn wir nicht allein waren. Er fand das sehr galant, er hatte die Finger- und Handküsse in Frankreich und Österreich gelernt.

»Wieso helfe ich dir?« hatte ich früher gefragt; später kannte ich die Antwort auf die stereotype Frage.

»Weil du dich überall in der Öffentlichkeit mit mir zeigst! Das ist die beste Reklame für mich! Eine bildschöne und weltberühmte Operndiva setzt indirekt mehr Autos für mich ab als ein Heer von Verkäufern! Du, Liebling, bist mein... tüchtigster Motor!«

Das war mir allerdings neu. Früher hatte mich niemand mit einem Automotor verglichen. Immerhin wusch eine Hand die andere, mein Bankkonto wuchs, ich wußte genau, warum ich es drei volle Jahre an Franks Seite aushielt. Pünktlich zweimal in der Woche kam er in mein Boudoir, zwecks Beischlaf, ansonsten schlief er in seinem eigenen Schlafzimmer. Bald schlug ich vor, lieber in seinem Zimmer, in seinem Bett den ehelichen Beischlaf zu vollziehen; ich wollte mein eigenes breites, sehr bequemes Bett nicht durch den mechanischen Geschlechtsverkehr mit einem ungeliebten Mann entweihen.

Lieber schlief ich allein, unbefriedigt, meine eigenen Träume ausspinnend. Die waren oft diffus, doch mit erotischen Sehnsüchten gefüllt. Sie galten keinem bestimmten Mann. Ich wachte auch lieber allein zwischen meinen weißseidenen Kissen auf als neben der rötlichgelben Haartolle Franks.

Aus purem Anstand spielte ich ihm drei Jahre lang eine Komödie vor. Er pflegte nämlich zu behaupten, ich hätte ihn zwar aus purem Interesse geheiratet, im Bett aber, als Sexpartner, könne er mich tadellos befriedigen. – Nun ja, Marlies von Ritter war schon immer eine hervorragende Schauspielerin. Ich kann auf Kommando stöhnen und ächzen und so tun, als hätte ich noch nie einen so guten, starken Orgasmus erlebt!

Die rötlichgelbe Haartolle nannte mich später aus unerfindlichen Gründen ›Putzi‹. Frank hatte in Wien Wirtschaftswissenschaften studiert. Offenbar hatte er den deutschen Kosenamen ›Putzi‹ dort aufgegabelt.

»Will mein Putzi, daß ich es jetzt gleich furchtbar heiß umarme, oder soll ich mein Putzi erst ein paarmal küssen?« pflegte Frank zu fragen, während er sich aus dem pastellfarbenen Seidenpyjama schälte.

»Ich richte mich ganz nach dir!« sagte ich artig und dachte an meine nächste Opernrolle.

Meine Gleichgültigkeit Frank gegenüber ging so weit, daß ich mir ein paarmal nicht einmal die Lockenwickler aus den Haaren nahm, wenn ich in das Bett meines Mannes schlüpfte. Ich zeigte mich doch früher nie mit Lockenwicklern.

Eine nackte Frau, mit Lockenwicklern im Haar, sieht sehr komisch aus.

Beim *faire l'amour*, oder, besser ausgedrückt, bei dieser Imitation der echten und herzhaften Liebesspiele, hatte Frank die grotesken Bewegungen eines Charlie Chaplin. Frank wußte offenbar nicht, daß er, hundemager, wie er war, mit den ergrauten Härchen an seiner eingefallenen Brust, ohne

Kleider noch scheußlicher aussah als angezogen. Er liebte es, nackt vor mir auf und ab zu spazieren und sich ›bewundern‹ zu lassen.

»Nicht übel für einen Mann, der nicht mehr ganz jung ist, wie?« pflegte Frank zu fragen. Ich nickte.

»Du siehst wirklich attraktiv aus!« sagte ich. Warum sollte ich meiner gutbetuchten rötlichgelben Stirnlocke nicht etwas Nettes vorlügen?

Dann wollte Frank wissen, ob ich schon entsetzlich aufgeregt sei.

»Ich bin sehr, sehr aufgeregt!« flüsterte ich und schlief vor Langeweile beinahe ein.

»Ich war dir nie zuwider?« wollte Frank oft, ganz unvermittelt wissen, nachdem er mir seine nackte Pracht bis zum Überdruß gezeigt hatte.

»Nein, nein, Darling! Du bist mir nicht zuwider! Aber das weißt du ja! Wenn du mich noch einmal fragst, wirst du mir eines Tages wirklich zuwider sein!«

Hatte ich noch nicht meinen BH und meinen Slip abgeworfen – oft tat ich es erst im letzten Augenblick – so legte ich mich auf den Bauch und zeigte meinem Mann meinen Rükken, und auch sonst die Kehrseite der Medaille. Das regte ihn besonders auf, denn ich habe eine sehr muskulöse und feste, schön gewölbte Sitzfläche. Mein Derrière regte Frank zu allerhand Reise-Erinnerungen an. Er hatte Afrika besucht und dort die ungewöhnlichen, angeblich waagrecht in die Luft starrenden Hinterteile der Hottentottenfrauen kennengelernt.

»Dein Hinterteil ist nicht so aggressiv wie das einer Hottentottin, aber noch reizvoller, noch ausdrucksvoller!« versicherte der Finanzmann, Bankier und Autofabrikant Frank seiner Gattin, der weltweit bekannten Wagnersängerin Marlies von Ritter.

Ich wußte das Kompliment zu schätzen.

Später machte mir der einzige Geliebte meines Lebens, mein dritter und letzter Ehemann, Dieter Williams, viel poetischere Komplimente. Auch Dieter war und ist ganz vernarrt in meinen ›süßen Derrière‹. Er stehe konkurrenzlos da, behauptet mein Geliebter.

Noch aber bin ich Franks Frau, liege in Franks ziemlich schmalem Bett und freue mich schon darauf, in zehn bis fünfzehn Minuten, wenn das sexuelle Pflichtpensum erledigt ist, wieder in meinem eigenen lasziven, breiten Bett zu landen. Ich werde den Schlaf der Gerechten schlafen.

»Darf ich mit dir machen, was ich will?« fragte Frank und legte sich langsam, umständlich und rücksichtsvoll mit dem Bauch auf meinen gelangweilten Rücken.

»Alles!« flüsterte ich.

Was dann geschah, merkte ich oft überhaupt nicht. Irgendwie fand der Rötlichgelbe in jeder Stellung seine Befriedigung. Sein recht langes, aber bleistiftdünnes Ding erinnerte mich an einen billigen Kugelschreiber. Ob ich auf dem Rücken oder – wie gerade jetzt – auf dem Bauch lag, der Kugelschreiber bearbeitete nicht ungeschickt seine Unterlage aus Fleisch und Blut; jagte, wie die Feder oder der Stift auf dem Papier, auf sein Ziel zu. Und dann, auf dem Gipfel angelangt, schrie mein zweiter Mann immer dasselbe!

Drei Jahre lang – immer dasselbe!

Meine Rechtsanwälte haben mir bestätigt, dies allein sei beinahe schon ein Scheidungsgrund...

Was schrie Frank, die Finanzgröße, während seiner Ejakulation?

Er schrie: »Soooooo macht man's!« ... und niemals schrie er etwas anderes.

Ich reagierte nur anfangs auf diesen kategorischen Imperativ und fragte aus purer Neugier: »Woher weißt du eigentlich, Darling, daß man's so macht?«

Frank, der sich den Schweiß von der zerfurchten und durch zahllose Finanz-Transaktionen gegerbten Stirn trocknete, dachte nach.

»Weil man's gar nicht anders machen kann!« lautete sodann seine Antwort.

Marlies von Ritter wäre damals noch außerstande gewesen, ihrem zweiten Mann einen langen Vortrag darüber zu halten, daß man ›es‹ auch anders machen kann. Daß man ›es‹ anders machen *muß*, um nicht nur den Derrière und das Dreieck, sondern auch das Herz einer Frau zu erobern.

Ich schwieg, sprang sehr bald aus dem Bett und lief in mein

Boudoir hinüber. Mein letzter Blick galt Frank, der sich während des Einschlafens immerzu aufdeckte und sein eigenes faltiges und geradezu lächerliches Hinterteil preisgab.

Ich machte mich aus dem Staub, lief ins Bad, dann in mein Schlafzimmer und zog mir die seidene Steppdecke über die Ohren. O Gott, war das himmlisch, ohne Mann zu schlafen! Ohne diesen Mann!

Aber... zweimal die Woche, das hält auch des Teufels Großmutter aus. Und in der Rubrik ›Haben‹ gibt es eine Villa in St. Jean-Cap-Ferrat, eine zweite in Biarritz, ein Zweifamilienhaus in Fort Lauderdale, Florida, Eigentumswohnungen in Manhattan, Chicago und San Francisco, und ein Chalet in Tirol. Diese Geschenke stammten nicht nur aus meiner zweiten Ehe, sie waren zum Teil auch Geschenke meines ersten Mannes. Und dann kaufte ich weiter. Nach meiner zweiten Scheidung legte ich sehr viel Geld in Häusern an.

Von Allan bekam ich einen hohen Unterhaltsbeitrag. Mein Scheidungsvertrag mit Frank war noch günstiger, den würde ich praktisch bis an mein Lebensende schröpfen, und wenn ich durch meine Opernverträge, Filme und Fernseh-›Specials‹ noch so reich wurde!

Frank beschwor mich, bei ihm zu bleiben. Ich blieb fest.

»Ich werde mir das Leben nehmen!« rief Frank im Beisein meiner Eltern, die aus Washington nach New York gekommen waren, pathetisch aus. – Er nahm sich aber nicht das Leben, sondern heiratete ein neunzehnjähriges Callgirl, und wenn sie nicht gestorben sind, so leben sie noch heute. Die meisten todunglücklichen besseren Herren mit grauen Schläfen heiraten in zweiter oder dritter Ehe blutjunge Callgirls; dieser Frauentyp ist übrigens viel treuer, als die durchschnittliche Dame der Gesellschaft. Auch Frank wurde in überreifem Alter Vater, das Callgirl schenkte ihm sogar drei Kinder!

Und blechen mußte Frank, Alimente mußte er mir zahlen, daß es nur so krachte!

»Jetzt wird nicht mehr geheiratet, hörst du?« entschied meine kluge Mutter. »Marlies von Ritter hat ihre Arbeit, ihre

Karriere. Ich möchte nicht, daß meine Tochter zum Gespött ihrer Fans wird! Du hältst es in keiner Ehe aus, das weiß ich!«

Ingrid und Albert pflichteten meiner Mutter bei. Nicht jeder war so für die Ehe geschaffen wie meine Mama, die wurde von Jahr zu Jahr mit meinem Stiefvater, dem feschen Ex-Senator, glücklicher.

Ich hatte ein paar Boyfriends und viele Freunde, die mich zu den notwendigen Partys, in die Oper, in Konzerte begleiteten. Ich lebte auf. Mein Leben war herrlich. Ein Leben genügt nicht, um es ganz der Musik zu widmen. Ich genoß die süße, die prickelnde Erregung vor jedem Konzert, jeder Tournee, jeder neuen Opernrolle in New York, ich gefiel mir in den kostbaren Kostümen meiner schwierigen Rollen, in den Opern meines Idols Richard Wagner und auch als Salome, als Elektra...

Ich badete im Applaus, so wie andere Frauen in der Liebe baden. Ich suchte keine Liebe mehr. Ich hatte ja nie Liebe genossen. Auch Allan und Frank wollten nur Staat mit mir machen. Ihre Zuneigung war Eitelkeit, und nichts anderes.

Liebe? So etwas gab es nicht. Nur in der Literatur. In Gedichten. In der Musik. Ja, den Sex gibt es, daran zweifelte auch ich nicht. Und diesen armseligen Sex, so wie ich diesen Stachel kannte, der den Menschen keine Ruhe läßt... diese Geißel hatte ich fast nur in meinen beiden Ehen erlebt. Ich wechselte meine Boyfriends und Begleiter sehr oft, weil ich mich nicht verlieben wollte. Bei den meisten derartigen harmlosen Kameradschaften kam es nicht einmal zu einem Küßchen in Ehren.

Liebe?

Es gibt keine Liebe.

Marlies von Ritter will Elsa, Venus und Elisabeth sein. Salome und die Frau ohne Schatten.

Was die Frau ohne Schatten in der tiefgründigen Oper von Richard Strauss betrifft, so war ich ein lebendiger Beweis für den Titel. Auch ich war eine ›Frau ohne Schatten‹ und würde es wohl immer bleiben.

Marlies von Ritter war eines Tages fünfunddreißig und dann, im Handumdrehen, vierzig und plötzlich fünfzig.

Doch so ergeht es allen Frauen. Übrigens auch den Männern, nur bilde ich mir ein, daß die Männer im großen ganzen auf ihr Alter pfeifen. Die Schwulen bilden eine Ausnahme, die sind verzweifelt, wenn ihnen die ersten Haare ausgehen.

Jeder Mann, ob alt oder jung, kann in der Jugend und im Alter jede Frau haben, die er haben will. Und warum? Weil die Frauen, alle, durch die Bank, Huren sind. Die meisten tun es gar nicht für Geld, sondern nur um der Hurerei willen.

Ja, so wurde ich denn vierzig und fünfzig – meinen fünfzigsten Geburtstag hatte ich hinter mir, als ich Dieter, den blonden Verführer, zum erstenmal küßte – ich war zweimal verheiratet gewesen und noch immer eine ›Frau ohne Schatten‹. Ich hatte keine Kinder. Und nun war es zu spät. Das quälte mich überhaupt nicht.

Ich hatte keine Kinder und nicht einmal einen Geliebten. Ich hatte Ruhm und Geld, sehr viel Geld.

Ich sagte mir jeden Abend vor dem Schlafengehen: Du bist restlos glücklich. Hast alles, wovon die anderen Frauen nur träumen. Hast aufregende Reisen gemacht. Kannst dir alles kaufen. Wenn dir der Sinn danach steht, wirfst du deine Pariser Abendkleider weg, oder du verschenkst sie, wenn du dich drei- oder viermal in ihnen gezeigt hast. Glücklich bist du, hörst du? Restlos glücklich!

Doch warum sich belügen? Ich habe nie die Liebe eines Mannes genossen, den auch ich liebte. Und was Sex war, erotische Erfüllung, das erfuhr ich höchstens aus Romanen. Und aus meinen Rollen. Erotischen Genuß schlürfte ich in meinen Rollen, in meinem Spiel, von der Musik hochgetragen. Mein Orgasmus hieß Richard Wagner und Richard Strauss. Eigentlich sollte das einer jeden Frau genügen. Ich bildete mir ja ein, vollauf befriedigt zu sein – und mein Verstand sagte mir doch, daß ich absolut unbefriedigt war, eine Bettlerin – im Bett.

Indessen: kein Mensch kann alles haben.

Keine Frau der Welt kann alles haben – einen Geliebten, der sie vollauf befriedigt und einen Beruf, in dem sie ganz aufgeht. Ich hatte meine Berufung. Meinen Lebensgenuß, der sich mit meiner Arbeit deckte, denn ich bin ein schöpferischer Mensch. Obwohl ich nicht komponieren kann, sondern nur Interpretin der großen Meister bin, empfand ich meine Leistungen von jeher als schöpferischen Vorgang.

»You can't have everything!« sagt der Amerikaner.

Dieses kleine Sprüchlein beruht auf Wahrheit. Undenkbar, daß eine Frau wie ich auch noch Glück in der Liebe fordern kann. Passives Glück, geliebt werden – das wurde mir zuteil. Es machte mir sogar in bescheidenen Grenzen Spaß. Doch lieben? Den Mann meiner Träume finden? Ich träumte ja gar nicht vom Mann als Liebesobjekt, von einer mir unbekannten Leidenschaft. Allenfalls vom guten, starken Sex an sich, den ich nicht kannte.

Da ist sie wieder. Gott quält mich mit Gespenstern. Warum reißt die grünlich angelaufene, gräßlich entstellte Leiche plötzlich den Mund auf? Sie hat keine Zähne. Ihr Mund ist ein scheußliches Maul, ein schwarzes Loch. Sie hat keine Zähne. Haifische haben Zähne.

Wenn sich ein Sporttaucher nicht vor Haien fürchtet, so gibt er an. Ich habe schon immer sehr gern getaucht, nahm es mit allen männlichen Kollegen vom Sportklub auf. Was mich betraf, so mied ich stets das offene Meer, weil ich panische Angst vor Haien habe. Die schwimmen in den letzten Jahren ganz unverschämt nah an die Badestrände im Bundesstaat New York und New Jersey heran, als wüßten sie, welch große Rolle sie in der Fantasie der Amerikaner seit dem Filmerfolg ›Der große weiße Hai‹ spielen. Früher wimmelte es vor allem im Pazifischen Ozean von diesen gräßlichen Menschenfressern, jetzt sind sie auch im Atlantik, ganz nahe der Küste, zu Hause.

Nur selten wagt sich ein Hai in die stille Bucht bei Cape Clifford, wo die Klippen von Kalkstein steil zum Wasser hinabfallen. Vom Meeresspiegel gemessen, sind die Klippen etwa zwanzig Meter hoch. Oben wächst hoher Strandhafer, und ein exotisches Fetthennengewächs bedeckt den Sand mit seinen grünen Fangarmen und bietet den dreisten Kaninchen, die sich hier rasend schnell vermehren, saftige Nahrung.

Ja, nur ganz, ganz selten verirrt sich ein Sand- oder Hammerhai in die stille Bucht, und die großen Weißen hat hier noch niemand gesichtet. Das Wasser in der Bucht ist kristallklar, nur wenn die Flut kommt, schäumt es auf und spritzt dann bis zu fünf Meter hoch.

Haie überfallen nicht nur lebende Menschen. Haie fressen auch Leichen, Tierleichen, Menschenleichen, wie es gerade kommt. Sie verzehren sogar die eigene Art. Ich kann mir kein entsetzlicheres Schicksal ausmalen, als lebendig von einem Hai angefallen zu werden. Da lähmt einen die panische Angst, und von hundert Menschen gelingt es nur einem, in Richtung eines Bootes oder Bootsteges wegzuschwimmen und mit gesunden Gliedern davonzukommen.

Diese furchtbaren letzten Minuten! Warum ist Gott so grausam, daß er solche Tragödien überhaupt zuläßt? Das werden wir Menschen nie begreifen. Gott behüte einen jeden vor diesem furchtbaren Schicksal...! Hängt man aber, schwebt man aber schon tot in den Meeresfluten, so leidet der Tote nicht mehr, wenn ihn ein Hai überfällt und die Zähne in das Menschenfleisch gräbt.

Weg mit diesen qualvollen Gedanken! Ich muß sie abschütteln, mich von ihnen befreien! Warum will es mir nicht gelingen? Ich muß mich in die Arme meines ersten Geliebten stürzen, seine Küsse können mich retten.

Ich klammere mich an den Fremden, an meine erste Liebe, an den herrlichsten und schönsten Menschen unter der Sonne. Nun bin ich es, die bittet und bettelt wie eine Verrückte: »Küß mich! Schwöre mir, daß du mich liebst!«

Ich bin von allen guten Geistern verlassen. *Lieben* soll er mich, der Unbekannte? Doch wiederhole ich nicht seine eigenen Worte von vorhin? Er gestand mir ja ganz unvermittelt, kaum lagen wir auf dem nassen Felsvorsprung, seine Liebe! In dieser vertrackten und lächerlichen, verzweifelt ausweglosen Lage seine Liebe!

Dergleichen kommt vor. Wir sind nicht die ersten, die vom *Coup de foudre d'amour*, vom Blitzschlag der Liebe, getroffen wurden. Dieser Blitzschlag kam mit dem Tornado. Eigentlich ein sehr passendes Bild. Eine durchaus akzeptable Gedankenverbindung. Wie ein Tornado hat uns die Leidenschaft überfallen.

Ob wir uns auch wie irr ineinander verliebt hätten, wenn es keine Tornadokatastrophe gegeben hätte? Nehmen wir mal an, man hätte mir diesen blonden, bildschönen Bengel auf einer Party vorgestellt. Oder am Strand, oder in der Oper. Er könnte ja auch ein Statist sein, nicht wahr? Eigentlich könnte ich ihm die Wege zur Oper ebnen – vielleicht hat er Lust, als Statist ein paar Dollar zu verdienen? Dergleichen wird doch ganz gut bezahlt...

Abwarten. Abwarten. Ich weiß ja gar nicht, was er ist, wer er ist, ob er Arbeit hat oder Arbeit sucht? Er kann Handlanger in einer Milchwirtschaft sein, oder Chauffeur, oder Millionär. Den meisten amerikanischen Millionären sieht man ihr Geld nicht an, die können sich's leisten, in zerfransten Jeans und zerlöchertem Unterhemd herumzulaufen.

Unsinn. Was er ist, interessiert mich nicht. Ich bin sicher, daß wir uns auch woanders verliebt, ineinander verliebt hätten... Vorausgesetzt, daß dieses komische Gefühl Liebe ist und nicht einfach Angst. Und aufgeputschter Sexualtrieb.

Vielleicht war diese verrückte Begegnung ganz einfach unsere Bestimmung?

Und nun hänge ich liegend an seinem Hals und flehe ihn an, mich zu küssen. Stärker. Heißer. Und noch heißer. Und mir eine Liebeserklärung zu machen. Ich bin verrückt. Ich bin verrückt... Ach ja, eine plötzliche Katastrophe, der Krieg, die gemeinsame Flucht, eine Begegnung im Bunker während eines Luftangriffs hat schon oft, in allen Kriegen, Leidenschaften ausgelöst, die man vorher und nachher nicht mehr wahrhaben wollte. Dergleichen habe ich oft gehört, aus erster und zweiter Hand, und ich habe auch Romane gelesen, die davon handelten.

Todesangst. Man will sich ganz schnell noch einmal austoben, Küsse auf den Lippen spüren, bevor man stirbt. Das erlebten die Männer und Frauen wohl auch während des Unterganges der Titanic... Man will den Pfahl und Lebensbaum des Mannes noch einmal in sich spüren, ihn zusammenpressen, im Orgasmus sterben. Ich stelle mir einen solchen Tod schön vor.

Weltuntergang. Nur ist die Sache eben die, daß ich, Marlies von Ritter, vor diesem eingebildeten Weltuntergang – der unser hoffentlich nicht harrt – noch nie einen Mann richtig in mir gespürt habe! Niemals! Meine zwei braven Ehemänner zählen wirklich nicht. Vielleicht haben sie mich überhaupt nicht entjungfert? Ich hab' nie richtig nachgesehen, und mit Mama oder Ingrid konnte ich mich über so heikle Themen nicht unterhalten.

Ja, meine zwei Ehemänner zählten nicht. Die *zahlten* nur! Was sie wohl zu diesem abgeschmackten Wortwitz sagen würden? Ich hätte es nie gewagt, die braven Onkel und Geldspender zu beleidigen. Ich bilde mir ein, sie beide zartfühlend, und Allan, der mich künstlerisch ausbilden ließ, sogar voll Dankbarkeit und beinahe zärtlich behandelt zu haben.

Wäre ich vor dreißig Jahren diesem herrlichen, hellblonden Adonis begegnet, so hätte ich mich schwer gehütet, ihn zu küssen. Erst nach Auskundschaftung seiner Finanzlage. Die siebzehnjährige Marlies von Ritter hätte niemals einen armen Burschen geheiratet. Sich nie kopflos in ihn verliebt.

»Küß mich!« bitte ich den Fremden.

Von meiner Bluse ist kein Fetzen übriggeblieben. Was die Felsen nicht zerrissen haben, das haben die Hände meines Liebsten zerfetzt. Und was zieh' ich an, wenn der Eingang zur Grotte nicht verschüttet ist? Wenn der Tornado vorübergebraust ist und wir zu den Menschen, in den Alltag zurückkehren?

Ist doch gleichgültig. Es wird noch andere nackte oder halbnackte Sturmopfer geben, und das Rote Kreuz wird bereits zur Stelle sein, die sind mit ihren Hubschraubern gleich da, wenn Not am Mann ist, und eine Pferdedecke oder irgendeinen alten Mantel wird man schon für mich auftreiben.

Ich ertappe mich bei dem wahnwitzigen, verrückten Gedanken, daß ich mit meinem neuen Geliebten, dem ersten Geliebten meines Lebens, die Grotte überhaupt nicht mehr verlassen möchte.

»Im Venusberg will ich mit dir bleiben!« sage ich zu dem Fremden. Er nickt. Na schön. Ganz ungebildet ist er offenbar nicht. Er hätte ja auch fragen können:

»Wo? Was ist das, der Venusberg?«

Von hundert Amerikanern weiß nicht einmal die Hälfte, was der Venusberg im Tannhäuser ist.

»Du bleibst bei mir!« flüstert der Mann.

Er küßt mich auf das nasse Dreieck zwischen meinen Schenkeln, läßt den Mund süchtig und lange darauf ruhen, dringt mit der wunderbar heißen, starken Zunge in mich ein.

Ich habe noch nie solche Küsse empfangen. Mir dreht sich der Kopf, mir ist so schwindlig. Ich bin so glücklich, wie noch nie. Ich bin zwanzig Jahre alt. Nein, das ist zu alt, ich bin siebzehn. Das ganze Leben liegt vor mir. Ich werde mich nie mehr von diesem blonden Gott trennen. Ich bin nicht älter als er. Das war Einbildung. Ich bin so jung, so schön, so heiß wie er.

Und ich habe keine Ahnung, wessen Mund in meinem Schoß, auf meinem Schoß ruht und wessen Zunge tief in mich eindringt, in den Venusberg. Arme, arme Venus. Sie hat den Kuß dieses blonden Tannhäuser nicht gekannt.

Er wird mich nicht verlassen. Ich werde ihn erwürgen, wenn er mich verlassen will. Er soll mit mir nach New York kommen.

Wenn der Sturm vorüber ist, nehme ich ihn mit nach New York und stelle ihn Albert und Ingrid vor. Und meine Mutter – lasse ich aus Washington kommen, und dann werden wir heiraten.

Ich habe hohes Fieber.

Ich muß meiner Erinnerung Ruhe gönnen, ich rette mich und ihn aus der Grotte. Wir liegen jetzt in einem hellen, sonnendurchfluteten Schlafzimmer ohne Möbel auf dem bloßen Fußboden, aber sehr bequem auf einem farbig gemusterten Leintuch, das die breite Matratze bedeckt. Unser Bauernbett wurde noch nicht geliefert. Eigentlich finde ich Liebesspiele auf einer übergroßen Matratze noch viel aufregender als im Bett.

Das große Schlafzimmer nimmt die halbe Breite des ebenerdigen Sommerhauses ein, das ich zwei Monate nach der Sturmnacht fertigbauen ließ. Ein Unternehmer hatte die Grundmauern stehenlassen, es einfach nicht fertiggestellt, und ich kaufte nicht nur das reizvoll gelegene Haus am Strand, zehn Autominuten vom Badeort Cape Clifford entfernt, sondern auch die Anrainer-Bauparzellen. Ich wollte keine Nachbarn haben. Kaum war das hellrote Schindeldach fertig, da beauftragte ich auch schon einen der besten Gärtner von Cape Clifford, mein Traumhaus – unser Traumhaus – mit einem ganz unsystematisch angelegten Wildgarten zu umgeben. Der sollte alles enthalten, was hier am Strand, zwanzig Meter vom Ozean entfernt, Wurzeln fassen konnte. Wuchernde Farnstauden, Efeu, der sich an den weißen Mauern unseres Hauses emporranken und sie mit der Zeit vollkommen bedecken würde, Kletterröschen – und Seerosen auf dem mit Süßwasser gespeisten kleinen Teich, in dem sich innerhalb weniger Tage Frösche und kleine Fische breitmachten. Das nächtliche Gequake der Frösche belustigte uns, und die Grillen gaben ohrenbetäubende Konzerte. Wir pflanzten dunkellila Schwertlilien um den Teich und Sonnenblumen um das Haus, die so schnell wuchsen, daß sie schon im zweiten Jahr das Hausdach überragten. Nach Cape Clifford fuhren wir mit dem Fahrrad, dem Moped oder einem Dünenbuggy. In der winzigen, kaum halbfertigen Dünenkolonie gab es ein einziges Lebensmittelgeschäft, wo wir auch Brot, Gebäck, Milch und Obst bekamen, aber auch dieser Laden war zehn Autominuten entfernt. Wir waren allein in den Dünen.

Hierher hatte ich Dieter entführt. Hier hielt ich ihn gefangen. Das war unser Spiel: Ich, die große Diva, habe einen unbekannten jungen Mann kennengelernt, ihn verführt und halte ihn in einer Art Käfig gefangen. Ich füttere ihn, er bekommt zu trinken und muß mich Tag und Nacht befriedigen.

Dieter, ziemlich arm an Ideen, wenn er mich nicht gerade küßte, war mit diesem Märchenspiel einverstanden.

Wir kannten uns seit zwei Monaten. Wir liebten uns seit zwei Monaten und ich, ich stellte mir immer wieder die ewige, die triviale Frage aller Liebenden: »Wie hab' ich nur leben können... ohne dich?«

Ich war gierig, nimmersatt, gereizt, wenn ich nicht in seinen Armen lag, und auch an seiner Brust immer nur wenige Minuten lang zufrieden und befriedigt.

Ich hatte das herrliche Lied: »So ist die Lieb'..., so ist die Lieb'... mit Küssen nicht zu stillen...« wohl hundertmal gesungen, und ich sang es so überzeugend, daß die Kritiker meine Liebesfähigkeit, meine ganz große Liebesbereitschaft daraus zu hören vermeinten. Damals, bevor ich Dieter kennenlernte, lachte ich die Kritiker aus. Nein, ich hatte beim Singen keine Komödie gespielt, ich empfand wahr- und wahrhaftig Liebesdrang und unerfüllte Sehnsucht beim Singen, weil ich mich in eine ganz starke Autosuggestion hineinpeitschte.

Und nun war alles da – die Erfüllung lag vor mir, lag auf dem bunten Leintuch, zwischen hellgelb getünchten Wänden. Durch die niedrig angebrachten und mäßig großen Fenster, die zum bäurischen Typus des Hauses paßten, konnte keiner mühelos hereinlugen. Schon in diesem ersten gemeinsam verbrachten Spätsommer, der sehr heiß war, hatten wir hohe Hecken um das Haus herumgepflanzt. Im darauffolgenden Jahr ließen wir Hecken mit Sonnenblumen als natürliche Barriere zwischen uns und der Außenwelt abwechseln.

»Kraut und Rüben, alles durcheinander!« hatten sich Ingrid und meine Mutter geäußert, als ich sie im zweiten Sommer nach dem Hauskauf in mein neues Tuskulum einlud. Ich lachte.

»Ja, liebe Kinder! Ganz absichtlich habe ich Kraut und Rüben anpflanzen lassen. Je wilder, um so lustiger, finde ich!«

Mamas feiner, netter Ehemann, mein Stiefvater, der pensionierte Senator, fand die Villa äußerst romantisch. Ob ich wohl bereit wäre, sie ihm einmal zu überlassen? Hier würde er gern mit meiner Mama Philemon und Baucis spielen. Mutter und Stiefvater waren inzwischen über siebzig, aber unerhört jugendlich und sehr unternehmungslustig.

»Du, ich glaube, die gehen noch sehr oft miteinander ins Bett!« mutmaßte Albert, und ich nickte.

Vor zwanzig Jahren hätte man jede Frau über sechzig, die noch von Sex zu sprechen wagte, für absolut pervers gehalten...! Bisweilen bin ich geneigt, unserer verrückten Zeit doch noch einen gewissen Fortschritt zuzubilligen!

Ich ziehe ihn an mich, halte es nicht mehr aus ohne seine Hautnähe. Ich liege auf dem Rücken, er kniet neben mir auf der bunt überzogenen Matratze. Mir ist, als wäre ich noch nie im Leben nackt gewesen. Und dabei haben wir doch schon so oft miteinander geschlafen, die erregendsten Liebesspiele getrieben, uns ausgetobt, ausgeruht, um dann wieder zu toben.

Jeder Kuß meines Geliebten führt mich aufs neue in den Venusberg, der mir bisher immer verschlossen blieb. ›Verführerisch‹, ›blendend schön‹, ›reizvoll wie keine andere‹, ›voll sinnlicher Ausstrahlung und zwingender weiblicher Kraft‹ nannten mich die Kritiker. Damit meinten sie die Venus im ›Tannhäuser‹, doch nicht die bedauernswerte, einsame Frau ohne Schatten, Frau ohne Mann. Männer umgaben mich, doch den richtigen Mann, den einzigen, den richtigen, hatte ich nicht gefunden.

Und nun habe ich alles. Ich bin seit Monaten, seit jener Sturmnacht, die wir allen Befürchtungen zum Trotz glücklich überstanden, die beneidenswerteste Frau unter der Sonne. Ich halte den lieben Gott in den Armen. Das kann unmöglich Blasphemie sein. Ich vergöttere meinen jungen Geliebten und bitte gleichzeitig den fernen, fremden, unbegreiflichen Gott im Himmel um Verzeihung. Man darf keine Männer vergöttern, keine Menschen vergöttern. Doch so bin ich nun einmal. In all den Jahren hatte sich so unendlich viel Leidenschaft in mir aufgestaut, daß ich von einem Extrem ins andere hinüberwechseln mußte. Die Frau ohne Schatten, die Frau ohne Kind und ohne Geliebten verwandelte sich im Handumdrehen in ein verrückt, grenzenlos und maßlos liebendes Weib. Die Sucht nach dem Mann konnte ich befriedigen. Die ganz, ganz leise aufkeimende Sehnsucht nach einem Kind ... nicht nach irgendeinem, sondern nach einem Kind von dem Mann, den ich liebte, mußte ich mit Vernunftgründen abklingen lassen. Schließlich belehrte mich damals, im Dunkel der Sturmnacht, der erste Blick, den ich auf den Fremden warf, daß er blutjung war. Mein Sohn hätte sein können. Und heute weiß ich, daß er um genau zwanzig Jahre jünger ist als ich.

Sogar ein bißchen mehr. Ich bin fünfzig plus. Ich habe das gute Recht, Dieter gegenüber zwei oder drei Jahre zu unterschlagen. Versichert er mir nicht tagtäglich, daß ich die jüngste und schönste bin?

Wenn wir nebeneinander stehen und in den Spiegel schauen, sehe ich tatsächlich aus wie seine jüngere Schwester. Ich bin viel kleiner als Dieter. Er ist 1,90 groß, und ich habe kaum Mittelgröße. Das habe ich nie bedauert. Ich mag keine großen Frauen. Riesinnen, wie etwa die (kurzfristige) Ehefrau Silvester Stallones, dieses Mannweib Brigitte Nielssen, waren mir immer ein Greuel.

Ein unvergeßlicher Nachmittag im Sonnenschein, wir beide ganz allein in unserem Dreizimmerhaus, wo wir noch immer auf das nach Maß bestellte Bauernbett warten. Die ziemlich harten Roßhaarmatratzen sind genau nach unserem Geschmack. Ich starre meinen Geliebten an. Ich fürchtete mich früher immer vor allzu gut aussehenden Männern. Vor ihrem großen Selbstbewußtsein, dem Katz-und-Maus-Spiel, das sie sich mit jeder Frau erlauben konnten.

Und ich hatte tatsächlich bis zu meiner Begegnung mit Dieter noch keinen ausgesprochen gutgebauten nackten Mann im Bett in den Armen gehalten. Am Strand gibt es freilich jede Menge männliche Pfauen und Gockel, die ihre Reize teuer verkaufen – oder sie verschenken. Zuzüglich Ansteckungsgefahr, oder – Angst vor der Ansteckung.

Ich muß an meine liebenswürdigen Geldgeber denken, meine zwei Ehemänner. Keiner von ihnen schämte sich nackt vor mir. Jeder, sogar der zweite mit der gelblichroten Haartolle, hielt sich für sexy. Und nun liege ich in Gott Eros Armen. Dieter sieht gut aus. Er darf nicht wissen, wie schön er ist. Daß er verschwimmende Schlafzimmeraugen hat wie Valentino oder Elvis Presley. Dieter hat auch eine Valentino-Nase, den gleichen weichen, vollippigen, doch ziemlich breiten Mund. Es ist ein Mund, der zum Küssen verführt. Mein Geliebter hat auch lange, dunkle, seidige Augenwimpern und von Malerhand entworfene Brauen von derselben dunkelbraunen Farbe. Wimpern und Brauen sind viel dunkler als Dieters hellblondes, mit beinahe flachsweißen Streifen durchsetztes glattes Haar.

Vor drei Wochen trug er sein Haar über die Ohren frisiert und am Hinterkopf für meinen Geschmack viel zu lang. Es war beinahe eine Mädchenfrisur. Ich bat ihn, sich die Haare am Hinterkopf ganz kurz schneiden zu lassen und sie mit einem Seitenscheitel, glatt nach hinten zurückgestrichen zu tragen. Diese Mode von Anna dazumals kommt wieder. Es ist die Frisur von Valentino und dem ganz jungen Elvis Presley, bevor er so schrecklich zu verfetten begann und sein Gesicht, seine Frisur mit den Koteletten nur noch eine traurige Karikatur war.

Als ich zu Dieter sagte: »Du bist dem Rudolfo Valentino aus dem Gesicht geschnitten!« da fragte er begreiflicherweise: »Wer ist denn das?«

Man muß schon in der Geschichte des Films beschlagen sein, oder sich die ›Late-Late-Shows‹ im Fernsehen zu Gemüte führen, um als junger Mann Bekanntschaft mit Rudolfo Valentino zu schließen. Mich trennen zwei, meinen Geliebten drei Generationen vom König der Stummfilmzeit. Ich weiß selbst nicht, ob Valentino je Tonfilme gedreht hat.

Wir stöberten den ›Sohn des Scheichs‹, einen von Valentinos bekanntesten Filmen, als Videocassette auf, und Dieter gab mir nachher recht.

»Ich sehe dem Herzensbrecher wirklich ähnlich!« rief er aus und fügte hinzu: »Meinst du nicht, Liebling, daß ich einen männlicheren Eindruck mache?«

»Mag sein, aber Valentino hatte auch jenen Stich ins unwiderstehlich-süßliche, den ich sonst nur bei Elvis Presley entdecken konnte!« erklärte ich, um meinen Geliebten zu ärgern. Übrigens log ich nicht. Beide Künstler hatten trotz ihrer durchaus männlichen Art etwas gigolohaftes, zwingendweiches, das selbst auf die weiblichsten Frauen wirkt.

Dieter beißt mich wild in die Lippen. Er beißt überhaupt sehr gern. Meine Lippen tun mir weh. Er hat auch meine Brüste mit den Zähnen malträtiert. Sogar meinen Po. Er kann sehr blutdürstig sein – der reinste Vampir.

Damals, vor knapp zwei Monaten, als wir uns kennenlernten und ich in einen mir unbekannten Abgrund stürzte, in einen brodelnden Hexenkessel von Liebe, Leidenschaft und Eifersucht, da versuchte ich, mich dem neuen Freund unterzuordnen. Ich war anfangs sehr schüchtern. Sogar in der ersten Stunde unseres Beisammenseins, in der naßkalten Grotte.

Und bald wurde alles anders. Ich weiß nicht, welche Macht

mich dazu trieb, Herrin zu sein und aus Dieter meinen Sklaven zu machen. So war ich ja gar nicht veranlagt! In der Arbeit ordnete ich mich meinem Regisseur, meinen Partnern stets unter; gab es Meinungsverschiedenheiten, so wurden sie in vernünftigen Auseinandersetzungen gelöst. Ich hatte auch mit meinen Ehemännern nie Krach gehabt; ich wußte vom ersten Augenblick an, was ich von ihnen wollte und was ich diesen bequemen Geldgebern schuldig war.

Was soll diese neue Herrschsucht? Wieso verwandelt sich Marlies von Ritter in den Armen dieses Knaben im Bett plötzlich in einen weiblichen General, der Befehle erteilt?

Dazu kann mich ja nur die Angst treiben, ihn zu verlieren! Ich mache Mätzchen. Spiele ihm und mir eine Komödie vor. Oder lerne ich mich, die echte Marlies, erst jetzt kennen?

»Bleib ganz still liegen! Beweg dich nicht!« bitte ich meinen Geliebten. Es klingt wie ein Befehl, und er fügt sich. Er schließt die Augen, lächelt, öffnet durstig den prachtvoll geschwungenen Mund, zeigt seine weißen Zähne. Ich weiß nicht, wohin ich ihn zuerst küssen soll. Ich habe ihn ja nur gebeten, still zu liegen, damit er ganz mein Spielzeug sein kann.

Zwischen den Zähnen flüstert er: »Ich kann nicht stillliegen!«

»Doch, du kannst es. Ich war immer viel zu freundlich. Das muß anders werden.«

»Warum?«

»Weil ich dich strafen muß. Ich muß dich dafür bestrafen, daß ich dich so liebe.

Nun lacht Dieter aus vollem Hals.

»Du bist durchgedreht!« ruft er und strampelt mit den Beinen. »Komm, küß mich, du verrückte Urschel!«

»Schon möglich, daß ich durchgedreht bin. Warum hast du dich als Teenager mit einer würdigen älteren Dame eingelassen? Wenn Frauen überreif sind, drehen sie durch.«

Nun lacht Dieter noch mehr.

»Ich bin kein Teenager. Ich bin dreißig Jahre alt. Und du bist keine ältere Dame. Du lügst, wenn du behauptest, fünfzig zu sein. Ich glaub' dir kein Wort. Zeig mir doch endlich deinen Reisepaß...«

»Ich denke nicht dran!«

»Siehst du, Marlies? Du zeigst ihn mir nicht, weil du lügst. Du bist nicht älter als ich. Keinen Tag älter! Willst dich bloß interessant machen, weil ältere Frau und junger Boyfriend ›in‹ ist...«

»Sieh doch im Opernlexikon nach! Oder erkundige dich im Sekretariat der ›Met‹! Im ›Wer ist Wer in Amerika?‹ steht mein kurzer Lebenslauf auch drin. Und in Bayreuth weiß man ebenfalls Bescheid...«

»Quatsch nicht soviel!« seufzt Dieter. »Komm, hab mich lieb, küß mich... Es ist mir so schnurzegal, wie alt du bist, mein süßer, einziger Liebling... Ich bin ja so rasend glücklich mit dir...«

Die Grillen zirpen draußen am Teich und die Frösche quaken schon jetzt, am hellichten Tag. Das wird heute nacht ein Konzert geben! Durchs offene Fenster dringt der berauschende Geruch der Geißblattblüten. In ein oder zwei Jahren werden die weißgekalkten Mauern unseres Hauses ganz mit Geißblatt, Efeu und Knöterich bedeckt sein. Ich weiß schon jetzt, daß dieses Haus mein Lieblingsversteck mit Dieter sein wird, obwohl uns nur eine kurze Fahrt mit dem Dünenbuggy von Cape Clifford trennt.

Es ist ein prickelnd wohliges Gefühl für mich, ein kitzliges Triumphgefühl, fast in unmittelbarer Nähe von Dieters bisherigem Wohnort und Arbeitsplatz in seinen Armen zu liegen. *Sie, die andere, weiß es.* Sie wäre blind und taub, wenn sie nicht wüßte, was wir hier Tag und Nacht treiben. Und nicht nur hier. Auch in New York, in meiner Stadtvilla. Oder in der Penthouse-Wohnung am Central Park, einer der kostspieligsten Eigentumswohnungen, die es im Stadtkern von Manhattan gibt.

Was geht mich Dieters Vorleben an?

Es geht micht sehr viel an. Ich muß es auslöschen.

Habe ich es nicht schon ausgelöscht, erledigt, alles erdrosselt, was es bisher für ihn gab? Jeden anderen Einfluß ausgeschaltet?

»Komm doch endlich, laß dich liebhaben!« fleht mein Geliebter, der nur mir gehört. Er hat noch nie mit einer anderen Frau geschlafen. Alles, was war, ist Einbildung, seine und meine Fantasie. Undenkbar, daß ihn je eine andere Frau glücklich machte.

Betörende Duftwolken dringen ins Zimmer. Sogar ein paar weiße und violette Fliedersträucher gedeihen in unserem Garten. Jedes botanische Wagnis, das unser Gärtner unternahm, ist gelungen. Eine tolle Zusammenstellung, wie man sie um den Fischteich und auf dem unbeschnittenen, wild wuchernden Rasen findet, kann es weit und breit nicht geben.

Wir bringen es tatsächlich fertig, minutenlang reglos nebeneinander zu liegen.

Dann hebt Dieter spielerisch sein rechtes Bein in die Luft, tut, als zöge er sich daran hoch, läßt die Muskeln spielen.

»Findest du, daß meine Beine genügend lang sind?« will er wissen.

»Ja.«

»Hatte dein Rudi Valentino längere Beine?«

»Ich glaube nicht. Italiener sind fast immer kleiner als Amerikaner skandinavischer und deutscher Abstammung.«

Dieters Urgroßeltern waren aus Hamburg eingewandert, seine Urgroßmutter war Isländerin aus Reykjavik gewesen. Dieter behauptet, sein Blondhaar und seine blaugrünen Augen von ihr geerbt zu haben.

»Meine Haut hat an den Knien Falten!« beschwert er sich plötzlich. Er hat jetzt auch das andere Bein in die Luft gehoben, macht beinahe einen Schulterstand. Ich tröste ihn.

»Jede Haut hat an den Knien Falten, mach dir nichts draus, Liebling!«

Und ich drücke seine Beine kräftig nieder auf die Matratze.

»Lieg doch still!« bitte ich ihn nochmals. »Kannst du nicht ein bißchen stilliegen, damit ich mich an dir sattsehen kann?«

»Meinethalben. Bitte, bediene dich, meine Süße!«

Ich rolle mich auf die Seite, liege jetzt auf meiner linken Flanke. Mein Geliebter liegt auf dem Rücken, mit geschlossenen Augen, geöffnetem Mund und sehr weiß blitzenden Zähnen. Ganz, ganz sachte schiebt er seine lachsfarbene Zunge zwischen den Zähnen hervor.

Weiß der liebe Gott im Himmel eigentlich, was für ein köstliches Geschenk er den Menschen mit der Zunge machte? Die Zunge ist zum Schmecken da. Ohne den Geschmackssinn würde uns das Essen nicht behagen. Doch die menschliche Zunge ist vor allem zum Küssen da, zur Erforschung des angebeteten Körpers, den wir lieben. Der Körper eines Mannes ist ein faszinierender Irrgarten, ein Wildgarten, auf dem, in dem die Zunge der Frau spazierengehen kann. Dazu gehört mehr als Liebe und Leidenschaft. Es gehört ein hohes handwerkliches Können dazu – zuzüglich der Liebe, zuzüglich der Leidenschaft.

Ich glaube nicht, daß ich so maßlos, so rettungslos in Dieter, den ich erst seit zwei Monaten kenne, vernarrt wäre, wenn meine Liebe nur dem Sexualtrieb, dem neuentdeckten erotischen Glück und nicht auch der seelischen Liebe entspränge. Genau das ist passiert, was ich nicht haben wollte. Wovor mich Ingrid und Albert und meine Mutter schützen wollten. Ich hatte mich so lange gegen die Liebe abgekapselt – mehr als fünfzig Jahre lang. Und nun war es geschehen.

»Gib mir endlich deine Zunge!« bettelt der Knabe, der behauptet, schon dreißig Jahre alt zu sein. Er sieht aus wie sechzehn.

Ich schiebe meinen nackten Körper ganz, ganz sachte an dieses hinreißende Standbild aus Fleisch und Blut, aus breiten, mit gebräunter Samthaut überzogenen Schultern und schmalen Hüften, an diesen Kopf mit hellerem und dunklerem, mit Silber- und Bastblond gekröntem Haar heran. Seine zartrosa Zunge krümmt sich, zuckt meinem Kuß entgegen. ich muß diesen Augenblick der Verschmelzung immer so lange hinausschieben, bis die Lust meine Sinne umnebelt. Es gibt nichts Wunderbareres als die Vorfreude, als das Vorspiel mit Zunge, Brust und Armen, mit Fingern, Handflächen und Schenkeln. Es ist so berauschend, daß wir die Erfüllung getrost weglassen könnten...

Bisweilen tun wir es auch. Wir sind schon oft mitten im Vorspiel eingeschlafen – in Erwartung von Ejakulation und Orgasmus. In einer so starken, zitternden, bebenden Erregung, daß sie süßes Gift ins Hirn absonderte, und dieser Rausch brachte einen leichten Schlaf. Als wir erwachten, geschah es mit geschlossenen Augen. Wir spürten die Nähe des

Liebespartners, und Dieter ließ sich mit einem tiefen Seufzer in mich fallen, drang zwischen meine Schenkel, entlockte mir ein Stöhnen, wie es noch nie von den Lippen einer Frau gedrungen war. Undenkbar, unmöglich, daß ein anderer Mann vor oder nach meinem Geliebten eine andere Frau so rasend glücklich machte, wie dieser Knabe mich, die sehr reife Frau – das unbeschriebene Blatt.

Drei Monate? Ein halbes Jahr? – Wir sind wieder in unserem Sommerhaus in den Dünen, bei Cape Clifford.

Ich habe Dieters Zunge zwischen die Lippen genommen. Ich ziehe sie saugend in meinen Mund. Arme, bedauernswerte Salome! Arme Kannibalin! Durftest nur einen Toten küssen! Ich bin beneidenswert, weil ich, lange vor der Schwelle, über die man in das Alter tritt, den Mann meines Lebens gefunden habe. Mich von ihm verführen ließ. Ihn verführen durfte.

Wenn ich früher die Salome sang, ekelte ich mich immer vor meiner maßlosen Gier. Und ich fürchtete mich, bekam Gänsehaut und Schüttelfrost beim Anblick des bemalten Kopfes aus Pappe, den Herodes seiner blutrünstigen Stieftochter servieren läßt.

Brrr. – Ich denke seit meiner Begegnung mit Dieter nur noch an *seine* Küsse, wenn ich auf der Bühne in den Armen meines Partners liege. Freilich brauste der Tornado vor Monaten über New Jersey dahin, und seither trat ich nur zweimal in Sommerkonzerten auf, die zu Ehren ausländischer Gäste, vor Anbruch der ›Met‹-Spielzeit, im Opernhaus des Lincoln Center stattfanden. Ich hatte zum erstenmal im Leben Lampenfieber, weil ich wußte, daß mein Geliebter neben meinen besten Freunden Albert und Ingrid saß. Ich sang mit Orchesterbegleitung, und sowohl Albert als auch Ingrid warfen dem Pianisten eifersüchtige Blicke zu und hörten nach dem Konzert nicht auf, ihn runterzumachen.

Als ich vor Jahren meine erste Salome sang, waren die englischen, deutschen und amerikanischen Musikkritiker hingerissen. Es sei ein Jammer, schrieb F. K., der gefürchtete New Yorker Opernkritiker, daß man das Rad der Zeit nicht zurückdrehen könne und daß mich Richard Strauss als ideale Interpretin seiner wilden Herodias-Tochter nicht hätte bewundern können; denn der Meister hätte mich bewundert, ich war das ideale Kindweib dieser heißen erotischen Oper. »In Marlies von Ritter wurde eine Salome geboren, die gleichzeitig wildes, begehrliches Kind und verführerisches Weib ist!« hieß es nach meiner letzten Salome vor zwei Jahren. »Man vergißt, daß die Künstlerin sehr weit vom kindlichen Alter entfernt ist. Ihr Gesicht, ihre gertenschlanke Figur, ihre Darstellungskraft und vor allem das gewaltige Volumen ihres Soprans machen aus dieser Salome die beste, die wir je gehört haben. Der Traum des Richard Strauss ist Wahrheit und Wirklichkeit geworden.«

Im Winter werde ich einen Opernfilm drehen, eine Neuverfilmung der Salome, doch stellte ich zur Bedingung, daß sich die Handlung dem klassischen Bühnengeschehen anpaßt. Ich habe keine Lust, in einer Moritat namens Salome aufzutreten... Wir haben dergleichen oft erlebt, vor allem bei der sehr freien, allzu freien und mit allerhand Klimbim behängten Verfilmung italienischer Opern durch Filmemacher, nach deren Meinung die Musik in einer Oper eine untergeordnete Rolle spielt.

Wenn ich den Kopf des Jochanaan auf dem Silberteller küsse, so werde ich heimlich nach Dieter schielen. Der muß in Zukunft immer in der ersten Reihe sitzen, wenn er nicht selbst auf der Bühne steht... *Als mein Partner.*

Der Zufall ist der mächtigste Herr. Das ahnte ich schon immer. Ich wußte es aber nie. Die Gewißheit kam in der Sturmnacht, in der naßkalten Grotte. – Ich werde fortan immer die Nähe meines Geliebten brauchen, um Spitzenleistungen hervorzubringen. Schon Richard Wagner schrieb in seiner Autobiographie, daß die berühmte, große Sopranistin Wilhelmine Schröder-Devrient einmal, als ihr Bühnenpartner schrecklich reizlos war, ihren damaligen sehr attraktiven Geliebten bat, in den Kulissen Aufstellung zu nehmen, so daß sie ›für ihn singen konnte‹.

Ich habe sehr viel Fantasie. Dieters Nähe wird mich, solange ich lebe, befeuern, doch brauche ich nur die Augen zu schließen, um mir seine Lippen, seinen Hals, seine starken

Arme zu vergegenwärtigen. Er hat mich verhext. Er ist immer da.

Wer nicht an Zufälle glaubt, ist töricht. Der Zufall bestimmt dein Leben. Der Zufall ist dein Schicksal.

Ein Jammer ist freilich, daß mir gerade eine furchtbare Katastrophennacht, in der mehr als hundert Menschen den Tod fanden oder schwer verletzt wurden, mein großes, ungeahntes Glück brachte. Warum ist Gott so ungerecht? Gott kann unermeßlich gut sein. Ich bin ihm ewig dankbar. Doch warum schuf Gott, der die Menschen liebt, auch soviel Böses? Warum? Ich bin kein Professor der Theologie und kein Philosoph. Ich kann diese Frage nicht beantworten. Ich weiß ja von mir, daß Gut und Böse nebeneinander in meiner Brust schlummern; daß ein jeder Mensch als gutes und böses Doppelwesen geboren wird.

Doch warum läßt Gott es zu, daß Menschen erblinden, in einem Wirbelsturm umkommen, daß der Satan siegt und die Engel unterliegen? Kein Mensch kann eine zufriedenstellende Antwort auf diese Frage finden.

Ich bin überzeugt, daß ich meine zweifellos vorhandenen bösen Instinkte hätte niederkämpfen können, wenn ich nicht zufällig die Geliebte des Dieter Williams geworden wäre.

Küsse und noch mehr Küsse. Sie werden immer heißer. Ich werde anfangen, unsere Küsse zu zählen. Ich werde Striche auf einen weißen Bogen machen. Oder die Zahl unserer Küsse einem Computer einverleiben. Küsse, Küsse. Die Schatten werden in unserem Schlafzimmer, wo wir auf der Matratze ohne Bett so glücklich sind, immer tiefer, es ist später Nachmittag geworden. Der sanfte Wind bewegt die vielfarbigen Batistvorhänge an beiden Fenstern. Wir küssen uns seit vielen Stunden.

Ich habe Dieters Zunge, die mir so gut schmeckt, wieder einmal herausschlüpfen lassen. Ich liege schon wieder abwartend auf dem Rücken. Liege still, um den Geliebten zu reizen. Ich versuche, boshaft zu sein. Ich möchte meinen Geliebten quälen, weil ich ihn so verzweifelt liebe. Ich muß ihn dafür bestrafen, daß ich ihn so liebe. Wenn ich ihn nicht härter behandle, wickelt er mich ganz um den Finger. Er tut es ja schon. Ich lebe in einem ständigen Auf und Ab des Herrschenwollens und des Sklave-sein-Wollens.

Wie stelle ich es bloß an, Dieter nicht zu verlieren? Heute und morgen droht mir keine Gefahr. Darin ähnelt mein Schicksal dem der Marschallin im Rosenkavalier – wir sind im ersten Akt! »Nicht heut', nicht morgen!« beruhigt Octavian seine reife Geliebte. Du liebe Zeit! die gute Marschallin war ganze zweiunddreißig Jahre alt... Octavian, der Rosenkavalier, zählte allerdings nicht mehr als siebzehn Jahre!

Und Dieter behauptet, dreißig zu sein. Ich bin fünfzig plus. Daran ist nicht zu rütteln.

Ich werde aus purer Angst, ihn zu verlieren, aggressiv. Marlies von Ritter war in ihrem Privatleben niemals angriffslustig. Wenn ich Rollen studierte und probte, hörte ich dem Spielleiter, dem Korrepetitor, dem Dirigenten geduldig zu. Ich akzeptierte ihre Vorschläge, führte mitunter logische Gegengründe an und erreichte mit ruhiger Beharrlichkeit immer mein Ziel.

Im Privatleben war ich sehr flexibel, berücksichtigte die individuellen Wünsche meiner Ehemänner, ordnete mich unter. Meinem ersten Mann war ich für die großzügige Ausbildung meiner Stimme aufrichtig dankbar; und Ehemann Nr. Zwei, Frank, war zwar grotesk, aber doch ein intelligenter, kultivierter Begleiter, ein netter Kerl und eine fantastische Geldquelle für die junge Marlies!

Schwamm drüber... wie froh war ich, als beide Männer von meinem Horizont verschwanden! Sozusagen in der Versenkung. Es mangelte mir später niemals an dem, was man in Amerika einen ›Escort‹, einen Begleiter nennt. Wäre ja noch schöner. Inzwischen kennen alle Musikfreunde meinen Namen, rund um die Welt; und alle Männer wären stolz darauf, von Marlies von Ritter ins Schlepptau genommen zu werden.

Nur Dieter Williams hatte angeblich damals, in der Grottenbahn, keine Ahnung, wer Marlies von Ritter war. Ich hätte es nicht für möglich gehalten. Er hat mich wirklich nicht erkannt! Und hätte er mich erkannt – nach Fotos, die in den Zeitungen erschienen oder aufgrund von Fernseh-Interviews – so hätte ihm der Name Marlies von Ritter auch nichts bedeutet.

»Lieg nicht so faul da! Küß mich, sonst dreh' ich dir den Kragen um!« brummte mein Geliebter.

Ganz, ganz langsam und faul, wie eine Raupe, die über ein Blatt kriecht, schiebe ich mich wieder an meinen Herrscher und mein Opfer heran. Ich glaube manchmal wirklich, daß wir es rund um die Uhr treiben. Daß wir es Tag und Nacht ohne Essen und Trinken aushalten. Nur mit Küssen und Umarmungen als Nahrung. Ich wollte, mein Körper bestünde aus tausend Nattern. Dann könnte ich meinen Geliebten tausendfach umschlingen, wie die Schlangen den Laokoon.

Jetzt habe ich Lust, mit meiner Zunge in seine rosigen Ohren einzudringen. Die sind ziemlich groß, aber richtig proportioniert für seinen Körper. Ich betupfe seine Ohrmuscheln mit der Zungenspitze. Das macht ihn toll. Seine Haut schmeckt gut, die samtig überzogenen Knorpel schmecken gut, das Ohrläppchen ist eine seidige Kostbarkeit. Alles schmeckt an meinem Liebsten gut. Ich weiß nicht, ob mir seine Lippen besser munden als der imposant gebaute fleischige Turm zwischen seinen Schenkeln. Das Moos um diesen Turm ist dunkelblond und sehr weich.

Ich liebe Dieter so stark, daß es schmerzt. Ich füchte mich vor dieser Liebe. Sie darf nie zu Ende gehen. Er darf mich nie demütigen, sonst werde ich ihn töten.

Immer, wenn wir am glücklichsten und zufriedensten sind, drängt sich das Gespenst zwischen uns. Ich habe oft versucht, mich selbst zu analysieren. Das ist meine einzige Möglichkeit, die Triebfedern meiner Handlungen klar zu ermitteln. Nichts würde mir mehr widerstreben, als eine zweite Person in meine Geheimnisse einzuweihen.

Damals, an jenem herrlich heißen Nachmittag im Strandhaus bei Cape Clifford, war ich mir noch keiner Schuld bewußt. Heute ist es anders. Ich war – gelinde ausgedrückt – leichtsinnig. Bis zu einem gewissen Grade schuld an dem Unglück. Vielleicht sogar, allerdings nicht allein, dafür verantwortlich. Doch damals, in unserem weißgetünchten

Schlafzimmer, auf der übergroßen Matratze, in Dieters Armen, war ich noch ganz rein. Unschuldig. Wenn man bei einer Frau, die immerhin zwei Ehemännern auf äußerst taktvolle Weise den Laufpaß gab, überhaupt von Unschuld reden kann.

Warum diese Heimsuchung? Warum ließ mich das Phantom schon damals nicht los? Es war ja noch gar nicht geboren. Schuld, tatsächliche oder eingebildete Schuld, gebiert Gespenster. Damals hatte noch keine geisterhafte Gestalt das Recht, sich mir zu nähern. Und dennoch wagte es die grünliche Wasserleiche, wenn mich meine Erinnerung nicht grausam täuscht, schon damals, sich mir, sich uns beiden, den glücklich Liebenden, zu nähern. Dieter sah sie nicht. Ich hätte mir lieber die Zunge abgebissen, als mich ihm zu offenbaren.

In der Grotte, als wir uns zum erstenmal küßten, lag die ekelhafte Pappfigur, die ›Leiche einer Ertrunkenen‹, freilich auf den Kunststoff-Felsen. Wir hatten die Stelle im Paddelboot passiert. Doch als sich Dieter auf mich stürzte, lag die Stelle schon hinter uns. Immerhin schauderte mich, und es wollte mir nicht gelingen, mich den Fangarmen der Ertrunkenen zu entziehen. Dieter tröstete mich. Er küßte mein Entsetzen weg.

Doch hier, Monate nach unserer Rettung aus Lebensgefahr, hat die greuliche Figur nichts zu suchen. Weg damit! Ich bin mir keiner Schuld bewußt. Ich bin noch nie mit einem Ertrunkenen oder einer Ertrunkenen in Berührung gekommen.

Mir ist heiß. Ich möchte tauchen, tief hinunter ins salzige Meer, in die Mutter allen Lebens. Ich liebe den Kuß des Meeres, sein Streicheln. Ich bin eine gewandte Taucherin, furchtlos, wenn ich weiß, daß wir in einem Gebiet tauchen, das frei von Haien ist.

Kaum hatten wir uns mit Dieter ein paar Urlaubstage am Meer gegönnt, da bat ich ihn, doch auch tauchen zu lernen. Dieter lachte mich aus. Er war ein vorzüglicher Schwimmer und Segler und hatte schon als Schuljunge sein Taschengeld als Strandwächter und Rettungsschwimmer verdient. Im ersten Jahr unserer Liebe flogen wir auf die Bermudas und nach

Florida, tauchten im Golf von Mexiko und im Atlantik. Dieter war mein Lehrer – und nicht umgekehrt. Einmal stieg ich meinem jungen Freund zuliebe sogar in einen Stahlkäfig, von dem aus man angeblich gefahrlos Haie beobachten kann.

»Hier wurde noch nie ein Hai gesichtet!« erklärte Dieter, bevor wir in der Nähe von Coral Gables in Florida mit einem Hochseefischer weit hinaus aufs Meer fuhren und uns dann nebeneinander in den ›hieb- und stichfesten‹ Käfigen in etwa zwanzig Meter Tiefe versenken ließen. Ich zitterte am ganzen Leib. Was tut man als Fünfzigjährige nicht alles, um dem tollkühnen Geliebten zu imponieren? Wir hatten Glück oder Pech, wie man's nimmt. Mir waren schon die Riesenquallen und Muränen genügend unheimlich, die in angemessener Entfernung an unseren Käfigen vorbeischwammen. Das war mein einziger Ausflug auf den Meeresboden in einem Haifischkäfig.

Vor grünlich angelaufenen Wasserleichen graut mir noch mehr als vor Haien.

Die Sonne steht tiefer am Firmament, unser wunderbares, primitives Bett liegt im Schatten, und wir sind noch immer mit Küssen, mit den Geheimnissen des süßen Vorspiels beschäftigt. Dieter öffnet meine Lippen, die jetzt leicht aufeinanderruhen, mit seinem rechten Zeigefinger, schiebt ihn unter meine Zunge. Nur sexuell völlig unbegabte Männer wissen nicht, was dieser Finger bedeuten soll. Der Finger eines Mannes kann eine Frau viel stärker erregen als das Geschlechtsorgan, der schöne Turm. Dieter streichelt meinen Mund mit beiden Händen, drängt sich mit allen zehn Fingern zwischen meine Lippen und schießt dann wie ein Habicht auf seine Beute nieder.

Wie seine Küsse schmecken, werde ich nie mit annähernder Genauigkeit schildern können, weil sie täglich, und auch jede Nacht und jede Stunde anders schmecken. Ich bilde mir ein, daß der Hauptgeschmack von Dieters Küssen der von rohem Fleisch ist. Seine Lippen erinnern mich, wenn ich sie schnuppernd und sehnsüchtig küsse, an ungewürztes, rohes Steak. Sind das die Empfindungen und Gedanken einer Kannibalin? Gewiß. Ich werde leider nie den Mut dazu haben, ganz Kannibalin zu sein und meinen Geliebten mit Haut und Haaren zu verspeisen, wie es die Gottesanbeterin so konsequent und ohne Gewissensbisse tut; primitive Geschöpfe, Insekten, haben kein Gewissen. Ich fresse übrigens meinen Geliebten nicht etwa aus Gewissensgründen nicht auf, sondern aus purem Egoismus. Gäbe es Dieter nicht, so läge ich, Marlies, ja wieder und vielleicht Nacht für Nacht, bis an mein Lebensende, unbefriedigt, beinahe unberührt in meinem Bett.

Man pflegt den Partner, der einem soviel erotisches Glück spendet, nicht wahr? Am liebsten hielte ich Dieter in einem schützenden Käfig, nicht unähnlich denen, die uns auf den Meeresboden beförderten.

Seine Lippen ruhen jetzt auf meinen, und er ist mit seiner starken, herrschsüchtigen Zunge sehr tief in meinen Mund eingedrungen. Mir ist schwindlig vor Glück. Ich spreize die Beine weit, sehr weit, lasse den Lebensbaum so tief in mich eindringen, daß er mich beinahe durchbohrt. Da löst sich der Geliebte plötzlich ganz jäh von mir, dreht mich um, drückt mich so nieder, daß ich auf dem Bauch liege. Er zieht mich hoch, ich kann nicht anders, ich muß auf allen vieren kauern, wie ein Hund. Diese Stellung ist einfach komisch. Aufregend. Aber komisch. Dieter nimmt mich gern in dieser komischen Stellung. Ich kann nicht anders. Ich muß lachen. Dieters Hände verschließen mir den Mund. Er drückt sich tief, zum Verrücktwerden tief in mich hinein, mir vergeht die Lust zum Lachen, er löst die Hände von meinem Mund und preßt meine Brüste zusammen.

Wir sind im Paradies.

Ich hätte nie geahnt, daß die körperliche Verschmelzung mit einem Mann solche Wunder bergen kann. Für mich war das alles in meinen beiden Ehen eine Kette ziemlich peinlicher Cochonnerien gewesen, die man aber in Kauf nehmen mußte. Ich hatte allerdings keine der aufregenden Verrenkungen, die mich Dieter lehrte, in einem meiner beiden Ehebetten erlebt.

Bei meinen Männern ging es wirklich nach Schema F. Wie es bei Frank, meinem zweiten Mann war, habe ich schon geschildert. Allan, mein sechzigjähriger erster Mann, war eigentlich herzig im Bett.

»Süß bist du, Schatzilein!« pflegte Allan, der Gute, Großzügige, dem ich soviel verdankte, zu seiner siebzehnjährigen Marlies zu sagen. »Nun sei mal ganz lieb zu deinem Onkelchen und gib Onkelchen ein Küßchen!«

Ich gab ›Onkelchen‹ ein Küßchen. Oder zwei. Dann warf sich Allan, ohne jemals die Pyjamajacke abzulegen (immerhin legte er die Hose ab) auf mich, trällerte eine Melodie von Rossini und versetzte mir ein paar Stöße mittlere Stärke. Ich weiß nicht, ob Allan je eine Ejakulation hatte.

Allan wußte, daß ich Rossini nicht ausstehen kann. Ich glaube, er trällerte eine Melodie von Rossini nur, weil er wußte, daß ich auch diesmal kalt bleiben würde. Allan hatte auch einen Waschzwang, er stand nach jedem *faire l'amour* eine halbe Stunde unter der Brause. Dann verabschiedete er sich und genoß die ›Late-Late-Show‹ im Fernsehen, in seinem eigenen Zimmer. – Allan war aber sehr taktvoll. Bereitete ich mich auf ein Konzert oder eine Bühnenrolle vor, ließ er mich oft wochenlang in Frieden.

Unser Geschlechtstag war der Montag. Immer nur Montag. Im Gegensatz zu Frank, meinem zweiten Mann, gab sich Allan mit dem Montag zufrieden. Einmal die Woche genügte ihm.

Seit meiner Scheidung von Allan kann ich Rossini noch weniger leiden als früher.

Ein einziges Mal habe ich versucht, meinem zweiten Mann, Frank, das richtige Küssen beizubringen, so, wie ich es mir intuitiv vorstellte.

Ich bin nämlich ein geborenes Kußtalent, was nicht unbedingt mit angeborener Geschicklichkeit in der sexuellen Hingabe verbunden sein muß.

Ich versuchte mit geschlossenen Augen, während ich an Richard Wagner dachte, meine Zunge zwischen den Lippen meines Mannes spazierengehen zu lassen. Dann gab ich mir einen Ruck und streichelte Frank dort, wo jeder Mann empfindlich und erregbar ist. Zwischen den Beinen.

Das hätte ich lieber nicht probieren sollen!

Frank stieß meine Hand weg und rief: »Das tun doch nur die Nutten! Ein feines junges Mädchen wartet ab und drängt einen Mann nie!«

»Mädchen?« Ich riß die Augen auf und setzte mich im Bett auf. »Mädchen? Hast du inzwischen nicht festgestellt, daß du eine geschiedene Frau geheiratet hast? Die angeblich schon entjungfert wurde?«

Das allerdings war übertrieben. Ich sollte in Dieters Armen merken, daß mich mein erster Mann vermutlich gar nicht entjungfert hatte, weil er die Regeln der Liebeskunst sehr ungenügend beherrschte.

Frank ließ sich nicht aus der Ruhe bringen.

»*De facto* magst du keine Jungfrau mehr sein, doch laß mir, bitte, meine Illusionen! Darf ich dich nicht auch entjungfern?«

»Bitte, wenn doppelt genäht besser hält!«

»Bin ich der erste Mann deines Lebens?«

»Ja, Frank. Du bist der erste Mann meines Lebens!«

Frank jubelte. Immerhin pfiff oder sang er nicht Rossini im Bett. – Am nächsten Vormittag, Frank war längst in sein Büro gefahren, wurde ein zauberhafter Blumenstrauß mit dreißig langstieligen Teerosen, meinen Lieblingsblumen, für mich abgeliefert. Ich stellte sie in die hohe chinesische Vase neben meinem Steinway-Flügel. Auf das Kärtchen, das im Strauß steckte, hatte Frank folgende eheliche Liebeserklärung gekritzelt:

»Meiner reizenden kleinen Jungfrau Marlies, von ihrem sie glühend liebenden Männchen Frank!«

Das mit der ›Jungfrau‹ war nun einmal seine Manie, und ich spielte mit. Ewig würde diese alberne Ehe nicht dauern! – Sie dauerte immerhin drei Jahre, und dann provozierte ich, nicht ohne Mamas und Ingrids Schützenhilfe, sehr geschickt eine Scheidung. Ich bekam von Frank eine Menge Geld, ein paar Häuser und einen fürstlichen Unterhaltsbeitrag, den ich bis zu meiner dritten Ehe auf die hohe Kante legte.

Nein, ich war nicht für die Ehe geschaffen. Je mehr ich als Sängerin verdiente, um so absurder schien mir der Gedanke, an einen Mann gefesselt zu sein. Laß doch die Kleinbürgerinnen Kinder kriegen, vor Angst um die Kinder zittern und später, wenn sie Teenager sind, in den Zimmern dieser jungen Menschen nach Kokain oder Marihuana suchen. Ich war glücklich, keine Kinder zu haben. Ich hätte meinen Sohn oder meine Tochter erschossen, wenn sie, allen Vorsichtsmaßregeln zum Trotz, in schlechte Gesellschaft geraten und süchtig oder Kriminelle geworden wären.

Ich bin ein Mensch der radikalen Lösungen.

Oft kommen mir abwegige Gedanken. Vor allem, seitdem ich Dieter liebe. Diese Liebe hat mich unermeßlich reich, doch absolut nicht besser gemacht, sie wirkt nicht veredelnd, sie ist eine Prüfung, eine Last, unter der ich zusammenzubrechen drohe.

Böse, böse Gedanken, und mein Geliebter, mit dem ich bei der Niederschrift dieser Erinnerungen schon fünf Jahre schlafe, den ich von Tag zu Tag leidenschaftlicher liebe, hat keine Ahnung davon, daß in der großen Marlies von Ritter auch eine Teufelin steckt. Jawohl. Die kleinkarierten Gesellschaftsdamen, deren Horizont in New York, Paris und Berlin gleicherweise beschränkt ist, auch wenn diese Frauen einen Rolls Royce oder Mercedes fahren und sich in Zobelpelze hüllen..., diese Frauen wären entsetzt, wenn ich sie in meine geheimsten Gedanken und Wünsche einweihte. Die muß ich sogar vor meinen intimsten Freunden, vor Ingrid und Albert und vor meiner Mutter, verborgen halten. In meinen Memoiren, die ich für den Geliebten und meine Fans schreibe... in diesem Buch, das ich Dieter widme und das ich ihm zur freien Verfügung vermache, will ich nicht lügen. Mag sich sogar mein Geliebter, mein dritter Mann, Dieter, über die Frau entsetzen, die er liebte, die er als junger Menschengott in die Arme nahm. Der er ein Paradies erschloß.

Nun schlucke ich herunter.

Es ist gar nicht so einfach, sich die Maske vom Gesicht zu reißen. Was werden meine Verehrer zu dieser Beichte sagen? Und die Musikkritiker, die in meinen Interpretationen der großen Wagner-Heldinnen eine Liebende sondergleichen, eine Frau voll dramatischer Ausdrucksfähigkeit, eine Isolde, die buchstäblich an gebrochenem Herzen starb, entdeckt hatten?

Ich sehe mich oft als Witwe. Noch immer jung. Nicht ›jung‹, sondern ›noch immer jung‹. Als ich den Geliebten kennenlernte, war Marlies von Ritter ›noch immer jung‹. Diese Marlies sieht sich heute, fünf Jahre nach unserer Begegnung, oft in ihren Gedanken als tief trauernde Witwe.

In meiner Fantasie wurde mir Dieter Williams, mein dritter Ehemann, der erste Mann meines Lebens überhaupt (denn seine Vorgänger waren Nullen) durch den Tod entrissen. Was tut die trauernde Witwe? Nimmt sie sich an der Bahre ihres Gatten das Leben? Oder stirbt sie an gebrochenem Herzen, wie Isolde an der Leiche ihres Tristan?

O nein. Sie lebt weiter. »*Soeur, il faut vivre!*« rief Hans von Bülow nach Wagners Tod – in einem Brief – seiner früheren Frau, Wagners tiefgebeugter Witwe Cosima zu. Und Cosima überlebte Wagner um mehr als vierzig Jahre, pflegte sein Erbe, sorgte dafür, daß Richard Wagners Werk an Bedeutung wächst und wächst...

Mir müßte nach dem imaginären Tod meines Geliebten kein Mensch zurufen, daß man weiterleben müsse. Ich lebe nach dem eingebildeten Hinscheiden meines Gatten weiter. Ich bin glücklich. Die trauernde Witwe Marlies von Ritter – die ja eigentlich Marlies Williams heißt, doch weiter unter ihrem Mädchennamen auftritt – ist restlos glücklich. Sie nimmt sich nicht das Leben. Sie stirbt nicht an gebrochenem Herzen. Vielleicht gibt es dergleichen nur auf der Bühne und in Romanen?

Wir haben längst unsere Testamente gemacht, Dieter und ich. Dieter will verbrannt werden. Ich bin sicher, daß mich der junge Dieter überleben wird, und für ihn ist fürstlich gesorgt. Alles, was ich besitze, und das ist nicht wenig – wird nach meinem Tod Dieter Williams gehören.

Als wir uns kennenlernten, hatte Dieter einen bescheidenen Job im Hotel Cape Clifford, ein kleines Sparkonto und eine Möbelwerkstatt, wo er in seiner Freizeit Bauernmöbel schnitzte und bemalte. Außerdem hatte er eine hübsche Schallplattensammlung und ein Motorrad. Damals kannte kein Mensch über Cape Clifford hinaus Dieters Namen. Er arbeitete als stellvertretender Geschäftsführer im Hotel, das im Sommer gut besucht und im Winter geschlossen war. –

Dieters Eltern sind Farmer in Kansas, kleine, bescheidene Leute. Der Junge liebte schon immer das Meer, und so tingelte er einmal im Sommer mit seinen Kumpeln durch Amerika und landete in dem gediegenen, schon etwas aus der Mode gekommenen Badeort Cape Clifford an der Südspitze von New Jersey, am Atlantischen Ozean. Seine Mutter hatte ihm eine Empfehlung an ihre alte Freundin Gwendolyn Forrester, die Besitzerin des viktorianischen Hotels – es war ein weißgetünchter Holzbau mit Erkern und Türmchen – mitgegeben, und Gwendolyn stellte den bildschönen jungen Burschen an.

Gwendolyn hatte eine Tochter. Sie hieß Kim.

Dieter verpflichtete sich auch dazu, am Wochenende im Hotelcafé als ›Crooner‹, der Evergreens und neue Schlager sang, aufzutreten. Dieter hatte eine schöne Stimme und keine Ahnung von dem Schatz, der in seiner Kehle verborgen war. Der Organist der St. Josephskirche in dem Badeort entdeckte ihn, war von seinem Bariton begeistert, setzte ihm aber keinen Floh ins Ohr, weil er den jungen Sänger im Kirchenchor beschäftigte und ihn nicht verlieren wollte...

Chorgesang und Evergreens. – Eine Marlies von Ritter mußte sich nach Cape Clifford verirren, um Dieters Stimme erst wirklich zu entdecken.

Warum lief ich nicht auf und davon nach unserer Rettung? Der junge Mann hätte sich damit abgefunden, mich vielleicht gar nicht gesucht. Er hätte unsere Küsse, unsere wilden Umarmungen schnell vergessen. Wer so herrlich schön gebaut ist wie Dieter Williams kann an jedem Finger zehn Frauen haben...

Nein, ich lief nicht davon. Alles kam, wie es kommen mußte. Mehr denn je bin ich heute überzeugt, daß auch mein Schicksal in ein großes Buch eingetragen war und daß ich niemals hätte davonlaufen können.

Und nun bin ich in meiner Fantasie, die mich quält und auch beglückt, Witwe. Jede maßlos verliebte Frau sollte sich einmal ausmalen, welche Erholung es für sie wäre, plötzlich Witwe zu sein. Ich ›habe meinen blendend schönen Mann, den viel zu jung Verstorbenen, seinem Wunsch gemäß einäschern lassen‹. Das Spiel geht weiter. Ich bin ihm nicht in die Flammen nachgesprungen, wie es die indischen Witwen noch heute in entlegenen Dörfern tun. Eine wunderbare Sitte. Grauenhaft, und dennoch wunderbar. ›Nur die Gattin folgt dem Gatten...‹

Dieter war mein einziger Geliebter. Mein angebeteter Mann. Die Ergänzung meines Körpers. Ich wäre durchaus bereit, ihm in die Flammen nachzuspringen, doch könnte ich meiner Fantasie mit der Einäscherung und meinen darauffolgenden Reisen als trauernde, als innerlich frohlockende Witwe nicht weiter freien Lauf lassen, wenn ich meinem Leben ein Ende bereitete.

Ich male mir aus, wie die ganz in Weiß gehüllte indische Witwe, Marlies von Ritter, eine geschmackvolle Urne für die sterblichen Überreste ihres Gatten aussucht. Dann, wenn die Urne Dieters Asche aufgenommen hat, werde ich mich nie mehr von diesem Gefäß trennen. Ich nehme es auf meine Reisen rund um die Welt mit. Die Urne begleitet mich auf allen Gastspiel-Tourneen im In- und Ausland, sie ist immer bei mir, in allen Hotelzimmern...

Ich bin fest entschlossen, in einigen Jahren Abschied von der Opernbühne zu nehmen. Meine letzte Rolle soll die Isolde sein, hoffentlich ist Dieter dann so weit, den Tristan zu singen. Später werde ich Regie führen, an Musikkonservatorien unterrichten, Oratorien und Lieder singen...

Dieter ›ist tot‹, ich habe ihn in meiner Fantasie verbrennen lassen. Ich bin noch jung, auf der Höhe meiner Karriere. Ich singe jetzt, nach dem ›Tode‹ meines geliebten Mannes, mit neuen Partnern. Alle Tenöre, die ich im Scheinwerferlicht umarme, sind in mich verliebt. Sie waren es schon immer.

Aber nun ist alles anders. Dieter hat den Sexteufel in mir erweckt, und ich genieße zu meiner eigenen Überraschung die körperliche Liebe auch mit anderen Männern. Und dabei war ich überzeugt, nur mit Dieter Liebesspiele treiben zu können!

Auf der Mahagonikommode oder auf dem Tisch in irgendeinem Luxusapartment meiner Stammhotels, in denen ich auf meinen Weltreisen regelmäßig abzusteigen pflege, steht die Urne mit Dieters Asche. Ich bin viel allein mit dem Toten. Dieter würde sich freuen, daß ich weiterarbeite, schöner und gefühlvoller singe denn je. Zum Regieführen und Unterrichten habe ich Zeit, wenn ich alt und etwas klapprig bin. Die Opernbühne kann nicht ohne Marlies von Ritter auskommen. Und ich nicht ohne sie!

Plötzlich freut mich das Alleinsein. Und dabei war ich doch mit Dieter so rasend glücklich! Wohnen wirklich ›zwei Seelen in jeder Brust‹? Und warum kam mir überhaupt die Idee mit der Urne? Warum sehnte ich mich inmitten meines Glücksüberschwanges nach Dieters Tod?

Die Antwort ist kompliziert und einfach. Wenn Dieter wirklich, garantiert tot ist, nur noch ein Aschehäufchen in einer Urne, so gehört er mir, nur mir, keiner anderen! Keine andere Frau kann ihn mehr gierig anschauen, mit den Augen umarmen, sich nackt ausziehen, um sich als Köder anzubieten. Und Dieter kann mit keiner anderen ins Bett gehen. Er kann nicht mehr von einer anderen, Jüngeren, ein Kind kriegen! – Lieber tot als treulos!

Dieser Gedanke peinigte mich fünf Jahre lang, solange unser Glück eben dauerte. Er war die Peitsche, die mich nachts mißhandelte. Im Schweiß gebadet wachte ich auf, wachte in seinen Armen auf. Mein Geliebter tröstete mich, beschwichtigte mich. Er wußte von der grünen Wasserleiche, von meinen Halluzinationen und mysteriösen Begegnungen, die nur in meiner kranken Fantasie existierten; nie aber hätte ich ihm gebeichtet, daß ich auch mit dem grausigen Gedanken spielte: Was wäre, wenn Dieter stürbe? Früher als ich? Wenn die trauernde indische Witwe mit der Aschenurne ihres Gatten reisen würde?

Dieter hätte mich ausgelacht. Nein, er hätte mich gehaßt; ich wäre ihm unheimlich gewesen. Man darf einen jungen Mann nie mit der Nase auf die qualvollen Probleme seiner Partnerin stoßen. Männer, und vor allem erfolgreiche, blendend schöne junge Männer, mögen keine hysterischen Frauen.

Ich mußte meine Eifersucht verbergen. Und meine krankhaften Ideen mit Dieters frühem Tod... mit der indischen Witwe... mit der Aschenurne. Auch diese Tagträume waren ja nur ein Ausfluß meiner krankhaften Eifersucht und Selbstquälerei, weil ich zu alt war, um meinem geliebten Mann ein Kind zu schenken.

Marlies von Ritter mußte immer die triumphierende, strahlende Diva spielen. Und Dieter war so taktvoll. Entweder wünschte er sich keine Kinder – oder er schluckte diesen Wunsch artig herunter. Nie quälte er mich damit. Er war ja ein so guter, rücksichtsvoller Junge! Ein viel besserer Mensch als ich, die Kannibalin. Männer können bekanntlich, und wenn sie sich ein Bein ausreißen, nicht so boshaft, selbstsüchtig oder gemein sein, nicht so bewußt bösartig wie eine Frau.

Was fange ich bloß an, wenn Dieter eines Tages sein Verhalten ändert? Mit der Sprache herausrückt und vor mich hintritt und erklärt, Vater werden zu wollen? Ich habe nicht die geringste Lust, einen Schreihals zu adoptieren. Und vor Leihmüttern graut mir. Man hört da Schauergeschichten... Es ist die unnatürlichste Sache der Welt, und sowas klappt nie ganz. Der Trend mit den Leihmüttern hat sich meines Erachtens auch schon überlebt. Man soll dem lieben Gott nicht ins Handwerk pfuschen!

Der dreißigjährige Dieter wünschte sich von der fünfzigjährigen Marlies kein Kind. Es wäre ja auch lächerlich gewesen. Ich habe aus meinem Alter kein Hehl gemacht, bloß ein oder zwei Jahre davon abgezogen. Nun, selbst mit acht- oder neunundvierzig hätte ich schwerlich Mutter werden können, und ich hatte doch meinen fünfzigsten Geburtstag schon längst hinter mir, damals, in der Sturmnacht in der Grotte.

Aber Dieter schwieg auch später zum Thema ›Kind‹, und ich bildete mir bald ein, daß er viel zu unbekümmert war, um irgendeine ernsthafte Veränderung auf sich zu nehmen. Vielleicht dachte er mitunter daran, wie interessant und reizvoll es ist, die Entwicklung eines kleinen Menschen beobachten zu können. Wie gut es ist, von einem Kind ›Vater‹ genannt zu werden, ob so oder so – Dieter äußerte sich nicht zu dem Thema, es wurde nie angeschnitten. Vielleicht rechnete er, als wir schon verheiratet waren, damit, daß ich früher sterben würde als er? Ich bin ja zwanzig Jahre älter. Na also, diesen Gefallen werde ich meinem Geliebten nicht tun. Wir

Ritters sind ein sehr langlebiges Geschlecht, und auch mütterlicherseits kann ich mich einer Großmutter und einer Urgroßmutter rühmen, die zwei-, bzw. fünfundneunzig Jahre alt wurden.

Also nein, nein Junge! Schlag dir das aus dem Kopf! *Ich* werde dich überleben, und nicht umgekehrt! Ich werde es dir beweisen. Und ich werde noch mit sechzig und siebzig Jahren aufregend schön und sexy sein. Schaut euch die Claudette Colbert an! Die ist über achtzig, und noch immer eine Beauté! Ich werde mich auch später immer richtig und dezent und geschmackvoll kleiden, und die Menschen werden vergessen, daß Dieter Williams eine ›ältere Frau‹ hat. Bald wirst du Speck ansetzen, Dieter! Hoffentlich hast du mit vierzig schon einen richtigen Hängebauch! Ich werde dich mit verbotenen Delikatessen stopfen, damit du fett wirst. Und die Haare werden dir ausgehen, bald hast du eine Glatze, mein Siegfried und Siegmund und Lohengrin! – Mir soll's ja recht sein, dann nimmt meine Eifersucht ab!

Ich habe nicht die geringste Absicht, früher zu sterben als du, laß dir das gesagt sein! Ich lasse dich nicht mehr aus meinen Krallen, ich fresse dich ganz auf, mit Haut und Haar. Du hast dich in eine exzellent maskierte Kannibalin verliebt. Die frißt dich auf. Die hat immer Heißhunger, und schuld daran bist du!

Es wäre paradiesisch schön, ohne Qualen der Eifersucht leben zu können. Das kann man aber als verliebte Frau nur erreichen, wenn man seinen Freund oder Ehemann umbringt. Aus Liebe. Und aus Eifersucht.

Wie oft habe ich mit dem Gedanken gespielt! Und dennoch habe ich Dieter nicht getötet. Fünf Jahre sind eine so kurze Zeit. Wir kennen uns gründlich. Kennen uns kaum. Ein langes Leben genügt nicht, den Partner kennenzulernen.

Es gibt in Wirklichkeit keine Urne und keine Asche. Dieter ist springlebendig, wir küssen und lieben uns Tag und Nacht, wenn wir nicht gerade proben und arbeiten. Weil ich aber dieses schriftliche Gerüst für die Memoiren aufzeichne, die Marlies von Ritter eines Tages, als alte Frau, schreiben wird, darf ich meinen Lesern keine Phase meiner großen

Liebe, meiner dritten Ehe verschweigen. Ich spielte mit dem Gedanken von Dieters allzu frühem Tod.

Ich will wahrheitsgemäß mein Leben als Frau schildern. Mein Leben als Künstlerin ist Geschichte, es gehört zur Chronik des Opernschaffens, mein Name ist längst unsterblich.

Meine Liebe zu Dieter war mein ganzes Leben, sie peinigte mich. Daher die Idee mit der trauernden, mit der glücklichen Witwe, die so genial Komödie zu spielen verstand. Die imaginäre Urne meines Mannes ist mein imaginäres Spielzeug. Ich schaue in den Spiegel. Trauerkleidung, der lange, vom Kopf herabwallende Schleier (in Amerika tragen selbst die frömmsten Frauen selten schwarze Trauerschleier) wird mir fabelhaft stehen. Noch im Beerdigungsinstitut oder in der Kirche, bei der Trauerfeier, werden sich die Männer dutzendweise in mich verlieben. Ja, die große Wagnersopranistin Marlies von Ritter war eiskalt und unnahbar während ihrer beiden ersten Ehen. Bis sie dem blutjungen Dieter Williams begegnete und sich rettungslos in den Knaben verliebte.

Mit dreißig glich Dieter noch einem Knaben.

Wachträume. Und auch nachts verfolgt mich das perfide Urnen-Spiel, wenn ich neben Dieter liege und seinen gleichmäßigen Atemzügen lausche. – Es gibt leider nicht nur Urnen-Spiele. Ich kenne auch andere, bitterböse Ausschweifungen meiner Fantasie, die mich würgen.

Durch die langen weißen Witwenschleier, die in meinen Träumen von der indischen Witwe wehen, dringt oft ein fahles, gelbliches Grün. Das ist ein anderer Alptraum, und ihm haftet nichts Tröstliches an wie meinem Traum von der indischen Witwe.

Der grünlichgelbe Alptraum verfolgt mich. Er wurde damals, vor knapp fünf Jahren, in der Grottenbahn geboren. Eine scheußliche Wasserleiche beugt sich über mich. Ich schreie gellend auf. Ich frage:

»Wer bist du? Sag endlich, wer du bist, du Scheusal! Was willst du von mir? Bist du die Ertrunkene aus der Grottenbahn?«

Kein Zweifel, es ist die Leiche einer Ertrunkenen. Die Pappfigur, die vom Strick baumelte, kann sie unmöglich sein. In jener Schreckensnacht, die meine erste Liebesnacht werden sollte, haben wir die scheußliche Ertrunkene in der Grotte gesehen. Ihr Gesicht war grünlich, ihr Mund zahnlos. Sie trug einen zerschlissenen Rock, lange Hexensträhnen fielen ihr in die Stirn.

»Ich komme aus dem Wasser!« zischt die Hexe. »Dich krieg' ich noch! Wirst sehen, daß ich die Stärkere bin!

»Du bist gar nichts!« schreie ich und reiße die Augen auf. »Du bist ein Alptraum! Und du willst die Stärkere sein?«

Ich sitze im Bett, neben meinem Mann. Wir sind in unserer neuen Wohnung, Central Park South, von deren Schlafzimmer man eine prachtvolle Aussicht über die grünen Wipfel des riesigen Parks hat, bis hinauf zum spiegelnden Wasserreservoir.

Inzwischen ist auch Dieter aufgewacht.

»Liebling, was hast du? Was fehlt dir? Schon wieder ein alberner Angsttraum?« fragte mein Geliebter, mein Mann. »Ach, Marlies... ich bin schon ganz ratlos. Ich glaube, du solltest wirklich Dr. Evans gehorchen und dich einmal ein paar Wochen lang im Sanatorium kurieren. Du mußt endlich gründlich ausspannen, Darling!«

In mir kocht die Wut.

Ganz wider Willen kreische ich: »Hast du dich heimlich mit Dr. Evans verschworen? Na ja. Zwei Freunde. Zwei Männer. Also, das sage ich dir, mich wirst du in kein Sanatorium abschieben! Könnte dir so passen, nicht wahr? Damit sich der Herr Heldentenor und Herzensbrecher während meiner Abwesenheit die teuerste und jüngste Edelnutte nimmt und am Ende Aids mit nach Hause bringt! Oder irgendeine verrückte junge Millionärin einlädt, die für die Oper schwärmt! Als ob ich nicht wüßte, daß alle Weiber, diese privaten und berufsmäßigen Huren, hinter dir her sind!«

Dieter starrt mich entgeistert an. Dann springt er aus dem Bett, rafft Kopfkissen und Steppdecke an sich und läuft hinaus. Er wird heute in seinem kleinen Schlafzimmer übernachten, oder in einem der drei Gästezimmer. Es ist zwei Uhr morgens. Daß ich ohne Decke fröstelnd liegenbleibe – die Schlafzimmerfenster sind bei uns immer weit offen, und es ist eine kalte Herbstnacht –, scheint Dieter, meinen Mann, nicht zu stören.

Mir kommen die Tränen. Dann gehe ich zum Schrank, hole mir eine Flanelldecke und schlafe schluchzend ein. Dieter hat ja recht, wenn er mir böse ist. Nur, weil ich an lächerlichen und völlig unbegründeten Alpträumen leide, brauche ich ihn nicht mit ungerechtfertigten Eifersuchtsszenen zu ärgern. Ich bin ja die reinste Nervensäge!

Je mehr sich eine hysterische Frau bemüht, ihrer Erregung Herr zu werden, um so tiefer verstrickt sie sich oft im Gestrüpp ihrer Hirngespinste. Und dabei habe ich nicht die geringste Ursache, meinen Mann zu beargwöhnen. Er vergöttert mich. Er liebt mich. Wir arbeiten zusammen, sind die idealen Partner im Bett und auf der Bühne. Sämtliche Spielleiter und Kritiker – die musikalisch Gebildeten wenigstens – versichern Dieter und mir, daß es seit Ludwig und Malwina Schnorr von Carolsfeld keine Wagnersänger gegeben hat, die einander im Spiel, in der Musik so ideal ergänzten, wie offenbar auch im Leben...

Wer hätte das geahnt, als mich ein Unbekannter aus dem Auto zog und mit mir in ein Paddelboot sprang? Damals, vor fünf Jahren?

Ich schlafe unter meiner Flanelldecke endlich ein. Unser Zwist dauert nicht lange. Es ist sechs Uhr morgens, und der Himmel färbt sich allmählich hellgrau, da steht Dieter im Türrahmen. Er reißt mir die Decke vom Leib, wirft sich auf mich, dringt zwischen meine Schenkel, keucht vor Lust. Er ist ganz außer sich.

»Ich kann nicht ohne dich schlafen!« stammelt er.

»Hast offenbar ganz gut ohne mich gepennt!« sage ich lachend. Ich bin selig, daß er als Bittsteller gekommen ist. Auch als Verführer, wie immer. Und dennoch als Bittsteller. Er spricht es nicht aus, doch bitten mich seine Augen, ihm nicht mehr böse zu sein.

»Ich hab' überhaupt nicht geschlafen, wenn du's wissen willst!« sagt mein Mann und kitzelt mich unten mit der Hand, während er gleichzeitig ganz, ganz tief in mir ruht. Ich bin schon so weit. Auf der Höhe der Lust. Zum hunderttausendstenmal, seit Dieter mein Geliebter und Mann ist.

Er hält inne, küßt mich, nimmt langsam und umständlich

meine Brüste in den Mund, seine Zunge ist der tollste und verwegenste Verführer der Welt.

Ich flüstere, plötzlich sehr kleinlaut: »Meinst du, ich konnte ohne dich schlafen? Darfst mich nicht bestrafen, weil ich dich so liebe! Ich kann doch nichts dafür. Beschwere dich beim lieben Gott. Warum hat er diesen blödsinnigen, gemeinen Wirbelsturm über Cape Clifford hereinbrechen lassen? Schuld ist der Tornado – und der liebe Gott. Ich kann ohne dich nicht leben, du Engel. Du Teufel. Du Biest!«

Dieter beißt mich in den Hals. Diesmal ganz tief. Ich schreie auf, die Wunde blutet. Dieter ist ein Vampir. Ich laufe ins Bad, um die Wunde zu desinfizieren, verdecke sie später mit Make-up, doch Nina, meine langjährige Garderobiere, merkt natürlich mit ihren Argusaugen alles.

»Mr. Williams ist ja ein ausgesprochener Kannibale!« brummt die schwarze, sehr flinke Nina, während sie mir in mein neues weißes Abendkleid aus Spitzen und Lycra hilft. Ich singe heute mit Dieter in einem Wagner-Konzert.

Ich muß lachen.

»Stimmt, liebe Nina! Mein Mann beißt sehr gern. Er meint es aber nicht böse. Mr. Williams ist eben ein fantastischer Liebhaber. Und was den Kannibalismus betrifft, so kann ich Ihnen versichern, daß auch ich Kannibalin bin!«

Die magere, blasse Nina ist sehr prüde. Kein Wunder. Sie stammt aus dem ›Bibel-Gürtel‹ des tiefen Südens und fehlt bei keiner kirchlichen Veranstaltung. Sie ist Baptistin.

Nina wirft mir einen entsetzten Blick zu:

»Sie, Madam? Kannibalin? Ich weiß, daß Sie keiner Menschenseele ein Haar krümmen könnten. Sie sind die Güte selbst!«

Wer glaubt, wird selig. Übrigens liebt Nina uns beide. Mich verzärtelt sie wie ein Kind. Für Dieter schwärmt die beinahe siebzigjährige Garderobiere mit der romantischen Schwärmerei eines viktorianischen Backfisches.

›Die Urne mit Dieters sterblichen Überresten.‹ Sie blieb eine Ausgeburt meiner Fantasie. Ich habe sie allerdings von Anfang bis Ende durchdacht. Ich sah mich in den Armen von Dieters imaginärem Nachfolger, in irgendeinem Hotelbett.

Vielleicht in St. Jean-Cap-Ferrat, wo wir in zwei aufeinanderfolgenden Sommern je drei Wochen verbrachten und sehr glücklich waren. Dort wohnten wir einmal in dem gelbgetünchten, einstöckigen ›Grand Hotel du Midi‹, im zweiten Sommer aber in einem ebenerdigen Sommerhaus mit Garten. Im Steingarten gediehen nur Kakteen. Ja, dort werde ich die Urne mit Dieters Asche auf die Kommode stellen und mich vollkommen schamlos in die Arme eines neuen Geliebten werfen. Zum Beispiel eines Standgockels von der Riviera. Die sind ja alle käuflich. Aber mit Marlies von Ritter schlafen diese Gigolos wohl, ohne einen Sou zu verlangen. Das ist ja eine große Ehre für jeden Strizzi. Ich kann mir aber auch einen französischen Marquis oder einen deutschen Baron aussuchen. Was gäben die nicht darum, sich mit mir fotografieren zu lassen – und im Begleittext, verfaßt von einer jener aufgedonnerten Kühe, die sich ›Gesellschaftsreporterinnen‹ nennen, hieß es:

»Die vor kurzem verwitwete große Wagner-Sopranistin Marlies von Ritter hat sich offenbar schnell getröstet. Sie erteilt jetzt ihre Gunst dem Marquis Sowieso oder dem deutschen Freiherrn X. Allen anderen Schickimickis läuft das Wasser im Mund zusammen. Marlies von Ritter ist noch immer blendend schön, weltberühmt und *last, but not least*, schwerreich!«

Untersuche ich die bösen Instinkte, die jeder Frau in die Wiege gelegt werden, so meine ich, daß mich meine angeborene Rachsucht zu schlimmen Eskapaden treiben könnte. Eine solche Eskapade ist mein unsauberer, mich selbst anekelnder Traum, diese Gedankenspielerei mit Dieters ›Tod‹ und der imaginären Urne, die ich als seine Witwe auf alle Reisen mitnehmen würde. Im Weichbild dieser Urne, praktisch neben den sterblichen Überresten meines geliebten Mannes, könnte ich mit seinem Nachfolger Cochonnerien treiben. Ein Glück, daß es nie dazu kommen wird. Stürbe der junge Dieter tatsächlich früher als ich, die um zwanzig Jahre ältere Frau, so könnte ich seinen Verlust vermutlich nicht überleben.

Doch Dieter lebt. Er liebt mich verrückt und verblendet, so wie ich ihn verrückt und verblendet liebe. Er hat keine Augen für andere Frauen. Er sieht nur mich. Das ist gut, denn in New York wimmelt es von faszinierenden und sehr wohlhabenden Frauen, die sich meinen Heldentenor, mein Eigentum, meinen jungen Mann liebend gern kapern würden.

Ich werde mir diese Mätzchen, Wunschträume, deren ich mich schon während des Träumens schäme, abgewöhnen. Fort mit der Urne! Nur Frauen mit schauderhaften Minderwertigkeitskomplexen, schwache Frauen, sinnen auf Rache, ohne die geringste Ursache dazu zu haben. Rache ist auch ein Sicherheitsventil. Rache nicht *nach*, sondern *vor* dem Betrug des Partners. Aber das tun, wie gesagt, nur schwache Frauen mit starken Minderwertigkeitskomplexen, und zu denen gehöre ich gewiß nicht; ferner Weibsteufel wie Lady Macbeth. Bin ich etwa eine Lady Macbeth? Ich habe ihre eiserne Konsequenz und suggestive Fähigkeit schon immer bewundert. Nun ja. Ich hätte nichts dagegen, Lady Macbeth zu sein.

Halt, Marlies! Du bist sie ja schon!

Hängt diese Überzeugung irgendwie mit der grünen, scheußlichen Wasserleiche zusammen, die mich in regelmäßigen Zeitabständen heimsucht? Vor allem nachts?

Weg mit diesen schmerzhaften Gedanken. Wie gut, daß kein Mensch von meinem Talent zum Grübeln, zur Selbstquälerei eine Ahnung hat. Mama ist viel zu oberflächlich, zu leichtlebig, und Albert und Ingrid sind überzeugt, alles, was nicht mit meinem Gesang und Spiel, meiner künstlerischen Laufbahn zusammenhängt, aus meinem Leben verbannt und ausgerottet zu haben.

Ich werde mit Dieter glücklich sein, bis uns der Tod scheidet. Verzeih mir das boshafte Spiel mit der Urne. Du darfst es nie erfahren. Ich kann ja nichts dafür, daß ich dich so unrettbar, so rasend liebe. Du liebst mich ja auch! Wir dürfen einander nie weh tun.

Wir versuchten ein paarmal mit Dieter, alle Städte im In- und Ausland aufzuzählen, in denen ich entweder allein oder mit meinem Geliebten gesungen habe. Und auszurechnen, in wie vielen Hotel- und Motelbetten wir uns bisher geliebt hatten. Stellte man diese Betten und Liegen nebeneinander auf, so müßte eine kilometerlange Kette entstehen.

Trat Dieter nicht mit mir als mein Partner im Konzert oder auf der Bühne auf, so begleitete er mich, so oft es seine eigenen Verpflichtungen zuließen. Nur ganz selten blieben er oder ich allein in New York zurück. Dann litten wir Qualen... Ich hielt den Gedanken, daß Dieter allein in New York war, nicht aus. Konnte nicht schlafen, ob ich nun in Paris, Frankfurt oder Stockholm war.

Wie viele hübsche Frauen gibt es in New York? Mein Verstand sagte mir, wie müßig es sei, Dieter mit jedem hergelaufenen Teenager-Fan zu verdächtigen. Mit jeder jungen Sängerin von der ›Met‹ oder der City-Oper, die ja auch zum Lincoln Center gehört. Und mit jeder graziösen Ballettratte oder Solotänzerin. Irgendwie litt ich unter der Wahnvorstellung, es gäbe in New York, ja, in ganze Amerika keinen anderen Mann als Dieter Williams...

Warum bin ich damals, in der Grottenbahn, nicht in Dieters Armen gestorben? Oft kommt mir vor, als wären wir nie so glücklich gewesen wie damals, in den Stunden der Lebensgefahr. Ich fiel ja zum Schluß in Ohnmacht, und Dieter mußte mich in das Hotel schaffen, wo er angestellt war. Schon vorher hatte er mir meine Telefonnummer in New York abgebettelt. Eigentlich wollte ich sie ihm nicht geben...

»Ich muß dich sehen! Morgen ruf' ich an!« hatte Dieter noch in der Grottenbahn gesagt.

»Ruf mich nicht an, ich hab' morgen und übermorgen und überhaupt immer Proben!« – Immerhin kannte ich jetzt schon Dieters Namen, wußte, daß er Manager, Entertainer und ›Mädchen für alles‹ im Hotel Cape Clifford war und daß es dort eine Hotelbesitzerin namens Gwendolyn und deren junge Tochter Kim gab.

»Aber ich muß dich morgen sehen! Ich liebe dich doch! Liebst du mich nicht mehr?« wollte der stürmische Liebhaber wissen. Er war ganz aus dem Häuschen. Unsere ›Liebe‹ hatte vier Stunden gedauert.

»Hör auf mit dem Quatsch! Mit einem Wort, ich fliege nach Washington, dort beginnen die Proben im neuen Opernhaus. Ich trete bei der Eröffnungsvorstellung im ›Tannhäuser‹ auf. Übrigens werde ich mich bemühen, dir eine gute Karte zu verschaffen, ich schicke sie mit einem Boten ins Hotel... oder mit Eilpost. In der nächsten Zeit werde ich kaum Zeit zum Atemholen haben, geschweige denn zum Flirten!«

Doch ich zog den Kürzeren, denn als uns die Retter fanden, schwanden meine Sinne. Ich machte einfach schlapp.

Ich entsinne mich noch, wie heftig Dieter in der Grottenbahn gegen meinen Ausdruck ›Flirten‹ protestierte.

»Flirten? Ich werde dich verprügeln, Marlies, wenn du mich so beleidigst!«

Dieter blieb der Sieger. Zwei Tage vergingen. Ich hatte mich kaum von den Strapazen jener Sturmnacht erholt und die vielen besorgten Anfragen meiner Mutter und meines Stiefvaters ›Daddy‹, meiner Freunde und Fans beantwortet, als das Telefon in meinem Penthouse-Apartment in Manhattan surrte. Es war der Portier, er rief von der Lobby aus an.

»Ein Mr. Dieter Williams wünscht Madam zu sprechen. Wollen ihn Madam empfangen?«

Dieter wußte natürlich, daß ich nach Washington fliegen mußte. Oder hatte er es vergessen?

Ich war sprachlos und ratlos. In vier Stunden sollte ich am La Guardia-Flughafen sein und von dort das Pendelflugzeug, die ›Shuttle‹, nach der Bundeshauptstadt nehmen. Albert und Ingrid, meine ständigen Betreuer und Korrepetitoren, kamen mit. Mama und ihr Mann, der sympathische alte Ex-Senator, der mich sehr ins Herz geschlossen hatte, erwarteten uns mit einem großen, hocheleganten Dinner. Sie hatten alle Schickimickis aus Politik, Film und Fernsehen eingeladen, viele wollten aus Hollywood eigens zu dieser großen Party herüberfliegen.

Dieses Dinner durfte ich unmöglich absagen.

Zugegeben, ein Dinner dauert nicht ewig...

Da hilft nichts. Ich werde Dieter nach Washington mitnehmen müssen. Ob er einen dunklen Anzug mitgebracht hat? Oder zumindest eine weiße Smokingjacke? Das Dinner bei Mama wird hochelegant sein. Wir werden im Garten in großen, gelb und weißgestreiften Festzelten essen.

Draußen schellt es. Ich habe nämlich ›ja‹ gesagt...

Ich lasse Dieter ein. Mein Stubenmädchen ist einkaufen gegangen.

Dieter sieht aus wie der leibhaftige Siegfried. Allerdings trägt Siegfried Jeans und ein offenes weißes Hemd, das seinen prächtigen braungebrannten Brustkasten bloßlegt. Er hat ein paar Silberketten um den Hals. Ich kann das nicht leiden, es wirkt so entsetzlich schwul! Indessen... Schmuck ist auch für Männer ›in‹, und der junge Entertainer und Hotelmanager will offenbar ›in‹ sein.

(Übrigens habe ich diese Kim, die Tochter von Dieters Chefin Gwendolyn, noch in der Sturmnacht flüchtig kennengelernt... Als ich die Augen aufmachte, war ich ja im ›Hotel Cape Clifford‹. Dorthin hatte Dieter Williams die Ohnmächtige, mich, gebracht...)

Und nun steht der Herr Manager und Entertainer in meiner Diele. Er hat ein kleines Suitcase in der Hand. Also, planen kann der junge Mann!

»Was soll die Ausrüstung?« frage ich ihn und nötige ihn mit einer Handbewegung in die Küche, denn ich braue gerade einen starken Espresso, mein Lieblingsgetränk.

»Darling, du hast mir ja von dem Dinner erzählt, das deine Mutter plant. Ich kann dich als meine Geliebte unmöglich blamieren. Ich habe selbstverständlich meinen sehr gutsitzenden Smoking mitgebracht. Zur Auswahl mit einem mitternachtblauen und einem weißen Jackett. Und Lackschuhe. Aber auch Tennisschue à la Woody Allen. Die Entscheidung liegt bei dir. Ziehst du es vor, mit einem Yuppie-Hippie oder mit einem dezent und richtig gekleideten jungen Empfangschef und angehendem Star ins Bett zu gehen?«

Er setzt sich auf einen Küchenstuhl. Zieht mich auf seine Knie. Unglaublich, wie hart das Ding zwischen seinen Schenkeln schon wieder ist. Er küßt mich, saugt meine Lippen in seinen Mund.

Da geht die Tür auf, und das Stubenmädchen kommt herein.

»Pardon!« sagt Millie wohlerzogen und will sich zurückziehen.

Mir fällt nichts anderes ein, als Millie mit meinem neuen Freund bekanntzumachen.

»Das ist Mr. Williams, Millie! Mr. Dieter Williams! Er hat mir das Leben gerettet. Ich hab' Ihnen doch erzählt, daß mich ein unbekannter junger Mann in dem entsetzlichen Tornado aus dem Auto zerrte und in Sicherheit brachte! Mr. Williams ist der junge Mann!«

Millie ist eine wohlerzogene junge Dame, eine Engländerin, die weiß, was sich gehört. Sie studiert an der State University Sprachen und verdient sich als Stubenmädchen ihr Studiengeld.

»Freut mich sehr, Mr. Williams! Aber wenn Sie der Lebensretter unserer Miß Ritter sind, so gebühret ihnen nicht nur ein feiner Espresso, sondern auch ein Stück von meiner selbstgebackenen Sachertorte!«

Wir stärken uns zu dritt. Das ist Amerika. Ich weiß nicht, ob sich eine Opern- und Kammernsängerin in Paris mit ihrem Stubenmädchen, das auch fabelhaft zu backen versteht und eine ständige Köchin ersetzt, an den Küchentisch setzen würde.

»Wir müssen uns sputen, Dieter!« sage ich. »Ich hab' für sechzehn Uhr ein Taxi bestellt. Der Autostau wird heute wieder schauderhaft sein.«

»Ich hab' noch kein Flugticket!« sagt Dieter.

»Das bekommst du in der Shuttle!« sage ich. Und dann, an Millie gewandt: »Millie, verraten Sie bloß keinem Anrufer, daß ich mit einem neuen Freund nach Washington geflogen bin! Ich bin allein geflogen, und basta!«

»Keine Bange, Madam!«

»Und überfüttern Sie den Pepi und die Pitzi bitte nicht, Millie!«

Millie verspricht es. Pepi und Pitzi sind meine heißgeliebten Corgies. Sie haben keine Schwänze, dafür aber ein sehr gemütliches und gemütvolles, ruhig-würdiges Wesen und den treuesten Blick der Welt. Corgies sind eine besonders sanfte, zutrauliche Rasse, wunderbare, stille Hausgenossen. Pitzi ist die Hundemama, Pepi ihr Sohn, und ich habe dafür gesorgt, daß sie sich nicht mehr verlieben und fortpflanzen können.

Das Taxi holt uns pünktlich ab, der Autostau ist, wie erwartet, katastrophal, denn wir fliegen an einem Freitag nachmittag, und da ist ganz Amerika unterwegs. Wir erreichen das Pendelflugzeug im letzten Augenblick. Mama und der pensionierte Senator, ein Musterbild der Eleganz mit silbergrauen Schläfen, erwarten mich am National Airport. Daß sie nicht nur mich, sondern ›uns‹ erwartet haben, versetzt Mama in nicht geringes Erstaunen, dann reagiert sie aber sehr vernünftig und taktvoll, als ich ihr meinen neuen Begleiter vorstelle und lüge: »Mama, darf ich dir einen lieben Freund vorstellen? Im übrigen ist Dieter Williams nicht mein Boyfriend, sondern ein Freund!«

Dieter schildert dem Senator die Tornadokatastrophe, und Mama benutzt diesen Augenblick, um mir zuzuflüstern: »Du, so was könnte deine Mama auch brauchen! Der sieht fantastisch aus! Soll ich ihn dir ausspannen?«

Ein Scherz, gewiß. Wären wir beide um zehn oder zwanzig Jahre jünger – jede für sich – so hätte Mama vielleicht gar keine Gewissensbisse, mit dem Boyfriend ihrer Tochter anzubandeln, aber ausspannen würde sie ihn mir nie!

Mama fährt im Flüsterton fort: »So ein kleiner Flirt wird dir guttun, Kind!«

Ein ›kleiner Flirt‹! Ach Gott, wenn's bloß das wäre! Wenn meine liebe Mama wüßte, was sich da anbahnt!

»Liebling, von mir aus kannst du mit diesem bildschönen Bengel ins Bett gehen! Wenn du nämlich endlich einmal erfährst, wie aufregend eine Liebesaffäre sein kann, wirst du noch viel besser singen! Glaub es deiner Mama. Die war früher keine Kostverächterin! Du verstehst überhaupt nichts vom Sex, davon bin ich überzeugt. Wie kannst du den ›Liebestod‹ singen, ohne je einen richtigen Orgasmus gehabt zu haben?«

So genau hatte ich meine Mutter nie ins Vertrauen gezogen. Offenbar blickte sie durch Wände. Und Mama hatte ja recht.

Ich hatte zum erstenmal im Leben in jener Sturmnacht, in der Gespenstergrotte, erotische Befriedigung gefunden.

Morgen hab ich die erste Stellprobe im neuen Washingtoner Opernhaus, es ist buchstäblich im letzten Augenblick fertig geworden, knapp vor Beginn der Wagner-Festspiele. Es sind die ersten in der Bundeshauptstadt, und mit Wagners Tannhäuser wird das Haus eingeweiht. Nicht nur die Musikkritiker und die internationale *Haute volee* wird dieses große Ereignis mit Glanz und Gloria begehen, auch die Architekten strömen aus aller Herren Länder hierher, weil die Oper am Potomac, ein rechteckiger, aus lauter Glas und Kristall gefertiger glitzernder Bau mit exotischen Blumen in Kübeln vor den Büffets, der Bar, den Gesellschaftsräumen, seit Monaten das internationale Gesprächsthema ist. Das ›gläserne Rechteck‹ ist so durchsichtig, daß es, vom Stadtkern aus betrachtet, mit dem blauen Horizont zu verschwimmen scheint. Das Orchester ist in einer Vertiefung untergebracht, die – so die Fachleute – eine dreiste Kopie des Bayreuther Orchestergrabens ist. Und das Bayreuther Festspielhaus entsprach ja dem kühnen Konzept des Meisters. Ich bin stolz und glücklich, in der Eröffnungsvorstellung die Elisabeth und die Venus, beide Rollen, singen zu dürfen.

Ich bitte Mama, mich beim Dinner nicht neben Dieter zu setzen. Der Junge ist zudringlich genug. Ich habe keine Ahnung, wie und wann ich ihn überhaupt werde abschütteln können. War ja eine Schnapsidee, es nicht schon vor dem gemeinsamen Flug nach Washington zu tun. Der heftet sich an meine Sohlen wie eine Klette. Ich will nur Musikkritiken über Marlies von Ritter in der amerikanischen und englischen, deutschen und französischen Presse lesen, und keine öden, unverschämten Klatsch- und Tratschberichte. Ich habe es schon immer den anderen Stars überlassen, die Fernseh- und Pressetanten mit ekligen Bettgeschichten zu versorgen. Wir kennen uns, der Dieter Williams und ich. Er hat mir in der Sturmnacht das Leben gerettet, gut und schön. Das besagt nicht, daß wir auch miteinander schlafen.

Ich sitze tatsächlich beim Essen an einem Ende des hufeisenförmigen Haupttisches in einem der beiden gelben Zelte, die Mama im Garten aufbauen ließ. Ich lasse mir die Krabben-Mousse, den gebratenen Puter, die Bachforelle und das Rahmeis schmecken und trinke viel, um meine neuen, privaten Probleme mit Sekt hinunterzuspülen.

Was Dieter betrifft, so scheint er sich fabelhaft zu unterhalten. Warum auch nicht? Er muß ja morgen nicht singen! Seine Chefin, die Hotelbesitzerin in Cape Clifford, hat ihm vier Tage Urlaub gegeben.

Was die ›andere‹ dazu sagte, der ich bisher bloß einmal begegnet bin? Nichts könnte mir gleichgültiger sein als das. Es fällt mir nur ein, weil ich diese andere nicht einfach aus der Welt schaffen kann. Bald werden wir uns mit gemeinsamen Kräften bemühen, sie auszuschalten, doch das erfordert Takt und Milde und Rücksichtnahme.

Ich höre auf, zu trinken.

Wer ist eigentlich diese kleine blonde, ziemlich hübsche Nutte in dem bis an den Nabel ausgeschnittenen trägerlosen weißen Seidenkleid, die sich buchstäblich am rechten Arm meines Geliebten reibt? Wie an einem Reibeisen! Ist sie betrunken? Und nun... Ich traue meinen Augen kaum. Nun greift Dieter nach ihrer Hand. Er streichelt die Hand dieser Nutte, bückt sich ein bißchen und küßt... er küßt diese blonde Hure auf die nackte Schulter!

Ist er von allen guten Geistern verlassen? Das kann ich nicht dulden. Wenn er der Typ ist, der sofort einen Flirt anfängt, mit jeder Hure, die seinen Weg überquert, dann geb' ich ihm lieber heute den Laufpaß als morgen. Ich habe fünf Glas Sekt in mir. Viel zuviel für mich. Ich kann keinen Alkohol vertragen, das weiß ich längst, das Zeug steigt mir zu Kopf.

Ehe mich jemand zurückhalten kann, stehe ich geräuschvoll auf. Der Stuhl fällt um. Ich gehe, nein, ich wanke hinüber zu dem anderen Tisch, der unserem Hufeisen gegenübersteht. Dort führt meine Mutter den Vorsitz. Ich bleibe hinter Dieters Stuhl stehen. Dieter springt auf, bietet mir seinen Stuhl an.

»Bitte, nehmen Sie Platz, Miß Ritter!« sagt er höflich und sehr verlegen. Im Gegensatz zu mir hat Dieter sehr wenig getrunken, ich habe ihn genau beobachtet. Allerhöchstens einen Cocktail und zwei Glas Wein.

Ich sehe alles in einem Nebel. Mir ist schwindlig. Gleich falle ich hin...

»Nein, danke, Mr. Williams. Sie sind doch der junge Mann, der mir vor zwei Wochen in Cape Clifford im Sturm das Leben rettete?«

Ich sage das sehr zynisch. Ich stottere. Ein köstliches Schauspiel für die Pressefritzen und die Fernsehleute! Die Fotoapparate klicken, zwei Fernsehkameras sind auf uns gerichtet, das wird ein Fressen für die heutige ›Tagesschau‹, von San Francisco bis New York...

Dieter steht stumm neben seinem Stuhl. Er wiederholt seine Aufforderung:

»Bitte, nehmen Sie doch Platz, Miß Ritter!«

Ich werfe alle Hemmungen über Bord und zische meinen Geliebten an, sehr laut, eine veritable Hexe: »Nein, danke. Marlies von Ritter setzt sich nicht neben eine Nutte!«

Dieter beißt sich auf die Lippen. Meine geistesgegenwärtige Mama gibt der Jazzkapelle ein Zeichen – die fängt überlaut an, das Hauptlied aus ›La Cage aux Folles‹ zu spielen. Das blonde, tiefdekolletierte Mädchen, das ich ›Nutte‹ nannte, springt auf, stößt den Stuhl um und läuft aus dem Zelt.

Leider stellt sich später heraus, daß ich keine Nutte, sondern die Tochter eines Senators beleidigt habe, der ausgerechnet zur Gegenpartei meines Stiefvaters gehört. Und Mama hat das Mädchen samt seinen Eltern in der Absicht eingeladen, das Kriegsbeil zwischen meinem Stiefvater, dem pensionierten Senator, und dem noch aktiven Vater der ›Nutte‹ zu begraben!

Mama starrt mich entsetzt an. Dieter bleibt stehen, schön wie ein Gott im weißen Smoking. Mein Stiefvater holt das weinende Mädchen draußen ein – ich sehe es durch den Eingang – legt den Arm um sie und führt sie zurück an ihren Platz. Dabei redet er auf sie ein. Ich kann förmlich hören, wie er sich damit herausredet, seine Stieftochter Marlies habe über den Durst getrunken...

Und war es nicht tatsächlich so?

Ich bin verrückt, verrückt, verrückt. Von allen guten Geistern verlassen. Auch diese kleine, harmlose Blondine gehört zu meinem Publikum. Ich darf mein Publikum nicht kopfscheu machen, selbst dann nicht, wenn es nur zur Schickeria und nicht zu den wirklichen Musikkennern gehört. O Gott, schuld an allem ist der verdammte Tornado! Schuld ist mein Leichtsinn. Meine Leidenschaft für Dieter ist nichts als Abenteuersucht, sträflicher Leichtsinn, eine wüste, alberne Ausschweifung. Vielleicht die jäh aufgeflammte Krankheit einer Alternden?

Das wäre die schlimmste Erklärung für meine Verblendung – wenn meine Verzückung eine Alterserscheinung wäre. Das kann nicht sein, das darf nicht sein! Glaube ich das, dann verliere ich den Boden unter den Füßen und werde nicht mehr gut und überzeugend singen!

Ich werde Dieter töten. Oder ihn hinauswerfen. Noch heute abend! Ich will ihn nicht bei den Proben haben. Taucht er morgen im neuen Opernhaus bei der ersten Probe auf, so kann ich die Klatsch- und Tratschpresse nicht mehr beschwichtigen. Dann nützt kein Dementi. Es würde mir wenig nützen, den Kerlen weiszumachen, daß ich in Dieter Williams einen vielversprechenden neuen Tenor, eine außergewöhnliche Stimme entdeckt habe, einen Sänger, der kraft seiner Jugend und fabelhaften Erscheinung alles hat, was ein künftiger Heldentenor braucht. Denn ich will aus Dieter Williams einen Heldentenor machen. Mit derselben zähen Arbeit, demselben Fleiß, den der unvergessene Lauritz Melchior (viele behaupten, er sei der größte Tristan aller Zeiten gewesen) als betagter Mann, als hervorragender Pädagoge seinen Schülern im Heldentenor-Fach abverlangte.

Der junge Dieter Williams soll mein Partner werden. Nicht heute. Nicht morgen. Zunächst muß er lernen, lernen und lernen und alles vergessen, was er als Jazz- und Country-Sänger verzapfte. Die Kunst, Oratorien-Soli zu singen, braucht Dieter nicht zu vergessen. Er trat als Solist seit Jahren in der evangelisch-lutherischen Kirche von Cape Clifford auf, war also musikalisch kein ganz unbeschriebenes Blatt, als wir uns begegneten.

Und nun ändere ich schlagartig meine Pläne. Ich muß weg von ihm, ehe es zu spät ist. Diese Bindung kann nur Unheil bringen. Weg damit. Mag er allein zurück nach Cape Clifford fahren und dort im Sommer die Feriengäste unterhalten mit seinen Schnulzen und sich am Sonntag in der Kirche bewundern lassen. Dieter Williams, dreißig Jahre alt, wird in zwanzig Jahren noch dort sein, wo er heute ist.

Mag er die andere heiraten und drei oder fünf Kinder zeugen. Was geht es mich an? Ich hatte doch nie ernstlich die Absicht, mein Schicksal mit dem seinen zu verbinden? Diesen 1,90 Meter großen breitschultrigen Ballast auf mich zu nehmen?

Ihn unterrichten lassen? Mit ihm studieren? Ihn auf meine

Reisen mitnehmen? Ja, wie kommt Marlies von Ritter eigentlich dazu? Auslachen wird man mich. Auslachen! Und um meine eigene Karriere ist es geschehen, wenn ich mich mit diesem hergelaufenen Kerl, diesem Niemand verbinde...

Ich gehe vorsichtig an meinen Platz zurück.

Zwei Stunden später, um drei Uhr nachts, tragen sich ›Mr. und Mrs. Joseph Wagner ins Gästebuch des Bombay-Motel‹ ein, das, ganz von hohen Tannen verdeckt, auf einer Anhöhe im Wald an der Peripherie der Bundeshauptstadt liegt. Indische Sitar-Musik, zweifellos von einem Tonband, empfängt die späten Gäste. Hier stößt sich kein Mensch daran, daß wir überhaupt kein Gepäck haben. Meine Zahnbürste steckt in meiner Handtasche, und Dieter hat die seine in der Rocktasche verstaut. Außerdem besteht mein Gepäck in einer Tube Niveacreme und Zahnpasta.

Dieter bestand darauf, mit mir den Lift im ›Hotel Houston‹ zu besteigen und mich in mein Zimmer zu bringen. Er schwor, den Rest der Nacht nicht bei mir verbringen zu wollen.

»Ich muß dich küssen, Liebling! Ich will dich haben, sonst verlier' ich den Verstand!«

»Und ich will, daß du mit der nächsten Maschine nach New York zurückfliegst. Vielleicht gibt es einen direkten Pendelverkehr zwischen Washington, Newark, New Jersey, dann brauchst du den Umweg über New York gar nicht zu machen, und von Newark nimmst du den Bus nach Cape Clifford! Mit einem Wort, ich will dich loswerden, Dieter! Du darfst mich morgen vormittag nicht zu den Proben in die Oper begleiten. Ich kann nicht singen, wenn du da bist. Ich habe Hemmungen, du machst mich nervös!«

Dieter starrt mich entgeistert an.

»Ist das dein Ernst? Warum hast du mir das nicht in New York vor dem Abflug gesagt? Dann wäre ich nämlich nicht mitgekommen. Schließlich hat man doch seinen Stolz!«

»Ich habe mich verrechnet. Ich halte das Spießrutenlaufen nicht aus. ›Marlies von Ritter und ihr junger Gigolo.‹ Hast du nicht gesehen, wie höhnisch alle lachten?«

»Liebling, du hast Wahnvorstellungen!«

»Geh! Ich will dich nie wiedersehen! Niemals, hörst du!«

Diese ziemlich laute Szene in der Hotelhalle endete damit, daß ich allein hinauf in den 6. Stock fuhr, die Tür hinter mir absperrte und mich auszuziehen begann. Kaum war ich aus meinem Kleid geschlüpft, da surrte auch schon das Haustelefon.

Ich hob seufzend ab.

»Ja?« Das konnte nur Dieter sein. Es war Dieter.

»Liebling..., wenn du nicht willst, daß wir die Nacht hier bei dir verbringen, so gibt es noch andere Möglichkeiten. Ich verkrümele mich jetzt aus der Hotelhalle. Da bin ich nämlich. Und ich warte an der Ecke der Continental Avenue auf dich, vor dem kleinen Café. Komm, sobald du kannst. Brauchst kein Gepäck. Zieh dich schnell um und bring nur deine Zahnbürste mit. Ich habe meine in der Tasche. Wir finden irgendwo ein nettes Motel...«

Ich bin ratlos. Und nun mache ich doch schlapp und sagte: »Also gut, Dieter. Du hast gewonnen. Ich zieh' mich schnell um. In etwa zehn Minuten bin ich vor dem Café. Aber wenn Mama oder Albert oder Ingrid oder sonst wer in der Zwischenzeit bei mir anklingeln, so werden sie meinen, du hättest mich entführt. Und wenn sie dir die Polizei auf den Hals hetzen, so bist nur du schuld, mein Junge. Bis gleich!«

Es war wirklich ein Zufall, daß keiner meiner Freunde und auch Mama nicht mehr im Hotel anriefen. Sie wollten mich wohl nicht im Schlaf stören..., oder bei den Liebesspielen mit Dieter, sie hatten ja Augen im Kopf. Und alle, die mir nahestanden, witterten Gefahr.

Ich muß mich wehren. Die Tote, die Ertrunkene, läßt mich nicht los. Soll ich sie ertränken? Sie ist tot, sie ist ertrunken, doch habe *nicht ich* sie ertränkt! Es war ein Unfall, ein Unfall, ein tragischer Unfall, wir hätten es vermeiden können! Nicht jeder taucht so geschickt wie ich! Und wie Dieter! Ich bin stolz darauf, daß ich mit Dieter auch im Sport Schritt halten kann. Keine Sechzehnjährige kann sich mit meiner Geschicklichkeit im Felsklettern, im Schwimmen, Tauchen und Surfen messen.

Nein, nein, ich will die Ertrunkene nicht ertränken! Sie soll mich endlich aus ihren Fängen lassen, sonst... Womit drohe ich eigentlich? Eine Tote kann doch nicht zweimal sterben? Ich kämpfe seit drei Jahren, damals ist es geschehen, ein Duell mit ihr. Schon seit fünf Jahren. Ich bin der grünlichen Wasserleiche vor fünf Jahren zum erstenmal begegnet, in der Grottenbahn. Aus der grell bemalten Papp-Leiche wurde eine Leiche aus Fleisch und Blut. Warum suchen die Leichen von, zugegeben, unschuldigen Menschen diejenigen heim, die an ihrem Tod vollkommen unschuldig sind? Ich konnte nichts dafür! Ich bin unschuldig!

Es ist unsere erste Nacht in Washington. Ich kenne Dieter doch erst seit ein paar Tagen. Im Laufe der Jahre haben wir uns dann in meinem Washingtoner Stammhotel, dem ›Grand Hotel du Midi‹, geküßt und geliebt. Und in meinem Ankleidezimmer in der neuen Oper. Und sogar in einer Requisitenkammer im Kellergeschoß. Es machte uns Spaß, uns dort einzusperren und vorsichtshalber auch noch den Riegel vorzuschieben. Einmal suchte Karin, meine Garderobiere, etwas in der Kammer, als sich Dieter gerade in mir bewegte und wir ganz heiß und erregt dem Höhepunkt nahe waren.

Die Szene war sehr komisch. Ich erkannte Karins Stimme und rief hinaus: »Karin, ich bin's, Marlies! Ich kann jetzt nicht aufmachen. Sei so gut und verdufte, ja?«

Karin hätte eine Idiotin sein müssen, wenn sie die Situation nicht überblickt hätte. Sie verschwand. Vielleicht aber kniete sie zusammen mit anderen Neugierigen draußen vor dem Schlüsselloch und guckte uns zu? War uns beiden auch egal.

Je länger unsere Liebe dauerte, um so toller trieben wir es. So muß man sein, sagte ich mir jeden Tag, noch vor meiner Heirat mit Dieter. Rücksichtslos muß man sein, sich um keine Vorschriften und um keinen Klatsch und Tratsch kümmern.

Als wir dann verheiratet waren, benahmen wir uns tatsächlich so, als gehörte die ganze Welt uns. Wir standen auf der Bühne, in mehr als nur einer Beziehung, und die anderen schauten zu. Im Theater wie im Leben. Die konnten uns ja alle nicht das Wasser reichen.

Die Erinnerung an unsere erste Nacht in Washington verschmilzt mit meinen Träumen von späteren Nächten. Wir schliefen in meinen New Yorker Häusern, in Hotels, in Motels, auf Hawaii unter freiem Himmel. Wir schliefen in Zelten und am Strand...

Jetzt aber erlebe ich noch einmal, zum hunderttausendstenmal, diese erste Nacht in Washington mit meinem Geliebten, den ich erst seit ein paar Tagen kenne. Ich habe mich hastig ausgezogen, umgezogen, trage ein schlichtes Waschkleid, sehe so aus, daß ich von einer hübschen Verkäuferin nicht zu unterscheiden bin. Nein, nein, ich will keinesfalls, daß mein Geliebter die Nacht in meinem Apartment im ›Hotel Houston‹ verbringt.

Ich fahre hinunter, gehe schnell an der Portierloge vorbei, der Portier muß sich ja einigermaßen wundern, daß ein weiblicher Hotelgast um drei Uhr morgens das Haus verläßt und noch dazu allein und zu Fuß... Die Dame nimmt auch kein Taxi.

Aber das bekümmert mich wenig. Hoffentlich werde ich auf dem Weg zum Café nicht überfallen! Dergleichen kann einem heutzutage in unmittelbarer Nähe des Weißen Hauses passieren. Auch in der Bundeshauptstadt nehmen die Straßenüberfälle zu, und vor allem nachts!

Ich laufe, so schnell mich meine Füße tragen, zur Straßenecke. Die Neonbeleuchtung ist dort sehr grell. Ich entdecke Dieter sofort. Er geht ungeduldig auf und ab. Wir winken ein Taxi heran. Dieter, der sich in Washington überhaupt nicht auskennt – er hat seinen Wohnort in New Jersey in den letzten Jahren kaum verlassen, bloß ein- oder zweimal fuhr er mit dem Bus nach Kansas, um seine Eltern zu besuchen – fragt den Fahrer, einen jungen Inder: »Können Sie uns vielleicht hier in der Nähe, irgendwo im Grünen, ein nettes Motel empfehlen? Wo es ganz bestimmt freie Zimmer gibt?«

Der Inder lacht: »Doch, das kann ich. Ich kann den Herrschaften ein sehr angenehmes Haus empfehlen, es gehört meiner Tante und ist sehr sauber. Das ›Bombay Motel‹ liegt auf einer Anhöhe im Tannenwald, es ist blitzsauber und sehr romantisch.«

»Sie sind sicher, daß wir dort ein Zimmer bekommen?« will Dieter wissen.

»Es gibt immer freie Zimmer. Man kann sie für eine Stunde mieten oder eine Nacht, oder für eine Woche!«

Der Inder feixt und dreht sich um, schätzt uns ein. Das ist sein gutes Recht. Außerdem haben wir kein Gepäck. Bloß die Zahnbürsten.

Dieter sagt: »Das klingt sehr gut. Ist es nicht zu weit von Washington entfernt?«

»Zehn Autominuten!«

Los geht's, zum ›Bombay Motel‹. Um Himmels willen, wie tief bin ich gesunken! Marlies von Ritter in einem Stundenhotel? Ich werde aber ganz gewiß nicht die erste Diva sein, die ihre kleinen Abenteuer hat. Oder ihre großen Liebschaften!

Dieter gibt dem Chauffeur schon jetzt ein sehr ordentliches Trinkgeld. Dieter hat bisher nicht geduldet, daß ich etwas bezahle. Ich fange an, ihm zu glauben, daß er es nicht auf mein Geld abgesehen hat. Nein, Dieter ist kein Gigolo! Ich bin doch eine recht gute Menschenkennerin!

Man kann das ›Bombay Motel‹ von der Autobahn und der Landstraße, in die wir bald einbiegen, nicht ausmachen. Es liegt ganz versteckt und verschwiegen in einem dunklen Tannenwäldchen. Ideal für Ehebruch geeignet. Und auch für eilige Sex-Ausflüge. Die Washingtoner Senatoren und Kongreßabgeordneten wollen sich vielleicht in der Mittagspause auch einmal amüsieren. Zum Beispiel mit der eigenen Sekretärin.

Das Motel ist eigentlich gar keines, es ist ein Konglomerat von Einzel-Bungalows, und das winzige Büro und die Küche sind in einem separaten Haus untergebracht.

Wir werden von einer dicken, in einen lila Sari gehüllten Inderin empfangen. Sie ist stark geschminkt und verneigt sich vor uns. Der Fahrer bekommt einen Stirnkuß.

»Meine Tante!« stellt er vor.

Wir murmeln den Namen, auf den wir uns schon vorher geeinigt hatten: »Mr. and Mrs. Joseph Wagner aus Boston.«

Der Taxichauffeur bekommt noch ein Trinkgeld von Dieter und macht sich aus dem Staub. Die bessere Puffmutter führt ›Mr. und Mrs. Joseph Wagner‹ zur Cabana Nr. 1, die unter den Zweigen der höchsten alten Tanne steht. Der Bungalow hat bonbonrosa Holzwände und ein kirschrotes, pagodenförmiges Dach. Er besteht aus einem ziemlich großen Schlafraum mit einem kolossalen Bett, das durch eine giftgrün und blau gemusterte Decke entstellt wird. Das kleine, aber komplett eingerichtete Bad ist mit schwarzroten Kacheln ausgelegt. Aus unerklärlichen Gründen steht neben der Toilette ein hölzerner Blumenständer und darauf ein blühender Feigenkaktus.

Ich bin noch nie einem Feigenkaktus in einem Badezimmer begegnet, doch man lernt nie aus. Leider bekomme ich von Bonbonrosa immer Magenschmerzen. Ich muß wegschauen. Die Tapete des Schlafzimmers hat nämlich auch bonbonrosa Grundfarbe.

»Haben die Herrschaften noch irgendwelche Wünsche?« will die fette Wirtin wissen. Sie hat uns reichlich mit Handtüchern versorgt.

»Bitte, wecken Sie uns um punkt acht!« sage ich.

»Sehr wohl. Wünschen die Herrschaften vielleicht auch das Frühstück aufs Zimmer? Ich koche selbst. Ist Rührei gefällig, oder möchten Sie lieber Speckeier? Oder Pfannkuchen mit Sirup?«

Dieter ist schon entsetzlich ungeduldig, er zwickt mich in die Hüfte.

»Speckeier, Toast und reichlich Espresso, bitte!« bestellt er. Dieter kennt meinen Geschmack. Der Espresso ist die Hauptsache, ich werde frühmorgens erst nach der dritten Tasse Kaffee wach. Die Inderin geht. Wir sind endlich allein. Und es ist inzwischen vier Uhr morgens! In vier Stunden wollen wir aufstehen? Wenn ich wenigstens vier Stunden Schlaf hätte! Ich kann ohne Schlaf nicht auskommen, und Dieter sieht das nicht ein. In all den verrückten Nächten, die wir in New Jersey oder New York zusammen verbrachten, mußte ich ihn förmlich anflehen, mir doch wenigstens ein bis zwei Stunden Schlaf zu gönnen! Ich habe keine Ahnung, was seine Chefin in diesem Feld-, Wald- und Wiesenhotel in Cape Clifford dazu sagt, daß ihr Assistent, ›stellvertretender Manager‹ und Haupt-Entertainer Dieter Williams letzthin oft unausgeschlafen und todmüde im Hotel aufkreuzt. Ich kann mir nicht denken, daß Dieter in der Arbeit seinen Mann stellt wie früher. Und er hat mir selbst erzählt, daß er abends beim Schlagersingen beinahe einschläft... das ›Sole Mio‹ und die internationale Evergreen-Schnulze ›Sorrento‹ blieb ihm ein paarmal im Hals stecken, und er konnte sich nicht auf die tausendmal gesungenen Texte besinnen...

Schön, das ist Dieters Sache. Aber ich, Marlies von Ritter, habe denn doch einen größeren und berühmteren Namen zu verteidigen als dieser Dutzendmensch. Ich kann mir kein Zuspätkommen zu den Proben und keine Müdigkeit und – davor soll mich der Himmel bewahren – keinen Mißerfolg bei der Aufführung einer Oper leisten. In fünf Minuten verbreitet sich die Kunde davon wie ein Lauffeuer rund um den Globus... Andere Sängerinnen haben es erlebt. Ich, Marlies von Ritter, will es nie erleben, niemals!

Und nun ist es vier Uhr morgens, und ich sitze todmüde und verzagt auf einem greulich geschmacklos überzogenen Bett. Morgen, bei der ersten Stellprobe, muß ich zwar nur mit halber Stimme singen – wir haben ja in New York schon monatelang geprobt – doch der Dirigent hat scharfe Ohren. Und er darf von seiner Venus, die auch die Elisabeth singen wird, verlangen, daß sie zwar mit halber Stimme singt..., aber nicht im Stehen einschläft!

Worauf habe ich mich bloß eingelassen? Warum nahm ich mir kein Beispiel an meinen großen Vorgängerinnen? Birgit Nilsson lebte für ihre Kunst und ihren Ehemann. Sie hat die Regenbogenpresse nie mit Material versorgt. Und warum mußte ausgerechnet mir, Marlies von Ritter, der berühmtesten Wagnersopranistin der Gegenwart, so ein schreckliches Malheur passieren!

Bei ruhiger Überlegung muß ich mein Zusammentreffen mit Dieter ein ›Malheur‹ nennen. Jawohl. Und auch damals, im Morgengrauen, nach der Sturmnacht, als sie uns fanden, hätte ich noch überreichlich Zeit gehabt, durchzubrennen. Ihm auf Nimmerwiedersehen adieu zu sagen.

Jetzt ist es zu spät.

Ich starre das abscheuliche Muster auf der Bettdecke an. Erst bei näherer Untersuchung fällt mir auf, daß das Muster ausgesprochen *cochon* ist. Indische Männer und Frauen treiben es da sehr wüst miteinander, und die akrobatischen Verrenkungen macht ihnen so leicht keiner nach. Wir müßten es eigentlich einmal probieren, der Dieter und ich. Die lieben sich ja, während sie Brücke und Handstand machen! Also nein.

»Sind das Illustrationen aus dem Kamasutra?« frage ich meinen Geliebten. Der weiß nicht einmal, was das Kamasutra, dieses indische Buch über die Liebeskunst, im 6. oder 7. Jahrhundert n. Chr. entstanden, bedeutet, Um so besser beherrscht mein tumber Tor die Verrenkungen der physischen Liebe. Dergleichen ist angeboren, und Dieter ist ein Naturtalent.

Endlich, endlich gelingt es mir, an jene herrliche, anstrengende und furchtbar kurze Vierstundennacht zurückzudenken, ohne den Kopf der grünen Wasserleiche zwischen unseren Köpfen auf den Kissen zu sehen. Die Wasserleiche ist endlich verschwunden. Hoffentlich für immer. Ich glaube, ich habe sie endgültig besiegt. Wenn ein guter Mensch, wie ich, Gewissensbisse hat und wenn diese Selbstquälereien völlig unbegründet sind, wie es bei mir der Fall ist... so wird der unschuldige Mensch, so werde ich diese Erynnien eines Tages besiegen.

Man muß sich dieses alberne, falsche Schuldbewußtsein abgewöhnen, es abschütteln wie überflüssigen Ballast.

Und auch das Meer darf mich nicht mehr so anstarren. So böse. Das Meer war zeitlebens mein Freund, warum sollte es mit einemmal mein Feind geworden sein? Das Meer war von jeher, seit Milliarden von Jahren, gut und böse. Es forderte schon immer seine Opfer. Menschen ertrinken beim Schwimmen, Bootfahren, Tauchen. In prähistorischer Zeit genau wie heute. Man muß das Meer lieben und es gleichzeitig fürchten. Ich werde es mir nicht nehmen lassen, bis ins höchste Alter zu baden, zu tauchen, zu segeln. Meine Liebe zum Meer ist stärker als meine Furcht vor der Brandung. Vor dem Wasser und der grünen Leiche. Ich kann das Meer nicht hassen, weil...

Ich bin unschuldig! Ich konnte nichts dafür. Es war ein Unfall. Gott muß mir glauben.

Wenn Gott mir glaubt, warum schickt er dann immer wieder die Erynnien?

Man muß genießen können. Ich beherrsche die hohe Kunst der rückhaltlosen sexuellen Hingabe. Ich lebe erst, seitdem ich diese Kunstfertigkeit in mir, einer zum Leben erwachten Toten, entdeckt habe. Ich bildete mir ein, fünfzig Jahre lang gelebt zu haben, und das war nichts als Täuschung.

Gott meint es gut mit den Menschen. Vor allem mit uns Frauen. Er hat den Mann erschaffen und ihm starke Lenden gegeben, einzig und allein zu dem Zweck, die Hände und das Becken der Frau zu reizen. Ich streichle und liebkose und küsse die Lenden meines anderen Schöpfers. Der liebe Gott im Himmel, dem ich so oft in meiner geliebten Musik begegnet bin, hat sein Ebenbild im Manne erschaffen. Die Frau ist nur das Echo der männlichen Kraft. Die Frau ist dazu da, ihren Geliebten und Gebieter glücklich zu machen.

Sie ist leider auch dazu da, ihm Kinder zu schenken, und diesen Gedanken darf ich niemals weiter ausspinnen, sonst packt mich wilde Verzweiflung. Immer, wenn ich meine, dieses Thema längst erschöpft und ganz still für mich ad acta gelegt zu haben (Dieter hat mich nie damit gequält, das Thema ist ihm vielleicht peinlich und der gute, brave Junge will mich nicht quälen), immer, wenn der Gedanke: »Wie schön wäre es, wenn du, Marlies, zwanzig oder dreißig Jahre alt wärst und deinem Liebsten ein Kind nach dem anderen schenken könntest...«, mich bei der Gurgel packt, fange ich auch wieder an zu zweifeln. Wie lange kann mein spätes Glück mit Dieter dauern?

Aber dann raffe ich mich schnell auf, schüttle mich wie ein nasser Pudel, atme tief durch, zwinge mich zu meiner früheren lebensbejahenden, optimistischen Haltung. Ich darf nicht kleingläubig sein. Ich bin doch keine überreife, dumm verliebte, gelangweilte Kleinbürgerin, keine Madame Bovary, die sonst nichts im Leben hat als eine Liebschaft! Ich bin doch viel mehr als Dieter! Ich bin reich, berühmt, eine anerkannte, große Künstlerin! Er hat seine Jugend und, wenn er Durchhaltevermögen besitzt und bienenfleißig ist, eine Zukunft als Sänger mit einem ungewöhnlich schönen Organ, das einem Block aus rohem Erz gleicht. Ich befinde mich auf dem Gipfel meines Ruhmes. Dieter ist ein blutiger Anfänger, vorläufig nicht mehr als ein Naturtalent.

Und er besitzt keinen Cent, sondern nur einen mäßig bezahlten Job. Wer ist der Glückspilz? frage ich mich. Dieter Williams oder Marlies von Ritter? Alle Männer, ob jung oder alt, würden Dieter beneiden, wenn sie wüßten...

Ich darf nicht nachdenken. Ich muß genießen, genießen, genießen, den herrlichen Tag pflücken.

»Küß mich!« befiehlt mein Geliebter mit geschlossenen Augen. Er kniet über mir.

Man muß genießen können. Die hohe Kunst der sexuellen Hingabe beherrschen. Nur mit einer Frau verschmolzen erfährt der Mann, daß die Kraft, die Gott seinen Lenden schenkte, wahrhaft göttlichen Ursprungs ist. Und nur, wenn die Schale der Frau den Mann in sich empfängt, ahnt sie, was die Erfüllung ihres Daseins ist.

Mein Geliebter hat endlich die weiße Smokingjacke abgestreift. Er hat mich auf den Rücken geworfen. Nun habe ich keine Zeit mehr, die vertrackten pornographischen Verrenkungen der indischen Pärchen auf der Bettdecke zu enträtseln. Mein Geliebter kniet über mir, hat nur noch sein Unterhemd an.

Ich blicke bewundernd und außer Atem zu diesem herrlichen Standbild aus Fleisch und Muskeln. Dieser junge, göttlich schöne Mensch gehört mir und keiner anderen. Wie heißt diese junge Person, die es auch noch wagt, zu existieren? Irgendwo, als Schatten, im Hintergrund? Als *quantité négligeable*, die ich sehr, sehr bald knockout geschlagen haben werde? Ich weiß schon, Kim heißt sie. Knockout schlagen. Vorläufig bin ich großzügig. Dieter wird ihr den Laufpaß geben – diese absolut harmlose Freundschaft oder Affäre oder was es sonst sein mag, beenden. Aber weil ich großzügig bin, fordere ich nicht, daß er die Person Knall und Fall vor ein *fait accompli* stellt und sie sozusagen hinauswirft. Ich fordere es um so weniger, als Dieter ja zunächst noch im Hotel Cape Clifford, das Kims Mutter gehört, tätig ist. Damit das Kind einen Namen hat – damit Dieter und auch ich sagen können, er habe einen ganztägigen und sogar anstrengenden Job.

Es wäre grauenhaft für mich, wenn die Klatschtanten von der Presse herausbekämen, daß der junge, umwerfend gutaussehende Mann, ein Entertainer namens Dieter Williams, seinen Job in einem Hotel am Strand von Cape Clifford, drüben in New Jersey, der Marlies von Ritter zuliebe aufgegeben hat. Dann könnten die Nattern ja auch annehmen, daß ich den jungen Mann aushalte. Daß er mein Gigolo ist. Und das entspricht nun wirklich nicht den Tatsachen.

Folglich benehme ich mich kühl, bis ans Herz hinan, was diese unbedeutende kleine Nutte Kim betrifft, die ich nur einmal in der Sturmnacht traf... dieses absolut ungefährliche, ganz gewöhnliche junge Mädchen... Und ich halte es für richtig, daß Dieter seinen kombinierten Job als stellvertretender Manager und Entertainer im Hotel zunächst beibehält. Bis seine Karriere als Opernsänger richtig in Schwung kommt. Und dann werde ich ihm einpauken, wie man mit dieser kleinen Kim auf taktvolle Weise Schluß macht. Die Person ist neunzehn oder zwanzig Jahre alt. Mit neunzehn oder zwanzig nimmt man sich nicht vor Kummer das Leben, wenn man von seinem Boyfriend ausgebootet wird. Und überhaupt! Wer weiß, wie viele andere Boyfriends diese Nutte hat!

Alle neunzehn- oder zwanzigjährigen Mädchen sind Nutten. Ich nenne sie auch ›Huren‹. Ich hasse sie. Und dabei bin ich ihnen doch so haushoch überlegen, sie verdienen nicht einmal meinen Haß. Sie können mir, der fünfzigjährigen *Beauté*, der größten und dramatischsten Wagnersopranistin seit Birgit Nilsson, nicht das Wasser reichen. – Später erfahre ich, daß Kim ›nur‹ sieben Jahre jünger ist als Dieter. Dreißig minus sieben ist dreiundzwanzig. Auch das ist unverschämt jung!

Die Uhr steht still, und dabei sehe ich, wie sich ihre Zeiger rasend schnell im Kreise bewegen, rundherum, immer rundherum. Ich wollte, die Zeit stünde wirklich still, und nicht nur in meinen Wunschträumen!

Warum haben wir Mamas Dinner nicht viel früher verlassen? Nur vier armselige Stunden trennen uns vom morgigen Tag. Wenn wir nicht allerspätestens um acht Uhr aufstehen, bleibt uns keine Zeit zum Frühstück. Ich kann weder singen noch spielen und kann mir unmöglich Regieanweisungen anhören, wenn mein Magen knurrt! Das Frühstück ist meine Hauptmahlzeit, da bin ich am hungrigsten.

Plötzlich durchzuckt mich der Gedanke: Was wäre eigentlich, wenn ich die erste Stellprobe ganz links liegen ließe? Ich pfeife auf das neue Washingtoner Opernhaus und die Wagnerfestspiele, zu denen das Publikum aus aller Herren Länder strömt!

Das ich leichter gesagt, als getan. Ich habe bisher immer von meiner übergroßen Pünktlichkeit gelebt. Meiner Verläßlichkeit. Diese Eigenschaften sind bei einer Künstlerin genauso wichtig wie ihr Talent und, in meinem Fall, ihre Stimme.

Verlockend wäre es ja schon. Ich könnte mit Dieter durchbrennen. Wenn ich überhaupt nie wieder singe, nie mehr eine Bühne betrete, so habe ich dennoch genügend Geld, um mich und meinen Geliebten zu erhalten. Ich bin sehr reich. Was mir fehlt, ist der unbekümmerte Mut. Die Dreistigkeit der Jugend, die alle Hemmungen über Bord wirfst. Ja, es wäre traumhaft schön, sich irgendwo in einer romantischen, entlegenen Gegend mit Dieter zu verstecken. Wir könnten das nächste Flugzeug nach Singapore und von dort nach Penang oder Palembang nehmen und ein paar glückselige Wochen in Borneo, Java oder Sumatra verbringen. Ich könnte mir auch eine aparte Villa auf einer kleinen Insel des hawaiischen Archipels bauen. Dort wollte ich schon immer leben, Hawaii ist ein traumhaftes Paradies auf Erden. Hand in Hand könnten wir über den schwarzen Lavasand der Badestrände laufen und beoachten, wie auf der Hauptinsel Hawaii blutrote Lava aus dem Krater des Kilauea-Vulkans ins Tal strömt und zu einer schwarzen, zackigen Masse erstarrt, von der Brandung jäh abgekühlt.

Ich pfeife auf die Venus und die Elisabeth! Mit den bisher

erschienenen Kritiken und Lobpreisungen meiner Stimme, meines Spiels könnte ich ganze Legionen von Koffern füllen. Warum immer neue Lorbeeren? Des Geldes wegen? Ich kenne keinen Luxus, den ich mir nicht gönnen könnte. Ich will endlich ganz glückliche, befriedigte Frau sein! Mich nie mehr von Dieter trennen, seine Hand nie wieder loslassen. ich bin Venus, doch diesmal im Leben und nicht auf der Bühne. Diese Venus sperrt ihren Tannhäuser im Berg ein, läßt ihn nicht zu Elisabeth flüchten. Ich bin aber auch Elisabeth, denn die Liebe zu meinem jungen Freund erfüllt mich nicht nur mit Sucht. Sie macht mich auch demütig. Ich war bisher ärmer als die ›Frau ohne Schatten‹. Nicht nur, weil ich keine Kinder habe. Ich habe ja auch niemals wahre Liebe und Leidenschaft genossen.

Marlies von Ritter darf endlich, endlich lieben. Sich einem Mann im Bett hingeben und nicht nur auf einer kalten Bank aus Kunststoff, wie die arme Isolde im zweiten Akt des ›Tristan‹. Spät, aber nicht zu spät habe ich meinen Gebieter und meinen Sklaven gefunden.

Wir werden sehr bald heiraten, vielleicht noch in diesem ersten Jahr unserer Liebe. Sprach Dieter nicht gleich von Heirat – in jener fantastischen und lebensgefährlichen Sturmnacht? Ich lachte ihn trotz meiner Ängste aus. Heute finde ich diesen *coup de foudre d'amour*, den Blitzschlag der Liebe, der uns beide traf, gar nicht mehr komisch. Es mußte so kommen. Wir waren vom Schicksal füreinander bestimmt.

Marlies von Ritter ist die glücklichste aller Liebenden, und es wird noch viel schöner werden, wenn Dieter seine Ausbildung beendet hat und wir zusammen auftreten können. Für mich wird es wie der Anfang einer neuen Karriere sein – mit dem Geliebten und nur für den Geliebten singen! Wir werden das neue, ideale Wagnerpaar sein, das in die Fußstapfen der Malwina und des Julius Schnorr von Carolsfeld tritt!

Die andere? Dieter ist so ehrlich, Dieter hat beinahe sofort, in der ersten oder zweiten Woche unserer Bekanntschft, dieses Mädchen erwähnt... Einfach lächerlich, ich habe ihren Namen längst vergessen. Das Mädchen muß Luft für mich sein. Ein Nichts. Eine Null. Für mich – gewiß. Doch für ihn?

Durfte Dieter eigentlich sofort mit Zukunftsplänen über mich herfallen und sogar von einer baldigen Heirat sprechen, wo er doch wußte, daß in Cape Clifford ein Mädchen existiert, das – ganz einfach ausgedrückt – auf ihn wartet? Sich einbildet, mit Dieter verlobt zu sein? Diese Null. Dieses Dutzendgeschöpf, was die sich für alberne Illusionen macht!

Jetzt fällt mir ihr Name ein. Sie heißt Kim. Und diese Kim gibt sich oder gab sich für Dieters Braut aus. Ob es eine offizielle Verlobung gab, wollte ich wissen. Nein, antwortete Dieter, die gab es nicht, doch kennt Dieter das Mädchen seit mehr als zehn Jahren. Er ist sieben Jahre älter als Kim. O Gott. Warum ist er nicht sieben Jahre älter als ich? Kann man diesen Altersunterschied nicht aus der Welt schaffen?

Nein. Man kann es nicht. Meine vernünftige Überlegung sagt mir aber, daß Dieter Kim auch dann nie heiraten würde, wenn ich ihm nie über den Weg gelaufen wäre.

Die wird noch einmal stolz darauf sein, daß die Frau, die ihr den jungen Dieter abspenstig machte, keine andere war als die weltberühmte Marlies von Ritter.

Im übrigen mag sie sich aufhängen. Die Zukunft dieser blutjungen und, zugegeben, ganz hübschen Nutte interessiert mich ganz und gar nicht.

Der Geliebte kniet über mir im Bett. Draußen ist es noch ganz dunkel. Wie ein Pünktchen grüßt die Stehlampe aus dem kleinen Büro der Inderin herüber. Wir haben die Vorhänge nicht zugezogen.

»Weißt du wirklich nicht, was das Kamasutra ist?« frage ich meinen Geliebten. »Lernt man das nicht im College?«

Dieter, der das College absolviert hat und über ein Minimum an Allgemeinbildung verfügt, lacht.

»Von zehn jungen Amerikanern werden höchstens zwei oder drei wissen, was das Kamasutra ist!« sagt er, nachdem ich ihm kurz Auskunft gegeben habe.

Zum Teufel mit der Allgemeinbildung! Im Bett versteht mein junger Liebespartner tausendmal mehr als alle anderen Männer, mit denen ich bisher geschlafen habe. Dieter ist halb dänischer, halb deutscher Herkunft. Die Skandinavier und die Deutschen sind die besten Liebhaber. Ich habe schon immer von einem Siegfried und Siegmund aus Fleisch und Blut geträumt – und nicht nur einem Partner im ›Ring‹.

»Küß mich!« fordert mein Abgott. Dieter hat das Unterhemd abgestreift. Wie ich aus meinen Kleidern kam, weiß ich nicht. Ich weiß es nie, wenn sich hinter uns meine Schlafzimmertür in einer meiner New Yorker Wohnungen schließt. Oder in einem Motel oder Hotel. Immerhin hatte Dieter, bevor er mich nackt an sich zog, den Anstand, unsere Kleider vom Teppich aufzuheben und sie ordentlich über einen Stuhl zu breiten. Er ist nicht ganz so schlampig wie die meisten Männer.

Es gelingt mir, mich in eine vollkommene, wohlige Trance zu versetzen. Den morgigen Arbeitstag, der so hohe Anforderungen für mich bereit hat, aus meinen Gedanken zu verbannen. Ich atme den herben, köstlichen Duft von Dieters Haut. Sie riecht an jeder Stelle seines jungen, kraftstrotzenden Körpers anders. Sein Gesicht riecht wie das eines Babys, selbst wenn er schwitzt, und seine Wangen sind seidenweich und samtig wie Pfirsiche.

Ich schnuppere genießerisch und atme das Aroma exotischer Pflanzen ein; dieser Duft entströmt dem Becken meines Geliebten, dem lieblichen, hellblonden Gekräusel um seinen fleischigen und muskelharten Turm. Kein Mann hätte es je gewagt, mir diesen Glücksspender zum Küssen und Liebkosen darzubieten. Ich glaube, ich hätte meine Ehemänner bei einer solchen Zumutung einfach aus dem Bett geworfen und nie wieder mit ihnen geschlafen.

Jetzt bin ich durstig, möchte meinen jungen, herrlichen Geliebten bis zum letzten Tropfen austrinken. Wie ekelhaft dünkte mir früher, wenn ich über diese Art der körperlichen Liebe in Büchern las, ein solches Übermaß an Intimität! Und nun greife ich mit beiden heißen Händen und mit Lippen zu, die ausgetrocknet sind vor Sehnsucht.

»Du hast eine so süße Zunge!« flüstert mein Abgott mit geschlossenen Augen. Ich spiele, während die verführerischste und gefährlichste aller Schlangen tief, ganz tief in meinen Schlund dringt und mich nicht Atem holen läßt, mit den beiden Nüssen, die nicht minder prächtig sind. Meine Hände streicheln die Schenkel und das Gesäß meines Geliebten, lauter Muskeln, kein überflüssiges Gramm Fett. Auf einer blühenden Heide kann es im Hochsommer nicht herrlicher duften. Ich halte es nicht mehr aus, möchte, daß sich Dieter auf mich fallen läßt und in mich eindringt, ich bin schon klatschnaß. Die Zeit drängt, und ich brauche doch noch ein oder zwei Stunden Schlaf!

Dieter ist heute rücksichtslos. Wieder packt mich die Verzweiflung. Ich lasse das Füllhorn aus meinem Mund gleiten, ziehe ihn zu mir herunter, höre seinen keuchenden Atem.

»Liebling, heut können wir uns einfach nicht so gehen lassen wie sonst! Ich meine, heut müssen wir uns beeilen!« ermahne ich meinen Liebsten leise. Ich will ihn nicht kränken. Man darf Dieter nicht wehtun. Im übrigen trifft ihn die Hauptschuld. Er hat mich in diese Sache hineingerissen, und nicht umgekehrt. Dieter hätte sich eine unproblematischere Bindung aussuchen können als mich, die ständig gehetzte Karrierefrau.

Und nun tut er mir wieder plötzlich leid.

»Ich lasse mir keine Vorschriften machen, und ich bin kein Schnellsieder!« sagte Dieter, mit geschlossenen Augen auf mir liegend. »Weißt du was? Sag einfach die Probe ab! Wann mußt du dich im Theater melden?«

»Um halb zehn.«

»Dann rufst du eben um neun Uhr an. Du meldest dich krank, und damit hat sich's.«

Der Junge ist wirklich total verrückt.

»Möchtest du mir nicht sagen, wer denn statt mir die Venus und die Elisabeth bei der Eröffnungsvorstellung singen soll? Und nächste Woche die Senta? Und in drei Wochen die Isolde? Zwischendurch darf ich mich nämlich eine Woche lang ausruhen!«

Dieter drückt wilde Küsse auf meinen Hals, auf meine Brüste.

»Keine blasse Ahnung, wer für dich einspringen könnte, aber der Intendant wird sich schon zu helfen wissen! Im Augenblick interessiert mich nur die verdammt schöne Marlies von Ritter. Die Frau, und nicht die Operndiva. Begreifst du's noch immer nicht, daß ich mich nicht in die Künstlerin verliebt habe? Ich hatte doch keine blasse Ahnung... Und es ist mir völlig gleichgültig, ob du deine Karriere fortsetzt oder sie an den Nagel hängst! Das heißt, das letztere wäre mir viel lieber! Dann könnten wir uns hauptberuflich lieben und müßten nicht immer nach der vermaledeiten Uhr schauen!«

Ich bin sprachlos.

Wenn Dieter meint, ich wäre bereit, ihm zuliebe alles bisher Erreichte hinzuwerfen und meinen Götzen und mein Leitbild, Richard Wagner, zu verraten, so ist er blitzdumm.

Ich schiebe ihn von mir, setze mich im Bett hoch, bin ernüchtert. In solchen Fällen greifen viele Frauen nach einer Zigarette. Aber ich rauche nicht. Auch Dieter raucht nicht. Ich habe noch nie einen Raucher geküßt, Nikotingeschmack und Rauch sind für mich ein Brechmittel.

Ich sage ruhig: »Dieter, ein für allemal: ich muß noch ein paar Jahre lang tüchtig Geld verdienen. Wenn ich erst einmal vom Kapital zehre, ist in ein paar Jahren alles futsch!«

Dieter lacht mir ins Gesicht.

»Du schummelst ja! Du bist eine reiche Frau und hast dein Vermögen sehr gut angelegt! Wäre ja auch noch schöner, bei der Legion von Finanzberatern, die um dich herumscharwenzeln. Hast mir selbst von deinen Häusern und den Sommervillen und den Aktien erzählt, die deine Manager für dich verwalten. Mit einem Wort, ich träume davon, daß du nur für mich da bist. Frei über deine Zeit verfügst. Kannst mich ja unterrichten. Meine Stimme ausbilden. Das willst du doch, nicht wahr?«

Ich nicke. »Gerade darum muß ich weiterarbeiten. Weil ich vielleicht in zwei bis drei Jahren mit dir zusammen auftreten kann. Wenn du meine Erwartungen erfüllst und lernst und lernst... Aber denk mal nur an mich, nicht an dich. Vergiß das Geld. Ich liebe meine Arbeit, ich bin für eine Wagnersängerin noch lange nicht zu alt... Ich werde meine Musik nicht verraten. Nicht einmal dir zuliebe. Keine Liebe der Welt und keine Leidenschaft und kein Sex kann mir im Bett das schenken, was ich auf der Bühne empfinde. Ich werde mich nicht auf die faule Haut legen...«

Dieter reißt mich im Sitzen an sich, stemmt mich hoch, legt sich auf den Rücken, starrt mich mit tellergroßen, grünblauen, blitzenden Augen an, in denen ich plötzlich Bosheit und Grausamkeit funkeln sehe.

»Du wirst dich zunächst auf mich legen, Liebling!« faucht er böse. »Du sprichst wieder einmal zuviel. Also gut, sag die Probe nicht ab. Aber mach die Ohren weit auf. Ich komme mit dir! Ich begleite dich ab heute immer und überall hin. Ich will, daß die ganze Welt von unserer Liebe erfährt.«

Ich fauche zurück: »Du wirst deinen Job in Cape Clifford meinetwegen nicht aufgeben! Das dulde ich nicht! Ich habe keine Lust, mit einem jungen Bürschchen herumzureisen, das wie ein Gigolo aussieht...«

Dieter haut mir eine Ohrfeige herunter.

Das kann doch nicht sein!

Dieter schiebt meine Schenkel auseinander, reißt mich zu sich herunter, stößt seine Lanze so tief in mich hinein, daß es schmerzt. Und meine linke Wange schmerzt auch. Mein junger Geliebter hat mich geohrfeigt! Also nein – das ist ein Alptraum! Noch nie hat ein Mann Marlies von Ritter geohrfeigt! Und noch dazu tüchtig!

»Du, das gibt einen blauen Fleck!« rufe ich zornig.

»Ausgeschlossen. Höchstens eine gerötete Wange. Du nimmst eben etwas mehr flüssiges Make-up, dann sieht man nichts!«

Seine breiten, großen Pranken, wundervolle, starke Männerhände, ruhen auf meinen schmalen Hüften. Er heb mich hoch, stößt mich nieder. Ich bin willenlos. Ich strafe ihn ein bißchen, bewege mich überhaupt nicht. Meine linke Wange brennt, sie ist wohl sofort feuerrot angelaufen. Wie eine Puppe hebt mich Dieter hoch, aber vorsichtig, nur so weit, daß der fleischige Turm, die Lanze, immer tief in mir steckenbleibt. Er weiß, daß ich mich abzubremsen verstehe. Wir haben uns schon hundertmal geliebt in den wenigen Wochen unserer Liebe, und immer ging ich willig auf Dieters Rhythmus, auf seine unausgesprochenen und ganz selten auch lauten Befehle ein.

»Warte noch ein wenig!« flüstert mein grausamer, mein göttlicher Geliebter. Er löst sich von mir, kniet wieder. Er läßt seine Pranken an meinen Schenkeln hochwandern. Packt mich links und rechts an den Hüften, zieht mich langsam und keuchend vor Genuß zu sich hoch, bis ich meine Beine um seine Hüften verschränken kann. Ich werfe den Kopf zurück vor Lust. Mein bärenstarker Geliebter läßt mich in dieser ziemlich unbequemen Lage schweben, und dabei steckt er so tief in mir, daß ich meine, er dringt mir bis ins Herz.

Ich war noch nie so nackt, so erregt, so verliebt wie heute. Der Geschlechtsakt, bis ins Unendliche ausgedehnt und verfeinert, als wären wir im Begriff, ein neues, säkularisiertes Kamasutra zu schreiben und es auch gleich zu illustrieren, wird zum Herzschlag der Welt, zum heißen Atem des Gottes Eros. Ich weiß erst jetzt, wie tot ich fünfzig Jahre lang war. Ich weiß erst jetzt, daß ich lebe.

Ich weiß aber noch mehr. Ich werde meinem Geliebten gehorchen müssen. Freilich kann eine kluge und geschickte Frau den Gang der Dinge so steuern, als gingen alle Befehle von ihr aus und nicht von dem Mann, der ihr einen Orgasmus nach dem anderen schenkt. Doch weiß ich schon heute, daß ich wie Ton bin in des Töpfers Hand. Ich, die Männer- und Menschenfresserin – so tauften mich meine intimsten Freunde, die durch Wände sahen –, ich, die nichts gegen kleine Liebschaften hatte und mit zwei ehrlichen, braven, langweiligen Ehemännern Schindluder trieb, bin nun endlich kirre gemacht worden. Nun werde ich leiden müssen. Daran werde ich vielleicht zugrundegehen.

»Fünf Uhr!« sage ich, denn wir liegen so, daß ich die Uhr leider immer vor Augen habe.

»Noch drei gottvolle Stunden!« flüstert Dieter.

Er krallt seine Nägel so heftig in meine Hüften, daß ich vor Schmerz aufschreie.

»Liebling, du tust mir entsetzlich weh!«

»Ich will dir wehtun, Marlies. Ich muß dich dafür bestrafen, daß ich dich so entsetzlich liebe! Ich liebe dich, ich liebe dich, ich liebe dich! Gib mir deinen Mund!«

Ich halte ihm meinen Mund entgegen. Groteske Szene. Meine Hüften tragen die schmerzenden Male von Dieters Krallen. Und meine linke Wange tut weh und ist vermutlich noch immer knallrot von Dieters Ohrfeige. Bin ich, Marlies von Ritter, wirklich so tief gesunken? Oder so hoch über mich selbst hinausgewachsen? Eine Frau, die nichts von Liebe und Sex weiß, ist ja eine armselige Zwergin!

So wird es wohl sein. Gewachsen bin ich. Riesin bin ich, weil mein junger Gott mich liebt und seine Körpersäfte in mich fließen läßt.

Ich schreie laut auf. Das habe ich früher nie getan, hatte immer Hemmungen. Kein Wunder. Ich hatte ja nie, aber auch niemals einen befriedigten Frauenschoß, es war ja bei meinen drei Männern alles nur Imitation der Liebe gewesen...

Im Augenblick der höchsten Lust beiße ich Dieter in die Brust. Mag es auch ihm weh tun. Er sagt kein Wort, klagt nicht. Er wird Bißwunden davontragen. Recht so. Ich züngle schnell über die Bißwunden, drücke Kußlawinen darauf, küsse auch sein Becken, mein Mund wird naß von seinen Säften. Mögen sich andere Frauen vor der neuen Pest fürchten. Ich weiß, daß mein schöner, blonder Geliebter gesund ist, wie kein zweiter.

Ein einzigesmal kam mir der Gedanke, ob sich Dieter vielleicht bei meiner Vorgängerin, dieser jungen Dirne... Ich weise den Gedanken weit von mir, will mir auch nie den Kopf zerbrechen, ob Dieter mit der ›Null in Frauenkleidern‹ ein Verhältnis hat, ob er mit ihr schläft oder schlief... Mein gesunder Menschenverstand sagt mir, daß ein dreißigjähriger kerngesunder junger Stier eine Dauerfreundin oder mehrere Betthäschen haben muß. Was soll's. Das war alles vor meiner Zeit. Ich werde ihn rasend glücklich machen, und Dieter wird mich nie betrügen, niemals! Warum auch? Ich gebe ihm mehr, als ihm alle Frauen der Vereinigten Staaten zusammen geben könnten.

»Bist du glücklich?« will mein Liebster wissen. Wir haben uns abgetrocknet. Wir waren nicht einmal im Bad. Was an mir und ihm haftet, ist heilig. Es kann uns nie zuwider sein.

»Ich möchte schlafen!« bettle ich. Der Uhrzeiger steht auf viertel sechs.

»Also gut, schlaf ein bißchen!« sagt Dieter großmütig und streckt sich neben mir aus. Wir liegen beide auf dem Rücken, er links von mir. Er nimmt meine linke Hand und legt sie auf seinen Turm, spannt meine Finger um das prächtige Gebilde und ich spüre, wie er wieder hart und stark wird. Und ich soll schlafen? Es ist schwer, fast unmöglich, neben meinem Baldur einzuschlafen.

»Ob die Frau zuverlässig ist? Sie hat versprochen, uns um acht zu wecken. Mit dem Frühstück. Du, wir waren noch nie in einem Motel, wo es kein Zimmertelefon gibt!«

Die Cabana hat tatsächlich kein Zimmertelefon.

»Die weckt uns todsicher!« beruhigt mich Dieter. »Die fette Inderin hofft doch, daß wir wiederkommen!«

Wir schlafen noch ganze zwanzig Minuten, für mich ist es nur ein Halbschlaf, ich bin sehr nervös. Dieters rechte Hand ruht auf meiner Brust. Wir sind im Paradies eingeschlafen und erwachen im Paradies.

Ein paar Minuten nach halb sechs.

Es ist schon heller Morgen und die Vögel zwitschern draußen im Wäldchen lustig durcheinander. Es wird ein herrlicher Spätsommertag. Ich rolle mich um meine Achse, um den Geliebten, der die Augen noch geschlossen hat, zu bewundern.

Warum werden Männerkörper von den Dichtern seltener besungen und von den großen Malern seltener in Öl und Gouache und Wasserfarben verewigt und aus Marmor herausgemeißelt als die Körper der Frauen? Oder täusche ich mich? Ich wollte, ich wäre Bildhauerin. Dann könnte ich diesen wunderbar ebenmäßigen, muskulösen, doch keineswegs allzu augenfällig durchtrainierten jungen Männerkörper verewigen!

Er ist kein Muskelprotz, sein Bizeps hätte bei einem ›Bodybuilder‹-Wettbewerb keine Chance, und gerade das gefällt mir so gut. ›Bodybuilder‹ waren schon immer ein Brechmittel für mich.

Wenn sich meine Augen an Dieters nackter Schönheit nicht sattsehen können, so verstehe ich die schwulen Männer. Ich habe ihre perversen Neigungen nie gebilligt, denn alles Unnatürliche ist mir zuwider; ich begreife lediglich, warum sie den Körper der Männer reizvoller finden als unsere weichen Frauenkörper mit den vielen Kissen aus Fleisch und Fett. Ich schwärme für die kraftvollen, sehr harten, stark gewölbten Hinterbacken meines Liebsten. Ich könnte ihre elegant geschwungene Form stundenlang bewundern und küssen. Meine Hände können sich nicht an den beiden prallen Apfelhälften sattstreicheln.

Ich entdecke zum hundertstenmal, zum tausendstenmal den verführerischen Körper meines Geliebten.

Gespenster.

Ich habe ganz kurz die Augen geschlossen, öffne sie, schreie laut auf. Dieter ist sofort hellwach.

»Was hast du?« fragt er angstvoll.

»Das Gesicht!« rufe ich. »Zwischen dir und mir! Auf dem Kopfkissen!«

Ich wende meinen Kopf ab, drehe mich zur Wand, halte mir die Ohren zu, obwohl ich keinen Laut höre als Dieters und meine Stimme und den Gesang der Vögel in den Bäumen.

Dieter streichelt mich, nachsichtig lächelnd, zwingt mich, nicht die Wand anzustarren, sondern das leere Kopfkissen.

»Ich hab' deine Alpträume satt, Liebling!« sagt er dann und küßt mich auf den Mund. »Weißt du was? Ich gehe mit dir zum Arzt. Zu keinem Psychoanalytiker, sondern zu einem ganz gewöhnlichen, guten praktischen Arzt. Wir haben ein paar von der Sorte in Cape Clifford. Wäre ja noch schöner, wenn du diese albernen Wahnvorstellungen nicht los würdest!«

Halt!

Ich werfe die Zeitpunkte durcheinander. Damals, im Bombay-Motel, vor Beginn des Washingtoner Wagner-Zyklus, konnte mich die grünliche Wasserleiche ja noch gar nicht heimsuchen! Das kam alles später. Oder entdeckte ich den geisterhaften Kopf, das Gesicht ohne Augen schon in jener viel zu kurzen, aber unsagbar sengend heißen Liebesnacht mit Dieter? Die Leiche hält mich seit der allerersten Nacht, seit dem Tornado in ihrem Würgegriff fest. Sie lag in der Grotte auf einem künstlichen Felsen, mit wirren Haarsträhnen aus Stricken und einem Gesicht aus Pappe.

Es ist auch gleichgültig, wann und wie oft mich die Erscheinung quälte. Vor Dieter konnte ich meine Erynnien ohne Daseinsberechtigung, meine falschen Anklägerinnen nicht verheimlichen. Ich schlief ja so oft in seinen Armen, und später, als wir heirateten, jede Nacht, falls uns nicht eine Tournee trennte, zu der er mich aus irgendeinem Grund nicht begleiten konnte.

Ich litt Höllenqualen, wenn Dieter allein, ohne mich zurückblieb. Bis zu unserer Heirat arbeitete er weiter in dem zweitrangigen, aber ziemlich populären Ferienhotel in Cape Clifford, wo er schon stellvertretender Manager und Entertainer gewesen war, bevor wir uns kennenlernten. Als aus Dieter Williams der junge Ehemann der Marlies von Ritter wurde, nannten ihn die boshaften Medienfritzen gern und oft ›Mr. von Ritter‹. Und auch die Redakteurinnen der Klatschspalten. Leider stimmte es. Wer Dieter Williams war, wußte höchstens das recht provinzlerische Stammpublikum des Hotel Cape Clifford. Immerhin nannte ich mich offiziell ›Marlies Williams‹, als wir verheiratet waren, aber das Opernpublikum fuhr in aller Herren Länder fort mich als ›Marlies von Ritter‹ zu umjubeln und zu feiern.

Ich malte mir aus, wie dieselben Opern-Fans später, in zwei oder drei Jahren, für den jungen neuen Heldentenor Dieter Williams schwärmen würden, immer vorausgesetzt, daß Dieter bienenfleißig studieren und nie wieder Raubbau mit seiner Stimme treiben würde, wie er es als Schlagersänger fast allabendlich in Cape Clifford getan hatte. Der schönste Tag meines Lebens, sagte ich mir tagtäglich, wird mein erstes gemeinsames Auftreten mit meinem jungen Mann sein. Und die führenden Musikkritiker werden uns mit der Malwina Schnorr von Carolsfeld und ihrem kongenialen Gatten, Ludwig, dem idealen Künstlerpaar und Ehepaar, vergleichen, das Wagners Werk so würdig zu interpretieren verstand.

Ja, kaum waren wir verheiratet, als Dieter seinen Job im Hotel Cape Clifford kündigte und zu mir nach New York zog. Mein ständiger Wohnsitz ist seit vielen Jahren New York. Ich habe hier zwei Stadtvillen und eine Eigentumswohnung mit einem großen Dachgarten. Andere Künstler verbringen ihre Ferien am liebsten am Meer oder in den Bergen oder auf einer exotischen Insel in der Südsee. Ich habe mich schon in der heute für mich so unbegreiflichen ›Vor-Dieter-Zeit‹ am liebsten in New York eingekapselt, versteckt, habe gelesen, musiziert, ein paar intime Freunde eingeladen und die unvergleichlich anregende Atmosphäre dieser Weltstadt genossen. New York ist nicht nur das künstlerische Zentrum der Welt, New York ist auch die aufregendste und anregendste aller Großstädte; vorausgesetzt, daß man nie mit der U-Bahn fährt und sich überhaupt bemüht, am Leben zu bleiben!

Als ich mit Dieter verheiratet war, litt ich Höllenqualen, wenn er mich nicht ins Ausland zu einem Gastspiel begleiten konnte. Und wer war schuld daran? Doch nur ich. Hätte ich Dieter nicht die Aufnahme am New Yorker Musikkonservatorium verschafft und ihn nicht zum denkbar intensivsten Studium angespornt, weil ich einen neuen Lauritz Melchior aus ihm machen wollte, so hätte er mich ja als ›Mr. von Ritter‹, als ein besserer Gigolo seiner reichen Frau, überall hin begleiten können! Es gibt Dutzende von Filmstars, die sich solche Gigolos als Ehemänner oder auch nur Boyfriends halten.

Ich wollte mit Dieter höher hinaus. Ich glaubte an seine Sendung, seitdem ich ihn zum erstenmal vom Blatt hatte Wagner, Schubert und Richard Strauss singen hören. Dieter ist ein Naturtalent. Und Dieter hat nicht nur eine gewaltige, tragfähige Stimme, aus der man einen Heldentenor machen kann, sondern auch einen bestrickenden, unwiderstehlichen Körper.

Erinnerungsfetzen. Zettelkasten in meinem Kopf. Wann tauchte die grünliche Wasserleiche zum erstenmal auf, um mich zu quälen?

Ich bin ja schuld daran, daß ich sie nicht abschütteln kann. Ich werde Dieter und meiner Mutter und Ingrid und Albert – sie alle machen sich Sorgen um meine angegriffene Gesundheit – gehorchen und mit meinem Mann einen Arzt aufsuchen. Oder zwei Ärzte. Oder wirklich einmal richtig ausspannen. Nach den Wagnerfestspielen. Halt! Vor den Wagnerfestspielen in Washington gab es ja noch keine Gespenster in meinem Leben.

Zettelkasten. Schemen. Der Kopf tut mir so weh. Unmöglich, daß sich die grünlich angelaufene Puppe aus Pappe, mit

Kunsthaar und abscheulich bemalt, schon damals zwischen uns drängte.

Es ist fast sechs, und Dieter will mich noch einmal umarmen. Ich werde auf der Probe einschlafen. Ich werde Ringe unter den Augen haben. Ich werde beim Singen umfallen.

Und wenn Dieter darauf besteht, mich ins Theater zu begleiten und sich in den Zuschauersaal zu setzen, so ist der Klatsch und Tratsch nicht mehr aufzuhalten. Mir auch recht.

Ich werde darauf verzichten, meinen jungen Geliebten zu verstecken. Er ist kein Gigolo, sondern ein arbeitender Mensch, der seine Brötchen selbst verdient. Was für eine Schnapsidee war es auch, mit Dieter aus dem eleganten Hotel in Washington durchzubrennen und sich in diesem gottverlassenen indischen Motel zu verkriechen! Hotelangestellte sind zum Schweigen verpflichtet. Meinethalben sollen mich die Stubenmädchen von nun an mit Dieter Williams im Bett finden. Ich werde stolz darauf sein.

Ich kann nicht mehr ohne Dieter schlafen, meine Glieder sind starr, kalt und tot, wenn seine Jugend sie nicht erwärmt. Ich werde ihn heiraten. Ich lasse ihn morgen früh nicht zurück nach New Jersey fliegen. Ich nehme ihn mit in die Oper. Die Managerin des ›Hotel Cape Clifford‹ soll auf ihn warten, und wenn sie ihn hinauswirft, so findet er bei mir Unterschlupf. Kost. Quartier. Und Liebe.

»Laß dich noch ein bißchen abschlecken!« bittet mich mein herrlicher Geliebter. Er läßt mir keine Ruhe, und ich möchte doch seinen Körper ungestört und konzentriert bewundern, wie eine Malerin ihr Modell. Warum ist er so unruhig, so unersättlich? Ich glaube, Dieter will mir beweisen, daß er der potenteste Zuchthengst in ganz Amerika ist.

»Leg dich auf die Seite! Sei nicht so stur! Tu die Beine auseinander!« bettelt mein Geliebter.

Ich gehorche. Ich lege mich auf die Flanke, spreize die Beine. Er schiebt sein hartes, langes und schon wieder bis zum äußersten erregtes Ding tief in mich hinein, stößt mich wie ein Dampfhammer. Das ist herrlich.

Gleich werde ich in Ohnmacht fallen! – Doch so schnell fällt man selbst auf dem Gipfel der Lust nicht in Ohnmacht.

»Sag die Probe morgen vormittag ab!« fleht er schon wieder.

»Das ist ausgeschlossen. Quäl mich nicht, Schatz!«

Er quält mich. Er hält mir den Mund zu. Dann entfernt er seine Hand von meinem Mund und schießt durstig auf meine Lippen nieder. Wieder spüre ich seinen Biß und mein Blut. Er ist wild, wie ein Stier. Er wird mich seelisch und körperlich zugrunderichten. Ich bin diesem Ansturm nicht gewachsen. Ich habe, gerade weil ich mich in Isoldes Liebestod, im Walkürenritt, im Venusberg so gänzlich verausgaben mußte, privat immer ruhig gelebt, seelische Erschütterungen vermieden. Die tiefen Gefühle der Marlies von Ritter galten Richard Wagners Bühnengestalten, und der Salome und Ariadne von Richard Strauss. Das waren gute, fruchtbare, notwendige seelische Erschütterungen mit einer Katharsis ohnegleichen. In jeder Rolle starb ich, verging ich in dem heißen Wunsch, des Meisters Befehle durchzuführen, seine Blütenträume zu verwirklichen.

Was mir Dieter schon jetzt, wenige Wochen nach unserer ersten Begegnung abfordert, ist eine andere Art der Kräftesammlung und Anspannung. Will er wirklich, daß ich meinen Beruf und meine Berufung vernachlässige? Plötzlich in meiner Arbeit unpünktlich und unzuverlässig werde, bloß, um mich ein paar Stunden länger in einem obskuren Motel mit ihm herumzuwälzen? Oder spielt er nur den Teufel, der mich zum Verrat an meiner Musik verleiten will..., um mich dann um so vollständiger und tyrannischer beherrschen zu können?

Ich kenne diesen starken jungen Riesen ja kaum! Wagners Siegfried ist mir in seinen Gemütsbewegungen und Aufwallungen besser bekannt; ich habe alle seine Probleme durchdacht. Dieser blonde, fleischgewordene Siegfried ist mir ein Buch mit sieben Siegeln. Und vielleicht steckt gar nichts hinter diesen sieben Siegeln, vielleicht ist er ein ganz gewöhnliches Bild ohne Gnade!

Der Junge reißt sich plötzlich von mir los, noch vor der Ejakulation, und bettet sein heißes, glattes Gesicht in meinen feuchten Schoß. Ich spüre die ganze Süße seiner Zunge, greife nach seinem Kopf und stoße seine Zunge tief in mich hinein. Das ist absolute, unüberbietbare Erfüllung, Gipfel der Hingabe und Verschmelzung. Mich durchschauern freilich dieselben Glücksgefühle, wenn wir den Höhepunkt so erreichen, daß ich sein herrliches Glied dort unten festhalte, es eng umschließe. Je länger wir uns lieben, je öfter wir einander gehören, um so stärker werden meine Lustgefühle. Dieter mußte mich zum Orgasmus trainieren. Ich habe die Lust von ihm gelernt. Marlies von Ritter verwandelte sich allmählich in eine Hure, eine beständig fiebernde, überhitzte Dirne, eine ewig hungrige Hetäre. Marlies von Ritter wird, zwei oder drei Jahre, nachdem sie die Schwelle der fünfzig überschritten hat, endlich eine reife Frau.

Dieter hat die Augen geschlossen, er macht die Miene eines satten Säuglings. Ich möchte den Augenblick festhalten, jeden Kuß, jede Umarmung bis zum Überdruß wiederholen. Es kann ja keinen Überdruß in Dieters Armen geben. Ist es wirklich wahr, daß ich meine Ehemänner küßte oder mich doch von ihnen küsen und abtasten ließ? Wie konnte ich eine so perverse, käufliche Hure sein? Ich habe mich an Allan fünf geschlagene Jahre lang und dann noch einmal an Frank drei Jahre lang verkauft. Vielleicht bilde ich mir das alles nur ein. Vielleicht war ich überhaupt nie verheiratet!

Doch, doch, ich war verheiratet, und Allan, diesem Entdecker meiner Stimme und Förderer meiner Karriere, meinem ersten Mann und Präzeptor – denn Allan gab mir italienischen und französischen Sprachunterricht, er beherrschte überhaupt alle Sprachen – diesem gutmütigen und wahnsinnig in mich verknallten Gesellschaftsmenschen und Millionär müßte ich noch heute die Hände dafür küssen, daß er aus dem schönen jungen Mädchen eine Sängerin machte. Ohne Allan hätte ich den Weg ins New Yorker Musikkonservatorium nie gefunden.

Warum ich mich nach fünf Jahren scheiden ließ?

Weil die zweiundzwanzigjährige Marlies von Ritter, die als verheiratete Frau nicht bereit war, ihren Mädchennamen abzulegen, aus ihrem Mann herausgeholt hatte, was herauszuholen war. Ich wußte zwar, daß eine Sängerin bis ans Lebensende weiterstudieren und fleißig korrepetieren muß, die Grundlage für meine musikalische und stimmliche Ausbildung war aber geschaffen, ich hatte die ersten Hürden mit Schwung genommen, und mein Debüt an der ›Met‹, dem New Yorker Opernhaus, als Elsa im ›Lohengrin‹ hinter mir.

»Der Mohr hat seine Schuldigkeit getan, der Mohr kann gehen!« Mama fand es abscheulich von mir, daß mir plötzlich der Geduldsfaden riß und ich einen Streit nach dem anderen vom Zaun brach. Ganz unvermittelt griff ich Allan an, wenn er todmüde, oft erst gegen neunzehn Uhr, aus dem Büro nach Hause kam. Ich zwang ihn, sich sofort in den Smoking zu werfen und mich ins Theater oder auf eine Party zu begleiten. Dabei machte ich mir gar nichts aus dem Herumstehen, den Cocktailwürstchen, die einem die Kellner ins Dékolleté warfen..., dazu kamen Rotweinflecken auf meinen kostbaren Abendkleidern. Allan machte sich auch nichts aus diesen gesellschaftlichen Verpflichtungen, doch als Finanzmann mußte er sich einfach zeigen. Mit Marlies zeigen! Auf mich war er stolz, und ganz New York beneidete den in Ehren ergrauten Millionär um seine bildschöne, berühmte junge Frau.

»Wenn du dich scheiden lassen willst, so bin ich einverstanden. Wir finden einen zweiten Mann, der noch mehr Geld hat!« So sprach mir meine Mutter schließlich zu. Sie fuhr fort: »Ich möche bloß nicht, daß ihr als Feinde auseinandergeht! Allan ist ein braver Junge! Du darfst seinen Stolz nicht verletzen!«

Meine Mutter war viel jünger als ihr Schwiegersohn, der ›brave Junge‹.

Ich hörte auf, Allan zu quälen, bat ihn, mir ruhig zuzuhören und forderte eines Abends, als wir allein zu Hause waren, meine Freiheit.

»Hast genug von dem alten Herrn, nicht wahr, lieber Schatz?« wollte mein Mann wissen.

»Ja, Allan!«

»Na schön. Aber eines sage ich dir: ich werde gleich wieder heiraten müssen. Aus Prestigegründen. Ich kann es mir nicht leisten, von den Wall Street-Größen bedauert zu werden!«

»Heirate sofort, Allan, wenn dir der Sinn danach steht!«

»Aber wir bleiben gut Freund, und ich darf deine Karriere

auch in Zukunft verfolgen? Dir mit Rat und Tat zur Seite stehen?« wollte Allan wissen.

»Und wie!« – Ich küßte Allan. Eigentlich war ich enttäuscht. Mama hatte mich die ›Männerfresserin‹, die ›Kannibalin‹ getauft, weil mir ein paar Männer schriftlich mit Selbstmord gedroht hatten, falls ich sie nicht erhöre. Ich erhörte sie nicht. Die Schurken brachten sich nicht um, sondern trösteten sich schnell mit anderen Sängerinnen oder Filmsternchen. Auch Allan nahm sich nicht das Leben... Er zahlte. Das war die Hauptsache.

Spielereien, Fantastereien. Ich liege wieder neben meinem Einziggeliebten auf dem Bett des indischen Motels, es ist schon spät, wir müßten uns mit dem Ankleiden sputen. Mein Schoß schmerzt tüchtig. Hat mir Dieters unheimlich starkes und schön gewachsenes Glied den Schoß aufgerissen? Gibt es so etwas? Ich glaube, nein. Es scheint mir ja auch nur so. Ich werfe einen Blick nach unten, ich sehe kein Blut.

Aber seelisch hat er mich aufgerissen, einen Wirbel ohnegleichen in mir ausgelöst. Ich werde nie mehr zur Ruhe kommen. Alles, was eine gesunde und noch junge Frau empfindet, war bei mir verschüttet gewesen. Ich war, ganz schlicht und einfach ausgedrückt, überhaupt nie eine Frau gewesen, hatte nie ein sehnsüchtiges Zucken im Schoß gespürt. Dieter, der die Unbekannte an sich riß, der mich gleich nach dem ersten Kuß damals, vor ein paar Wochen in der Gespenstergrotte nahm, hat mich entdeckt, zur Frau gemacht, zu einer unstillbaren Leidenschaft verurteilt. So dürfte kein Mann handeln, der nicht bereit ist, bis in den Tod bei der wachgeküßten Frau zu bleiben.

Dieter darf so handeln. Dieter will bei mir bleiben, nicht einem Zwang folgend, sondern weil er bis über den Tod hinaus zu mir gehört. Er liebt mich, er liebt mich, er liebt mich. Er wird nie eine andere lieben.

Und ich beiße die Zähne fest zusammen, weil mir der Schmerz messerscharf bis in die Eingeweide dringt. Vielleicht hat mich erst Dieter entjungfert? Ich hatte ja noch nie ein Kind. Kann eine Frau, die mit drei oder vier oder fünf

Männern geschlafen hat, kann eine solche Frau biologisch Jungfrau bleiben?
Ich weiß es nicht.

Ich muß ein Liedchen summen, ein uraltes Evergreen, für Mama war es schon zu altmodisch, meine Großmutter sang es oft. Großmama, die Mutter meiner Mama, war Wienerin.
Es ist seltsam, aber wahr. In den Sternstunden unseres Lebens fallen einem oft ganz törichte kleine Schlagerschnulzen ein. Mit dummen Texten. Sie mögen ganz dumm sein, und der Texter hat dennoch den Nagel auf den Kopf getroffen.
Ich spürte plötzlich den Zwang, dieses alte Evergreen zu summen und zu singen. Großmama sang immer, wenn sie den Kuchenteig rührte oder irgendeine reizende Kreuzstichdecke für ihre Familie stickte.
»Nur eine Nacht sollst du mir gehören...
Bis zum Morgengrauen...«
Weiter kann ich den Text nicht, es ist auch gar nicht nötig. Diese sentimentale, aber äußerst melodiöse Schnulze aus Omas Schlager-Mottenkiste paßt in meine gegenwärtige Lage. Sie paßt wie die Faust aufs Auge zu dem indischen Motel und der viel zu kurzen Liebesnacht von nicht ganz vier Stunden.
Ich singe: »Nur eine Nacht... sollst du mir gehören...« Ich singe es deutsch. Dieter spricht Deutsch. Er ist aufgewacht.
»Hübsche Melodie!« sagt er anerkennend. »Ein alter Schlager, Liebling?«
»Ja, aus der Mottenkiste meiner Lieblings-Oma. Übrigens kannte ich nur die Mutter meiner Mutter sehr gut, denn die Mutter meines Vaters war schon sehr alt, als ich noch nicht richtig sprechen konnte. Findest du den Text nicht auch sehr überzeugend? Ich finde, es ist ein Lied für Frauen:
Nur eine Nacht... sollst du mir gehören
Bis zum Morgengrau'n...« Dieter überlegt. Dann sagt er: »Na ja. Für Bescheidene reicht so eine Nacht. Aber stell dir mal vor, Süße, wir hätten nur eine einzige Nacht zum Küssen und Liebhaben, und dann wäre Schluß... Ich glaube, wir blieben hungrig, ein Leben lang!«
»Oder satt.«

»Wie man's nimmt. Ich für meinen Teil bin unersättlich, Marlies! Ich würde wie ein hungriger Löwe brüllen, wenn ich dich nach der ersten Nacht hergeben müßte... vielmehr, hätte hergeben müssen! Ich will dich jede Nacht und jeden Tag haben!«

»Auf die Gefahr hin, daß Übersättigung eintritt, Dieter?«

Dieter setzt sich auf, versetzt mir einen tüchtigen Klaps auf die Hinterbacken.

»Übersättigung? Könntest du mich je sattbekommen, du Bestie?«

»Ich dich? Niemals. Aber ich hab' so gräßliche Angst, daß dich eine andere Frau stiehlt! Dann beiße ich dir und ihr nämlich die Kehle durch und verspeise euch bei lebendigem Leib!«

»Kannibalin!«

»Mama nennt mich oft so. Aber aus deinem Mund hört es sich viel scheußlicher an. Nein, ich bin keine Kannibalin, ich würde im letzten Augenblick schlappmachen. Ich glaube, ich kann keiner Fliege ein Haar krümmen. Und keinem Mann!«

»Und auch keiner Frau?«

»Dessen bin ich mir nicht so sicher. Ich rate dir, mich nie zu betrügen, denn du würdest die Frau – meine Rivalin – nicht lebend wiedersehen!«

»Große Worte. Ich glaube deinen Drohungen nicht. Du bist ein ganz sentimentales kleines Mädchen... Außerdem ist es schon viel zu spät für uns. Das mit der einzigen Nacht, die man zusammen verbringen soll, hätten wir uns früher überlegen sollen. Damals, in Cape Clifford, in der Grotte. Aber du ließest mich ja nicht aus deinen Armen!«

Jetzt wird mir's zu bunt.

»Ich... hab' dich nicht aus meinen Armen gelassen? Ich möchte wirklich wissen, wer die Schutzlosigkeit einer Frau ausnützte! Du warst es, mein Junge! Sag mal, hättest du dich vielleicht auf jede andere Frau gestürzt, damals im Sturm?«

Dieter ist endlich aus dem Bett gesprungen, er verschwindet im Bad.

Dann steckt er noch einmal den Kopf durch die Tür und sagt lachend: »Darling, ich bin dir ein Geständnis schuldig. Ich weiß noch nicht einmal, ob ich eine andere, weniger attraktive und sogar im Sturzregen und Sturm so reizvolle und zum Verrücktwerden schöne Fremde gerettet hätte! So gemein sind die Männer. Ja – wir waren damals in Lebensgefahr. Und mitten im Tornado sagte ich mir, wie ein ganz durchtriebener Spitzbub und Schuft: da hast du einen guten Fang gemacht, Dieter Williams!«

Er schlägt die Tür zu, ich höre, wie er duscht. Auch ich springe aus dem Bett, lege die Kleider zurecht. Eine halbe Stunde später haben wir gefrühstückt, bestellen ein Taxi und fahren zur Oper. Dieter sieht prachtvoll aus. Ein Blick in den Spiegel hat mir bestätigt, daß ich keine Ringe unter den Augen habe, sondern erhitzte, rote Wangen. Meine Augen leuchten. Man sieht mir die sexuelle Erfüllung an. Es war eine unvergeßliche Liebesnacht. Müßte ich heute sterben, so hätte ich gelebt. Das können nur wenige Frauen von sich sagen.

Ob man mir am Gesicht ablesen wird, daß Kammersängerin Marlies von Ritter, der gefeierte internationale Opernstar, Stolz der ›Met‹, der Münchner Oper, der Bayreuther Festspiele, endlich, endlich erfahren hat, was Liebe ist? Liebe wurde Sex, und Sex wurde Liebe.

»Ich kann die heutige Nacht kaum erwarten!« sagt Dieter übermütig, während wir die Freitreppe zum neuen Opernhaus in großen Sprüngen, wie zwei Teenager, nehmen.

»Ich auch nicht, Liebling! Aber ich müßte eigentlich Vernunft annehmen und strenge Abstinenz walten lassen. Zumindest bis zur ersten Aufführung. Die Venus und Elisabeth sind kein Kinderspiel, mein Schatz! Du willst doch nicht, daß ich durchfalle?«

»Marlies! Du Monster!«

Dann bleibt Dieter plötzlich auf dem Treppenabsatz stehen.

»Übrigens wäre es gar nicht so schlimm! Wenn du von der Bühne verschwändest, hätte ich dich ganz für mich!« sagt er. Ich halte das für einen dummen Scherz.

Wenn ich doch jetzt, in aller Öffentlichkeit, stehenbleiben und meinen Engel, meinen Teufel abküssen könnte! Ich möchte seine Zunge in den Mund nehmen, ihm das Hemd aufreißen, die blonden Härchen auf seiner Brust abschlekken! Er hat mich vergiftet. Ich kann nicht mehr ohne seine Küsse leben. Das ist furchtbar. Wir können doch nicht ewig im Bett liegen!

Ganz anders müssen Frauen empfinden, die in ihrer frühesten Jugend sexuelle Erfüllung gefunden haben. Mit vierzig und mit fünfzig sind sie dann satt und befriedigt und können sich ihren erwachsenen Kindern oder Enkeln widmen. Und ihrem Beruf. Ich weiß nicht mehr, ob es gut oder schlecht ist, ein Glücksfall oder ein Schicksalsschlag, daß ich, schon über die fünfzig hinaus, in einen brodelnden Vulkan gestoßen wurde. Ich fürchte, ich werde es nicht verkraften können.

»Liebst du mich?«, frage ich Dieter. Wir stehen noch immer auf dem Treppenabsatz und sind vermutlich die Zielscheibe von hundert neugierig-kritischen Blicken. An spöttischen Bemerkungen dürfte es nicht mangeln.

»Liebst du mich? wirst du mich ewig lieben?« wiederhole ich meine Frage.

»Kannst du nach der vergangenen Nacht noch zweifeln?« fragt Dieter und macht Anstalten, mich hier, bei hellichtem Tag, zu küssen. Ich schiebe ihn zurück, greife nach seiner Hand, wir steigen die Treppen hoch. Ich frage weiter, sehr leise: »Du wirst mich nie verlassen?«

Und Dieter antwortet, ebenso leise: »Ich habe nicht die geringste Lust, Selbstmord zu begehen!«

»Soll das bedeuten, daß du ohne mich nicht leben kannst?«

»Marlies, ein für alle Male – ich kann ohne dich nicht leben. Würden wir aus irgendeinem Grunde getrennt, so könnte ich es nicht überleben. Und nun Schluß mit den hochdramatischen Fragen. Ich freue mich schon auf dein Spiel, auf deinen Gesang. Darf ich mich wirklich ganz unverschämt in die erste Reihe setzen?«

»Ja, ich spreche mit dem Intendanten. Bill kann mir die Bitte unmöglich abschlagen!«

Wir sind oben angelangt. Und es ist genau, wie ich es erwartet hatte. Albert und Ingrid halten schon Ausschau nach mir. Sie haben vermutlich ein paarmal im Hotel angerufen und keine Antwort bekommen und sich Sorgen gemacht. Aber beide sind klug. Sie kennen mich. Sie wissen, was plötzlich in die nüchterne, sonst immer so prosaische und praktische Marlies gefahren ist. Nicht mehr und nicht weniger, als der oft besungene Blitzschlag der Liebe.

»Ein Skandal...!« Mit diesen Worten empfängt mich Ingrid. »Du solltest dich schämen. Hättest dich um ein Haar verspätet. Meinst du, die Wagner-Festspiele seien ein Karnevalsvergnügen! Hast du denn plötzlich keinen Stolz mehr? Kein Pflichtgefühl?«

Ich lache den beiden besten Freunden und Partnern in der Arbeit übermütig ins Gesicht.

»Aber ich bin doch nicht zu spät gekommen! Paßt mal auf, wie gut ich singen werde! Außerdem haben wir heute Stellprobe, und ich kann die Venus und Elisabeth im Schlaf singen! Ehrenwort! Wir haben doch monatelang in New York geprobt...«

Ich vergesse, daß Dieter auf der Welt ist, lasse ihn einfach stehen und verschwinde mit meinen beiden Schulmeistern im Gebäude. Erst viel später fällt mir Dieter ein, ich hole ihn, wir bitten den sonst ziemlich unzugänglichen Intendanten, den ›fremden Gast‹ in den Zuschauerraum zu lassen. Der Intendant mißt Dieter Williams von Kopf bis Fuß mit einem sehr kalten und herablassenden Gesichtsausdruck. Ich errate seine Gedanken. ›Na‹, denkt er wohl, ›die Ritter hat sich etwas sehr knusprig Junges ausgesucht!‹

Ist mir schnuppe, soll er sich denken, was er will.

Die Probe fängt an, ich bin mit mir zufrieden, auch Ingrid und Albert nicken mir sichtlich befriedigt zu. Gottlob haben wir einen vernünftigen und traditionsbewußten deutschen Bühnenbildner. Der erspart uns die französischen gräßlichen Schimären, mit denen so viele Wagneraufführungen der letzten Jahrzehnte durchsetzt und belastet waren. ›Im Sinne des Meisters‹ – das ist meiner Meinung nach kein leerer Wahn. Mit diesem Konzept in der Regie und in den Bühnenbildern, die absolut nicht schockieren, sondern ganz schlicht und einfach die richtige, zum Musikdrama passende Stimmung schaffen wollen, wären Richard und Cosima Wagner und auch Siegfried, der das Erbe des Vaters so würdig verwaltete, zufrieden.

Mich stärkt die Gegenwart meines jungen Geliebten. Dieter läßt kein Auge von mir, er versteht es, sich wunderbar zu konzentrieren. Ich werde diesem hochnäsigen Intendanten und meinen Partnern und dem Dirigenten schon Respekt einflößen, wenn sie erst den Sänger Dieter Williams kennenlernen. Ich bin von Dieters großer Zukunft auf der Opernbühne überzeugt. Die Stimme ist da. Aber er muß lernen, sich bilden, üben, die Opernliteratur studieren. Und dann wird das internationale Opernpublikum das seltene Vergnügen haben, ein Sängerpaar zu feiern, das auf der Bühne wie auch im Leben zusammengehört...

So mancher Musikkritiker wird es zwar gräßlich finden, wenn Marlies von Ritter später einmal Ende Fünfzig die Isolde singt und der fünfunddreißigjährige Dieter Williams den Tristan. Heute ist Dieter dreißig. Er wird mindestens fünf Jahre studieren müssen, bevor er sich an die schwierigste aller Rollen für einen Heldentenor heranwagen darf. Die meisten Wagnertenöre singen ihren ersten Tristan mit vierzig oder fünfundvierzig Jahren.

Dieter könnte anstandslos so lange warten. Aber ich nicht! Ich nicht! Ich kann doch nicht mit sechzig Jahren die Isolde singen! So etwas gab es nur ein einzigesmal in den letzten hundert Jahren – Birgit Nilsson, der leuchtendste Stern von allen, durfte sich dieses Wagnis erlauben und wurde umjubelt und stürmisch gefeiert.

Nein, nein. So ein leuchtender Stern bin ich nicht. Ich kenne meine Fähigkeiten und meine Grenzen.

Und trotz aller Bedenken reizt mich nichts so sehr wie dieses noch ferne Ziel. Mit dem Geliebten, dem jungen Himmelsstürmer, der meine künstlerischen Hoffnungen erfüllen muß, weil ich nicht nachgeben werde... mit dem aufgehenden Stern am Wagnerhimmel, Dieter Williams, gerade in ›Tristan und Isolde‹ auf der Bühne zu stehen. In meiner Lieblingsoper. Es soll dann mein Abschiedsabend werden. Ich werde in Blumen ertrinken. Für Dieter wird es ein Höhepunkt seiner kometenhaften Karriere sein. Und dann gehen Tristan und Isolde ins Bett. Zum Lieben und Küssen werde ich dann noch jung genug sein. Und ich werde die Welt mit Dieter bereisen. Keine Verpflichtungen mehr haben, nur meinen jungen Ehemann begleiten und managen. Und streng darauf schauen, daß er weiterlernt, ich werde mit ihm korrepetieren, ihn an die Kandare nehmen. Oh, das wird himmlich sein. Er wird mir tagsüber gehorchen. Und nachts werden wir die Rollen vertauschen. So jung er ist, hat er mich doch gelehrt, was Liebe ist. Dieter ist eben ein Naturtalent.

Ich weiß es ja, ich weiß es! Wer schreit denn hier so laut? Ich weiß ja, daß man beim Tauchen ein Sauerstoffgerät braucht. Und ein Mundstück, das man mit den Lippen festhält. Menschen brauchen ein solches Gerät.

Grünlich angelaufene Wasserleichen brauchen kein Sauerstoffgerät mehr, und ein Mundstück würde ihnen nicht viel nützen, denn ihre Lippen sind längst weggeschmolzen, vom Wasser aufgeweicht und zersetzt, vielleicht von Würmern zerfressen. Ich stelle mir den Körper einer Wasserleiche immer wie einen aufgeschwemmten, aufgeblasenen Luftballon vor. Und dann platzt er.

Das Mundstück ist ein wichtiger Bestandteil der Tauchausrüstung. Ich werde nie mehr tauchen. Ich bin eine exzellente Taucherin, beachte alle Vorschriften, halte alle Vorsichtsmaßregeln ein. Man lebt nur einmal. Vorsicht ist die Mutter der Porzellankiste.

Ich werde das Gespenst erwürgen, wenn es mich nicht endlich in Frieden läßt! Ich leiste doch Vorarbeit für meine Memoiren, zeichne Erinnerungsfetzen auf, werde später, wenn ich viel, viel älter bin und mein junger Ehemann, Dieter, schon weltberühmt ist, den Stoff sichten, mir noch einmal überlegen, ob wirklich alles so war. Ich glaube schon. Freilich ist jede Frau, die ihre Memoiren schreibt oder zumindest den Stoff sammelt und sichtet, versucht, einiges zu beschönigen. Nicht so sehr vor den künftigen Lesern, mehr vor sich selbst.

Ich, Marlies von Ritter, bin viel zu stolz, um zu lügen. Dieter wird vieles aus diesen Blättern erfahren, was er nicht wußte. Er hält mich für grundanständig. Für sehr gutmütig. Als ich ihm einmal aus dem ›Faust‹ vorlas und Mephistos Ausspruch erklärte:

»Ich bin ein Teil von jener Kraft,
 die stets das Böse will und stets das Gute schafft«, strahlte er mich an. Dann sagte er: »Weißt du, Liebling, ich hab'

schon oft festgestellt, daß du liebend gern eine Bestie wärst. Eine richtige Männerfresserin. Und im Grunde genommen bist du trotz deiner gigantischen Leistungen in der Kunst – im Leben nur ein furchtsames, verschüchtertes kleines Mädchen!«

Er küßte mich. Ich war wunschlos glücklich. Fünfzigjährige Frauen lassen sich gern mit ›verschüchterten kleinen Mädchen‹ vergleichen. Vor allem dann, wenn ihr Geliebter oder Ehemann knapp dreißig ist.

Immer wieder kreisen meine Gedanken um die allererste, total verrückte, hirnverbrannte Nacht in der Grotte. Dort wurde unsere Liebe so jäh geboren wie eine Feuersbrunst. Das schwelte nicht. Das war sofort Lauffeuer, in Sekunden geboren.

Habe ich damals, als der Tornado draußen heulte und auch das, was niet- und nagelfest schien, mit Stumpf und Stiel ausrottete, eine Art Nervenschock erlitten? Wie die Soldaten im Feld, bei einem Artillerieangriff? Zwingen mich die Folgen dieses Nervenschocks dazu, immer wieder in Gedanken in das fast pechschwarze Dunkel der Geistergrotte zu tauchen? Zittere ich darum vor jeder neuen Begegnung mit der Wasserleiche? Sie geht mich doch nichts an! Sie ist ein Schemen, eine grell und greulich bemalte Figur aus Pappe, Stroh und künstlichen Haaren! Was geht mich dieses Gespenst an? Und damals kannte ich ja die andere noch nicht. Das junge Mädchen, dessen Gestalt ich vielleicht im Unterbewußtsein...

Aber diese andere hatte nie auch nur die geringste Ähnlichkeit mit der Pappfigur, der Spottgeburt aus Dreck und Feuer. Niemals. Niemals.

Ich küsse dich, Dieter. Ich ziehe dich wieder an mich. Du mußt mich beschützen, hörst du? Junge Männer sind ja so stark, und du bist mit deinen dreißig Jahren der stärkste. Und der schönste. Ich bin die Königin der Welt, die glücklichste aller Frauen, weil uns der Tornado zusammengebracht hat.

Zwei Hexen brauen einen giftigen Trank, eine ältere und eine jüngere Hexe. Die ältere hat ungepflegtes graues Haar, die jüngere, ein Mädchen von allerhöchstens Mitte Zwanzig, hat langes, glattes, fließendes Blondhaar und wunderbar große, schwarze Samtaugen. Sie ist schön wie eine Elfe.

»Du darfst nicht schlappmachen!« fordert die ältere Hexe.

»Ich weiß!« erwidert die junge Hexe. »Einfach ist es nicht.«

Die beiden Hexen sitzen auf einer Anhöhe, auf den Klippen am Meer. Möwengekreische erfüllt die Luft, ein starker Wind pfeift durch die Wipfel der Birken. Zu Füßen der Klippen liegt eine Bucht, sie ist sehr tief, zwanzig bis dreißig Meter an ihrem tiefsten Punkt. Nur an einer Stelle fällt sie seicht ins Wasser ab. Ein natürlicher Wall aus Granitblöcken schirmt die Bucht gegen das offene Meer ab. Man kann hier gut tauchen, viel besser als draußen in der hohen Brandung. Auf dem sandigen Grund liegen bizarr geformte Felsblöcke, sie bilden Riffe und Tunnels.

»Du liebst ihn doch noch immer?« fragt die ältere Hexe.

»Noch viel mehr als früher!« sagt die junge.

»Dann mußt du die Zähne zusammenbeißen. Durchhalten!« fordert die ältere.

Sie gehen in zwei verschiedene Richtungen auseinander.

Es gibt keine Zufälle. Es war mir, der schönsten und besten Sieglinde, Brünnhilde, Senta, Venus und Elisabeth, bestimmt, einem jungen, faszinierenden Mann eines Tages den Liebestrank zu kredenzen. Seltsamerweise fiel das gerade in die Zeit, in der ich mich auf meine erste Isolde vorbereitete. Ich sollte sie in der dritten Woche der Wagnerfestspiele im neuen Washingtoner Opernhaus singen. Die Isolde ist stets die Krönung einer Karriere für jeden dramatischen Wagner-Sopran. Ich freute mich seit Jahren auf diesen Tag. Und wir steckten schon bis über beide Ohren in den Solisten-Proben, die in New York, in einem Saal des Lincoln Center, stattfanden, als ich nach Philadelphia fuhr, um dort ein großes Konzert zu geben. Und auf der Rückfahrt überraschte mich der Tornado. Und er fegte mich buchstäblich in die Arme eines jungen blonden Riesen, der mein Schicksal war.

Nein, es gibt keine Zufälle. Seit jener Sturmnacht glaube

ich noch weniger an Launen und Spielereien des Schicksals als früher. Es gibt nur Bestimmung. Die Menschen nennen so etwas ›Zufall‹.

Ich habe ihm und er hat mir den Liebestrank kredenzt. Eines Tages, wenn seine Stimme vollkommen ausgebildet ist, wenn er ein oder zwei Jahre auf der Bühne gestanden und sich die nötige Routine angeeignet hat, werden wir – wie es das Ehepaar Julius und Malwina Schnorr von Carolsfeld vor hundert Jahren tat – zsuammen auf der Bühne stehen. Und ich, Marlies von Ritter, ich, die strahlendste und stimmlich größte Isolde meiner Generation, werde meinem Gemahl, meinem Geliebten, meinem Tristan, den Liebestrank kredenzen. Ich habe es ja schon längst getan. Ich gab ihm Liebe zu trinken, und dann reichte er mir den Pokal. So geht es Tag für Tag und Nacht für Nacht. Ist es nicht beinahe unvorstellbar, daß gerade ich, die – im Leben, doch niemals auf der Bühne – als kalt verschriene Marlies von Ritter, eine Frau, die die fünfzig bereits überschritten und keine blasse Ahnung von Sex und Erotik hatte, die Flamme der Leidenschaft im bezauberndsten und verführerischsten aller jungen Männer schüren durfte?

Dergleichen lernt man offenbar im Handumdrehen. Vielleicht war Marlies von Ritter als große Liebende geboren. Dafür bestimmt. Sie wußte es nur nicht.

Es war Schicksal, daß Dieter ausgerechnet mich, die Unbekannte, aus einem Auto zerrte, während der Regen in Sturzbächen auf uns herunterprasselte. Ohne Dieter wäre ich wohl, in Angst erstarrt, im Wagen sitzengeblieben. Der Tornado hätte mit dem Auto, dessen Trümmer wir später zu entdecken glaubten, auch mich gepackt und zwanzig oder dreißig Meter hoch in die Luft hinaufgeschleudert. Dann wäre ich ohnmächtig heruntergefallen und tot oder verstümmelt liegengeblieben.

Liebe. Übergroße, kein Maß kennende Liebe. Diese Liebe zu Dieter wurde damals in mir geboren. Wie darf ich, die grenzenlos Liebende, heute so gemein sein, mit dem Gedanken an Dieters Tod zu spielen? Damit, wie beruhigend es wäre, diese Leidenschaft, die mich ganz erfüllt, plötzlich in die Vergangenheit zu projizieren? Wie darf ich daran denken, daß ich ohne Dieter heute glücklicher wäre als mit ihm? Der Gedanke, die gemeine Idee, mit der Urne und den sterblichen Überresten meines jungen Gemahls herumzureisen, läßt mich nicht mehr los. Schuld daran ist nur meine untragbare Liebe zu dem jungen Menschen, der am Anfang einer vielversprechenden Karriere steht. Auch das verdanken wir dem Zufall oder der Bestimmung. Daß der Retter der großen Diva Marlies von Ritter selbst eine gute, wenn auch vollkommen unausgebildete Stimme hatte. Immerhin. Das vielversprechende Material war da, es steckte in seiner Kehle.

Mein Geliebter, mein Mann sieht in Blue jeans und Shorts am Strand, im Garten, zu Hause, wenn wir lesen oder in der Küche neue Rezepte ausprobieren, genauso verführerisch aus wie auf der Bühne. Er hat ja heute sein Operndebüt bereits hinter sich. Er trat in Chicago, in Seattle, in der New Yorker City Center-Oper auf, seine ersten Rollen waren der Tannhäuser und Siegmund.

Die führende Morgenzeitung von Chicago schrieb: »Endlich ein Tannhäuser, der nicht nur durch seine äußere Erscheinung besticht! Marlies von Ritter hat eine große Entdeckung gemacht. Die nötige Wärme und dramatische Ausdruckskraft läßt zwar noch zu wünschen übrig, ganz offenkundig litt der junge Sänger an Lampenfieber. Immerhin dürfte Dieter Williams die Erwartungen, die seine Frau und seine Lehrer an ihn knüpfen, in absehbarer Zeit erfüllen. Daß Marlies von Ritter gleichzeitig ihr persönliches, privates Glück fand, gehört zu den erfreulichsten Zufällen. Man darf dem Paar eine gute und lange Zusammenarbeit wünschen.«

Eine ›lange‹ Zusammenarbeit? Wollte mich der Kritiker auf den Arm nehmen?

Aus Deutschland, England und Frankreich kamen die führenden Wagner-Experten, um Dieters New Yorker Premiere beizuwohnen. Sein Rollenkreis vergrößerte sich; der Lohengrin sollte folgen. Usprünglich war Dieter ein Bariton gewesen. Albert, mein und sein Lehrer und die Professoren des New Yorker Musikkonservatoriums hatten, der Methode des herrlichen Lauritz Melchior folgend, aus der schöngefärbten Baritonstimme einen Heldentenor gemacht. Und noch immer war Albert einigermaßen skeptisch. Er war auch mit Dieters Tannhäuser nicht restlos zufrieden.

»Du hast dir ja nun einmal in den Kopf gesetzt, deinen Mann zu deinem Bühnenpartner zu machen!« pflegte Albert zu sagen. »Also gut, ich bin bereit, jahrelang mit Dieter zu korrepetieren, aber nur, wenn er sich nicht gehen läßt. Ich weiß nämlich nicht, ob er sich wirklich ernsthaft, unter Hintansetzung aller anderen Interessen, dem Musik- und Rollenstudium widmen will. Ich möchte keinesfalls, daß du einen Narren aus dir machst und daß Dieter plötzlich aus der ernsten Musik aussteigt...«

Ich küßte Albert dankbar. In den ersten zwei Jahren unserer Ehe legte Dieter erstaunlichen Ehrgeiz an den Tag. Ich hatte den jungen Menschen offenbar gänzlich umgekrempelt, ihn mit hochfliegenden Plänen bezaubert. Schade, daß er so schrecklich jung aussah. Als wir uns kennenlernten, war er dreißig. Er sieht noch heute wie ein zwanzigjähriger aus...! Doch straft nicht auch mein jungmädchenhaftes Aussehen, meine Schönheit, mein reifes Alter Lügen...? Eigentlich bin ich meinem Mann als Persönlichkeit haushoch überlegen. Also... ein bißchen mehr Selbstsicherheit, Marlies von Ritter!

Träumereien einer verliebten Frau... Stürbe Dieter heute ganz plötzlich, so wäre er in der Blüte seiner Jugend und Kraft gestorben. Ohne Glatze und Embonpoint. Ich sehe mich, die trauernde Witwe Marlies von Ritter, schon wieder auf Reisen, in einem Hotelzimmer. Ich singe in Berlin, oder Paris, oder in Bayreuth.

Ich bin in Schmerz erstarrt. Ich trage nur noch schwarz. Übrigens steht mir schwarz vorzüglich. Es macht mich noch schlanker. Ich bin mittelgroß – kleiner als mein Mann, das ist wichtig – ich bin eine herrliche Bühnenerscheinung. Seit der Maria Jeritza soll es keine so blendend schöne Frau auf der Opernbühne gegeben haben, das versichern mir die ältesten Kritiker immer wieder. Ich strahle Glanz aus, ich siege auf der ganzen Linie, noch bevor ich den Mund öffne. Wenn ich als Elisabeth im zweiten Akte des Tannhäuser die Bühne betrete, so stockt allen der Atem, noch bevor ich die Hallenarie anstimme.

Ja, ich bin eine imposante, prachtvolle Erscheinung, reif und dennoch mädchenhaft. Und ich sehe noch heute wie eine Fünfundzwanzigjährige oder Dreißigjährige aus. Ohne Facelift. Sowas habe ich nicht nötig. Mein schweres, volles, halblanges Haar ist kastanienbraun mit einem lebhaften Stich ins rötliche. Ich lasse mir die Haare nie färben, die rötliche Schattierung ist ganz natürlich. Ich habe eine kräftige, sehr gerade und eher kurze Nase, große, veilchenblaue Augen und schön geschwungene Augenbrauen, die viel heller sind als mein Haar. Zu diesem Kastanienbraun mit etwas Tizianrot würden schwarze Trauerkleider tadellos passen. Zu meiner Garderobe gehören übrigens immer ein paar schwarze Cocktail- und Abendkleider, die bodenlangen Roben sind mit Jett und flimmernden Perlen besetzt. Diese Mode ändert sich nie.

Aber draußen im Leben trage ich nur abends, und auch das nur selten, schwarz. Wäre ich die trauernde Witwe des frühverstorbenen jungen Sängers Dieter Williams, so trüge ich nichts anderes als Schwarz. Und die Urne mit seiner Asche stünde auf der Kommode, auf dem Kaminsims, auf dem Tisch.

Böse, böse, gemeine, hinterlistige Gedankenakrobatik. Es ist doch sehr wahrscheinlich, daß Dieter mich überleben wird. Und nicht umgekehrt. Warum soll er sterben?

Vielleicht werde ich in einem Anfall von Eifersucht aus dem Fenster springen? Aber dann müßte ich ihn zuvor erstechen, oder vergiften. Ja. Wenn ich ihm ein einzigesmal auf einen hinterlistigen Betrug komme, so werde ich ihn erstechen oder vergiften und dann aus dem Fenster springen!

Ich darf nicht lügen. Wenn Dieter in vielen Jahren dieses Bekenntnis liest, so soll er die wahre Marlies von Ritter kennenlernen. Ihre Tagträume. Ihre Alpträume... Er war ja damals bei mir, im Wasser!

Dieser lächerliche Beichtzwang! Der liebe Gott spielt mit den träumenden Menschen. Er spielt überhaupt immer mit uns. So geht das schon seit viereinhalb Milliarden Jahren, so alt ist unser Sonnensystem. Doch Gott ist viel älter. Ich glaube an das Gewissen der Menschen, und darum glaube ich auch an Gott.

Abscheulicher Traum! Und immer soll ich im Traum beichten, erzählen, Begebenheiten schildern, die man doch gern vergessen möchte! Wäre ja noch schöner, wenn sich jeder Taxifahrer, der ganz unschuldig in einen Unfall verwickelt wird, das Leben nehmen würde!

Ich soll meine Leidenschaft für den Tauchsport schildern? Na schön. Tauchen ist ein sehr gesunder, aufregender, abenteuerlicher Sport. Tauchen ist mehr als Sport. Jeder Ausflug unter den Meeresspiegel, in die Welt der Muränen und Seesterne, Korallen und Quallen ist auch eine romantische Entdeckungsreise.

Tauchen ist herrlich! Man küßt durch seine Gesichtsmaske gleichsam die Elemente. Man wird vom salzigen Seewasser umarmt und liebkost. Wer taucht, wird eins mit den Elementen. Dabei muß der Taucher ein perfekter, ausdauernder Schwimmer sein, wendig und geschickt. Man darf als Sporttaucher im schwarzen Gummianzug, ›Scuba Diving‹ nennt man es hierzulande, in Amerika, sein Mundstück nicht verlieren, sonst wird die Verbindung mit dem leben- und atemspendenden Sauerstoffgerät, dem Tank auf dem Rücken des Tauchers, unterbrochen. Man ertrinkt...

Zu den wichtigsten Phasen des Tauchunterrichtes gehört die Rettung unter Wasser. Nehmen wir an, ein Kamerad hat sein eigenes Mundstück verloren. Er ist im Begriff, zu ersticken, zu ertrinken – falls er nicht sofort an die Wasseroberfläche hochsteigen kann. Darum lernen die Schüler, daß man das Mundstück des Schlauches mit den Zähnen festhalten muß, daß man es um keinen Preis aus dem Mund gleiten lassen darf.

Gegen Zufälle ist freilich kein Mensch gefeit. Der Lehrer zeigt darum seinen Schülern, wie man einen Kameraden, der sein Mundstück verloren hat, rettet. Man holt tief Atem, hält den Atem an und schwimmt zu dem verunglückten Kameraden hin. Man klemmt ihm das eigene Mundstück zwischen die Lippen, damit er einatmen kann. Dann nimmt man dasselbe Mundstück wieder zwischen die Lippen. Abwechselnd bedienen sich die beiden Taucher jetzt desselben Sauerstofftanks, sie können zusammen, praktisch Hand in Hand, hinauf zur Wasseroberfläche schwimmen. – Der gute Kamerad hat seinen Kumpel gerettet.

Man muß nur helfen wollen. Das freilich ist die Grundbedingung. Gute Kameraden helfen einander. In den Bergen. Auf hoher See. Und auch unter Wasser. Gute Kameraden helfen einander.

Pfui. Widerwärtiger, abscheulicher Gedanke. Ich will ihn, wenn er mich noch einmal heimsucht, weit von mir weisen. Ich muß diese Gaukelei in meinem Hirn abtöten. Nie wieder darf ich mir ausmalen, wie das Leben ohne Dieter wäre. Mit solchen Fantasien vergelte ich die Liebe, die Treue meines jungen Gatten und beinahe schon ganz ebenbürtigen Bühnenpartners sehr schlecht!

Warum bilde ich mir immerzu ein, daß mich Dieter betrügt? Bloß weil er um zwanzig Jahre jünger ist als ich? Aber das ist doch Wahnsinn! Unsinn! Manchmal sind blendend attraktive junge Männer die treuesten Ehegatten, und häßliche ältere Frauen (dies trifft freilich nicht auf mich zu) machen die wildesten Seitensprünge!

Schluß mit der Geisterbeschwörung! Zum Teufel mit den grünen Wasserleichen und auch mit der ganz in Schwarz gekleideten trauernden Witwe Marlies von Ritter, die es nicht gibt! Es wird sie nie geben! Dieter wird mich überleben, er soll mich überleben. Wir wollen den Dingen ihren natürlichen Lauf lassen. Albert und Ingrid haben, als ich mit Dieter in der Kirche vor den Altar trat, prophezeit, daß ich ›in den Fallstricken meiner Leidenschaft zugrundegehen werde‹. Das klingt sehr poetisch. Ich werde ihnen diesen Gefallen nicht tun!

Ich ließ die Medienfritzen und Klatsch-Journalisten tratschen. Ich habe scharfe Ohren. Ich hörte auf Cocktailpartys diese albernen Bemerkungen, obwohl sie hinter der vorgehaltenen Hand gemacht wurden: »Er wird ihr bald den Laufpaß geben. Ich geb' dieser Ehe keine fünf Jahre. Marlies von Ritter hat aus Dieter Williams einen Weltstar gemacht, und damit hat sie ihre Schuldigkeit getan...«, raunt ein Journalist einem anderen zu.

»Aber die Frau ist doch blendend schön! Der Junge soll sich gratulieren, eine solche Persönlichkeit, die noch dazu reich und blendend schön ist, erwischt zu haben!« erwidert der Gesprächspartner, ebenfalls im Flüsterton. Ich habe alles gehört. Und die Antwort befriedigt mich.

Nein, Dieter betrügt mich nicht! Wir sind beinahe fünf Jahre verheiratet. Vor fünf Jahren fing mein Leben an...

Dieter hätte mir längst den Laufpaß geben können, wenn er mich als Frau und Geliebte sattbekommen hätte. Heute, fünf Jahre, nachdem ich das Gold in seiner Kehle entdeckte, wird er mit Angeboten überhäuft. Er hat seinen eigenen Manager. Später, wenn ich meinen Beruf als Sängerin an den Nagel hänge und als Gesangspädagogin Vorlesungen halten und ein paar hervorragende junge Sängerinnen ausbilden werde, wird mein Mann seinen Manager entlassen. Dann werde ich ihn managen. Ich werde ganz in Dieters Karriere aufgehen und freue mich schon darauf. Dann wird mein Mann parieren müssen. Dieter weiß es. Doch noch ist es nicht so weit.

Dieter vergöttert mich, liebt mich. Das spüre ich, wenn ich nachts in seinen Armen liege. Er wird mich nie verlassen, niemals. Ich will früher sterben als Dieter, um nicht ohne ihn weiterleben zu müssen. Ich will diesen ekelhaften Hexentraum mit der Urne, den Traum von der Komödie spielenden zufriedenen Witwe, die mit der Asche ihres Mannes von Gastspiel zu Gastspiel reist, endgültig begraben.

Ich will die Güte selbst sein. Ein so junger und erfolgreicher Himmelstürmer wie Dieter braucht eine selbstlose Frau. Und ich weiß, daß ich keine Rivalin habe. Er betrügt mich nicht. Es gibt keine Rivalin.

Also gut. Ich muß alles, was in Dieters Leben vor unserer Begegnung passierte, Revue passieren lassen. Ich darf mir keinen Sand in die Augen streuen. Da ist diese andere. Wirklich lächerlich, daß ich sie überhaupt erwähne! Sie ist ja Luft für mich. Und heute auch schon Luft für Dieter. Nicht nur heute. Seit fünf Jahren. Er hat diese, sagen wir einmal Freundschaft, auf meinen Wunsch beendet, als wir beschlossen, zu heiraten. Nur keinen überflüssigen Gefühlsballast mit in die Ehe nehmen. Keine andere Bindung, und mag sie nicht mehr sein als eine alte Kameradschaft.

Diese Person ist ein junges Ding. Recht hübsch, das muß ihr der Neid lassen. Hellblonde Locken, eine freche Stupsnase. Sie ähnelt der jungen Doris Day. Eigentlich unverschämt, wie jung sie ist. Sieben Jahre jünger als mein Mann. Warte mal – sie ist heute doch schon achtundzwanzig! Dieter ist fünfunddreißig. Ich habe im vorigen Jahr, an seinem vierunddreißigsten Geburtstag, begonnen, meine Erinnerungen aufzuzeichnen. Ich werde Dieter meine Memoiren schenken, doch erst in ein paar Jahren.

Dann mag er von meinen Zweifeln und Selbstquälereien erfahren. Auch von meiner Eifersucht. Vorläufig schäme ich mich noch, mich Dieter ganz zu offenbaren.

Ja, das Mädchen ist achtundzwanzig, sieht aber noch immer aus wie eine Siebzehnjährige. Als ich den dreißigjährigen Dieter zum erstenmal in jener Sturmnacht küßte, war die Kleine dreiundzwanzig Jahre alt. Mit mir verglichen – das reinste Baby...

Nun, das Mädchen war schon lange mit Dieter befreundet, als ich ihn kennenlernte. Und dennoch stürzte sich Dieter mit der Verzweiflung eines Halbverhungerten und Verdursteten auf mich. Ein Beweis dafür, daß er an keine andere Frau gebunden war. Tut das ein Mann, der eine andere leidenschaftlich liebt? Der einer anderen Frau mit Leib und Seele gehört?

Nicht wahr – nein!

Ich war Dieter damals zu Willen – ja, ich muß diese altmodische Redewendung gebrauchen, er zwang mir ja seinen Willen auf, er vergewaltigte mich geradezu! – ich erwiderte schließlich seine Küsse, weil er es so wollte. Ich war nicht die Verführerin. Er war der Verführer. Mir wäre ja, als mich Dieter aus dem Auto zog und mich zum Grotteneingang brachte und dann mit mir in den Berg paddelte, nie im Traum eingefallen, diese lebensgefährliche Situation mit einem erotischen Ausflug zu verbinden! Wir zitterten vor eisiger Kälte. Wir waren klatschnaß. In so einer Lage denkt man an alles, aber ganz gewiß nicht daran, sich einem Wildfremden hinzugeben! – Ich dachte nicht daran. Dieter machte mich zu seiner Geliebten, zwang mich dazu...

Tut das ein Mann, der in ein junges Mädchen verliebt ist? Nicht wahr, nein! Schwört ein Mann, der eine andere liebt, einer Zufallsbekanntschaft – also mir – Liebe und Treue? Nicht wahr, nein! ich habe Dieters Beweggründe nie ganz begriffen und muß ihm wohl glauben, daß er sich innerhalb von fünf Minuten Hals über Kopf und im wahrsten Sinne des Wortes auf den ersten Blick in die nasse Maus, Marlies von Ritter, verliebt hat! In Marlies, deren Namen er nicht kannte! Er hatte keine Ahnung, wer ich war... und wußte noch viel weniger, wer Marlies von Ritter überhaupt war!

Die andere. Diese Kim. Jawohl, die existierte schon damals. Die war eigentlich immer da. Dieters feste Bindung an dieses hübsche, frische und selbstbewußte junge Mädchen war eine typische Kinderfreundschaft, eine Kameradschaft aus Dieters Schulzeit, obwohl das Mädchen nicht einmal Dieters ›High School Sweetheart‹ war. Dazu war der Altersunterschied von sieben Jahren zu groß. – Kim war noch ein Kind, als Dieter die Abschlußprüfung im Gymnasium bestand. Dann studierte Dieter am College Musik, ein bißchen Gesang, ein bißchen Geige und Klavier, niemals in der Absicht, als ausübender Musiker seinen Lebensunterhalt zu verdienen. Er wollte viel lieber auf einer Farm im Gartenstaat New Jersey, an der amerikanischen Ostküste arbeiten. Seine Eltern hatten eine kleine Farm in Kansas, und Dieter tippelte mit Freunden durch Amerika, um eine alte Tante an der Ostküste zu besuchen. Auch ein Abstecher nach Cape Clifford, einem Badeort in New Jersey, war eingeplant, und dort lernte Dieter eine Freundin seiner Eltern, Gwendolyn Forrester und deren Tochter Kim kennen. – Dieters Tante starb bald, sie vermachte ihm ein ganz klein wenig Geld, er bezahlte damit sein College-Studium. Später nahm er seinen ersten Job als stellvertretender Manager und Entertainer in Gwendolyns ›Hotel Cape Clifford‹ an.

Für Dieter blieb Kim immer das kleine Mädchen, obwohl sie – wie mir Dieter erzählte – schon als Dreizehnjährige einen verdammt gut entwickelten Busen und ein aufreizend bewegliches Hinterteil hatte. »Diese Lolitas sind die gefährlichsten Füchsinnen«, hatte Dieter einmal gesagt. Er jagte mir ordentlich Angst ein damit.

Es wäre meinem Dieter nie eingefallen, sich mit seiner kleinen Freundin zu verloben! Diese idiotische Unsitte grassiert noch immer in Amerika. Man verlobt sich praktisch schon im Gymnasium, heiratet sein – meistens gleichaltriges – ›High School Sweetheart‹, produziert ein Schock Kinder und läßt sich scheiden, wenn die Kinder noch schulpflichtig sind... Trotz der angeblichen Gleichberechtigung der Frau in Amerika sind selbst die jüngsten Emanzen noch immer auf Männerjagd. Daran haben die ›befreiten Frauen‹ nichts geändert. Wer hier mit zwanzig noch nicht verlobt ist, gilt als ›alte Jungfer‹.

Heute nacht träumte ich wieder meinen Ertrinkungstraum. Das ist ekelhaft. Das Wasser dringt mir in Mund und Ohren, und ich wache schreiend auf. Ich weiß nicht, ob Dieter etwas gehört hat und sich auf die andere Seite umdrehte und weiterschlief, oder ob er meinen gellenden Schrei nicht gehört hat. Dieter hat einen tiefen Schlaf. Er ist ja noch so jung. Je älter man wird, um so schlechter schläft man.

Ich will nicht ertrinken! Ich denke nicht daran, einen verrückten Psychiater aufzusuchen! Ich brauche keine Analyse, ich kenne mich im Dickicht meiner Seele tadellos aus. Und trotz der messerscharfen und schonungslosen Selbstanalyse bin ich außerstande, meine Alpträume zu bannen! Vielleicht sollte ich mir angewöhnen, ohne Schlaf auszukommen? Aber kann man das? Ich glaube, ohne Schlaf stirbt der Mensch!

Nein, es war keine eigentliche Beichte, als mir Dieter ganz harmlos von Kim und ihrer Mutter und dem netten Hotel für *petit bourgeois* erzählte, wo es am Wochenende und am Mittwoch Unterhaltung gab; dann wurde auch getanzt. Man könnte aus dem Hotel etwas machen, meinte Dieter, wenn man einen tüchtigen Batzen Geld hineinsteckte. Doch woher nehmen und nicht stehlen? Die Hotelbesitzer, Kim und ihre Mutter Gwendolyn, lebten in bescheidenen Verhältnissen. Nun, Dieter schilderte mir seinen bisherigen Alltag, und ich wußte seine Aufrichtigkeit zu schätzen. Er konnte ja seinen

Broterwerb, seine Anstellung im Hotel und die Person seiner Chefin Gwendolyn und ihrer Tochter Kim schlecht geheimhalten.

Kim hat ein Dutzendgesicht. Ich fürchte keine Dutzendgesichter, und wenn sie zu den jüngsten Frauen gehören. Zugegeben, Kims junges Antlitz zeichnet sich durch etwas spitzbübisches, sonniges aus. Ich müßte lügen, wollte ich behaupten, daß Kim nicht reizvoll und anziehend durch ihre Jugend und ihr sportliches, flottes Draufgängertum wirkt. Dabei verschmäht sie Punkfrisuren und ausgefranste Jeans, kleidet sich geschmackvoll, abends immer damenhaft, der Gäste wegen, und sie zeichnet sich durch amüsante, schlagfertige Antworten aus. Kim ist ganz das, was man als netten Kerl bezeichnen könnte. Sie hat sich im College immerhin nicht nur Buchhaltungskenntnisse, sondern auch ein Minimum an Allgemeinbildung angeeignet. Mit mir kann sie sich freilich nicht messen. Mit mir kann sich keine Frau messen. Ich zähle zu den wenigen großen Stars, die nicht nur in Musiktheorie sehr gut beschlagen sind und mehrere Instrumente überdurchschnittlich gut spielen, sondern auch fünf Sprachen beherrschen und sogar einen Kurs in politischen Wissenschaften absolviert haben. Meine Eltern ließen mich in Harvard und später am weltberühmten New Yorker Musikkonservatorium studieren. Papa war Wiener. Ich hatte abwechselnd deutsche, französische und englische Gouvernanten, die mir Sprachunterricht erteilten. Meine Sopranstimme habe ich angeblich von meiner Großmutter väterlicherseits geerbt, die mit einem feurigen Zigeunerprimas davonlief und mit ihrem Mann, als er zu alt wurde, um feurige Weisen zu geigen, in Budapest ein vornehmes Restaurant gründete, das alle Kriege überstanden hat und noch heute existiert...

Von Dieter weiß ich, daß Kim eigentlich auf den hausbackenen Namen Katharina getauft wurde, sie nennt sich aber ›Kim‹, denn Kim ist ›in‹. Das Mädchen machte mit Dieter oft Ausflüge, sie segelten, zelteten und schwammen in der Bucht, wo ich später mit Dieter so oft tauchte. Dieter machte mir das Kompliment, daß ich eine viel bessere Schwimmerin sei als Kim. Dafür ›tanzte Kim sehr gut‹.

Die beiden arbeiteten zusammen im Hotel, was Kim ganz wunderbar fand. Ich wußte selbstverständlich ohne jede weitere Erklärung, daß Kim bis über beide Ohren in Dieter verliebt war. Es interessierte mich überhaupt nicht. Dieters Vergangenheit darf mich nicht interessieren. Ich will auch nicht wissen, wie oft er mit Kim geschlafen hat. Vermutlich am laufenden Band. Was soll's? Was soll man nachts sonst tun, wenn man zusammen zeltet wie Kim und Dieter?

Doch das alles ist Dieters Sache. Sein früheres Leben. Dieter wurde erst in meinen Armen ein richtiger, ganzer Mann – und ich wurde in seinen Armen eine Frau... Alles andere muß ich vergessen.

Kims Mutter ist ein Geizkragen. Gebot der Not. Gwen kann sich unmöglich kostspielige Angestellte leisten. Kim und Dieter ersparten ihr zwei führende Arbeitskräfte. Gwen nützt ihre Tochter, der im Hotel Küche und Keller unterstehen, weidlich aus. Dieter führte dort den eleganten Titel ›Assistant Manager‹, stellvertretender Manager, außerdem war er ›Entertainer‹; der umwerfend gutaussehende Bariton bestritt an jedem Mittwoch und am Wochenende das Unterhaltungsprogramm in der Café-Bar, er spielte auch Schnulzen auf dem Klavier und sang ins Mikrofon. Das alles für die halbe Gage, die Gwendolyn einem Fremden hätte bezahlen müssen.

Im Hochsommer war Hauptsaison, es mangelte nicht an Touristen in dem wunderschön zwischen den hohen Dünen, gleich an der Strandpromenade gelegenen, aus weißgetünchtem Holz erbauten Hotel. Das Haus hatte eine viktorianische Fassade, eine kleine Freitreppe, viele Türmchen. Im Frühjahr, Herbst und Winter verirrten sich nur wenige Gäste in das gutbürgerliche Haus, das Hotel machte zu, nur ein Flügel für Dauerbewohner, ein paar ältere Ehepaare und einige ortsansässige Witwer, blieb in Betrieb.

Das Hotel-Café blieb am Wochenende während des ganzen Jahres geöffnet. Dieter Williams, als ›irrsinnig sexy‹ weit über die Grenzen des Badeortes hinaus bekannt, trat in der Café-Bar auf und sang die Lieblingsschlager des unvergessenen Bing Crosby, von John Lennon und die Evergreens von Amerikas und Europas ewig junger Liebe, Frank Sinatra.

»Paß auf, eines Tages entdeckt dich ein Impresario, der auf Talentsuche ist, und dann schnappt er dich uns weg!« pflegte Kim seufzend zu Dieter zu sagen. Auch das hat er mir erzählt. Gar so dumm war Kim nicht, man konnte es sich ja an den zehn Fingern ausrechnen, daß Dieter Williams nicht dazu geboren war, sein Leben in Cape Clifford zu beenden!

Gwen, Kims Mutter, träumte nicht nur von der Vergrößerung ihres Hotels, sie hatte auch den Plan, hinter dem Hotel einen Neubau mit einem Spielcasino zu errichten. Doch wer sollte das bezahlen? Ich bin sicher, daß ein Spielkasino mit Baccarat und Roulette und Spielautomaten aus dem verschlafenen ›Hotel Cape Clifford‹ ein blühendes Unternehmen machen würde. Genau das ist ja in Atlantic City passiert, wo jahrzehntelang alles tot war und dann mit der Eröffnung der Spielkasinos eine Renaissance ohnegleichen ihren Anfang nahm...

Einen Augenblick erstarrte mir das Blut in den Adern. Will mich Dieter, damals noch nicht mein Mann, will mich mein junger Geliebter etwa anpumpen? Will er am Ende, daß ich dieser Kim und ihrer albernen, allerdings bienenfließigen Mutter mit den grauen Haarsträhnen und der – im Gegensatz zu ihrer Tochter – immer ungepflegten Kleidung unter die Arme greife? Damit sie sich ein Spielkasino bauen können? Nein, also da wäre mein Boyfriend schiefgewickelt!

Doch Dieter sagte nichts mehr, er führte offenbar nicht das geringste im Schilde. Meinethalben sollen Kim und Gwendolyn ein Bankdarlehen aufnehmen. Was gehen die mich an? Dieter wird ja ohnehin nur noch ein paar Monate im Hotel arbeiten, dann heiraten wir und er nimmt für immer von Cape Clifford Abschied.

So dachte und plante ich in den ersten Monaten unserer Bekanntschaft. Und alles ging wie am Schnürchen. Allerdings nahmen wir niemals ganz Abschied von Cape Clifford, denn wir hatten uns in ein kleines, ebenerdiges Gartenhaus, eine Villa mit drei Zimmern in einem wild verwucherten Blumen- und Gemüsegarten verliebt, rissen Mauern nieder, bauten um und verbrachten dort viele Liebestage und -nächte. Daß dieses Bewußtsein unserer physischen Nähe der abservierten Kim Qualen bereitete, fand ich amüsant.

Mochte sie ins Wasser gehen, wenn sie unglücklich war. Immerhin durfte Kim meinen Geliebten jahrelang ihren Boyfriend nennen. Vor meiner Zeit. Und das hatte diese Person, dieses Flittchen nicht verdient.

Jetzt bin ich da, Dieter gehört mir, und wenn es der Diva Marlies von Ritter paßt, ein Apartment (es gibt nur ein einziges Zweizimmer-Apartment) im ›Hote Cape Clifford‹ zu mieten und ihre legitime Hochzeitsnacht mit Dieter Williams dort, unter demselben Dach, unter einem Dach mit Gwendolyn und Töchterchen Kim zu verbringen und zu durchküssen, so steht mir auch das frei. Ich muß mich an Kim dafür rächen, daß sie den jungen, göttlichen Körper meines Geliebten besitzen und herzen durfte...

Kims Mutter legt jeden Cent auf die hohe Kante, doch blieb ihr Traum mit dem Casinobau eben ein Traum. Nichts könnte mir, Marlies, gleichgültiger sein als die Probleme dieser langweiligen Kleinbürger!

Ich sage oft zu Dieter: »Kim und Gwendolyn machten sich mit Recht Sorgen, ob nicht früher oder später ein Manager oder Impresario im Hotel auftaucht und dich abwirbt! Du hast zwar das Zeug zu einem echten Heldentenor, doch sangst du auch schon damals, als Bariton, deine Schnulzen ganz wunderbar! Und wenn der Tornado nicht gekommen wäre, so würde der Bariton Dieter Williams vielleicht noch immer treu und brav in dem etwas verstaubten Hotelkasten auftreten und für Spießbürger singen!«

Aber unfaßlich ist mir, daß sich Kim tatsächlich als Dieters Verlobte betrachtete! Als seine Verlobte! Auch das beichtete Dieter spöttisch lachend.

Ich fragte ein über das anderemal: »So wart ihr also nicht verlobt? Nicht einmal untereinander, inoffiziell? Es war nur ein Wunschtraum der armen Kim?«

»Nicht einmal inoffiziell, und offiziell schon gar nicht, Liebling! Ich war zwar schon immer ein Leichtfuß, aber so leichtsinnig war ich doch nicht! Amerikanische Schwiegermütter können nämlich sehr komisch sein, die nehmen das Schwiegersöhnchen gleich hopp, und dann gibt es kein Entrinnen!«

Ich kann mir heute Gwendolyns Gefühle mir gegenüber vorstellen. Vor allem seit... Nein, nein, daran darf ich nicht denken. Ich darf mich nicht erinnern. Diese Tragödie ist Tabu.

Damals, nach dem Unglück, ging ich tatsächlich zum Arzt. Ich war sogar bei drei Nervenspezialisten. Mama, mein Stiefvater, Ingrid und Albert bestanden darauf. Auf Dieter konnte ich micht nicht verlassen. Der war viel zu gebrochen, saß tagelang allein im Zimmer, starrte vor sich hin oder bekam Tobsuchtsanfälle. Der machte sich so fürchterliche Vorwürfe.

Grundlos! Völlig grundlos! Wir waren beide unschuldig an der Tragödie, Dieter und ich! Unschuldig! Unschuldig! Wir waren und sind unschuldig!

Aber Gwendolyn muß mich hassen. An ihrer Stelle würde ich die Frau, die in Cape Clifford alles von grundauf geändert hat, die sozuagen über Leichen schritt und dem Hotel seine Hauptattraktion, den jungen Dieter Williams nahm, hassen. Sie muß mich hassen. Sie haßte mich, schon lange vor der Tragödie...

Und schuld war der Tornado. Es gibt keine Zufälle. Es gibt nur Bestimmung. Dennoch sage ich mir heute: Kim und ihrer Mutter geschah es recht, als ich ihnen Dieter Williams abwarb, wenn man so sagen darf. Als sich Dieter Williams rettungslos in mich verliebte. Der Schnulzensänger mit dem angenehmen, durch Schnulzen malträtierten Bariton war ja dazu prädestiniert, die Gralserzählung zu singen. Durch einen Stimmpädagogen, einen großen Gesangslehrer in einen Heldentenor verwandelt zu werden. ›Winterstürme wichen dem Wonnemond‹ zu singen und überhaupt, nach und nach, alle Heldentenor-Partien. Kim wußte vielleicht nicht einmal, wer Richard Wagner war!

Nun, diese Überlegungen und Sorgen bekümmern mich und meinen geliebten Mann heute wenig. Er hat ja nach der Sturmnacht nur noch ein paar Monate – auf meinen Wunsch – im Hotel weitergearbeitet. Und ich saß, so oft es meine Verpflichtungen zuließen, als Zuhörerin in dem kleinen Café. Wir lächelten uns an. Oft beobachtete ich Kim. Sie preßte die Lippen aufeinander. Sie war sehr nett, sehr höflich zu mir. Sie hätte mir am liebsten vergifteten Wein eingeschenkt...

Und dann, als die ersten Monate überstanden waren und wir uns an die böswilligen Klatsch- und Tratschgeschichten in der Presse und auf der Mattscheibe gewöhnt hatten, heirateten wir. Dieter Williams wurde der junge und glückstrahlende Ehemann der größten lebenden Wagner-Sopranistin Marlies von Ritter, des Weltstars, der rund um den Globus angehimmelten hinreißenden Schönheit. Man nannte uns das schönste (wenn auch ungleiche) Paar unter der Sonne...

Übrigens verliehen die Pressefritzen meinem Mann, meinem Abgott, auch den Namen ›Mr. von Ritter‹. So ergeht es allen unbekannten Männern, die eine berühmte Frau heiraten. In unserem Fall würde Dieter dieses Prädikat nicht lange führen. Er wird als Tenor im Wagnerfach das erreichen, was ich im Sopranfach erreicht habe. Er wird mich an Ruhm vielleicht sogar überflügeln. Auf Dieter, den Künstler, werde ich nie eifersüchtig sein.

›Mr. von Ritter‹... wie oft haben wir mit Dieter über die Unverschämtheit der Medienbande gelacht. Diese Gangster. ›Mr. von Ritter‹, alias Dieter Williams, hat seine schwerreiche Frau bestimmt nicht ihres Geldes wegen geheiratet. Darauf wäre ich schon in der ersten Liebesnacht gekommen. Dieter liebt mich. Dieter liebt mich!

Ich zittere um diese Liebe.

»Plaisir d'amour ne dure qu'un instant...

Chagrin d'amour dure tout une vie...« Schon wieder fällt mir ein banales kleines Liedchen ein, und sein Text ist so wahr! »Liebesglück dauert nur einen Augenblick. Liebesleid ein ganzes Leben lang...«

Doch unsere von Gott gesegnete Liebe hat, fünf Jahre nach unserer Heirat, noch kaum begonnen! Wir lieben uns so heiß, so wahnsinnig, so sinnlich wie in der ersten Stunde.

Ich zittere um unsere Liebe. Kann man mit einer so großen Last leben? Liebe ist Lust und Last. Ich breche unter der Last zusammen. Ich singe so schön wie bei meinem ›Debüt‹ als Siebzehnjährige. Nein, viel schöner, meine Stimme ist größer, tragfähiger, vielseitiger geworden, meine Technik ist heute ausgefeilt, meine Diktion wird von Rolle zu Rolle besser...

Manchmal wecke ich Dieter, der immer tief und fest

schläft, um zwei oder drei Uhr morgens auf, nur um ihn leise zu fragen: »Wirst du mich immer so lieben wie heute? Wirst du mich ewig lieben?«

Dieter kann dann sehr unwirsch werden.

»Wenn du noch einmal meinen Schlaf störst, so werde ich dich nicht ›immer so lieben, wie heute‹. Und ›ewig‹ schon gar nicht. Dann lauf' ich dir nämlich davon! Hör doch auf mit deinen Überspanntheiten, sieh lieber zu, daß du richtig ausgeschlafen zur Probe gehst, sonst siehst du bald aus wie eine alte Frau!«

Er dreht sich um und schläft wieder ein.

Das sitzt.

Ich habe Dieter seit jener Szene nie mehr aufgeweckt. Weckt er mich hingegen auf, was oft vorkommt, um mich rücksichtslos zu nehmen, mich stundenlang zu bearbeiten und mir mit Küssen den Mund zu zerfetzen, so könnte ich vor Glückseligkeit laut jubeln. Dann kümmere ich mich keinen Deut um die Probe morgen früh. Dann denke ich nur an Dieter und daran, daß ich ihn mit meinen Küssen, mit meiner Hingabe randvoll glücklich machen muß. Man muß Dieter vollauf befriedigen, sonst verläßt er einen und sucht bei einer anderen, jüngeren das, was ich ihm nicht bieten kann.

Und das wäre mein Tod.

Tabula rasa haben wir damals gemacht. Noch vor der Hochzeit gelang es mir überdies, meinem Verlobten Geld für seine Eltern, die Farmer in Kansas, aufzudrängen. Dieter selbst nahm nichts von mir an, wies jedes Geschenk zurück, wollte, wie er sagte, um Himmels willen nicht den Anschein erwecken, als habe er die geringsten finanziellen Hintergedanken... Die Eltern hatten in der amerikanischen Farmerkrise schlimme Zeiten durchgestanden. Jetzt ging es ihnen besser. Für die ziemlich hohe Summe, die ich ihnen mit meinen besten Wünschen zukommen ließ, kauften sie Vieh und einen Traktor. Dieter küßte mir dankbar die Hände.

Er ist immer so dankbar, auch heute noch, nach fünfjähriger Ehe. Und Dieter ist so galant. Allerdings kann er sich heute schon Geschenke für seine Frau leisten. Er hat bereits den ›Lohengrin‹ und ›Siegmund‹ gesungen, seine Gagen werden immer höher.

Gestern habe ich wieder von der Urne mit Dieters Asche geträumt. Ich riß die Augen auf, als ich jäh aus Traum und Schlaf erwachte und starrte entsetzt auf den Blumentisch am Fenster. Im Traum hatte ich die Urne zwischen meinen Blumentöpfen gesehen, links von ihr stand eine blühende Hyazinthe, rechts ein Topf mit Maiglöckchen. Eigentlich sollte man gar nicht mit stark riechenden Blumen im Zimmer schlafen, doch ist Dieter heute in Boston, er singt in der Oper den Erik im Fliegenden Holländer. Ich habe allein geschlafen und von der Urne mit Dieters Asche geträumt.

Bin ich wirklich eine Bestie, die Bestie Marlies von Ritter, die imstande wäre, mit der Urne ihres verstorbenen Mannes im Zimmer, einen anderen Geliebten zu küssen? Soll der immer und ewig wiederkehrende Traum beweisen, daß ich Bestie sein kann? Oder schon Bestie bin?

Was Dieter wohl gerade jetzt in Boston macht? Es ist drei Uhr nachts, bald graut der Morgen. Ich könnte Dieter im ›Hotel Washington‹ anrufen. Ich habe seine Zimmernummer, er gibt sie mir immer. Und ich habe ihn noch nie angerufen, wenn er ohne mich verreist war. Das kommt selten genug vor...

Warum rufe ich nicht im Hotel an? – Weil ich feige bin. Ich will nichts wissen. Vielleicht hat Dieter in Boston eine Freundin. Daß er kein Tingeltangelmädchen mit ins Hotel nimmt, weiß ich. Seit der AIDS-Angst, die schwer über Amerika lastet, betrügt man die Ehefrau gegebenenfalls mit einer Dauerfreundin, die man schon lange kennt...

Dieter Williams hat keine Dauerfreundin.

Oder doch?

Ein Name drängt sich auf, ich will ihn nicht hören.

Alle fremden Frauen sind meine Feinde. Ich hasse jede fremde Frau. Ich hätte Lust, jede fremde Frau zu vergiften oder, noch besser, sie zu blenden, damit sie meinen Geliebten nicht mit den Augen verschlingen kann.

Alle fremden Frauen verschlingen Dieter Williams mit den Augen. Eigentlich war es Wahnsinn, daß ich auf seiner Ausbildung bestand und ihn auf die Opernbühne schleuste. Ich hätte Dieter nach dem ersten Kuß kidnappen und irgendwo in einer Höhle oder einem Dornröschenschloß einsperren sollen. Und nur ich hätte einen Schlüssel zu diesem Schloß haben dürfen.

Nun ist es zu spät. Ich Idiotin habe aus dem unbekannten Schnulzensänger einen Heldentenor gemacht, der im Begriff ist, die Opernhäuser der Welt zu erobern.

Was mich ja wiederum auch mit Stolz erfüllt.

Jede Freude ist eben zweischneidig. Es gibt keine reine Freude.

Ich weiß schon, wo ich das Gesicht der jungen Hexe zum erstenmal sah. Nicht als Wasserleiche in der Grotte, wo ich mit Dieter während des Tornados Zuflucht fand. Als ich die junge Hexe, mit weitoffenem Mund und verzerrt grinsend zum erstenmal sah, als Feindin, die mich bedrohte, da glich sie freilich dem jungen Mädchen, mit dem sich Dieter im Bett herumgewälzt hatte, bevor wir uns kannten. Dieser albernen, leider bildhübschen und auch heute noch ganz jungen, niederträchtigen Kim. Ich wußte von Anfang an, daß Kim eine gefährliche, abscheuliche Hexe ist. Warum? Weil sie jung und hübsch und sexy war. Diese Frauen sind Bestien, Hexen, auch dann, wenn man ihnen haushoch überlegen ist.

Mir, Marlies von Ritter, kann selbstverständlich keine siebzehnjährige Schönheit das Wasser reichen.

Es war ein schreckliches Erlebnis. Wir liegen im Bett, Dieter und ich. Wir kennen uns erst seit ein paar Monaten, Dieter arbeitet noch im Hotel Cape Clifford. Er hat ein paar Tage Urlaub bekommen. Ich hatte mich beinahe sofort, als der Sturm nachließ und mir Dieter die Gegend um den Badeort Cape Clifford herum zeigte, in die herbe Schönheit der Dünenlandschaft verliebt. In der Nähe des verschlafenen Städtchens gibt es auch Buchenwälder mit Klippen, und darunter eine Bucht, die unser Schicksal werden sollte.

Ich war entzückt von den gras- und riedbewachsenen Sandhügeln, die man nur zu Fuß oder mit einem Dünen-Buggy erreichen konnte. Dieter hatte kein Dünen-Buggy, er hatte nicht einmal ein Auto, bloß ein gebraucht gekauftes

Motorrad. Wir gingen spazieren. An vielen Stellen hatten Immobilienhändler ihre Tafeln in den Sand gerammt: ›Zu verkaufen.‹ Dort, wo es am einsamsten war und keine Nachbarschaft drohte – immerhin gab es bereits elektrischen Strom und eine Wasserleitung – kaufte ich ein ebenerdiges, halb verfallenes altes Haus, das nur drei Zimmer hatte, ließ zwei Mauern niederreißen und holte einen Gärtner aus der nächsten größeren Stadt. Dort entstand unser liebstes Ferienhaus. Der Garten war bald fertig, Kräuter und Blumen gediehen sehr gut, weil reichlich Süßwasser zur Verfügung stand. Wir ließen sogar einen kleinen Goldfischteich anlegen.

Mein Grundstück um das ebenerdige Ferienhaus, das aus drei Zimmern, Küche und Bad bestand, war so groß, daß wir nie von unmittelbaren Nachbarn belästigt werden konnten. Hierher drang auch kein Radiolärm. Wir waren mutterseelenallein. Für alle Fälle hatte ich das Haus, den Teich und den Garten mit einem mannshohen Lattenzaun umgeben lassen, den wir später mit grünen Schlingpflanzen in eine natürlich aussehende Hecke verwandelten. In Amerika haben die Villen und Ferienhäuser im allgemeinen keine Zäune, alles liegt frei da.

Ich wollte hier, in meinem kleinen Tuskulum, ganz verborgen sein.

»Kim und ihre Mutter wissen selbstverständlich, daß du dich hier angekauft hast!« sagte Dieter damals.

»Ist mir völlig schnuppe. In ein paar Jahren wird hier alles bebaut sein, eine ganze Ferienkolonie entstehen, und wir können es nicht verhindern. Aber wir haben noch das allergrößte Grundstück erwischt, nicht wahr...? Was Kim und ihre hausbackene Mutter betrifft, so lassen wir uns nicht in unser Privatleben hineinreden. Und wo wir uns in Zukunft ein Haus kaufen, geht die beiden Damen einen feuchten Kehricht an. Hast die Kim ja ausbezahlt, oder nicht?«

Das stimmte. Als Dieter seinen Job im Hotel gekündigt und Gwen sowie ihrer Tochter reinen Wein eingeschenkt hatte, da gab es ein ganz hübsches Schmerzensgeld für die abservierte Jugendfreundin und ihre Mama. Ich hatte ganze zehntausend Dollar springen lassen und gab Dieter den Scheck mit der Weisung, ihn Kim zu überreichen. Schließlich war man ihnen ein bißchen was schuldig. Als Abschiedsgeschenk. Das ›Hotel Cape Clifford‹ verlor ja tatsächlich seine Hauptattraktion, den ›zweiten Sinatra‹, Dieter Williams...

Dieter sträubte sich. Er war stolz. Und durch und durch anständig.

»Geld von einer Frau? Ich soll Geld von dir annehmen, Liebling?« protestierte er.

»Ist ja nicht für dich bestimmt, Schatz! Das Geld ist mein Abschiedsgeschenk für Kim und ihre Mama! Als Schmerzensgeld gedacht!«

Nach langem Hin und Her nahm Dieter den Scheck.

Und dann... die erste Heimsuchung. Damals fing es an... Aber nein, das ist nicht ganz richtig. Was wir damals erblickten war kein Alptraum, sondern das Gesicht, die Fratze eines lebenden Menschen. Wir sahen ein Geschöpf aus Fleisch und Blut!

Wir liegen im Bett, mein Geliebter und ich. Wir haben einen langen Nachmittagsspaziergang durch die Dünen gemacht, uns im hohen Gras geküßt, die zutraulichen braunen wilden Kaninchen gefüttert. Ganze Scharen von Kaninchen ernähren sich auch ohne menschliche Hilfe sehr gut. Sie fressen Strandhafer und die saftigen jungen Knospen der Sträucher. Wir sind eigentlich todmüde von der kräftigen, salzigen Seeluft, aber zum Lieben sind wir nie zu müde.

»Weißt du was?« sage ich zu meinem Geliebten, während wir beide nackt auf dem Rücken liegen und zur niedrigen Balkendecke hinaufschauen, »wir treiben heute ein bißchen Schabernack!«

»Hast du die Absicht, bei hellichtem Tag nackt durch die Dünen zu laufen?« foppt mich Dieter.

»Nein. Ich möchte einmal etwas ganz Perverses ausprobieren. Neben dir stilliegen. Splitternackt. Dich mit keinem Finger berühren. Und auch du darfst mich nicht anfassen. Mal sehen, wie lange wir's aushalten. Wer zuerst nach dem andern greift, ist heute abend Gastgeber. Ich hab' nämlich Lust, nach der kleinen Insel überzusetzen, wo dieses neue Fischrestaurant eröffnet wurde. Lobster Island. Dort soll es den besten Hummer der Atlantikküste geben.«

»Einverstanden. Ich schlafe eh gleich ein. Du hast mich durch die Dünen gejagt wie einen Teenager. Marlies, du bist die jüngste und wildeste Geliebte, die ich je hatte!«

Dieter weiß, wie man mir schmeichelt. Ich möchte ihn dankbar küssen, aber halt! Wir haben ja gewettet, ganz still, wie die Ölgötzen, nebeneinander zu liegen... Ich lasse mich nicht provozieren!

Ich liege still. Ich bebe innerlich vor Erregung, bringe es fast nicht fertig, zumindest meine Hände stillzuhalten. Meine Füße zucken. Wenn ich wenigstens Dieters Zehen mit meinen Zehen berühren dürfte! Aber ich will meinem Geliebten beweisen, daß ich mich großartig beherrschen kann. Wir sind wirklich zwei alberne Kinder!

In meinem Schoß zuckt es. Mir ist, als tasteten Dieters hungrige Finger nach mir. So fangen unsere Liebesspiele meistens an. Er befingert mich, liebkost mich, nimmt mich zuerst mit den Händen, den Beinen, der Brust, mit seinem süßen, sinnlichen Mund, der einer exotischen Frucht gleicht. Und wenn dann, nach der lang und süchtig ausgespielten Ouverture, unsere Becken miteinander verschmelzen, so tut es mir fast leid. Weil meine Liebe zu Dieter so uferlos und endlos ist, sehne ich mich auch nach uferlosen und endlosen Liebesspielen, nach Zärtlichkeiten, die nicht mehr Mittel zum Zweck, sondern Selbstzweck sind.

»Hältst du's noch aus?« flüstere ich und halte sehr still. Ich wende beim Sprechen nicht einmal den Kopf, ich flüstere zur Balkendecke hinauf.

Dieter hat Oberwasser. Die Männer bleiben meistens die Stärkeren. Auch im Bett. Wir Frauen bilden uns nur ein, sie am Gängelband zu führen...

»Ob ich's noch aushalte?« fragt er. »Ich halte es stundenlang aus. Leider bin ich am Einschlafen. Wann willst du essen gehen, Liebling?«

Wir haben eine Küchenuhr, die ich besonders spaßig finde. Sie stellt eine gelbe Katze dar, deren Augen und deren herabhängender, steifer Schwanz sich mit dem Minutenzeiger in rhythmischem Gleichtakt bewegen. Irgendwie habe ich das Gefühl, daß uns die Katze beim Lieben beobachtet. Sie hat einen giftigen, kritischen Blick.

»Wann ich essen will? Der Betrieb fängt im Fischrestaurant auf Lobster Island ziemlich spät an. Sagen wir mal – zwanzig Uhr? Die Überfahrt mit dem Fährboot dauert nur zehn Minuten.«

»Dann hätten wir ja noch drei Stunden zum Liebhaben!« bemerkt Dieter spöttisch. »Und zum Schlafen. Das heißt, von Liebhaben ist heute nicht die Rede. Wir haben ja gewettet. Hoffentlich ist das Hummerrestaurant ziemlich teuer. Du wirst ja berappen, Darling. Du, ich werde zwei ganze Hummern verdrücken...«

Ich schweige, schließe die Augen.

Dieter schweigt und schließt die Augen.

Ich kenne Dieter. Er wird es ebenso wenig aushalten, wie ein steifer Stock neben mir zu liegen, wie ich. Und ich bin fest entschlossen, die Wette nicht zu verlieren.

Fünf Minuten, zehn Minuten vergehen. Plötzlich spüre ich Dieters rechte Hand an meinem linken Oberschenkel. Dieter liegt links von mir. Ich tue so, als merkte ich nichts. Dieters Finger klettern wie dreiste Fliegen an meinem linken Schenkel hoch. Sie machen bei meinem Dreieck, das schon ganz feucht vor Erregung ist, halt. Ich glaube, den Fahrplan zu kennen, obwohl jede Berührung von Dieters breiten, kräftigen Händen meine Hauttemperatur sofort auf Siedehitze bringt. Eigentlich müßte er gar nichts machen. Wenn er seine Seite, von den Schultern bis zu den Knien, an mich schmiegt, so bringt er mein Blut in Wallung.

Ich verliere die Wette. Ich halte es nicht länger aus.

Aber ich weiß, daß mich Dieter foppt. Ich möchte ihm beweisen, daß ich mich beherrschen kann. Ich rühre mich nicht, tue so, als bliebe ich kalt. Sein Zeigefinger betupft die Stelle, wo ich am leichtesten erregbar bin. Wo das ist – das hatte Dieter schon bei unserer ersten Verschmelzung ausgetüftelt. Er kitzelt mich. Er fährt mit dem Zeigefinger in die Schale, die nur für ihn da ist.

»Bist du eigentlich heute aus Holz, Liebling?« fragt er plötzlich.

»Ich will die Wette gewinnen!«

»Du wirst sie nicht gewinnen, Marlies! Sei so lieb und fasse meinen Finger an und stoße ihn hinein!«

»Fällt mir nicht im Traum ein!« rufe ich lachend. Dabei bin ich schon beinahe so weit. Ich werde einen Orgasmus haben, wie ich ihn noch nie erlebte. Mir genügt Dieters Finger.

Da ist er mit einem Satz auf mir, liegt auf mir, reißt mich hoch, legt sich auf den Rücken, packt mich mit beiden Händen und zieht mich zu sich herunter. Ich gebe auf.

Außerdem habe ich die Wette gewonnen! Dieter hielt es nicht länger aus! Dieter griff nach mir, und nicht umgekehrt!

Ich spiele die Kalte, was mich riesenhafte Überwindung kostet. Ich reite auf ihm und weigere mich, seinen starken und stocksteifen Pfahl in mich zu drücken. Laß ihn zappeln. Das macht mir irren Spaß. Meine Schenkel bilden ein Dach über dem Unterleib des Geliebten. Er versucht, mit beiden Händen das prächtige Ding in mich hineinzustoßen, und ich rücke immer wieder ab. Ich spiele die Kokette.

»Du, ich werde dich gleich verprügeln!« ächzt Dieter, knapp vor der Ejakulation.

»Das wirst du nicht tun! Wer hat behauptet, die Wette zu gewinnen? Ich glaube, ich zieh' mich an, sonst essen noch die Touristen unsere Hummer auf!«

Dieter stemmt plötzlich seine Schenkel hoch, so daß ich in einer ziemlich halsbrecherischen Stellung auf seinen Hüften wippe. Und er hat es tatsächlich fertiggebracht, sein Ding in mich zu stoßen. Jetzt ist er es, der mich foppt:

Er foppt mich schon wieder.

»So. Jetzt bin ich drin. Finde ich himmlisch. Und nun bitte ich die Frau Kammersängerin, sich ein bißchen zu gedulden. Warte. Es darf dir noch nicht kommen!«

Ich habe meinen Geliebten so lange nicht geküßt, es mag fünf Minuten her sein. Das ist viel zu lang. Ich stürze mich mit meinem Mund auf seine Lippen. Stoße meine Zunge gierig zwischen Dieters Zähne. Ich möchte ihn beißen. Ihm wehtun.

Ich habe ziemlich fest zugebissen. Dieter schreit auf und versetzt mir einen Klaps auf den Po. Er hat nicht sehr grob zugeschlagen. Dieter ist kein Sadist, und auch ich bin nur in Gedanken Sadistin.

Ich richte mich auf. Ich halte es nicht länger aus, ich muß das beste Stück an meines Liebsten Körper anfassen und es tief in mich hineinstoßen. Mit beiden Händen greife ich nach dem fleischigen Turm. Nun sind wir vereint. Ich schäme mich, weil ich im Augenblick der Erfüllung so laut geschrien oder geschluchzt habe. Heute bin ich so unbeherrscht wie noch nie.

Dieter stöhnt wohlig, drückt die Finger tief in mein Fleisch hinein.

»Du bist ein ganz gemeines, abscheuliches Mädchen!« flüstert er und seufzt dann.

»Warum bin ich gemein und abscheulich?« – Ich spiele die Unschuldige.

»Weil du dir alle erdenkliche Mühe gibst, mich zu deinem Sklaven zu machen. Ich werde an deiner Herrschsucht und deiner tyrannischen Liebe zugrundegehen. Ich habe fiel freier geatmet, als wir uns noch nicht kannten! Ich liebe dich viel zu sehr!«

Das klingt sehr aufrichtig. Habe ich den Bogen schon jetzt überspannt? Solche Worte der Klage kamen bisher nur aus meinem Mund. Ich war diejenige, die sich vom ersten Kuß an fürchtete, zu stark zu lieben, in einen Abgrund zu stürzen, an dieser Leidenschaft zugrunde zu gehen. Mein junger Abgott war mir doch nicht so rettungslos ausgeliefert, wie ich ihm?

Irrte ich mich? Aber das wäre ja wunderbar. Je stärker Dieter an mir hängt, um so weniger muß ich um seinen Besitz zittern!

Dieter setzt sich auf, trocknet sich den Schweiß von der Stirn, das Handtuch ist schon ganz naß. Auch ich liege in Schweiß gebadet da. Ich schwitze nur, wenn ich nervös bin.

»Weißt du was, Liebling?« sagt Dieter. »Wir bleiben zu Hause! Was hältst du von einem kalten Abendbrot? Wir haben ja Schinken, Salami und Eier im Kühlschrank. Ich hab' nämlich plötzlich nicht die geringste Lust, mich anzuziehen und nach Lobster Island hinüberzufahren. Morgen ist dieser verdammt kurze Urlaub für mich zu Ende, ich muß mich bei Albert zum Unterricht melden und möchte keinen verschlafenen Eindruck machen. Komm, wir wollen duschen, und dann plündern wir unsere Vorräte. Zwei Flaschen Sekt müssen auch noch da sein!«

Ich bin einverstanden. Ich bin immer einverstanden, wenn mein junger Geliebter ein Tête-à-tête mit mir einem Abend im Restaurant oder Theater vorzieht. Am liebsten würde ich leben wie Frau Venus im Tannhäuser. Es wäre herrlich, sich mit Dieter in einem Venusberg zu verkriechen und ihn nie wieder aus meinen Armen zu lassen. Doch wäre ich auch im Leben und nicht nur auf der Bühne die Venus, so ließe ich es nicht zu, daß liebliche junge Feen meinem Liebsten verführerische Reigen vortanzten.

Dieters Augen streifen bewundernd über meinen Körper.

»Venus!« sagt er und küßt meine Brust. »Venus! Meinst du, es sei ein Zufall, daß wir uns in der Zaubergrotte, in einem Zauberberg gefunden haben?«

»Schöner Zauberberg! Ein künstlicher Hügel mit greulichen Wasserleichen darin! Und Erhängten, die von der Decke baumeln!« erwidere ich lachend.

»Ich habe nur die Venus gesehen!«

Auch ich trockne mich ab. Ich dufte nach Dieters Körper, nach Heidekraut, Ginster oder – nüchtern beurteilt – nach seinem herben Kölnischwasser, das ich ihm geschenkt habe.

»Ich bin hungrig!« klage ich. Und mache Anstalten, mich von dem Geliebten zu lösen, um in die Küche zu gehen.

Mein Blick sucht die Küchen-Wanduhr, ich schaue durch die offene, mit roter, blauer und gelber Bauernmalerei verzierte niedrige Tür zwischen Schlafzimmer und Küche. Auch die Küche hat ein Fenster mit farbigen Gardinen, die links und rechts mit Seidenschleifen hochgebunden sind. Jeder Spaziergänger könnte bequem durch das Fenster des ebenerdigen Hauses hereinschauen, wenn wir unser Tuskulum nicht durch einen hohen Lattenzaun vor allen neugierigen Blicken gesichert hätten. Außerdem liegt unser Ferienhaus so weltabgeschieden, daß sich niemand hierher verirrt. In ein paar Jahren werden wir freilich schon Nachbarn haben, denn die Bauunternehmer rühren eifrig die Reklametrommel.

Das ist doch nicht möglich! Träume ich oder wache ich? Das kann doch nicht sein!

Mein Blick fällt auf das Küchenfenster. Was ich sehe, läßt

das Blut in meinen Adern gerinnen. Dort draußen vor dem Fenster steht eine junge Frau. Ein Mädchen, das ich kenne. Wir kennen sie beide. Sie drückt ihr Gesicht ganz platt an die Scheibe.

Ich stoße einen Schrei aus.

»Dieter! Schau dorthin! Vor dem Küchenfenster steht...«

Diese Hexe. Diese Bestie. Dieter kannte sie früher als mich. Und ich dachte, wir hätten einen dicken Strich unter dieses Kapitel in Dieters Leben gezogen. Die Hexe sieht jetzt nicht so hübsch und jung aus wie sonst. Ihr plattgedrücktes Gesicht ist vor Wut und Haß verzerrt.

Auch Dieter hat das Mädchen gesehen, er scheint sprachlos und ist offenbar genauso wütend wie ich.

»So eine unverschämte Hure! Die spioniert uns also tatsächlich nach! Hab' ich ihr vielleicht nicht genügend Geld in den Rachen geworfen?« schreie ich, außer mir vor Empörung.

Wir springen beide aus dem Bett, ich ziehe meinen Bademantel über, Dieter schlingt einfach ein Handtuch um die Hüften. »Komm, die müssen wir beim Schlafittchen packen!« rufe ich. Dieter folgt mir in den Garten, versucht aber, mich zurückzuhalten.

»Lauf ihr nicht nach, Liebling!« ruft Dieter.

Ich kümmere mich nicht mehr um ihn. Tatsächlich sehen wir, wie Kim, denn sie war es, in großen Sätzen das Weite sucht. Wir stehen beim Lattenzaun. Drei Planken fehlen. Diese dreiste Person, die übrigens knabenhaft schlank ist, konnte sich mühelos durch die Öffnung zwängen, nachdem sie den Lattenzaun in unverfrorener Weise beschädigt hatte.

Ich höre nicht auf, gellend zu rufen:

»Kim! Bleib stehen, Kim, sonst wirst du's bereuen!«

Das Mädchen ist schon ziemlich weit von uns entfernt. Jetzt verschwindet die schlanke Figur im hohen Gras.

Nun darf sie uns nicht mehr entkommen. Wir laufen ihr wie besessen nach, holen sie ein. Kim hat sich auf die Erde fallenlassen. Dort kauert sie zwischen Strandhafer und schluchzt herzzerreißend.

Aber ich darf kein Mitleid aufkommen lassen! Kim verdient nicht die kleinste Regung von Mitgefühl!

Ein Blick nach allen Windrichtungen belehrt mich, daß wir keine Augen- und Ohrenzeugen haben. Um so besser. Ich packe Kim bei den Schultern, während Dieter unschlüssig, mit herabbaumelnden Armen, dasteht. Er leistet mir absolut keine Schützenhilfe.

Ich kreische: »Du hast uns nachspioniert, du Hurenstück? Du hast dich erfrecht, den neuen Lattenzaun zu beschädigen und durchs Fenster zu glotzen? In ein fremdes Schlafzimmer, wie ein geiler Voyeur? Bist du pervers, du Mistviech? Bist du von allen guten Geistern verlassen? Hast du mit deiner sauberen Frau Mama die zehntausend, die ich euch als Schmerzensgeld schenkte, schon verjubelt?«

Ich rüttle Kim, hätte nicht übel Lust, sie zu verprügeln. Sie läßt die Standpauke über sich ergehen und hört nicht auf zu schluchzen. Das schürt meine Erbitterung.

»Glaub bloß nicht, daß du mich rührst!« keife ich. Nun bin ich selbst eine Furie, und ich bin stolz auf meine berechtigte Wut.

Ich beruhige mich allmählich, hole tief Atem. Dann frage ich Kim:

»Weiß deine Mutter von deiner... Unverschämtheit?«

Sie schüttelt den Kopf. »Nein, nein! Mama wäre wütend!«

»Nun, deine Mutter wird alles erfahren!« sage ich drohend. »Ich habe die zehntausend Dollar nicht darum geopfert, damit du uns weiter mit deiner Zudringlichkeit verfolgst! Zwischen dir und Dieter ist es aus, aus, aus! Schreib dir das hinter deine großen Ohren! Dieter...«, und ich wende mich an meinen Verlobten, der in dieser Szene eine sehr traurige Figur macht. »Dieter, sag ihr bitte, daß du nie, aber auch niemals zu ihr zurückkehren wirst? Und daß sie dich endlich in Ruhe lassen soll!«

Dieter räuspert sich verlegen, steht da wie ein furchtsamer Junge. Dann sagt er stockend: »Also... Kim, Mädchen, nimm doch endlich Vernunft an! Du hast kein Recht, dich und uns so zu quälen! Wir haben uns ausgesprochen. Wir wollten doch gute Freunde bleiben, nicht wahr?«

Das Mädchen starrt Dieter mit einem spöttischen Gesichtsausdruck in die Augen, als habe sie die unglaublichste, unverschämteste Zumutung vernommen. Und so ist es ja auch.

Wie könnte ein Mädchen, das x-mal mit Dieter Williams geschlafen hat, seine ›gute Kameradin‹ werden? Wäre ich an Kims Stelle, so würde ich den treulosen Geliebten erstechen, oder vergiften, oder ertränken...

Doch Marlies von Ritter ist nicht Kim Forrester. Ich darf mich nicht mit dieser Null vergleichen! Sowas handelt ja ganz anders als ich! Im übrigen ist es ein Glück, daß diese Person auch sonst den Vergleich mit mir, mit meiner noch immer mädchenhaften, aber gleichzeitig sehr weiblich-attraktiven reifen Schönheit nicht aushält. Dieses dumme Ding hat ja weder Busen noch Hintern, bei der ist alles flach! Brrr – Und sowas hat die Stirn, uns noch immer Fallstricke zu legen!

Jetzt greift Dieter nach Kims Hand. »Leb wohl, Kim! Bessere dich! Benimm dich wie eine erwachsene, kluge Frau!« sagt er mit fester Stimme. Dann legt Dieter den Arm um meine Schulter. Kim kauert im Gras. Dieter küßt mich in Gegenwart dieser abservierten Idiotin heiß auf den Mund. Nichts könnte mir lieber sein. Davon verspricht sich Dieter wohl eine abhärtende Wirkung auf Kim. Ich finde es gar nicht so dumm.

»Wir wollen gehen!« sagt mein Geliebter zu mir. »Komm ins Haus!« Und er wendet sich noch einmal an Kim: »Mach, daß du nach Hause kommst, Mädchen!« sagt mein Liebster, der damals noch mein Verlobter und noch nicht mein Mann war. »Wenn du ganz artig bist, so bin ich sicher, daß Marlies über den Vorfall schweigen wird. Kim... eigentlich bin ich sehr enttäuscht. Ich hatte dich immer für ein stolzes, selbstbewußtes Mädchen gehalten, eine Frau, die nicht um Liebe betteln kann...«

Kim richtet sich auf, klopft den Sand von ihren Kleidern und läuft geschwind wie ein Wiesel davon. Wir gehen in die andere Richtung, auf unser idyllisches Gartenhaus zu.

Dieter schüttelt im Gehen beständig den Kopf. Er kann das Erlebte noch immer nicht fassen.

»Daß man sich als Frau so erniedrigen kann...«, sagt er leise und drückt mich im Gehen zärtlich an sich.

Wir haben unser Tuskulum erreicht, besichtigen nochmals den kleinen Schaden am Lattenzaun. Ich sage: »Du kennst die Frauen recht gut, mein Schatz, aber hundertprozentig kennt kein Mann eine Frau und keine Frau einen Mann. Da gibt es nämlich Untiefen... Da unten aber ist's fürchterlich!«

Ich zitiere ganz vergebens Schiller, denn trotz seiner beachtlichen Deutschkenntnisse hat Dieter Williams von den Klassikern kaum mehr als eine blasse Ahnung. Ich glaube, er kennt zwar die Namen von Schiller, Goethe, Lessing und Heine, aber gelesen hat er noch keine Zeile aus ihren Werken. Wir, Ingrid, Albert und ich, werden uns das unbeschriebene Blatt schon vornehmen! Dieter kennt mich ja erst seit ein paar Monaten!

In der Küche sage ich: »Wenn du willst, Liebling, so halte ich wirklich den Mund. Ich werde Kim bei ihrer Mutter nicht verpetzen. Ich bin mir viel zu gut für solche kleinbürgerlichen Intrigen. Außerdem glaube ich dem Mädchen wirklich, daß sie ganz spontan beschloß, unser Idyll zu stören. Gwendolyn wußte wohl nichts davon.«

Ich hatte plötzlich eine Idee.

»Weißt du was, Darling? Wir tauchen heut abend unangemeldet im ›Hotel Cape Clifford‹ auf. Wir bleiben nicht lange. Ich muß ja morgen früh mit dir nach New York fahren, ich habe Probe im Lincoln Center, und du hast Gesangstunde bei Albert.«

Dieter schmollt. »Dann können wir ebenso gut nach Lobster Island hinübertuckern und uns mit Hummer vollstopfen. So guten Hummer gibt es in ganz New York nicht! Was willst du eigentlich noch von der albernen Kim? Hast ihr doch schon gründlich die Leviten gelesen!«

Ich fauche: »Aber kapiert hat sie's noch immer nicht! Die kann einfach nicht glauben, daß ich ihr den Boyfriend ausgespannt habe! Für immer! Amen...! Vielleicht kann ich das der Frau Mama, dieser ungepflegten Hexe, eher klarmachen. Die Mutter war ja im siebten Himmel, als du ihr den Scheck über zehntausend Dollar auf den Tisch legtest. Ich meine, das sollte als Abfindung für das Töchterchen genügen! Ich werde den beiden Gänsen zum allerletztenmal klarmachen, daß aus Marlies von Ritter nichts weiter herauszuholen ist! War ich nicht großzügig, Darling?«

Dieter küßt mich.

»Du bist immer großzügig. Du bist ein Engel!«

Wir setzen uns an den Küchentisch, ich öffne eine Flasche Bordeaux, trinke ein Glas, dann ein zweites und, ganz gegen meine Gewohnheit, auch ein drittes. Nach dieser ekelhaften und eigentlich für mich beschämenden Szene habe ich die Stärkung nötig! Auch Dieter trinkt mit. Nach einer kleinen Pause sage ich: »Weißt du, wenn uns die beiden Hexen nach einer aller-allerletzten Aussprache nicht von der Pelle rücken, schicke ich ihnen meine Rechtsanwälte auf den Hals. Die verstehen sich besser darauf als ich, wie man so ein lästiges Duo loswird!«

Dieter hebt die Schultern.

»Ich weiß wirklich nicht, warum Kim und Gwendolyn nicht endlich Vernunft annehmen wollen. Schließlich haben sie keinerlei rechtliche Ansprüche mir gegenüber. Ich war mit Kim weder verlobt, noch verheiratet. Ich war auch nicht ihr Geschäftspartner. Ich war ein Angestellter der Mutter, und in Amerika hat, gottlob, noch immer jeder Angestellte das Recht, zu kündigen!«

»Stimmt auffallend. Und nun zieh dich schnell an! Was mich betrifft, so werde ich todschick auftreten!«

»Du willst also doch rüber ins Hotel? In die Höhle der beiden Löwinnen?« fragt Dieter.

»Löwinnen, Darling? Ich würde die beiden Damen, die keine sind, eher mit zwei fauchenden Katzen vergleichen. Ich habe Katzen nie über den Weg getraut, und weiblichen Katzen schon gar nicht!«

Sehr sorgfältig wähle ich unter den vier oder fünf Kleidern, die ich nach Cape Clifford mitgenommen habe, ein zweiteiliges Complet. Der bis knapp übers Knie reichende weiße Rock ist aus feinstem weißen Glacéleder, die Seidenbluse ist vorn durchgeknöpft und rot, wie Klatschmohn. Ich knöpfe sie beinahe bis zum Bauchansatz auf. Darunter trage ich nichts, nur einen Slip. Niemals würde sich Marlies von Ritter in Manhattan, in einem eleganten Lokal oder Hotel oder bei einer Party, so ordinär und aufreizend zeigen. Heute ist genau das meine Absicht – sexy und aufreizend und ordinär will ich auftreten, um diese verhaßte Kim bis zur Weißglut zu ärgern. Sie soll bei meinem Anblick zerspringen! Die flachbrüstige, gertenschlanke Kim, die meiner Meinung nach von vorn und hinten aussieht wie ein Junge, soll mich um meinen Busen beneiden! Seit den Künstlerinnen des 19. Jahrhunderts hat keine Wagner-Sopranistin einen so vollendet schönen, vollen Oberkörper gehabt wie ich! Das ist die Meinung der maßgebenden Musik- und Theaterkritiker, und das besagt auch die *Vox Populi*. Und dieselben Kritiker und Zuhörer huldigen meiner Stimme mit überschwenglichem Lob. Und meiner schauspielerischen Begabung!

Marlies von Ritter, sonst immer vollendete Dame vom Kopf bis zu den Füßen, verwandelt sich heute äußerlich in ein Flittchen, ja, beinahe in eine Straßendirne! Und nur, um die abgetakelte, abservierte ehemalige Rivalin auszustechen! Dabei stimmt nicht einmal die Bezeichnung ›Rivalin‹. Ich war ja noch nicht in Dieters Leben aufgetaucht, als Kim eine Rolle darin spielte. Und dann, als ich kam, stieß ich die junge Hure sofort aus dem Sattel!

Was will ich überhaupt noch von Kim? Wäre es nicht besser, wir führen heute abend nicht zum Hotel? Ignorieren müssen wir Kim und Gwendolyn, in alle Ewigkeit!

Nein, nein, ich bin noch nicht befriedigt. Noch nicht ganz. Ich will sie noch weiter demütigen. »Staub soll sie fressen, und mit Lust, wie meine Muhme, die Schlange!« Ich werde meinen süßen blonden Abgott, meinen Dieter, nicht mit der Erläuterung meiner Zitate aus dem ›Faust‹, deren ich mich gern bediene, langweilen. Und Kim weiß wohl nicht einmal, wer Johann Wolfgang von Goethe war. Ich gebe Dieter Bücher in die Hand, er hat zwei Abendkurse in deutscher Literatur belegt, weil ein angehender Wagner-Interpret nicht nur die nordischen Heldensagen – zumindest in großen Zügen –, sondern auch die literarischen Strömungen zu Wagners Zeit einigermaßen kennen muß. Aber ich hüte mich, aus dem Naturburschen Dieter Williams durch Anwendung von Zwang einen im europäischen Sinn gebildeten Künstler machen zu wollen. Das wäre ein müßiges Unterfangen. Dieter Williams, der unter meinem Einfluß mit dreißig Jahren ernsthaft Gesang zu studieren begann, wird immer ein Naturtalent, ein intuitiver Sänger bleiben.

Wären wir nur schon so weit... Ich kann es kaum erwarten, als Dieters Partnerin auf der Bühne zu stehen!

Solche Gedanken gehen mir durch den Kopf, während ich meine rote Seidenbluse aufknöpfe. Der kleine Spiegel zeigt mir eine blendende, nicht mehr ganz junge, aber noch immer unerhört reizvolle Frau. Sexy bin ich. Keine andere kann mir das Wasser reichen! Ich will dieses Flittchen, die Kim, heute so unglücklich machen, daß sie die Lektion nie vergißt. Meinethalben mag sie vom Felsen in die Brandung springen! Sie hatte ja die Stirn, Dieter Williams zu küssen. Sich mit ihm herumzuwälzen, ihn zu verführen! Ich könnte Gift darauf nehmen, daß die um sieben Jahre jüngere den unwissenden Teenager Dieter umgarnt hat. Vielleicht schon als Zwölfjährige! Wie oft Dieter mit Kim schlief, ist mir völlig gleichgültig. Die Tatsache, daß er dieses magere Ding überhaupt an sich drückte, genügt, um das Blut in meinen Adern zum Sieden zu bringen.

Ich muß das Wissen um diese sogenannte Liebe, oder Freundschaft, oder was es sonst war... dieses mehrjährige Verhältnis zwischen Kim und Dieter aus meinem Hirn ausbrennen! Und ich muß Kim heute abend eine letzte Lektion erteilen, die sie nie vergessen wird. Ich werde sie und ihre unintelligente, ungepflegte Mutter bestrafen! Gwendolyn dachte allen Ernstes daran, das Töchterchen fürs ganze Leben an diesen jungen Mann verschachern zu können, dessen Stimme die beiden Frauen so gründlich verkannt haben! Die merkten ja überhaupt nicht, was für einen Schatz Dieter Williams in seiner Kehle hat!

Ich habe mich im Bad angekleidet. Dieter kennt die rote Seidenbluse noch nicht. Er ist paff – und starrt meinen allzu tiefen Ausschnitt an. Dann sagt er zaghaft: »Hast du wirklich die Absicht, ganz Cape Clifford deinen blendenden Busen zu zeigen?«

Ich nicke.

»Jawohl, mein Lieber! Genau das ist der Zweck der Übung! Und ›ganz Cape Clifford‹ besteht aus ein paar Touristen, dem Zahnarzt, ein oder zwei Gigolos, die es auf die ortsansässigen Rentnerinnen abgesehen haben, und vielleicht dem Postdirektor. Laß die sich doch an meinem berühmten Busen angeilen!«

Dieter trägt weiße Tennisshorts und einen dunkelblauen

Blazer über dem weißen Hemd mit offenem Kragen. Er schmückt sich auch ganz gern mit zwei dünnen goldenen Halskettchen, weil das ›in‹ ist, und zwar trotz meines Widerspruchs. Ich finde, Halsketten wirken an jedem Mann schwul...

Wir setzen uns in das neue Dünen-Buggy, das ich Dieter geschenkt habe, und fahren über den schmalen, holprigen Weg nach Cape Clifford hinüber. Im Hotel wird noch Abendessen aufgetragen, aber die Musik, eine Combo mittlerer Güte und eine ziemlich laut schreiende, aber sehr rassige junge Negersängerin bestreiten das Unterhaltungsprogramm. Ich kann Rock-Musik nicht leiden.

Es riecht muffig im Restaurant, und die Lichtstrahlen des billigen Laser-Systems gehen mir auf die Nerven. Aber nun wird es ausgeschaltet, und die Gäste, das Orchester und Tanzparkett liegen in unerträglich kitschiger, hellila Beleuchtung da. Schade. Das Rot meiner Bluse wirkt nur halb so grell im Schein der Deckenlampen.

Kim hilft beim Servieren. Gwendolyn bestreitet den ganzen Hotelbetrieb mit drei Kellnern und Kim... Wir bestellen bei einem der drei Kellner Nova Scotia-Lachs und Röstbrot als Vorspeise, dazu Sekt. Als Hauptgang werden wir gebackene Seezunge essen. Ich lasse mir, kaum ist der Sektkübel da, ein Glas eingießen und schütte es herunter, als wäre ich am Verdursten, und dabei ist mir noch ziemlich schwindlig von den drei Gläsern Bordeaux, die ich in unserem Sommerhaus getrunken habe.

»Trink nicht soviel, Liebling!« ermahnt mich Dieter. Er hat recht. Und erst jetzt entdeckt uns Kim.

Sie tritt an unseren Tisch, ein Tablett mit Gläsern in der Hand. Im selben Augenblick liebkose ich mit sehr weiblicher und niedriger Berechnung die Hand meines Freundes. Ohne Kim eines Blickes zu würdigen, sage ich laut genug: »Liebling, ich war noch nie so glücklich! War das ein herrlicher Nachmittag! Und wir haben noch die ganze Nacht! Wir müssen doch morgen nicht allzu früh aufstehen. Vor elf fahren wir nicht nach New York zurück!« Ich schaue ihn verliebt an. »Ich liebe dich!«

Dieter nickt, strahlt mich an.

»Ich liebe dich noch mehr, Darling!« flüstert er.

Kim, um die wir uns überhaupt nicht gekümmert haben, läßt das Tablett mit den Gläsern fallen. Die Gläser überschlagen sich auf dem Tanzparkett, neben dem unser Tisch steht, und zerbersten mit lautem Knall. Der Saal ist zwar allerhöchstens halbvoll, doch sind alle Augen auf uns gerichtet.

Und erst jetzt nehmen wir von Kims Anwesenheit Notiz.

»Hallo, Kim!« sagt Dieter. »Tut mir leid, daß du diese teuren Gläser zertöppert hast!«

Er lächelt unschuldig. Ich wußte gar nicht, daß mein Geliebter genauso perfid sein kann wie ich. Offenbar will auch Dieter sich für den Streich rächen, den uns Kim als grinsende Erinnye heute nachmittag gespielt hat.

Kim schaut auf meine Bluse. Auf den geschmacklos tiefen Ausschnitt. Aber das ist es ja. Wenn Marlies von Ritter geschmacklos angezogen ist, dann *weiß* sie es – im Gegensatz zu allen anderen Frauen.

Wird Kim es wagen, meinen Anzug, mein ordinäres Auftreten, öffentlich zu kritisieren? Ich fordere sie ja geradezu heraus!

Kim fixiert mich.

»Na? Möchten Sie etwas sagen?« frage ich das Mädchen.

Kim schweigt.

Ich fahre fort: »Dann haben Sie vielleicht die Güte, Ihre Frau Mutter um eine kleine Unterredung zu bitten. Wo, das überlasse ich Ihnen!«

Und nun ist Kim entsetzt.

»Sie wollen doch nicht etwa... Dieter, bitte, bitte, verrate mich nicht bei Mama! Die weiß ja nicht, daß ich euch beide heute nachmittag in eurem Ferienhaus...«

Sie beendet den Satz nicht. Dafür beende ich ihn.

»Daß Sie uns heute nachmittag in unserem Ferienhaus wie eine ekelhafte Hyäne aufgespürt und belauert haben? Nein. Wir werden Sie nicht verraten. Ich möchte Ihre Mutter nur noch einmal bitten, uns beide fortan als Luft zu betrachten! Ersparen Sie sich auch die Weihnachtskarte! Dieter soll für Sie und Ihre Mutter tot sein, verstanden! Wie ich sehe...«, ich mache eine Kopfbewegung in Richtung der Musiker, »...wie ich sehe, haben Sie ja schon Ersatz gefunden!«

Kim schlägt die Augen zu Boden – die Gäste tanzen und essen, wir werden nicht, oder doch nicht auffallend beobachtet.

»Kein Mensch kann mir meinen Boyfriend ersetzen, Frau von Ritter. Ich liebe Dieter. Ich werde ihn ewig lieben.«

Damit ist sie verschwunden.

Ich tanze mit Dieter, wir drücken uns so heiß aneinander, als hätten wir einander noch nie besessen und müßten vor Begierde vergehen. So ist es ja auch. Vor nur zwei Stunden lag ich nackt in Dieters Armen, und schon wieder verzehrt mich die Sehnsucht nach seinen süßen Küssen.

»Komm, wir wollen nach Hause fahren!« bittet mich Dieter.

»Hast du die Alte vergessen? Ich warte doch nur darauf, daß uns Gwendolyn in ihr Büro bittet...«

Ich nenne Gwendolyn Forrester die ›Alte‹, und dabei ist sie wohl nicht viel älter als ich! Als Siebzehnjährige habe ich geheiratet. Mit achtzehn hätte ich Mutter sein können, und dann hätte ich heute, mit fünfzig plus, eine erwachsene Tochter und auch schon Enkelkinder haben können!

Gwendolyn hat nur eine Tochter. Sie ist ihr Augapfel. Na ja. Bei Licht und nüchtern besehen, muß einem die grauhaarige, mit irdischen Gütern nicht gesegnete Gwen leidtun. Aber... wer sich zu hoch versteigt, stürzt sehr tief! Irgendein Schulmeister oder Apotheker oder in Cape Clifford lebender Tierarzt wird sich wohl noch für Töchterchen Kim finden...

Ich spüre beim langsamen Tango – denn eine neue Tangowelle überflutet das rock-müde Amerika –, daß auch Dieter schon wieder aufs höchste erregt und zu neuen Liebesspielen bereit ist.

Die Musik macht Pause. Eine kleine Tür geht im Hintergrund links auf, und Gwendolyn steht auf der Schwelle. Sie winkt uns mit einer eher demütigen Gebärde, in ihr Büro zu kommen.

»Nur keine Szene!« bittet mich Dieter.

Ich habe meine Rachegefühle schon begraben. Wenigstens für heute. Doch wer A sagt, muß auch B sagen.

Gwendolyn fordert uns auf, Platz zu nehmen. Ich schüttle den Kopf. Wir bleiben beide stehen.

»Was verschafft mir die Ehre...?« fragt die grauhaarige Gwen. Immerhin macht sie heute abend einen gewaschenen und nicht allzu unordentlichen Eindruck, doch das schwarzgraue Stoffkleid macht sie um zwanzig Jahre älter.

»Wir hatten einfach Lust, zu tanzen. Und ich wollte nicht kochen!« sage ich sehr harmlos. Dann werfe ich die zivilisierte Maske ab.

»Um es ganz kurz zu machen – mein Verlobter und ich, wir möchten Sie noch einmal und zum allerletztenmal bitten, uns Ihr Töchterchen fernzuhalten. Kim soll vergessen, daß es jemals einen Dieter Williams in ihrem Leben gab. Ich habe, wie Sie wohl nicht vergessen konnten, etwas springen lassen. Man kriegt nicht alle Tage zehntausend Dollar hingeblättert... als Schmerzensgeld«

Gwendolyn faltet die Hände mit einer Gebärde der Ergebenheit. »Ich weiß es zu schätzen! Und Kim ebenfalls!«

»Um so besser!« sage ich mit großem Nachdruck. »Wie Sie wissen, haben wir ziemlich nahe von Cape Clifford ein kleines Sommerhaus. Wir möchten dort ungestört sein. Der Bungalow hat nicht einmal ein Telefon.«

»Ich wüßte nicht, was mich das angeht, Frau von Ritter!« sagt Gwendolyn. »Sie haben einen guten Kauf gemacht. Die Grundstückspreise steigen in unserer Gegend von Woche zu Woche, und bald wird sich das idyllische Cape Clifford in ein zweites Atlantic City verwandeln... Aber ich darf Ihnen versichern, daß Sie sich vor uns nicht zu fürchten brauchen. Meine Tochter und ich, wir sind mit Herrn Williams fertig!«

Ich hätte der unverschämten grauhaarigen, ungepflegten Person am liebsten die Augen ausgekratzt. Und dabei war ich an dieser allerletzten Auseinandersetzung schuld!

»Hörst du, Liebling, was die Dame gesagt hat? Wir, du und ich, müssen uns vor ihr und ihrem Töchterchen nicht *fürchten*! Also, sperren Sie die Ohren gut auf, meine Liebe! Sollten Sie oder Ihre Tochter uns je im Leben belästigen, so kriegen Sie's mit unseren Anwälten zu tun. Die haben ihre Verbindungen. Wir kennen auch den Bürgermeister von Cape Clifford sehr gut. Und den Ministerpräsidenten von New Jersey. Wenn Sie uns nicht in Frieden lassen, so können Sie Ihre Bruchbude bald zumachen!«

Gwendolyn steht da wie ein begossener Pudel. Ich bin reich. Ich bin die Stärkere. Ich habe ihr das präsumptive Schwiegersöhnchen ausgespannt. Ich kann sie zugrunderichten, wenn es mir paßt!

Ich hake mich bei Dieter ein, strahle ihn verliebt an. Zu dieser Situation würde ein altmodisches Abendkleid aus starrem Taft mit Schleppe passen. Dann könnte Marlies, die Königin, die Bestie, mit zurückgeworfenem Kopf majestätisch hinausrauschen. Mein Abgang ist auch so sehr theatralisch. Leider ist mein Leder-Minirock so eng, daß meine Schenkel beim Gehen aneinanderkleben...

Endlich stehen wir draußen, unter freiem Himmel.

»So, das wär's, und nun Schwamm über das Kapitel Kim und Gwendolyn!« rufe ich fröhlich aus und hole tief Atem.

»Daß du so ein Biest sein kannst, hätte ich dir nie zugetraut, meine Süße!« sagt Dieter lachend. Wir klettern in unseren Dünen-Buggy und sind zehn Minuten später wieder zu Hause in unserem Bungalow.

Dieter forscht sehr intensiv in meinen Zügen, während wir uns ausziehen.

»Das Selbstbewußtsein und die Herrschsucht deiner Wagner-Heldinnen hat entschieden auf dich abgefärbt!« sagt er dann. »Fehlt nur noch der Speer. Die Walküre spielt mit den gewöhnlichen Sterblichen!«

»Hast du etwa Angst vor mir?« frage ich meinen Geliebten und nehme seinen Kopf zwischen beide Hände. Wir haben uns eine Ewigkeit nicht geküßt. Mindestens drei oder vier Stunden sind seit unseren letzten heißen Umarmungen vergangen.

»Mir kann nichts mehr passieren!« sagt Dieter. »Du hast mir den Liebestrank gereicht. Damals, in der Grotte. Du hast mich vergiftet und zu deinem Sklaven gemacht. Mir bleibt nichts übrig, als dich zu lieben und mich, so oft es geht, für diese Liebe an dir zu rächen.«

»Dieterlein, dann wollen wir ja beide dasselbe! Auch ich spüre immer wieder den Drang, mich an dir zu rächen. Dich dafür zu bestrafen, daß ich dich so irrsinnig liebe!«

Später, im Bett, sagt Dieter noch: »Jede andere Frau hätte Angst, daß Hochmut vor den Fall kommt. Aber für Marlies von Ritter gibt es nur ein höher, noch höher, noch höher... du machst nicht einmal bei den Sternen halt, nicht wahr, mein Liebling?«

Wir kennen uns noch kein ganzes Jahr, und Dieter scheint schon sehr gut Bescheid über mich zu wissen.

Seither sind fünf Jahre vergangen. Wir sind seit viereinhalb Jahren miteinander verheiratet.

Damals, in jener Nacht, die ich nicht vergessen habe, weil sie dem ekligen Auftritt mit Kim, die unser Haus umstrich und uns beim Küssen beobachtete, folgte..., damals, als wir uns auch von der Szene mit Gwendolyn – an der nur ich allein schuld war – erholten, schlief Dieter, tief in mir ruhend, ein. Ich bekomme keine Luft. Er liegt, wie ein schwerer Baum, ein kolossaler junger Riese, auf mir. Ich bin aus mehr als einem Grunde befriedigt. Ich bewege mich nicht, um den tiefen Schlaf des geliebten Wesens nicht zu stören.

Jetzt sind wir die beiden Störenfriede, die junge und die alte Hexe, für immer los. Dessen bin ich gewiß. Ich habe der primitiven Hotelwirtin ganz schön Angst eingejagt. Hinausgeworfen haben wir die beiden, sie schachmatt gemacht! Raus sind sie aus unserem Leben, raus mit Schaden!

Nun ja... zehntausend Dollar sind in Anbetracht meiner dicken Bankkonten und meines Reichtums überhaupt, meiner Häuser und Wertpapiere, ein ganz kleiner Schaden für die Kammersängerin Marlies von Ritter. Einen solchen Hinauswurf, zuzüglich eines kleinen Bargeldopfers, darf sich Marlies von Ritter leisten!

Hätte sich Dieter etwas energischer für seine ehemalige Jugendfreundin oder Kameradin, die todsicher viele Male mit ihm schlief, eingesetzt und mehr Geld gefordert, so hätte ich seinen Wunsch erfüllt. Vielleicht kommt das noch..., aber bisher schwieg Dieter, er ließ mich handeln, übernahm nur die Aufgabe, den beiden Weibern meinen Scheck auf den Tisch zu legen.

Eine schreckliche Gewitternacht. Ich habe in meiner Penthouse-Wohnung im 20. Stock eines Wolkenkratzers auf der

Fifth Avenue den ganzen Nachmittag mit Ingrid geübt. Dieter ist für zwei, drei Tage nach Kansas zu seinen Eltern geflogen, dort wird irgendein Hochzeitstag oder Namenstag von Tante Sowieso gefeiert. Ich hatte nichts dagegen. Ich binde Dieter nicht an. Er darf nie das Gefühl haben, an mich gekettet zu sein! Solche Gedanken erlaube ich mir nur theoretisch – ich würde meine Lust, ihn zu versklaven, aber niemals in die Wirklichkeit umsetzen.

Ich bin allein, das Stubenmädchen hat Ausgang, die Köchin kommt um vier und geht um zweiundzwanzig Uhr nach Hause. Ich fürchte mich vor dem Gewitter.

Warum bin ich nicht mit einem kleinen Suitcase hinüber in meine Stadtvilla, in die 60. Straße, Central Park West, gefahren? Dort habe ich zwar den ersten Stock vermietet, meine Parterrewohnung steht aber immer Dieter und mir zur Verfügung. Ein Dienstmädchen macht dort täglich sauber, und der riesige Kühlschrank ist immer mit guten Dingen gefüllt. Dort, in der Parterrewohnung, hätte ich keine solche Angst vor den schrecklichen Blitzen, die vom Himmel herunterzukken. Ich habe im Schlafzimmer die Vorhänge zusammengezogen und die Jalousien herabgelassen, doch blitzt es so grell, daß das geräumige Zimmer in Tageshelle daliegt. Das schwefelgelbe Licht dringt durch die Gardinen, durch die Ritzen in den Jalousien. Drüben, auf der Weltseite Manhattans, gehen die Fenster unserer Stadtvilla in der 60. Straße auf den Patio, den blumenbestandenen Innenhof. Dort würde mich das tolle Sommergewitter nicht so entsetzlich stören.

Ich kann nicht schlafen.

Ich werde mich im Bad verstecken.

Warum mußte Dieter ausgerechnet heute für drei Tage nach Kansas fliegen? – Nun, bald ist die Nacht überstanden. Morgen schlafe ich wieder in den Armen meines Geliebten. Nach der Vorstellung. Ich trete morgen als Elsa im Lohengrin auf. Dieter hat versprochen, am frühen Nachmittag am John F. Kennedy-Flughafen einzutreffen, mein Chauffeur holt ihn ab. Das hätte sich der kleine Schnulzensänger aus Kansas und Cape Clifford nicht träumen lassen – daß ihn der Chauffeur Marlies von Ritters abholen würde und daß er die Wahl haben wird, in einer luxuriösen Stadtvilla oder einem noch verschwenderischer ausgestatteten Penthouse mit drei Badezimmern und Ankleideräumen und einem eigenen ›Gym‹, einem Fitness-Saal mit allen Schikanen, zu wohnen! Dieter hat fabelhaftes Glück gehabt.

Und ich? Habe nicht auch ich fabelhaft Glück mit dem jungen nordischen Gott gehabt? Macht er mich nicht wieder ganz jung? Wurde ich nicht in seinen Armen, an seinem Mund buchstäblich neugeboren?

In wenigen Jahren, vielleicht schon in ein paar Monaten, wird Dieter Williams Name am Opernhimmel genau so hell leuchten wie meiner. Er studiert den Lohengrin, in sechs Monaten will er so weit sein, in der Oper debütieren zu können. Und ich werde selbstverständlich die Elsa singen. Dieter darf mit keiner anderen Sängerin auftreten. Doch, ich gönne ihm nur eine ›fremde‹ Eva, denn für die Rolle der Eva in den Meistersingern ist meine Stimme zu dramatisch.

Bald wird man Dieter nicht mehr spöttisch ›Mr. Marlies Williams-Ritter‹ nennen. Wir werden die Rollen im Leben vertauschen. Ich werde ›Marlies Williams‹ sein, und nicht mehr ›Marlies von Ritter‹.

Hoffentlich hat das Flugzeug aus Kansas City morgen keine Verspätung! Ich singe doppelt so gut, wenn Dieter in der Proszeniumsloge sitzt. Oder in der ersten Parkettreihe. Ich brauche das Fluidum, das er ausstrahlt. Die stumme Befeuerung. Meine eigene Liebe zu ihm und seine große Liebe zu mir befeuert mich. Und wenn ich erst als seine Partnerin auf der Bühne stehen werde, neben dem Geliebten, auf der Bank sitzend im dunklen Garten... in Tristan und Isolde... Doch das wird erst in vielen Jahren sein, soweit ist Dieter Williams noch lange nicht..., wenn ich die Elsa singe und er den Lohengrin, so werde ich nicht nur die glücklichste Frau sein, die heute auf der Welt lebt und atmet; ich werde die glücklichste Frau sein, die überhaupt je gelebt hat!

Und ausgerechnet heute nacht, bei Blitz und Donner, ist Dieter nicht bei mir! Ich werde aus dem Bett kriechen und mich im Bad verstecken, das hat nur ein Fenster auf den Hof, dort sieht man die Blitze nicht.

Ich muß schlafen. Man darf es morgen meiner Elsa nicht

anmerken, daß sie aus Gewitterfurcht eine schlaflose Nacht verbracht hat.

Ich hatte heute keinen Alptraum.

Dieters Flugzeug hat keine Verspätung. Es landet ausnahmsweise ganz pünktlich, und Dieter liegt in meinen Armen. Zu Hause angekommen, erzählt mir Dieter von dem gemütlichen Familienfest zu Ehren seiner Großtante Emily, die hatte ihren ... zigsten Geburtstag. Oder Namenstag. Ist ja egal! Ich hatte noch keine Zeit, die ausgedehnte Verwandtschaft meines Mannes kennenzulernen.

Mein Geliebter, mein verliebter Ehemann will mich ins Bett tragen.

»Ich muß dich von oben bis unten abküssen!« jammert er. »Ich halt' es nicht mehr aus!«

»Aber Liebling, ich trete in vier Stunden in der Oper auf, ich muß fort! Was glaubst du, wie lange das Schminken und Ankleiden dauert? Du sollst doch Ingrid und Albert abholen, ihr sitzt in der Proszeniumsloge links!«

Dieter läßt mich nicht los.

»Liebling, ich kann mich nicht auf meine Elsa konzentrieren, wenn du nicht sofort Ruhe gibst!« sage ich.

»Zwei Tage und zwei Nächte ohne dich sind zuviel! Nein, drei Tage waren es...«

»Wer war schuld daran, Dieter? Ich oder der verflixte Geburtstag deiner Tante Emily?«

Dieter überschüttet mich noch einmal mit wilden Küssen. Dann schiebt er mich von sich.

»Okay. Du hast recht. Ich darf dich nicht kaputtmachen. Wir haben ja nachher die ganze Nacht. Oder hast du etwa die Absicht, dich von deinen Kollegen in irgendein Nobellokal mitschleppen zu lassen?«

»Nein, nein, mein Schatz! Wir fahren gleich nach dem letzten Vorhang nach Hause. Wenn du Lust hast, können wir heute auf der Westseite, in unserer Stadtvilla, übernachten. Dort gibt es nämlich Kaviar. Die Elly« – das war unsere Köchin – »rief vorhin an, sie hat dem Stubenmädchen beim gründlich Reinemachen geholfen und dann ein prima Gulasch gekocht, für den Fall, daß wir nach der Vorstellung etwas Herzhaftes essen wollen. Also, wo schlafen wir heut nacht? Im Penthouse oder in der Villa?«

»Dort, wo das Gulasch duftet!« sagt mein Mann.

Wir fahren in die Oper. Ich setze Dieter unterwegs vor Ingrids Haus ab, auch Albert kommt dorthin, und dann folgen uns die drei zur ›Met‹.

Der Abend wird ein großer neuer Triumph für Marlies von Ritter. Meine Elsa ist, wie die Kritiker einmütig schreiben, die ideale Apotheose der liebenden Frau, hochdramatisch im Spiel, strahlender, leuchtender denn je in der stimmlichen Gestaltung.

Dieter hört nach dem letzten von fünfzehn Vorhängen nicht auf, wie toll zu applaudieren und »Bravo! Bravo!« zu rufen. Er klatscht so hartnäckig, daß sich zuerst zehn, dann dreißig, dann hundert Zuhörer, die das Parkett noch nicht verlassen haben, anschließen. Der Applaus wächst noch einmal zum Orkan. Ich muß mit meinem Partner, einem ziemlich mittelmäßigen Tenor, zum sechzehnten-, dann zum zwanzigstenmal vor dem Vorhang erscheinen.

Dieter ruft ganz ungeniert zur Bühne hinauf: »Marlies! Marlies! Hoch Marlies!« Ich bin restlos glücklich. Mein künstlerischer Erfolg macht mich unbändig stolz, noch glücklicher aber macht mich diese öffentliche Liebeserklärung meines jungen Ehemannes. Schaut her, wie er mich liebt! Beneidet mich darum, daß Dieter Williams so stolz auf seine Frau ist!

Es folgt eine der stürmischsten und herrlichsten Liebesnächte, die ich je mit meinem Abgott erlebt habe.

Diesmal habe ich alle Blumen, oder beinahe alle, mit nach Hause genommen. Sonst lasse ich die Blumenkörbe oft achtlos auf der Bühne stehen, oder ich bitte meine Garderobiere, sie zu verteilen. Auch an das nahebei gelegene Kinderhospital schicke ich oft Blumenspenden. Diesmal aber haben Dieter und ich zusammengerafft, was wir tragen können, und mindestens zehn Körbe in unserer Limousine untergebracht. Wir wollen in der Stadtvilla übernachten und sie in einen duftenden Blumengarten verwandeln.

Die Rosen- und Nelkendüfte sind, nachdem wir zehn Vasen mit der Pracht gefüllt haben, so stark, daß wir alles im

Wohnzimmer, in der Diele und im Patio unterbringen müssen. Bei so schweren, schwülen Düften kann man nicht gut schlafen.

Wir lieben unsere kleine ›Brownstone‹-Villa, eine alte, geschmackvolle Stadtvilla auf der Westseite Manhattans, die aus dem typischen kakaofarbenen braunen Kunststein erbaut wurde. Das Haus ist mindestens hundertzwanzig Jahre alt, dreistöckig. Ein Millionär ließ es im 19. Jahrhundert bauen. Es hat einen geräumigen Innenhof, einen ›Patio‹, mit farbigen Steinplatten ausgelegt. Wir frühstücken gern im Freien. Ich habe hier einen kleinen Springbrunnen anlegen lassen.

»Liebling, du warst heut' abend herrlich!« versichert mir mein Mann zum hundertstenmal.

Wir haben im Hof, unter dem Zypressenbaum, mit großem Appetit Gulasch gegessen und Sekt getrunken. Außer gutem französischem, deutschem oder ungarischem Wein ist Sekt das einzige alkoholische Getränk, das ich gelten lasse. Dieter trinkt noch weniger als ich, und das finde ich großartig, denn die meisten jungen Amerikaner saufen Bier und haben dann eine scheußliche Fahne, von Scotch und Brandy gar nicht zu reden. Wenn ich diese harten Sachen rieche, wird mir übel.

»Ich weiß, daß ich gut gesungen habe. Und ich sang nur für dich!« sagte ich. »Aber dieser Wallace geht mir auf die Nerven. Der Kerl hat doch keine Stimme mehr!« – Wallace war mein Lohengrin gewesen, und er machte bei der Gralserzählung eine traurige Figur. Vor zehn oder zwanzig Jahren hatte Wallace eine angenehme Stimme gehabt, doch ein echter Heldentenor war er meines Erachtens nie gewesen.

»Paß auf, bald bin ich mit meinem Lohengrin fertig. Albert ist schon heute sehr zufrieden mit mir!« sagt Dieter.

»Liebling, ich bin beschwipst. Ich hab' mindestens vier Glas Sekt getrunken!« klage ich, während ich mich erschöpft an den herrlich nackten Dieter schmiege. Seine Haut ist kühl.

»Ich werde dich schlafen lassen!« erklärt Dieter. Und sofort müssen wir beide lachen. Denn aus dem Schlafen ohne vorherige Küsse und Umarmungen wird niemals etwas. Ich antworte nicht, liege still auf dem Bauch, das Gesicht auf die linke Wange gebettet. Auch Dieter legt sich auf den Bauch, wendet mir das Gesicht zu. Er liegt auf der rechten Wange.

Ich möchte schlafen. Ich bin furchtbar müde. Aber ich kann nicht einschlafen, ohne von Dieter geküßt und geherzt zu werden. Ich schiebe mein Gesicht näher an Dieters Kissen heran. Er hebt den Kopf, wirft sein Kopfkissen mit einem großen Schwung aus dem Bett, legt seinen großen, bezaubernden Kopf auf mein Kissen. Unsere Nasen und Münder berühren sich.

»Gib mir deine Zunge!« bittet mich Dieter.

Ich habe ja nur auf das Signal gewartet. Gierig, ausgehungert und verdurstet schießt meine Zunge zwischen meinen Lippen hervor, zieht die Konturen von Dieters breitem, herrlichem Männermund nach. Ich liebe seine lachsfarbenen schmalen Lippen. Sein Mund ist breit, seine Lippen sind schmal. Das ist ganz nach meinem Geschmack. Ich muß unwillkürlich an meinen Lohengrin, diesen Timothy Peter Wallace denken, der mich am vergangenen Abend auf der Riesenbühne der Oper verzaubern und begeistern sollte. Ohne Schminke und Kostüm sieht Timothy aus wie ein artiger Buchhalter. Zwar ist er ziemlich groß, der Arme ist aber furchtbar kurzsichtig und singt mit Kontaktlinsen in den Augen; es passierte ihm schon mehrmals, daß ihm eine der schlechtsitzenden Linsen mitten in einer Arie aus den Augen fiel. Außerdem leidet er an einem krankhaften Angstkomplex.

»Hoffentlich verliere ich meine Kontaktlinsen nicht mitten in der Gralserzählung!« hatte mir Timothy Peter, ein sehr höflicher und netter Kerl mit einer großen, aber völlig glanzlosen Stimme vor diesem Höhepunkt seiner Rolle zugeraunt. Nichts passierte, doch die Gralserzählung klang in Timothy Peter Wallaces Interpretation so, als berichte ein biederer Handlungsreisender von einer Fahrt nach Chicago und dem Einkauf von Textilien...

»Küß mich, küß mich, küß mich!« bettelt mein Geliebter, mein Mann, mein künftiger Lohengrin.

Ich sauge diesmal, gierig wie ein Blutegel, den ganzen Mund meines Geliebten in meinen Mund, nehme seine Lippen und seine Zunge zwischen meine Zähne, mache Anstalten, das alles, die ganze Herrlichkeit, in meinem Schlund verschwinden zu lassen. Dieter zwickt mich in den Bauch, versetzt mir einen Schlag auf den Rücken.

»Du tust mir ja weh, Liebling!« ruft er, nachdem er seinen Mund aus dem Gefängnis meiner Lippen befreit hat.

»Ich wil dir wehtun! Schadet dir gar nichts, wenn du ein bißchen leidest!« rufe ich lachend.

Er hebt mich hoch, läßt mich auf sich reiten. Der Turm dringt furchtbar tief in mich ein. Es schmerzt. Wie wunderbar wäre es, um dreizehn oder zwanzig Jahre jünger zu sein. Dann hätte dieser Walkürenritt auf der Lanze meines Geliebten einen doppelten Sinn. Eine doppelte Sendung. Nicht nur die des überschäumenden, beinahe untragbaren sinnlichen Genusses, sondern auch den Sinn der Zeugung. Ich beneide alle jungen Ehe- und Liebespaare, die sich vor einem solchen Beisammensein sagen: Wir werden heute nacht ein Kind zeugen. Das Kind wird seinem Vater oder seiner Mutter ähnlich sehen und wir werden in diesem Kind fortleben, wenn wir nicht mehr sind!

Stirbt Marlies von Ritter eines Tages, so wird kein Sohn und keine Tochter ihren ideellen Nachlaß hüten, den Menschen einer neuen Generation von den beispiellosen Leistungen der größten Wagnersopranistin unseres Jahrhunderts berichten können...

Ich seufze tief auf.

»Warum bist du plötzlich so melancholisch?« will Dieter wissen. Sein Gesicht ist schon ganz erhitzt vor Erregung. Er steckt noch immer tief in mir drinnen. Und ich hänge sentimentalen, wenn auch, zugegeben, keineswegs unbegreiflichen Gedanken nach...

»Es ist nichts... nichts... Ich will auch nicht mehr nachgrübeln. Ich will dich nur liebhaben!« flüstere ich.

Ich bin die glücklichste, die beneidenswerteste Frau auf Gottes weiter Welt. Keine Königin, kein Filmstar, keine Nobelpreisträgerin war und ist glücklicher als ich. Ich sonne mich im Zenith meiner Opernlaufbahn, und ich halte den herrlichsten Adam aus Gottes Paradies in den Armen; einen Adam, der gleichzeitig der vielversprechendste Heldentenor unserer Tage ist...

Ich bewege mich ganz, ganz langsam, ich reite auf dem harten, starken Körper meines Geliebten. Mein Liebster, mein junger Mann, hält still. Er liegt mit geschlossenen Augen da, seine Nüstern schwellen an wie bei einem Hengst in sinnlicher Erregung. Erst als Geliebte und Frau des betörendsten Mannes kann ich die Leidenschaft und Wut der Gutrune, den Liebeszwang der Sieglinde, den Drang nach Tod und Verklärung der Isolde begreifen. Und den Sinn des liebenswürdigen, uralten Evergrenns: »Wie hab' ich nur leben können ohne dich...?«

Autosuggestion. ›Marlies von Ritter ist dreißig.‹ Aber diese Vorstellung ist töricht. Dann wäre Dieter Williams ja erst zehn Jahre alt, und man zeugt keine Kinder mit einem Zehnjährigen. Also gut. ›Marlies von Ritter ist siebenunddreißig‹, ihr Geliebter ist siebzehn. Ein siebzehnjähriger Teenager ist schon vollreif, seit gut vier Jahren zeugungsfähig. Ich lasse mich, siebenunddreißig und blendend schön und stark, von meinem siebzehnjährigen Hengst befruchten. Ich reite auf seinem Körper. Ich werde heute nacht schwanger, das spüre ich in allen Knochen. Ich juble. Ich werde meinem Geliebten in neun Monaten ein Kind gebären, und in ein oder zwei Jahren werden wir ganz bewußt und glückselig unser zweites Kind zeugen und dann ein drittes. Dieter Williams muß ein Kind haben. Vielleicht erbt es seine Stimme? Halt, ich bin ja auch noch da, allzu selbstlos darf ich nicht sein! Ob Sohn oder Tochter, unser Kind könnte ja auch mein Gehör und meine Stimme und meine Liebe zur Musik erben! Unsere Kinder werden Wagner- und Strauss-Schwärmer sein, weil wir sie zu Wagner- und Strauss-Schwärmern erziehen werden. Und sollten sie unsere Stimme nicht erben, so können wir doch Musikverständnis und die Liebe zu den größten deutschen Meistern, zu Wagner, Richard Strauss, Bach und Beethoven und Weber und Schubert und Schumann und Händel in ihre Herzen pflanzen.

Walkürenritt auf dem Körper des Geliebten.

Ich will den Augenblick genießen. Man muß jede Stunde mit Dieter genießen. Man darf nicht nachgrübeln. Man darf sich nicht quälen.

»Bist du glücklich?« frage ich meinen Mann. Der kann vor

Erregung überhaupt nicht mehr antworten, er bewegt nur die Lippen.

Er flüstert: »Du herrliches, du gemeines Biest!«

Und ich bewege mich glückstrahlend, auf Dieter reitend, auf und ab. Die meisten Frauen haben es lieber, wenn man sie ›Biest‹ nennt, als einen ›Engel‹. Engel sind so langweilig, wenn sie in Frauengestalt auf Erden wandeln. Selten sind solche Frauen-Engel übrigens auch. Doch ein ›Biest‹ möchte jede Frau sein.

Ich bücke mich, lasse meine Hände unter die prallen Hinterbacken meines Geliebten gleiten, hebe ihn mühsam, denn Dieter ist sehr schwer, zu mir hoch. Ich bewege mich ganz vorsichtig, denn sein Turm darf nicht aus mir gleiten. Ich habe ihn hochgehoben, so wie er mich, die Schwächere, hochzuheben pflegt.

»Du bist so stark wie Brunhilde!« stöhnt mein Mann.

Ich höre auf, mich zu bewegen. Ich will, daß es ihm so kommt – tief in mich versenkt, ohne daß sich eines von uns bewegt. Mein Schoß zuckt. Sein göttliches Glied bebt in mir. Wir verschmelzen miteinander. Diesmal kommt kein Laut über unsere Lippen. Auch ich habe die Augen geschlossen. Es flammt rot hinter meinen Lidern, dann weiß. Ich sehe Flammen. Ich weiß, daß ich mir die Flammen einbilde und ich sehe sie dennoch. Ich bette Dieters Unterleib auf die Matratze, sinke mit ihm auf unser Lager nieder. Wir trennen uns nicht. Mein Schoß zuckt minutenlang, und sein Glied ist noch ganz steif. Wieder kommt mir dieser grauenhafte Gedanke, daß ich jetzt die Kehle meines Geliebten durchbeißen müßte. Dann wäre er, tot, ohne Atem, endlich ganz mein. Und dann könnte ich seine Feuerbestattung anordnen und mit seiner Aschenurne von Land zu Land reisen, endlich vollauf befriedigt, endlich ohne Ängste...

Aber ich sage nur ganz leise: »Du...«, und lasse mich sehr, sehr sachte neben meinen Liebsten gleiten. Dieter schläft schon.

Ich und keine andere durfte ihn befriedigen. So wird es immer sein. Womit habe ich soviel Glück verdient?

Alle anderen Frauen, die meinen Abgott kennen, müssen mich beneiden. Sie müssen mich hassen. Das macht mir

Spaß. Marlies von Ritter ist zu alt, um ihrem geliebten Mann ein Kind gebären zu können, ihr Schoß ist unfruchtbar, und dennoch ist sie das glücklichste Weib unter der Sonne.

Haie. Haie. Haie sind die gefährlichsten Räuber unter den Riesen des Atlantik. Sie sind vielleicht noch gefräßiger und gefährlicher als Barracudas. Ein großer weißer Hai stellt an Freßgier alle anderen Bewohner der Weltmeere in den Schatten. Haie verschlingen buchstäblich alles mit Haut und Haar. Sie verschlucken auch leblose Gegenstände.

Im Magen der Haie findet man häufig unverdaute Tauchermasken und Gummianzüge. Und Menschenknochen. Und Menschenknochen.

In früheren Jahrzehnten kamen die Haie aus irgendwelchen Gründen nicht so nahe an die Badestrände bei New York und New Jersey heran wie heute. Niemand weiß genau, woran das liegt. Die Haifischfänger sind ja auch so rücksichtslos, werfen ihre Köder, blutige Fleischbrocken, in Sichtweite der Badenden ins Meer. Hochseefischer, vor allem aber die Amateure, können sich damit brüsten, einen Sandhai oder Hammerhai oder, wenn ihnen das Glück besonders hold ist, einen großen Weißen gefangen zu haben.

In der stillen Bucht bei Cape Clifford, wo wir so oft tauchten, gab es noch nie Haifisch-Alarm. Nur ein einzigesmal – und da war es schon zu spät. Wenn wir dort tauchten und Seeigel, Seesterne und ab und zu auch Austern erbeuteten, fühlten wir uns sicher. Seit Menschengedenken hat sich kein Hai in die stille, mit wunderbar klarem Seewasser gefüllte Bucht verirrt.

Doch es gibt immer Ausnahmen.

Wenn sich beispielsweise ein Ertrinkender an einem Felsbrocken verletzt und sein Blut ins Wasser strömt, genügt diese rote Spur und der Blutgeruch, einen Hai in großer Entfernung zu alarmieren. Haie riechen Blut kilometerweit. Es ist durchaus möglich, daß ein Menschenfresser aus der Familie der Haie in großer Entfernung das Blut riecht, alarmiert wird und herbeigeschwommen kommt.

Ob die Beute noch lebt oder schon tot ist, darum kümmert sich der dreiste Angreifer wenig.

Ein Hai zieht Kreise, wenn er seine Beute aufgespürt hat. Immer engere Kreise. Immer engere Kreise. Und dann beißt er zu. Verschlingt sein Opfer mit Haut und Haaren. Tot oder noch lebendig. Alles Anorganische, was diesem Opfer anhaftet – Kleidung, Taucherbrille, Gummiflossen – verschlingt der Hai dazu. Er verdirbt sich an keinem Gummianzug den Magen. Vor so einem dreisten, mit mächtigen und grauenerregenden Zahnreihen bewaffneten Menschenfresser gibt es keinen Schutz. Höchstens einen stählernen Käfig. Doch damals waren wir nicht in schützenden Käfigen getaucht, wir trugen nur unsere Gummianzüge.

Es muß ein schrecklicher Tod sein, bei lebendigem Leib von einem Hai gefressen zu werden. Das Schicksal meint es gut mit einem, wenn der Hai einen bereits Toten oder eine Tote verschlingt.

Acht Monate nach der Sturmnacht, nach der Tornadokatastrophe in New Jersey, haben wir geheiratet, Dieter und ich. Mama lud mehr als zweihundert Gäste in ihr sehr großes, altes, gediegenes Herrenhaus nach Washington ein. Es ist zweihundert Jahre alt und wurde durch neue Anbauten vergrößert, der vornehme Kolonialstil wurde aber auch bei den Neubauten sorgfältig gewahrt. Das Haus hat zwanzig Zimmer und einen Saal, Erker, ein Portal mit Säulen links und rechts vor der wahrhaft fürstlichen Auffahrt. Man hat das Gefühl, in einem europäischen Schloß zu Gast zu sein. Ein riesiger Park erstreckt sich hinter dem Haus, und der große Vorgarten ist mit zwei Springbrunnen, Taxushecken und einer Fülle von sorgfältig abgezirkelten Blumenbeeten geschmückt.

Diese Pracht war nicht etwa Mamas Mitgift, nein, das alles gehörte dem Senator, er hatte das Anwesen von seinen Vorfahren geerbt. Außerdem besaß er noch ein Gut in Virginia und einen Rennstall. Mama hat mit ihrem zweiten Mann, meinem Stiefvater, wirklich fabelhaft geheiratet. Sie war nicht mehr die Jüngste, als der damals noch aktive Bundessenator aus Georgia um ihre Hand anhielt. Stiefvater Jonathan trug und trägt meine Mama auf Händen, und mich liebt er zärtlich. Er findet, Mama sei so gebildet, so ›continental‹. Auch Mamas Charme findet er ›continental‹ (die Vorfahren meiner Mutter kamen aus Bayern und Österreich), ihre Musik- und Sprachkenntnisse imponieren Jonathan nicht wenig. Zum Überfluß hat Mitzi, so heißt meine Mutter, dann auch noch eine berühmte Tochter, nämlich mich. Leider ist Stiefpapa Jonathan bisher noch bei jedem meiner Konzerte, die er mit Mama besuchte, und auch in der Oper eingeschalfen, denn zu Richard Wagner und Richard Strauss hat er kaum Beziehungen, doch schiebt er sich selbst die Schuld zu und spielt nicht etwa den Überlegenen.

Jonathan versuchte genau wie Mama, mich von meinen Heiratsabsichten mit Dieter abzubringen, und beide gaben ihre Versuche bald seufzend auf.

»Ein jeder ist seines Unglücks Schmied!« erklärte Mama kurz und bündig, in drastischer Abwandlung des Sprichwortes.

Ich lachte, küßte meinen Verlobten, der, ebenfalls lachend, danebenstand, und dann umarmten wir uns alle und Mutter und Stiefvater machten uns bald die Eröffnung, daß der Hochzeitsempfang nach der Trauung in einer kleinen, reizenden Vorortkirche im Hause des Ex-Senators stattfinden sollte.

Es wurde ein rauschendes Fest, zu dem aus der ganzen Welt Gäste herbeiströmten. Leider stellten sich auch die Medien ein, die Fernsehfritzen gab sich alle erdenkliche Mühe, das verschwenderisch ausgestattete Buffet zu plündern, sie taten sich an Sekt und Scotch und den feinsten Weinen gütlich, und wir wurden ununterbrochen fürs Fernsehen gefilmt und für deutsche, französische und englische Magazine geknipst.

»Kann man diese gefräßige und zudringliche Meute nicht irgendwie loswerden?« fragte mein Stiefvater Jonathan, während zweihundert Gäste oder noch mehr im Park spazierengingen, auf dem Tanzparkett, das Jonathan eigens zu unserer Hochzeit hatte bauen lassen, nicht nur im Rock 'n' Roll-Takt Zuckungen vollführten, sondern auch zauberhafte Wiener Walzer und Tangos tanzten. Ich legte mit Dieter sogar einen feurigen Csárdás hin, meine Mutter hatte mir diesen paprizierten ungarischen Nationaltanz beigebracht, als ich noch ein Teenager war. Und Dieter lernte schnell. Bald bildet sich ein Kreis um uns, das Orchester spielte vom Blatt die besten Nummern aus der ›Csárdásfürstin‹, und die Stimmung wurde sehr ausgelassen. Als es dunkelte, brannte Jonathan mit ein paar Freunden am äußersten Rande des Parks, der an den Wald grenzte, ein Feuerwerk ab.

Wir erlebten die Höhepunkte des Festes dann noch gegen Mitternacht, als Zuschauer, vor dem Fernsehapparat im Salon sitzend, denn das ›Dritte Programm‹ hatte alles für die Abendschau gefilmt. Schließlich gehörten wir zur Prominenz – vor allem der frühere Senator und Millionär Jonathan und seine Stieftochter, die gefeierte Wagner-Sopranistin Marlies von Ritter.

Mama strahlte. Mama war wunschlos glücklich, das sah ich ihr an. Und Mama küßte meinen jungen Ehemann, Dieter, mehrmals ganz öffentlich auf beide Wangen! Offenbar hatte Dieter meine Mutter restlos erobert!

»Ich kann dich endlich verstehen!« raunte mir meine Mutter später unter vier Augen zu. »Der Junge ist wirklich unwiderstehlich! Und wenn es dir dann noch tatsächlich gelingen sollte, aus dem Dieter einen Heldentenor zu machen... Ich meine, dir und den besten Lehrern – dann hast du den Vogel abgeschossen. Eines sage ich dir, Marlies, Darling. Deine Mutter ist eine fabelhafte Menschenkennerin. Dieser Junge hat es nicht auf dein Geld abgesehen. Und auf deinen Ruhm. Der will sich nicht auf deinen Lorbeeren ausruhen. Der ist bis über beide Ohren in dich verliebt. Und wie verhält sich dieses... Bettelpack?«

»Meinst du das junge Mädchen, Kim, und ihre Mutter?«

Ich hatte Mama selbstverständlich in Dieters durchaus nicht skandalöse ›Vergangenheit‹ und in seine Beziehungen zu der kleinen Kim eingeweiht.

»Wie die sich verhalten? Also, Mama, ich hatte vor ein paar Tagen die größte Überraschung meines Lebens. Stell dir vor, Kim schrieb mir einen sehr, sehr netten, beinahe unterwürfigen Brief. Sie hatte natürlich von unseren Heiratsplänen erfahren, alle Magazine brachten ja die Nachricht, und die Fernseh-Moderatoren meldeten auch, daß der festliche Empfang bei dir und Jonathan stattfindet. Und – halte dich fest! Kim wünschte mir und ihrem Ex-Beau alles erdenkliche Glück! Ihre Mutter schloß sich in ein paar handgeschriebenen Zeilen den guten Wünschen ihrer Tochter an.

»Du, ich habe den Verdacht, daß dieser Korb mit drei Dutzend roter Rosen von Kim und ihrer Mutter Gwen stammt!« sagt Mama nach diesem Gespräch und zieht mich in die Diele. »Ich hatte in dem Rummel ganz vergessen, dir alle Blumensträuße und Körbe zu zeigen, die für euch abgeliefert wurden. Und dieser Korb kam von einem Blumenhändler in Cape Clifford, New Jersey. Kennst du sonst noch jemand dort, Marlies? Es lag kein Kärtchen bei!«

Ich stecke mein heißes Gesicht in die dunkelroten Rosen und hole dann Dieter, denn die Rosen gehören doch auch ihm! Vielleicht – vor allem ihm, falls sie wirklich von Kim und Gwendolyn stammen.

»Dieter«, sage ich. »Also, ich bin platt! Daß zwei Menschen so schnell ihr Verhalten ändern können wie diese boshafte Kim und ihre reichlich primitive Mutter! Man lernt halt nie aus! Übrigens frage ich mich, wieso die plötzlich die Spendierhosen angezogen haben! Vielleicht machen sie im Hotel einen guten Umsatz!«

Ich schmiege mich an Dieter. Der schüttelt ungläubig den Kopf.

»Ich bin erschlagen...«, sagt er. »Aber weißt du, die beiden Frauen sind vielleicht gar keine so argen Bestien, wie wir's vermutet hatten. In einer heiklen und komplizierten Situation legen die schlichtesten Gemüter oft eine bewundernswerte Seelengröße an den Tag!«

»Man könnte auch sagen«, füge ich maliziös hinzu, »man könnte auch sagen, daß die beiden Damen inzwischen festgestellt haben – aus Marlies von Ritter kann man kein Geld mehr herausholen, aber vielleicht schickt sie einem Kundschaft ins Hotel, wenn man sich nett und zuvorkommend benimmt. Voilà!«

Leider können wir den Rosenkorb nicht mit nach New York nehmen. Der ganze Blumensegen bleibt in Mamas und

Stiefvaters Haus, denn morgen treten wir unsere Hochzeitsreise durch die schönsten amerikanischen Naturschutzparks und ein paar Großstädte an. Vielleicht fliegen wir auch nach Europa. Wir wollen nicht haargenau planen, so ist es viel interessanter. Auch nach Kansas müssen wir einen kurzen Abstecher machen, ich kenne die neue Farm noch nicht, die sich Dieters Eltern für mein Geld gekauft haben.

Ja, wir sind eines der neuverheirateten Ehepaare, die ihre Hochzeitsreise nicht gleich nach dem Dinner, sondern erst am Morgen oder Vormittag nach der Hochzeitsnacht antreten. Wir wollen unsere Hochzeitsnacht dort verbringen, wo wir schon einmal unvergeßliche, kurze und schrecklich aufregende Liebesstunden verbracht haben... in dem kleinen, unheimlich geschmacklosen, aber gerade darum amüsanten, wundervoll im Tannenwald versteckten indischen Motel bei Washington.

Aber diesmal hatten wir mit dem ›Bombay Motel‹ telefoniert und das schönste Zimmer bestellt! Es gab sogar ein Honeymoon-Apartment... das jetzt auf uns wartet.

Wir werden nach der Hochzeitsnacht in Mamas Haus zurückkehren, die Koffer für die Hochzeitsreise packen und dann mit meinem neuen Cadillac losfahren.

»Eigentlich hätten wir Gwendolyn und Kim nach dem Empfang dieses versöhnlichen Briefes zu unserer Hochzeitsgesellschaft einladen können!« sage ich, während ich mit meinem Mann einen ausgesprochen ›schwülen‹ und leicht persiflierten Tango tanze. Ich liebe den Tango-Rhythmus, der Tango ist und bleibt der sinnlichste aller Salontänze.

Dieter schüttelt den Kopf und beugt gleichzeitig meinen Oberkörper ganz tief nach hinten. Er ist so schön, daß es mich schmerzt. Alle Frauen begehren Dieter. Alle Frauen stellen ihm nach. Von dieser fixen Idee lasse ich mich nicht abbringen.

Dieter fährt beim Tanzen fort (ich habe mich inzwischen wieder aufgerichtet): »Nein, ich glaube, wir dürfen den Bogen nicht überspannen. Von einem intimen oder auch nur lebhaften freundschaftlichen Verkehr zwischen uns und meinen beiden ehemaligen – hm – Brötchengeberinnen kann nicht die Rede sein. Immerhin finde ich es famos von den beiden Damen, uns einen netten, versöhnlichen Brief zu schreiben und dann auch noch anonym so prachtvolle Rosen zu schicken. Glaub mir, das kostete Gwen und Kim eine nicht geringe Selbstüberwindung! Aber daß Mutter und Tochter dann auch noch als unsere Festgäste zuschauen, wie glücklich wir miteinander sind..., also nein. Das wäre ausgesprochen roh von uns. Und darüber hinaus reichlich geschmacklos.«

»Dieter, Liebling, du hast wieder einmal recht. Du bist um Jahre reifer und klüger als ich!«

Tatsächlich fühle ich mich bisweilen neben Dieter wie ein Baby. Wenn es gilt, die Dinge des Alltags nüchtern zu beurteilen, ist mir Dieter haushoch überlegen.

Längst haben unsere Gäste wieder einen Kreis um das Tanzparkett gebildet. Sie klatschen im feurigen Tangotakt in die Hände. Ich schalte eine Tanzpause ein, ich küsse Dieter, ich bleibe an seinen Lippen hängen. Vier, fünf Fernsehkameras sind auf uns gerichtet. Unsere Lippenpaare können nicht voneinander lassen. Die Umstehenden applaudieren noch enthusiastischer.

Wie schon so oft, schlendere ich auch heute – unsere Hochzeit liegt etwa zwei Jahre zurück – nach einer anstrengenden Aufnahme im Schallplattenstudio allein über die Fifth Avenue. Es ist ein herrlicher Frühlingstag. Ich bin todmüde. Dieter probt in der City Center Oper.

Ich werde von ein paar Touristen erkannt, ein Junge, dem Aussehen nach Student, bittet mich um ein Autogramm. Allerdings wird eine international berühmte Opernsängerin nie so populär und von den großen Massen umschwärmt sein wie etwa Madonna oder Diana Ross!

Ich möchte mich ausruhen. Ich liebe solche einsamen Spaziergänge, mitten im Großstadtgewühl, man kann sich hier so herrlich absondern und ist doch nie allein. Ich strebe einer der reizvollsten Oasen im Herzen von Manhattan zu, wo es ja viele hübsche Miniparks und künstlich angelegte Wasserfälle mit Bänken davor gibt. Mein Ziel ist die Fußgängerzone im Rockefeller Center mit ihren Beeten und terrassenförmig angelegten Wasserbecken. Beständig wechselt der Blumenschmuck. Diesmal blühen Lilien und Tulpen, und die Gärtner haben junge Birken gepflanzt, deren zarte Blätter im Wind zittern. Ich atme auf. Die Luft ist hier, in einer der vielen Oasen im Wolkenkratzermeer, würzig und frisch. Alle Bänke sind besetzt, Kinder spielen und füttern die Goldfische mit Brotkrumen.

Meine Augen wandern im Kreise. Eine junge Frau, die auf einer ziemlich weit von mir entfernten Bank sitzt, fesselt mein Interesse. Ich sehe ihr Gesicht im Halbprofil. Sie kommt mir sehr bekannt vor.

Nein. Das kann doch nicht sein! So eine Ähnlichkeit ist geradezu gespenstisch! Träume ich oder wache ich? Vielleicht bilde ich mir die Ähnlichkeit nur ein!

Jetzt dreht die fremde Frau den Kopf, ich sehe ihr ganzes Gesicht. Ich schreie laut auf. Ich springe von der Bank auf... sinke dann wieder nieder, schlage die Hände vors Gesicht.

Ein kleines Mädchen, das auf meiner Bank saß und mit seinem roten Spielzeugauto beschäftigt war, streichelt mich und fragt: »Was fehlt dir, Tante?«

Die Mutter zieht das Knd von mir weg.

Ich schüttle den Kopf, versuche zu lächeln: »Nichts fehlt mir, Darling. Gar nichts!«

Ich schaue nicht mehr in Richtung der fremden Frau, die mir einen derartigen Schrecken eingejagt hat. Die Mutter des Kindes fragt: »Ist Ihnen nicht wohl? Ich habe eisgekühlten Tee in meiner Thermosflasche. Darf ich Ihnen ein Glas anbieten?«

Dankbar schlürfe ich den kalten, ungesüßten Tee.

Und nun wage ich es, wieder dorthin zu schauen, wo...

Ich sehe nichts. Dort sitzt ein älteres Ehepaar, das einen Reiseführer studiert. Die beiden sprechen französisch. Keine Spur von dem jungen Mädchen, dessen Anblick mich vorhin so erregte. Ist sie aufgestanden und weggegangen? War sie gar nicht da?

Ja. So wird es wohl gewesen sein. Sie war nie da. Sie lebt nur in meiner Fantasie. Ausgeburt meiner idiotischen Selbstquälerei. Als ob ich etwas dafür könnte, daß...

Nein, nein. Ich habe geträumt. Ich habe Wohnvorstellungen. Auf dieser Bank saß vielleicht ein Mädchen, irgendeine Fremde. Es gibt verblüffende Ähnlichkeiten, gewiß. Warum soll es sie nicht geben? Doch wenn mir jeder blonde Scheitel und jede knabenhaft schlanke Gestalt Gewissensqualen bereiten sollte, müßte ich gleich ins Wasser springen. So kann man nicht leben. So kann man – vor allem – nicht arbeiten!

Marlies, du wirst hysterisch. Oder verrückt.

Ich verabschiede mich dankbar von Mutter und Kind und gehe langsam über die Fifth Avenue nach Hause.

»Komm bald wieder, Tante!« ruft das Kind. »Ich spiele oft hier. Morgen bringe ich meinen neuen Bären mit!«

Ich winke dem Kind zu. Nein, es wird geraume Zeit vergehen, bis ich mich wieder in dieser Fußgängerzone ausruhen werde. Warum sich künstlich aufregen? – Und nun mache ich noch einen Abstecher zu dem Café, das in einer Vertiefung, zwei Etagen tiefer als die Blumenanlagen, liegt. Im Winter läuft man hier Schlittschuh, dann verschwinden die Kaffeehaustische.

Sitzt das fremde Mädchen vielleicht dort unten im Café?

Nein, nein! Ich kann keine Spur von ihr entdecken.

Marlies, du hast geträumt! Verrückt bist du, Mädchen, oder auf dem besten Wege, durchzudrehen! Wenn du dich nicht zusammennimmst und weiter halluzinierst, so wirst du deinen geliebten jungen Mann verlieren. Umschwärmte, blendend aussehende junge Himmelsstürmer mögen keine hysterischen, alternden Frauen. Vielleicht hängt meine zunehmende Hysterie mit meiner Furcht vor dem Alter zusammen? Aber das ist doch Unsinn! Ich fürchte mich nicht mehr vor dem Alter! Wer Dieter Williams besitzt, dem gehört auch die ewige Jugend!

Schluß mit der Spökenkiekerei! Schlimm genug, daß mich so häufig Alpträume quälen! Diese ekligen grünen Wasserleichen. Ich verscheuche sie. Ich verfluche sie. Dann verschwinden sie für ein paar Wochen. Und dann sind sie plötzlich wieder da und ich erwache schweißtriefend und schreiend aus dem Schlaf.

Dieter hat keine Alpträume.

Dieter hat ein reines Gewissen. Zumindest tut er so, als habe er ein reines Gewissen.

Immer, wenn mich die Gespenster würgen, nimmt er mich doppelt zärtlich in die Arme, küßt mich, drückt mich an sich. Wir lieben uns. Und dann ist wieder alles gut.

Wäre ja auch noch schöner, wenn diese grünen Wasserleichen mich jetzt bei hellichtem Tage aufsuchten! Menschen sind verwandlungsfähig. Warum sollten sich nicht auch Gespenster verwandeln können...? Dieses Mädchen im Rockefeller Center, auf der Bank, sah aus wie jede Dutzendfrau. Ihr Gesicht war mager. Zu diesem Gesicht gehörte vermutlich ein schlanker, knabenhafter Körper. Dieses Mädchen hatte, bei Licht besehen, nicht die geringste Ähnlichkeit mit einer grünen Wasserleiche!

Nimm dich zusammen, Marlies von Ritter! Bleib stark. Denk an deine Arbeit, an deine Musik. Und an deine glückliche Ehe! An die Liebe zu deinem Mann! Marlies von Ritter hat weder Lust noch Zeit, einen Nervenarzt aufzusuchen. Am Ende schickt mich ein solcher Professor dann in ein Sanatorium. Eine bessere Klapsmühle. Nicht auszudenken, wie toll die Weiber meinem Dieter nachjagen würden, wenn mich die Ärzte hinter Schloß und Riegel festhielten. Könnte mir noch fehlen. Die Medien würden die saftige Neuigkeit hinausposaunen: ›Marlies von Ritter, Opernstar, gefeierter Liebling des Publikums diesseits und jenseits des Atlantik, seit ein paar Jahren mit dem vielversprechenden jungen Heldentenor Dieter Williams verheiratet, hat einen Nervenzusammenbruch erlitten. Sie mußte sich in eine Nervenheilanstalt begeben.«

Nein, nein, nein! Lieber beiße ich die Zähne zusammen, statt diese Presse- und Fernsehlumpen mit Stoff für Klatsch und Tratsch zu versehen! Ich werde alle Geister, alle Gespenster aus meinem Umkreis bannen! Schluß mit der Geisterseherei! Man muß sich selbst auslachen – diese albernen Tag- und Nachtträume nicht ernst nehmen! Vielleicht esse ich abends zu schwer? Und wenn man schwere Sachen gegessen hat, kommen die Alpträume! Ich werde die Toten für immer aus meinen Gedanken vertreiben. »Hurra, die Toten reiten schnell!« Sie reiten gar nicht. Sie ruhen ganz friedlich in ihrem Grab, mag es an Land oder auf der hohen See sein. Die Toten ›reiten‹ überhaupt nicht. Sie reiten nicht. Sie ruhen!

Mich schmerzt der Kopf.

Dankbar muß ich meinem Schicksal sein. Jede Minute muß ich Gott dafür danken, daß er mir aus seinem Füllhorn verschwenderische Gaben gespendet hat. Talent. Ruhm. Geld. Ich habe alles. Und als ich den Gipfel meiner Karriere erreicht hatte, trieb mich das Schicksal dann auch noch dem liebsten, besten, herrlichsten und schönsten jungen Menschen unter der Sonne in die Arme.

Es ist einfach zu viel. Ich kann es nicht fassen. Und darum breche ich nicht unter der Last dieser albernen Heimsuchung durch eingebildete Gespenster, sondern unter der Last meiner Liebe, meines strahlenden Glücks zusammen.

Aber heute kenne ich noch keine Gespenster. Ich habe das Rad der Zeit wieder um vier Jahre und vier Monate zurückgedreht. Dieter und ich haben acht Monate nach der Tornado-Katastrophe geheiratet.

Die Gespenster tauchten viel, viel später in meinem Leben auf. Zwei oder drei Jahre nach unserer Hochzeit.

Noch genieße ich den herrlichen Tag, an dem ich Dieters Frau wurde. Mama glaubt mir noch immer nicht, wenn ich ihr meine allererste Begegnung mit meinem Mann schildere, und Ingrid und Albert und auch meine sogenannten besten Freundinnen, die ich Dieters wegen so ziemlich abgebaut habe, glauben mir nicht!

Sie wollen mir um keinen Preis glauben, daß Dieter Williams, für mich ein Unbekannter, die wildfremde und vom Regen durchweichte schöne Frau, kaum hatten sich Retter und Gerettete in der Grotte in Sicherheit gebracht, fragte: ›Willst du mich heiraten? Wenn wir hier lebend herauskommen, so werde ich dich heiraten. Ich liebe dich!‹

Und so war es tatsächlich. Es scheint auch mir verrückt, wenn ich bei der Niederschrift meiner Erinnerungen diese Szene immer wieder erlebe. Aber es ist wahr. Es ist wahr. Dieter hatte keine Ahnung, daß er damals Marlies von Ritter, eine sehr berühmte und steinreiche Frau, in den Armen hielt.

Damals. In Dieters Armen. Der Tornado hatte Lastzüge und Menschen und Häuser wie Kartenburgen in die Luft geschleudert und einen Pfad der Vernichtung zurückgelassen. Dieters Hände, seine Finger, in meinem nassen Rücken verkrallt. Trotz meiner Todesangst spüre ich eine erotische Erregung wie noch nie. Der Unbekannte ist fast nackt. Mir hat er mein Kleid vom Leib gerissen. Ich habe kein einzigesmal um Hilfe gerufen, es hätte mir ja auch wenig genützt. Draußen tobte noch immer der Sturm, kein Mensch würde mich hören. Ich habe einen Orgasmus nach dem anderen. Der fremde Mann schwört: »Ich liebe dich, ich liebe dich. Ich werde dich heiraten!«

Daß soviel Leidenschaft und sexuelle Gier in mir stecken, hätte ich nie vermutet. Es ist wunderbar, sich einmal ganz gehen zu lassen. Wie eine Hure. Die vornehme Diva ist vergessen. Und die beiden Ehemänner, deren Namen ich einmal trug (freilich habe ich meinen Mädchen- und Künstlernamen, Marlies von Ritter, nie abgelegt), die beiden läppischen Ehemänner sind auch längst vergessen. Dieser fremde junge Mensch ist ein Raubtier. Ich habe noch nie ein Raubtier geküßt, noch nie seine Pranken an meinen Schenkeln und tief in meinem Schoß gespürt. Ich bin ihm zu Willen, und ich werde ihm noch hundertmal zu Willen sein, wenn wir bloß lebend hier herauskommen ...

Damals halte ich Dieter für einen ganz schlichten Farmer aus der Umgebung. Er kann aber auch Handlungsgehilfe sein. Oder Rechtsanwalt. Schließlich sieht man keinem Menschen seinen Beruf an. Ist er am Ende nicht älter als siebzehn? Noch auf dem Gymnasium? Das wäre schrecklich.

Ich zerbreche mir den Kopf, ob mich der Fremde nicht längst erkannt hat, schließlich vergeht kaum eine Woche, in der mein Foto nicht in irgendeiner Zeitung oder Zeitschrift oder auf dem Bildschirm erscheint. Ich gebe auch Fernseh- und Radio-Interviews.

»Komm!« bettelt der Fremde.

Wir verschmelzen zum dritten-, vierten- oder zehntenmal. Wir werden uns eine grausige Lungenentzündung holen. Der Fremde stürzt sich wieder auf meinen Mund. Vielleicht bin ich längst tot, der Wirbelsturm hat auch mich erfaßt, mich hoch hinaufgeschleudert, und ich erlebe diesen erotischen Rausch im Jenseits? Gibt es dergleichen? Warum sollte man eigentlich nach dem Tod nicht weiterküssen dürfen? Ein guter Mensch kommt ins Paradies, und im Paradies muß man küssen dürfen.

Ich fiebere. Ich greife nach dem Hals des jungen Mannes und drücke die Hände zusammen. Kannibalin sein. Kannibalin möchte ich sein und den Fremdling dafür bestrafen, daß er eine Wilde und Männerfresserin aus mir macht.

Und eben hielt ich mich noch für einen guten, harmlosen Menschen. Damit ist es aus. Ich möchte meinen Sexpartner mit Haut und Haaren auffressen.

Ich wußte nicht, daß es soviel Glut gibt, ich hielt die Schwärmereien der anderen Frauen, ihre Bettgeschichten, für Ammenmärchen. Marlies von Ritter hatte noch nie geliebt. Es gab keinen sexuellen Genuß für sie. Und Liebe? Die schon gar nicht. Die existierte doch wohl nur in der Fantasie der großen Dichter und Komponisten.

Isolde und Sieglinde, Elsa, Venus und Elisabeth wälzt sich mit einem Wildfremden auf einem nassen und eiskalten Felsvorsprung herum. Und tut alles, was der blutjunge Verführer von ihr verlangt. Ich muß den Fremdling erwürgen, weil er so jung ist. Ich muß ihn erwürgen, weil ich mich mit einer furchtbaren Plötzlichkeit in ihn verliebt habe. Ich muß ihn erwürgen, weil er irgend etwas mit mir vorhat. Ich weiß nur noch nicht, was.

Meine Hände würgen nicht, sie werden ganz schwach. Ich bin Lilith, Adams erste Frau, und Eva, seine zweite Frau. Eva aus dem Paradies. Eva hat den Turm ihres Geliebten, seine magische Schlange, entdeckt. Mein Becken ist mit seinem Unterleib verschmolzen.

Ich möchte jetzt Isoldes Liebestod sterben.

Was für eine verrückte Idee! Wenn wir gerettet werden, so möchte ich mit diesem jungen Menschen leben, leben, leben!

Vielleicht habe ich vor Todesangst den Verstand verloren. Ich liege in den Armen eines ganz ordinären Hippies oder Gammlers oder Haschers... der nimmt mich, weil wir ja doch vielleicht lebendig begraben sind. Warum also nicht, Leib an Leib geschmiedet, küssend sterben? Es kommt ja auf eins heraus...! Verrückte Gedanken durchzucken mein Hirn. Es wäre eigentlich großartig, mit einem so jungen und schönen Partner auf der Bühne zu stehen, statt – und das ist häufig so – mit einem schon etwas klapprigen oder in Ehren ergrauten Tenor, der seine Glanzzeit hinter sich hat.

»Wer bist du?« fragt der Junge wieder. »Wer bist du?«

»Weißt du wirklich nicht, wer ich bin?«

»Nein, nein. Ich weiß nur, daß du die schönste Frau auf Gottes weiter Welt bist. Doch wer bist du? Eine Prinzessin? Oder eine Elfe?«

Verspottet er mich? Ich kann doch unmöglich schön und attraktiv aussehen mit meinem durchweichten Kleid, dem nassen Haar, das mir wirr ins Gesicht hängt.

Ich gebe mir einen Ruck.

»Ich bin Marlies von Ritter!« sage ich und schaue meinem Zufallsgeliebten in die Augen.

Der zuckt die Schultern.

»Der Name interessiert mich nicht. Ich kenne keine... Der Name sagt mir gar nichts!«

»Der Name... Marlies von Ritters Name sagt dir gar nichts?«

Ich bin empört. Selbst in unserer lebensgefährlichen Lage – empört. Und ich glaube ihm kein Wort.

»Hast du den Namen der Operndiva Marlies von Ritter wirklich noch nie gehört?«

»Nein. Ich lebe in Cape Clifford, das ist eine ganz kleine Gemeinde. Ich arbeite dort im Hotel.«

»Siehst du denn nie fern?«

»Doch. Am meisten interessieren mich Tierprogramme. Und gute Western, und Krimi-Serien.«

»Und die Opernübertragungen aus der ›Met‹ und der City Center-Oper? Die hast du noch nie gehört?«

Seit Jahren werden die Vorstellungen, in denen ich auftrete – vor allem Wagner und Richard Strauss – auch im Fernsehen übertragen. »Du willst wirklich behaupten, Marlies von Ritter noch nie auf dem Bildschirm gesehen zu haben?«

»Ich will es nicht nur behaupten. Es ist auch wirklich wahr! Übrigens gefällt mir der Name Marlies von Ritter. Ich will ihn mir merken. Mich interessiert nur eines: Bist du unverheiratet oder verheiratet? Wenn du verheiratet bist, so wirst du dich scheiden lassen. Ich werde dich heiraten.«

Ich bin einem Wahnsinnigen in die Fänge geraten.

Was für eine Schnapsidee, allein im Auto von Philadelphia nach New York zu fahren... geschieht mir recht, wenn ich vom Tornado überrascht wurde...

Mich narrt ein junger Kobold. Ich glaube ihm nicht, daß er meinen Namen nicht kennt. Und ich bezichtige ihn der Lüge, als er behauptet, ebenfalls Sänger zu sein.

»Du bist ein Sänger?« frage ich zwischen zwei heißen Umarmungen. Wir sind jetzt wohl schon zwei oder drei Stunden in der Grottenbahn.

»Ja, meinst du denn, es gäbe außer dir keine Sänger? Wenn ich dir glaube, daß du diese... wie war doch der Name? Diese Operndiva Marlies von Ritter bist, so darf auch ich ein Sänger sein.«

»Und wo trittst du auf, wenn ich fragen darf?«

»Mit einer Opernbühne kann ich dir nicht dienen. So was gibt es nämlich in Cape Clifford nicht. Ich trete im Hotel auf. Wird ganz gut bezahlt. Ich bin ein Entertainer, so etwa im Stil Bing Crosbys und Frankie Sinatras. Da kommen nämlich auch viele Opas und Omas aus der Umgebung hin, nicht nur Teenager, und darum hat meine Chefin keinen Rocker engagiert. Ich singe mit einer ganz guten Combo. Übrigens bin ich ein Bariton.«

Wir küssen uns. Solche Zufälle gibt es doch nicht. Oder sind sie möglich? Eigentlich wäre es eher komisch, daß die große und gefeierte Wagner-Sopranistin Marlies von Ritter mitten im Tornado einen kleinen, schäbigen Kaffeehaussänger vom Tingeltangel kennenlernt...

Allerdings sieht er aus wie ein Heldentenor.

»Kannst dir ja die Stimme gelegentlich anhören, Marlies!«

Ich war knapp siebzehn, als ich zum erstenmal in der New Yorker City Center Oper auftrat. Das war eine echte Sensation. Mein erster Mann war stolz auf mich, überglücklich. Ich verdankte ihm alles. Und zum Dank für seine aufopfernde Liebe versetzte ich ihm ein paar Jahre später einen Fußtritt...

Mit zwanzig trete ich zum erstenmal an der ›Met‹ auf. Es wird ein sensationelles Debüt. Mein erster Mann, Allan, ist stolz auf sein Werk, Ingrid und Albert, schon damals meine enthusiastischen Lehrer und Korrepetitoren, lenken vom ersten Tag an, gemeinsam mit Allan, meine Karriere. Die beiden treuen Freunde können später meine Undankbarkeit Allan gegenüber nicht begreifen, sie machen gegen die Scheidung Front. Ich heirate meinen zweiten Mann, zugegeben, sehr leichtsinniger- und völlig überflüssigerweise, eigentlich hinter dem Rücken meiner Mutter und meiner Freunde. Heute weiß ich, daß ich einen zweiten Mann als Rückhalt brauchte, um nicht in jedes vielversprechende Bett zu hüpfen. Und warum? Weil ich die große Liebe suchte und sie nicht fand.

Ich beherrsche mit dreißig fast das gesamte Opernrepertoire von Richard Wagner und Richard Strauss, meine Salome begeistert Europa und Amerika, selbst das Moskauer Opernpublikum liegt mir zu Füßen. Ich singe mit den besten Heldentenören meiner Zeit.

Schrecklicher Gedanke! Als ich mit dreißig schon weltberühmt war, ging der zehnjährige Dieter Williams in Kansas noch in die Elementarschule!

Mein Leben ist die Oper. Ich bin zum zweitenmal geschieden, und bilde mir ein, glücklich zu sein. Die Kritiker loben meine Schönheit, mein schauspielerisches Talent, meine hohe Musikalität. ›Marlies von Ritter übertrifft sich selbst, ihre Leistungen werden von Jahr zu Jahr besser!‹ hieß es, als ich, vierzigjährig, in Berlin gastiere. Ich singe im Winter an der Met, in den Opernhäusern von Seattle, Washington und San Francisco, und im Herbst und Frühjahr am Teatro Colon in Buenos Aires, in Australien, auf deutschen Opernbühnen. Meine Fans versicherten mir lange bevor Dieter in meinem Leben auftauchte, daß kein zweiter dramatischer Sopran eine so starke sinnliche Ausstrahlungskraft habe wie ich. Arme Fans! Wenn die wüßten, daß mein Schoß in zwei Ehen unerweckt blieb! Ich bin beinahe versucht zu sagen, ›jungfräulich‹ blieb.

Und nun, in der Grottenbahn, in den Armen meines Erweckers, der eine Mischung von Rudolfo Valentino und Elvis Presley ist. Das versteht die heutige Generation nicht. Wem ein Prince oder ein tanzender, schreiender Derwisch von den heute angehimmelten brüllenden, haschenden Hard Rock-

Gruppen das Blut in Wallung bringt, der kann attraktiven Männern keinen Geschmack mehr abgewinnen.

Leider gibt es noch immer massenhaft junge Mädchen und auch reife Frauen, denen der Typ meines Geliebten zusagt. Ich werde ihnen allen die Augen auskratzen, sie alle blenden!

Ich bin über fünfzig Jahre alt und ich liebe zum erstenmal. Wirklich – Dieter ähnelt Valentino auf einem vergilbten Foto, das Mama von meiner Großmutter geerbt hat, zum Verwechseln.

Das Foto hängt über Mamas Nachttisch. Der goldene Rahmen ist neu. Großmutter und Mama hatten noch einen guten Geschmack. Für mich war der siebzigjährige Curd Jürgens der letzte Mann, auf den die Bezeichnung ›sexy‹ paßte. Außer Dieter.

»Küß mich...!« bittet der junge Mann, mein Retter, der behauptet, nicht nur küssen zu können, sondern auch eine nette Baritonstimme zu haben. »Küß mich!«

Dieter hat das, was man in Amerika ›Schlafzimmeraugen‹ nennt. Mir gefällt auch seine gerade, kräftige Nase mit dem breiten Sattel. Seine Augenbrauen sind aus feinster hellblonder Seide. Ich glaube wirklich, Dieter ist noch viel schöner und maskuliner als der seinerzeit in Omas Jugend vergötterte Valentino. Und der dreißigjährige Elvis Presley. Und der dreißigjährige Curd Jügens!

Ich bin in den Armen meines neuen Geliebten vor Schwäche eingeschlafen.

Ich wache in einem fremden, kleinen Zimmer auf. Mein neuer Freund, mein Retter beugt sich über mich. Neben ihm steht eine grauhaarige Frau, die mir auf den ersten Blick unsympathisch ist. Sie scheint nicht alt, allerhöchstens fünfzig oder fünfundvierzig, aber sie macht einen sehr ungepflegten und bissigen Eindruck.

Zwischen den beiden steht ein junges Mädchen. Es ist hochgewachsen, schlank, knabenhaft, dunkelblond und sehr hübsch. Das Mädchen ist blutjung.

»Wo bin ich?« wiederhole ich meine Frage.

»Sie sind in Cape Clifford, Miß von Ritter!« antwortet das junge Mädchen. »In unserem Hotel. Darf ich vorstellen –

meine Mutter! Unser Dieter hat sie zu uns gebracht. Die freiwilligen Retter wollten Sie ins Krankenhaus schaffen, aber Dieter versicherte dem Notarzt, daß Sie kein Unfallopfer sind! – Ich heiße Kim Forrester, Mama heißt Gwendolyn.«

»Sie haben aus Schwäche schlappgemacht!« bestätigt Dieter. Er behandelt mich vor den beiden Frauen wie eine Fremde, der man zufällig das Leben gerettet hat.

»Wie lange waren wir in der Grottenbahn?« frage ich. Mir ist noch sehr mulmig.

»Etwa vier Stunden!« sagte Dieter. »Dann fielen Sie plötzlich in Ohnmacht. Eigentlich war es keine richtige Ohnmacht, sondern ein Schwächeanfall. Sie schliefen ein und waren nicht aufzuwecken!

Als ich draußen Männerstimmen hörte, verlud ich Sie in das Boot und paddelte mit Ihnen ins Freie. Wir hatten uns vergebens Sorgen gemacht – der Ausgang war nicht zugeschüttet, und draußen hatten die Aufräumungsarbeiten bereits begonnen. Dann bekamen Sie eine Spritze – und seit etwa fünfzehn Minuten liegen Sie hier im Hotel Cape Clifford, das Gwendolyn und Kim gehört, auf dem Sofa!«

»Gleich kommt frischer Kaffee!« sagt die hübsche Kim. »Ein, zwei Täßchen werden Ihnen gut tun!« Und dann, nach einer ganz kurzen Pause, starrt sie mich groß an.

»Sind Sie wirklich Marlies von Ritter? Die berühmte große Wagnersängerin Marlies von Ritter?«

Ich muß niesen und husten und trotzdem muß ich auch über die ehrfürchtige Frage des jungen Mädchens lachen. Immerhin weiß diese Kim, wen sie vor sich hat – im Gegensatz zu meinem Retter, dessen Unbelesenheit und Unbildung zum Himmel schreien.

Jetzt bin ich wieder hellwach. Ich erinnere mich an alles, was in der Grotte geschah. Ich prüfe meine Kleidung. Ich trage einen trockenen Morgenmantel aus Flanell. Wo meine durchnäßten Lumpen geblieben sind, weiß der liebe Gott. Auch Dieter hat sich blitzschnell umgezogen, er trägt ein Hemd und eine trockene Hose.

Um Himmels willen! Die Lumpen waren ja nicht nur mit Regenwasser und Schlamm und erdigen Schmutzflecken aus der Grotte getränkt, sondern auch mit...

Dieter scheint meine Gedanken zu erraten.

»Ihre Kleider waren total zerfetzt, sie hatten Sie bei der Flucht in die Höhle zerrissen. Der Fahrer eines Rot-Kreuz-Autos gab mir zwei Decken. Ich habe Ihr nasses Kleid einfach weggeworfen und Sie in eine der Decken gehüllt, und mich in die andere. Dann hat Kim Ihnen, als Sie noch schliefen, diesen Morgenmantel angezogen...

Ich nicke und sage leise:

»Sehr nett von Ihnen, Kim!«

Dann steigt plötzlich siedend heiß die Angst in mir hoch – die Sorge um Mama und Ingrid und Albert, um meine Hausmädchen und den Chauffeur und meine Kollegen in Philadelphia, die mich beim Einbruch der Tornadokatastrophe unterwegs wußten.

»Ich muß sofort mit New York telefonieren!« sage ich. »Meine Freunde werden sich furchtbar ängstigen. Und dann mit Washington. Meine Mutter und mein Stiefvater leben in der Bundeshauptstadt. Wo ist das Telefon?«

Dieter führt mich in die Diele. Ein paar Sekunden später bin ich mit Mamas Villa bei Washington verbunden. Mama lacht und weint gleichzeitig in die Muschel.

»Liebling! Wir dachten schon, du seist tot! In Philadelphia hat man uns gesagt, du wärest allein mit dem Auto aufgebrochen und vermutlich vom Tornado überrascht worden!«

»So war es auch, Mama!«

»Marlies! Wirst du nie Vernunft annehmen? Wo bist du überhaupt? Bist du unverletzt? Sag mir die Wahrheit!«

»Ehrenwort, Mutti, ich bin unverletzt! Es fand sich nämlich ein Ritter... nein, nein, kein Verwandter... ich meine, ein Ritter ohne Fehl und Tadel... ein junger Mann, der mich aus meinem Auto riß und mich und sich rettete... Wo wir den Tornado überstanden haben? In einer Grottenbahn. Jawohl, du hast dich nicht verhört. Auf einem Rummelplatz nahe der Autobahn. In einer Grottenbahn, tief drinnen im Berg! Und alles war so schnell vorüber, wie es kam, ich glaube nicht, daß der Tornado länger als fünf Minuten getobt hat. Ja, die Verwüstung soll furchtbar sein. Im Fernsehen wurden hundert Tote gemeldet? Ich kann das weder bestätigen, noch dementieren, ich sitze hier in einem geliehenen Morgenmantel in einem kleinen Hotel in Cape Clifford ... Also beruhige dich, meine süße Mama! Hör mal, könntest du bei Ingrid und Albert anrufen, und auch im Musikkonservatorium von Philadelphia? Dort hab' ich ja gestern ein Konzert gegeben. Bitte, beruhige meine Freunde, sag ihnen, daß ich mich pudelwohl befinde und mich melde, sowie ich daheim in New York bin!«

Mama atmet noch immer so hastig, als habe sie einen asthmatischen Anfall.

»Daß du mir nicht allein von New Jersey nach New York mit dem Auto fährst!« sagt meine Mutter noch. »Nimm dir eine Limousine! Oder komm mit dem Hubschrauber! Meinethalben mit dem Autobus oder der Bahn! Ich lasse dich nicht mehr allein Auto fahren, hörst du?«

Ich verspreche alles.

Am selben Abend holt mich mein Chauffeur ab. Ingrid und Albert sind vorsichtshalber mitgekommen, die trauen mir nicht über den Weg, und ein Kostüm und zwei Paar Slacks und Pullis zur Auswahl haben sie auch mitgebracht.

Ich verabschiede mich sehr förmlich, aber auch wirklich dankbar von Dieter Williams, der Hotelwirtin Gwendolyn und ihrer hübschen Tochter Kim. Ich bemühe mich schon auf der Heimfahrt nach Manhattan alles, was in der Grotte passiert ist, zu vergessen. Als Fiebertraum abzutun. Vielleicht bilde ich mir auch alles ein und wir haben uns nie geküßt und geliebt und der fremde junge Mann, dieser ... Dieter Williams hat mich nie gefragt, ob ich ihn heiraten möchte!

Das tut ja auch kein normaler Mensch. Nicht einmal in einer so irren Situation. Eine Fremde, und noch dazu eine weltberühmte Fremde zu fragen, ob sie ihn heiraten möchte!

Immerhin tat ich diesem Dieter Williams den Gefallen, ihm zu glauben, daß er mich nicht erkannt hat. Daß er noch nie von mir gehört oder etwas über mich gelesen hat.

Wieviel Dieter damals seiner Chefin Gwendolyn und seiner Kollegin und Kameradin Kim von den verrückten drei oder vier Stunden in der Grottenbahn verriet, werde ich wahrheitsgemäß wohl nie erfahren. Und auch nicht, mit welchen – offenbar schonungsvollen – Worten Dieter etwa fünf Monate nach der Sturmnacht seinen Job im Hotel kündigte.

Kaum war ich an jenem Abend in Manhattan angekommen und in meiner Penthouse-Wohnung am Central Park West abgestiegen, wo mich die zu Tode geängstigte Köchin und das Stubenmädchen mit einer besonders leckeren Mahlzeit erwarteten – wir aßen zu dritt mit Ingrid und Albert –, als das Telefon läutete. Das Mädchen hob ab.

»Für Sie, Miß Ritter!« meldete sie. »Ein Mr. Dieter Williams!«

Also doch! Ich hatte eigentlich gehofft, der Kerl würde sich nie bei mir melden. Niemals!

Aber ich mußte ans Telefon. Ich ging in mein Schlafzimmer und ließ das Gespräch dorthin umlegen.

»Ja? Dieter, Sie sind's?«

»Ich bin's. Bist du gut angekommen?«

»Sehr gut. Ich hatte eigentlich gehofft, daß Sie sich nie mehr bei mir melden werden. Ich schlage vor, daß wir alles, was in der Grotte passiert ist, vergessen!«

»Vergessen? Bist du wahnsinnig, Marlies? Wie könnte ich deine Küsse vergessen? Wann sehe ich dich wieder? Morgen? Oder noch heute? Wenn du willst, nehme ich sofort den Bus, oder mein Motorrad...«

»Es ist beinahe Mitternacht. Die meisten Straßen sind noch gesperrt. Sind Sie wirklich von allen guten Geistern verlassen, Dieter? Schlafen Sie sich erst mal aus. Ich komme irgendwann einmal in den nächsten Wochen mit meinen Freunden vorbei, ich möchte Sie nämlich recht gern singen hören. Morgen fangen die Proben in der New Yorker Staatsoper an... Ich singe demnächst die Sieglinde...«

Da fällt mir ein, daß der junge blonde Riese die Sieglinde vielleicht kaum von der Brunhilde unterscheiden kann...

»Mit einem Wort, ich bin mit Arbeit überhäuft, und Sie müssen schließlich auch Ihr Brot verdienen! Sie arbeiten doch im Hotel Cape Clifford, nicht wahr?«

»Ja, ich arbeite hier. Ich wohne auch im Hotel.«

»Na also. Widmen Sie sich gefälligst Ihrem Job und Ihren reizenden Brötchengebern!«

Das habe ich sehr süffisant gesagt, und das war auch meine Absicht. Ich bin ehrlich genug, um mir einzugestehen, daß mich der Anblick dieser unverschämt jungen und gemein hübschen Person – dieser Kim – verstimmt hat. Eine reife Frau zwischen fünfzig und sechzig kann nicht umhin, in einem knapp zwanzigjährigen oder noch jüngeren Mädchen eine freche Rivalin zu sehen.

Rivalin? Worin? Im Kampf um den bildschönen Bengel? Sie mag ihn haben, diese Kim! Ich schenke ihn ihr!

Ich breche das Telefongespräch, das allererste Telefongespräch zwischen meinem Zufallsgeliebten und mir ziemlich abrupt mit dem Versprechen ab, mich ›gelegentlich, vielleicht schon bald, zu melden und einen Abend – als Publikum, als Zuhörerin – im Hotel Cape Clifford zu verbringen.‹

»Das wär's!« sage ich zu Ingrid und Albert, die ihre vorwurfsvollen Blicke auf mich heften, und setze mich wieder zu Tisch. »*La commedia è finita!*«

»Hoffentlich!« brummt Ingrid. Meine Mutter behandelt mich wie eine Schwester und gibt mir höchstens ›unmaßgebliche gute Ratschläge‹, wie sie zu sagen pflegt. Für Ingrid hingegen bin ich noch immer das kleine Mädchen, auf das man gut aufpassen muß. Das gleiche gilt für Albert.

Und nun vergessen wir das Theater ›Dieter‹ und Tornado und erörtern die bevorstehenden Proben zur Walküre in allen Einzelheiten, sprechen über die darstellerischen Probleme, mit denen sich Sieglinde auseinandersetzen muß, über die musikalischen Fallstricke, die es für mich nicht geben darf, über meinen Partner, der leider nicht so jung und schön ist wie dieser vom Himmel geschneite Jazz- oder Bänkelsänger...

Bei Espresso und Sekt sage ich zu meinen beiden Vertrauten, nachdem ich ihnen meine Rettung durch Dieter schildere, aber alle erotischen Vorkommnisse sorgfältig verschweige: »Kinder, mein Retter, dieser attraktive blonde Dieter Williams, behauptet allen Ernstes, einen angenehmen Bariton‹zu haben!«

Albert macht große Augen.

»Was singt er denn? Vielleicht ›To dream an impossible dream‹? Oder den Evergreen: ›Ol' Man River‹...? Und wo singt er, wenn überhaupt?«

»Dort, wo ihr mich abgeholt habt. In dem spießigen Kaff, dem Hotel Cape Clifford. Mr. Williams hat dort einen Job als

Manager, und an drei Abenden, freitags, samstags und sonntags, singt er für sein Stammpublikum Schnulzen. Wäre doch eigentlich ganz lustig, wenn wir uns den Spaß machten, ein Weekend im Hotel zu verbringen und die Kunst dieses jungen Giganten zu genießen, wie? Schließlich hat er mir nun einmal das Leben gerettet!«

Das stimmt. Und darin müssen mir auch meine beiden besten Freunde rechtgeben.

Drei angestrengte Arbeitswochen vergehen. Mir schwirrt der Kopf. Ich wache mit ›Siegmund‹ und ›Sieglinde‹ auf und gehe mit den beiden schlafen. Im Traum höre ich nichts als das göttliche Lied der Liebe:

›Winterstürme wichen dem Wonnemond!‹ Nur noch eine Woche bis zur Uraufführung dieser neu einstudierten und von Grund auf neu inszenierten Oper im Lincoln Center.

Die letzte Woche ist für mich eine Woche der Ruhe. Ich habe Schonzeit. Muß mich konzentrieren. Darf täglich nur ein paar Skalen singen.

Zehn Tage vor der Premiere sage ich zu Ingrid und Albert: »Wie wär's mit einem Ausflug nach Cape Clifford am kommenden Freitag? Ich schlage vor, daß wir dort übernachten.«

»Du könntest dich erkälten. Das fehlte uns gerade noch!« warnt Ingrid.

»Nein, nein, im Gegenteil. Die starke Seeluft tut mir wohl. Ich wickle mich von Kopf bis zu den Füßen in Wolle. Ein Spaziergang an der See hat noch jeder Stimme genützt!«

Schließlich erklären sich meine Freunde bereit, den Freitagabend und die Nacht in Cape Clifford zu verbringen, aber frühmorgens wollen sie mich dann wohlbehalten in New York abliefern. Den ganzen Samstag und Sonntag vor der Premiere, die am Montag stattfindet, darf ich dann keine Silbe reden...

Daß Dieter Williams tagtäglich bei mir anruft und mir nachspürt, mich überall aufspürt, wie der Jäger sein Wild, weiß kein Mensch. Am allerwenigsten dürfen es Ingrid und Albert und meine Mutter wissen, aber Mama ist ja Gott sei Dank weit vom Schuß, in Washington.

Dieter sucht mich in meiner Penthouse-Wohnung. Bin ich nicht da, so findet er mich in meiner Stadtvilla oder in meinem dritten New Yorker *pied-à-terre*, einer kleinen Eigentumswohnung, die ich im Hochsommer an Touristen zu vermieten pflege. Ich habe überall private Telefonnummern, die in keinem Telefonbuch stehen. Und Dieter Williams findet mich dennoch!

»Ich liebe dich, ich liebe dich!« beteuert er immer wieder. »Wann kommst du endlich?«

Der Freitagabend ist da. Wir sitzen im Café-Restaurant, Ingrid, der gute Albert und ich. Und Dieter Williams tritt auf. Er trägt ein scheußliches hellrosa Hemd mit Gold- und Silberpfauen bestickt, und dieses Hemd steht ganz offen. Bis unter den Nabel. Drei oder vier kolossale Glas- und Perlenketten verunstalten ihn noch mehr. Ich schäme mich vor Ingrid und Albert.

»Weißt du, wie dieser junge Mann aussieht?« fragt Albert.
Ich nicke und werde sehr rot.

»Ich weiß. Sprich es nicht aus. Er sieht zum Kotzen aus. Ich gehe jede Wette ein, daß er auch zum Kotzen singt!«

Ingrid beobachtet mich mit einem listig-spöttischen Lächeln. Sie ahnt wohl längt, daß meine Bekanntschaft mit diesem Knaben nicht ganz so unschuldig ist, wie ich es geschildert habe.

Und Dieter fängt an zu singen. Die Mädchen und auch die älteren Jahrgänge im Publikum verschlingen ihn mit den Augen. Er singt das alte, ewigschöne Lied, den Evergreen des Negersklaven aus der Operette ›Show Boat‹.

»Ol' man river, that ol' man river...« Ich sehe, wie Albert den Mund halb öffnet und sich auf seinem Stuhl zurechtrückt. Dann legt er die Stirn in Falten. Kann man sehen, wie ein Mensch die Ohren spitzt? Ich glaube, ja!

Albert, der hervorragende Pianist, geniale Begleiter und überaus anspruchsvolle Gesangslehrer und Pädagoge, der international anerkannte Musikwissenschaftler, spitzt die Ohren. Er hört gespannt, geradezu mit angehaltenem Atem zu. Und nachdem der schöne und schauderhaft aufgetakelte junge Bariton seinen Vortrag beendet und den jubelnden Beifall seines Publikums eingeheimst und sich fünf- oder zehnmal verbeugt hat, sagt Albert zu Ingrid und mir: »Also, das ist nun wirklich eine tolle Überraschung!«

Ingrid, die womöglich in Dingen der Musik und des Gesanges noch kritischer veranlagt ist als ihr Kollege Albert, weiß genau, was der Professor meint. Auch sie nickt. Sie ist offenbar wütend. Sie ärgert sich, weil sie die Person meines – angeblichen – Zufallsbekannten nicht mit einer flüchtigen Handbewegung abtun kann. Ingrid ist ein ehrlicher Mensch. Ich weiß, daß sie gern aufstehen und sich verabschieden und mir später auf der Heimfahrt die Leviten lesen würde.

Nichts dergleichen geschieht. Dieter hat auch Ingrid in seinen Bann geschlagen. Und mich. Ingrid öffnet endlich den Mund: »Marlies... dieser Dieter Williams hat wirklich einen prachtvollen Bariton! Die Akustik hier ist freilich ein Krampf, aber man bekommt doch einen Begriff vom Timbre seiner Stimme! Und der Umfang dieser Stimme dürfte groß genug für die allergrößten Opernhäuser sein!«

Ich schweige. Ich weiß nicht, ob ich glücklich oder unglücklich bin. Zum erstenmal taucht jetzt in mir dieser Gedanke auf, aus Dieter vielleicht meinen Bühnenpartner zu machen.

Und nun spricht Albert, langsam, bedächtig, wie es seine Art ist: »Aus diesem Bariton möchte ich einen Heldentenor machen. Freilich will ich nicht vorgreifen. Ich muß diesen jungen Menschen zunächst einmal in einem großen Konzertsaal hören. Er soll mir – er soll uns, nicht wahr, Ingrid, auch dir – in einem Probesaal des Lincoln Center oder in der City Center Oper vorsingen. Dann werden wir weitersehen! Aber ich war selten so optimistisch... Freilich weiß ich noch nicht, ob der junge Mann auch ein absolutes Gehör hat!«

Ich schweige noch immer. Dann sage ich zögernd: »Und ich? Auf meine Meinung seid ihr wohl überhaupt nicht neugierig?«

»Doch, doch!« Albert und Ingrid haben es gleichzeitig gerufen. Während sich Dieter für den zweiten Teil des Konzertes – so nennt er seine Auftritte im Restaurant-Café – umzieht und später als Cowboy, ganz in weißes Leder gekleidet, zurückkommt, schmieden wir mit meinen beiden Freunden schon Zukunftspläne.

Ein paar Monate nach diesem Abend kündigt Dieter auf meinen Wunsch seinen Job.

Er studiert längst bei Ingrid, Albert und einem dritten, bekannten Musikpädagogen. Ein Glück, daß Dieter Williams wenigstens die Noten kennt, mit Mühe und Not vom Blatt singen und ein bißchen Klavierspielen kann. Außerdem spielt er Gitarre.

Wir sind verlobt, und noch immer wage ich es nicht, Ingrid, meine Mutter und Albert ins Vertrauen zu ziehen. Dann kann und will ich es nicht länger aufschieben.

»Ich hab's schon längst geahnt!« sagt Ingrid seufzend. »Was soll ich machen? Glücklich wirst du als Mrs. Williams nicht sein, aber wenn unsere Mühe belohnt wird, so hat die Welt einen neuen Heldentenor! Aus Baritonen werden die besten Heldentenöre!«

In Washington, im Hause meiner Eltern, habe ich Dieter auch schon eingeführt. Und wir haben das indische Motel entdeckt...

Ich lebe in einem Wirbel von Glück, Furcht, Arbeit und trotz allem auch Zuversicht.

Hochzeitsnacht. Es soll die wildeste, die wunderbarste Nacht unserer Liebe werden. Wir haben uns schon so oft umarmt und zu Tode geküßt. Wir haben auch schon unter unserer Liebe gelitten. Ein paar Monate vor der Hochzeit spielte sich ja in Cape Clifford, New Jersey, diese gruselige und abscheuliche Szene mit Kim ab... Damals allerdings hatten Kim und Gwen ihren versöhnlichen Brief, der beinahe einer Abbitte gleichkam, noch nicht geschrieben...

Huh! Wenn ich an das verzerrte Gesicht dieser jungen Hexe denke, das an der Fensterscheibe plattgedrückte Gesicht! Es glich der Hexe mit der grünlich angelaufenen Haut. Der Wasserhexe. Der Ertrunkenen. Warum mußte ich Dieter bloß in dieser verflixten, schummerigen Grottenbahn, Gruselbahn, kennenlernen?

Die Traumgespenster suchen mich doch nur darum heim, weil es in der Grottenbahn eine grünliche Wasserleiche aus Pappe und Hanfstricken, grell angemalt, gab!

Wir gingen vor kurzem über den Times Square, zur Nachmittagsvorstellung eines Erfolgs-Musicals.

Da sah ich in Reichweite ein Mädchen... ein Mädchen... Es drehte sich halb nach uns beiden um. Dann war es im Straßengewühl verschwunden.

»Hast du sie gesehen?« schrie ich laut und packte meinen Mann beim Arm. »Hast du sie gesehen?«

»Wen meinst du?«

»Sie! Sie!« rufe ich so laut, daß die Menschen einen Kreis um uns bilden. »Sie! Sie! Du weißt schon, wen ich meine!«

Dieter küßt mich, zerrt mich in Richtung der 45. Straße West, dort ist das Broadway-Theater, und wir sind schon ziemlich spät dran.

»Fängst du wieder an? Ich dachte, du hättest Schluß mit deinen Wahnvorstellungen gemacht, Liebling! Sie *kann* es nicht sein! Sie ist tot! Tot! Tot!«

Bald sitzen wir im Theater, und alles ist vergessen. Ich bin gut gelaunt, amüsiere mich köstlich. In der Pause erkennen uns ein paar Opern-Fans, bitten mich um Autogramme. Dergleichen macht immer Spaß. Ich bin sehr eitel. Viel eitler als mein junger, schöner Mann.

Unsere Hochzeitsnacht, womit ich die legitime, nach der Trauung meine, war vielleicht mit Abstand die merkwürdigste aller denkbaren Hochzeitsnächte. Wenn ich daran denke, an diese Liebesnacht, die erste als Mann und Frau, vor knapp fünf Jahren, so wird mir angst und bange. Gruseliger konnte es gar nicht zugehen! Und wir waren beide ganz unschuldig daran, was nicht in unserem Zimmer, sondern im Nachbarzimmer geschah!

Ich weiß noch immer nicht, welchen Titel ich meinen Memoiren geben werde. Die sind ja noch längst nicht fertig, ich bringe zunächst nur Erinnerungsfetzen zu Papier.

Ich bin noch nicht ganz Mitte fünfzig. Das ist doch heutzutage nicht so schlimm? Nicht so alt? Und ich singe schöner denn je, meine Stimme entfaltet sich noch immer. Das versichern mir die maßgebenden Experten und meine strengsten Kritiker, Ingrid und Albert.

Meine Liebe zu Dieter ist größer denn je. Und allen pessimistischen Voraussagen zum Trotz bin ich in dieser Leidenschaft nicht ertrunken! Nicht an ihr zugrundegegangen! Meine Neider haben das Nachsehen!

Arme, arme Kim! Ob sie unser Glück von dort, wo sie sich jetzt befindet, beobachten kann? Ich glaube schon! Manchmal tut mir Kim leid. Und dann wieder bin ich ganz einfach froh, sie los zu sein. Mit Dieter reden wir fast nie über Kim, schweigen das Thema tot. Dieter ist sensibler als ich.

Und noch immer frage ich mich: Womit habe ich dieses uferlose Glück an Dieters Seite, in seinem Bett, mit ihm, auf der Bühne und dem Konzertpodium, verdient? Warum habe ich, Marlies von Ritter, es viel, viel besser als die anderen Frauen? Alle anderen Frauen?

Unsere legitime Hochzeitsnacht.

Zunächst machte meine liebe Mutter Krach, und der war nicht unberechtigt.

»Ihr seid wohl übergeschnappt!« wetterte meine Mama. »In einem obskuren indischen Motel wollt ihr eure Hochzeitsnacht verbringen? Weil es so hübsch im Wald gelegen ist? Romantisch ist es auch? Ihr könnt euch hinter unserem Haus ins Gras legen, wenn ihr auf Romantik versessen seid!«

Endlich, knapp vor Mitternacht, verabschiedeten sich die letzten Hochzeitsgäste. Sie hatten buchstäblich den ganzen Tag bei uns oder mit uns verbracht, am Vormittag in der Kirche, dann hatte im Hause meiner Eltern der große Empfang mit einem Buffet-Lunch begonnen, später wurde Tee mit einer Auswahl der feinsten Torten serviert und dann, gegen zwanzig Uhr, kam das Abendessen im Garten, in mehreren feenhaft angestrahlten bunten Zelten! Mir war schon ganz übel. Vor Anbruch meiner Hochzeitsnacht hatte ich einen verdorbenen Magen! Der viele Sekt...

Und dann, als die letzten Gäste verschwunden waren, machten wir Mama die Eröffnung, daß wir von ihrem schönsten Gästezimmer keinen Gebrauch machen würden. Die Gute hatte es für uns neu möbliert. Blumen, Sekt, ein Pariser Négligé für mich, erlesene, seltene Opern-Schallplatten hatten meine Eltern besorgt, und nun sollte diese ganze Pracht brachliegen?

»Mama, wir wollen in einem romantischen Motel übernachten. Es gehört einer sehr ulkigen indischen Wirtin. Es liegt im Wald, etwa 15 Autominuten von Washington entfernt, und wir waren dort schon einmal sehr, sehr glücklich. Aber damals hatten wir nur drei Stunden zum Küssen, denn ich mußte am darauffolgenden Morgen in die Probe im neuen Washingtoner Opernhaus. Und heut' nacht können wir meinethalben um zwei Uhr morgens schlafengehen, morgen haben wir Zeit! Weißt du, was das für deine geplagte Tochter bedeutet? Und auch Dieter lebt schon ein reichlich gehetztes Leben, er lernt und übt, daß ihm der Kopf raucht!«

Mama war nicht überzeugt.

»Aber warum wollt ihr ausgerechnet in einem schäbigen Motel übernachten? Wer weiß, ob es in dieser Absteige nicht von Ungeziefer wimmelt! Am Ende werdet ihr noch krank! Wenn ihr absolut nicht hier bei uns bleiben wollt, so telefoniere ich mit dem Hilton oder Ritz! Ich kenne die Manager, dort wird man euch das Flitterwochen-Apartment zur Verfügung stellen!«

Auch mein netter Stiefvater findet die Idee mit dem ›romantischen Motel‹ scheußlich.

»So ein entlegenes, gottverlassenes Floh-Motel beherbergt gewiß allerhand lichtscheues Gesindel, Kinder! Hascher, oder Rauschgifthändler! Und wenn man dich dort sieht, Marlies? Die gefeierte Operndiva in einem schäbigen Motel? Und ausgerechnet in ihrer Hochzeitsnacht?«

Dieter steht gottergeben da, mischt sich überhaupt nicht ein.

»Mama, Paps... das indische Motel ist wirklich sauber!« beruhige ich meine Eltern. »Und diese Farben! So was himmlisch Kitschiges sieht man nicht alle Tage. Also laßt eure immerhin erwachsenen Kinder ruhig gehen...! Wir werden dort bestimmt nicht ermordet!«

Eigentlich ist mir die Lust zu dieser Eskapade inzwischen schon vergangen, ich will aber keinen Rückzieher machen. Wir nehmen in einem kleinen Suitcase nur die nötigsten Sachen mit, die großen Koffer für die Hochzeitsreise holen wir am darauffolgenden Tag ab.

Dann sausen wir mit dem Porsche los. Die indische Wirtin

hat uns telefonisch die elegante Honeymoon-Suite versprochen. Und Sake, indischen Reiswein, gäbe es auch, sagt sie. Ferner Lamm-Curry, falls wir hungrig seien. Bei dem Gedanken an die scharfgewürzte Speise wird mir noch mulmiger in der Magengegend...

Ich bin deplaciert angezogen, ich trage ein todschickes ziegelrotes Musselinkleid mit Volants am Rock und einem spitz zulaufenden Rücken-Décolleté. Dreimal mußte ich mich an meinem Hochzeitstag umziehen. Zunächst trug ich meine prachtvolle Trauungstoilette aus weißem Brokat, mit goldener und silberner Stickerei um den kleinen, bootförmigen Ausschnitt. Dann zog ich mich zum Empfang bei Mama um, ich trug zum Lunch ein kurzes, geblümtes Kleid aus leichtem Foulard. Leider fiel mir eine Freundin, die ziemlich viel über den Durst getrunken hatte, mit einem Becher Schokolade-Rahmeis in der Hand um den Hals und stippte schluchzend das ganze Eis auf meine Vorderbahn. Schon wieder mußte ich mich umkleiden... diesmal wählte ich das ziegelrote Musselinkleid, und beinahe hätte auch diese teure Schöpfung des New Yorker Designers Julio daran glauben müssen! Nur ein geschickter Sprung rettete mich vor einer umkippenden Rotweinflasche.

Als wir die Kirche verließen, fiel es übrigens allen Gästen auf, daß Marlies, die glückstrahlende Braut, ihr Hochzeitsbouquet aus Myrthen und Lilien nicht, wie das in Amerika üblich ist, einem jungen Mädchen zuwarf. Ich brach mit dieser Sitte. Ich konnte mich diesmal nach der dritten Trauung meines Lebens, nicht von meinem Hochzeitsstrauß trennen. Ich hatte ihn ja von dem einzigen Mann bekommen, der in alle Ewigkeit mein Geliebter und Ehemann bleiben würde. Von meinem Abgott Dieter. Ich beschloß, den Strauß irgendwie für immer aufzubewahren – vielleicht unter einer Glasglocke. Man kann lebende Blumen ja mit einer dünnen Wachsschicht überziehen und für immer konservieren lassen.

Früher hatte ich mich immer vor wachsüberzogenen Rosen unter Glas gefürchtet. Sie sahen so tot aus. Doch mein Bouquet – das ist etwas ganz anderes. Ich gebe nichts her, was mich an den schönsten Tag meines Lebens erinnert, auch mein Hochzeitskleid, den Schleier und den Kranz, werde ich für immer aufbewahren.

Der ›schönste Tag meines Lebens‹? *Unseres* Lebens?

Mama und mein Stiefvater hatten mit ihren schlimmen Vorahnungen recht behalten! Mama hatte mir ganz zum Schluß, als sie vor die Haustür lief, wie eine säkularisierte Kassandra zugerufen: »Kinder, überlegt es euch doch noch einmal! So ein schmutziges Puff...«

Dieter hatte den Motor schon angelassen. Ich schrie übermütig: »Süße Mama, ein bißchen Schmutz hat noch keiner Liebe geschadet!«

Eine halbe Stunde später sind wir allein, und die indische Wirtin hat meine Erwartungen nicht enttäuscht. Das ›Hochzeitsgemach‹, wie sie es nennt, übertrifft unser erstes Zimmer in dieser indischen Absteige an himmelschreiender Geschmacklosigkeit. Die breite Liege nimmt fast den ganzen, mäßig großen Raum ein, und auf dem Leintuch und Kopfkissen sind lauter indische Schweinereien abgebildet. Man lernt halt nie aus. Jede normale Beleuchtung fehlt, die Deckenlampe spendet dunkelrotes Licht, aber so wenig, daß wir uns mit den Händen vortasten müssen. Auch für diese Schummerigkeit hat die Wirtin, die lange keine Anstalten macht, von der Türschwelle zu verschwinden, eine Erklärung parat.

»Manche Damen sehen im Dunkeln entschieden jünger und überhaupt appetitlicher aus als bei greller Beleuchtung!« sagt sie. Diese Bemerkung ist eigentlich nicht sehr schmeichelhaft für mich, doch hat sie die Wirtin gar nicht auf mich gemünzt.

In einem heißen Wasserbad wartet ein Fläschchen mit Sake auf uns. Ich zähle, komischerweise direkt neben dem Bett, sieben dunkelrote Frottierhandtücher und im angrenzenden Bad noch einmal soviel. Mama dürfte recht haben mit ihrer Vermutung, daß zwischen diesem Motel und einem Stundenhotel für Pärchen, die es ganz eilig haben, kein Unterschied besteht.

»Haben die Herrschaften noch einen Wunsch?« fragt die Wirtin. »Vielleicht morgen früh um Punkt acht das gleiche

Frühstück wie damals, vor mehreren Monaten... Oh, Leila-Lee vergißt nichts!«

»Nein, danke! Wecken Sie uns bitte bloß nicht um acht! Wecken Sie uns morgen früh überhaupt nicht! Wir haben nämlich Zeit und können ausschlafen!«

»Aber... um vierzehn Uhr müssen Sie Ihr Zimmer räumen!« ermahnt uns die fette Wirtin.

»Wir müssen gar nichts! Ich sagte Ihnen doch schon, daß wir dieses Zimmer für zwei Tage und zwei Nächte mieten, und wenn es uns paßt, hängen wir noch einen Tag und eine Nacht dran!« ruft Dieter erbittert. Er fängt schon an sich auszuziehen, um die Frau loszuwerden.

Endlich geht sie. Wir haben auch Kabelfernsehen in der farbigen Bude. Später stellt sich heraus, daß man auf diesem Apparat nur Porno-Filme sehen kann, und dergleichen lehnen wir beide ab.

Ich fühle mich besser und kann sogar schon ein winziges Täßchen heißen Reiswein trinken. Wir sind beide noch halb angekleidet.

»Heute lassen wir uns Zeit! Wir haben ja Zeit, ist das nicht unfaßlich? Ich kann mir mein Leben ohne Ingrid und Albert, die mit einer Peitsche hinter mir stehen und mich, wenn ich nicht gerade Skalen oder Lieder übe, zum Klavierspielen oder Lesen zwingen, gar nicht mehr vorstellen!« sagt Dieter, tief aufatmend.

»Ja, Liebling, ich weiß. Aber... im Schweiße deines Angesichts sollst du dir nicht nur dein Brot verdienen, sondern auch deinen Ruhm, Dieterchen!«

»Ich weiß, ich weiß. Immerhin kommen mir schon heute Zweifel... Will ich eigentlich berühmt werden? Ich bin sehr stolz auf meine Stimme, ich singe gern! Aber weißt du, Schatz... manchmal habe ich meine Bedenken! Bin ich wirklich bereit, zwanzig oder dreißig Jahre meines Lebens ganz hart zu arbeiten, damit die Opernkritiker an mir herumnörgeln und mich mit den anderen großen Heldentenören der Gegenwart und Vergangenheit vergleichen können?«

Ich bin sprachlos.

»Dieter! Es geht doch nicht nur um Ruhm! Und gewiß nicht nur um Geld! Du hast einen wunderbaren, einmaligen

Schatz in der Kehle! Den darfst du nicht verstecken, wie Fafner seinen Schatz...«

»Wie *wer* seinen Schatz?«

Nun hat Dieter schon wieder vergessen, was er im deutschen Literatur-Privatunterricht viermal wöchentlich lernt. Die Namen der Wagnerschen Götter, den Inhalt der Sagen, im besonderen die Geschichte des Nibelungenliedes, von der althochdeutschen und mittelhochdeutschen Legende bis zu Hebbel und Wagners Nibelungen... Er braucht sich ja nicht alle Einzelheiten zu merken, das kann nur ein Mensch mit deutscher, guter Schulbildung; doch ein junger Wagnertenor, dessen Bariton von den besten Stimmpädagogen Amerikas in einen Heldentenor verwandelt wird, muß zumindest die Hauptfiguren in Wagners Werk kennen! Und sich ihre Namen merken.

Ich erkläre Dieter zum hundertstenmal, wer Fafner ist. Er seufzt abgrundtief.

»Wenn ich gewußt hätte, meine Süße, daß ich mir durch deine Rettung auch diesen Mime und Alberich und Siegfried und Fafner und Tristan, und wie sie alle heißen mögen, aufbürde, so hätte ich mir's dreimal überlegt!«

»Wirklich?« frage ich meinen ungezogenen Geliebten und küsse ihn so wild auf den Mund, daß er nicht mehr antworten kann.

Und nun sitze ich wieder einmal splitternackt auf Dieters Schoß. Auch er hat die Kleider ausgezogen.

»Liebling, ich finde es himmlisch, daß wir morgen bis in den Tag hinein schlafen können! Und wir haben den Namen des Motels wohlweislich verschwiegen. Unsere besorgte Mama kann uns nicht mit ihrem Unken stören..., aber ich bin undankbar. War das nicht ein fabelhafter Empfang, den Mama und Papa für uns steigen ließen?«

Dieter nickt.

»Du hast liebe, gute Eltern! Und es ist jammerschade, daß mein Vater gerade jetzt eine schwere Grippe hatte und Mama nicht allein nach Washington fliegen wollte. Wir müssen meine Eltern bald wieder besuchen, gelt, mein Schatz?«

Ich verspreche es Dieter. Ich habe meine Schwiegereltern

als Dieters Braut schon ein paarmal in Kansas besucht. Wenn ich heute, nach fünf Ehejahren, Bilanz mache, so darf ich mir schmeicheln, Dieters Eltern am laufenden Band bedeutende Geldgeschenke gemacht zu haben. Dieter ist ein sehr guter Sohn. Er besucht die Eltern fast jeden Monat und verbringt dann immer zwei Tage in Kansas. Dieter ist ein ebenso guter Sohn wie Ehemann.

Er beschwert sich oft bei mir: »Darling, warum rufst du nie bei meinen Eltern an, wenn ich sie besuche?«

Meine stereotype Antwort ist die: »Weil ich nicht den Anschein erwecken will, dir nachzuspionieren, mein Herz! Ich kann ebensogut abwarten, bis du mich anrufst!«

Und das tut Dieter immer. – Ich bin stolz darauf, meinem jungen Ehemann zu beweisen, daß ich nicht eifersüchtig bin. Und das ist selbstverständlich eine glatte Lüge. Ich bin eifersüchtig, er darf es aber nicht wissen. Ich leide unter jeder noch so kurzen Trennung. Ich bin schon todunglücklich, wenn ich einen ganzen Vormittag ohne Dieter im Lincoln Center proben muß. Ich brauche seine physische Nähe, um gut zu singen!

Was habe ich früher, ohne Dieter, getan? Wie hab' ich's geschafft? Den Erfolg erzwungen... ohne Dieters Nähe, ohne seine Wärme, ohne seine ungeteilte Aufmerksamkeit, ohne seinen Applaus? Marlies von Ritter erntete ja Lorbeeren, bevor es einen Dieter Williams in ihrem Leben gab. Sie sang und begeisterte ihre Zuhörer ohne den geliebten Mann im Zuschauerraum, hinter den Kulissen oder als ihren Partner auf der Bühne zu haben...

Ich sitze also auf Dieters Schoß und spiele mit seinen Ohrläppchen. Ich küsse sehr langsam und umständlich seine breiten Backenknochen, die rosige, weiche und jetzt brennend heiße Haut seiner Wangen. Er streichelt meine Schenkel.

Im Nebenzimmer spielt jemand Gitarre. Gegen Country Music habe ich nichts einzuwenden. Und so ein Motel nennt sich ›schalldicht‹? Wir hören auch eine Männer- und eine Frauenstimme, die sich nicht gerade feiner Ausdrücke bedienen. Dann kommen lange Pausen im Gespräch. Man braucht nur wenig Fantasie, um sich auszumalen, daß diese Gäste der gleichen angenehmen Beschäftigung huldigen wie wir.

Eigentlich eklig, diese dünnen Wände. In Mamas dreistöckigem Herrenhaus liegen die Gästezimmer an einem langen Korridor, und keines stößt unmittelbar an das andere. Ich bin schuld, wenn wir hier im Motel sozusagen im Glashaus sitzen.

Aber dieser laute Lümmel nebenan und seine Freundin kümmern sich wohl überhaupt nicht um ihre Nachbarn. Vielleicht hat sich dort ein Gitarrist mit einem Schock Groupies einquartiert? Möglich ist trotz der Furcht vor Aids alles.

»Komm ins Bett!« bittet mich Dieter. »Warum soll ich ausgerechnet in meiner Hochzeitsnacht einen Muskelkrampf kriegen?«

»Du machst es doch sonst so gern sitzend!« sage ich. »Außerdem haben wir bis morgen vormittag Zeit. Und wenn es uns paßt, bleiben wir den ganzen Tag hier und auch die ganze Nacht. Ich hab' überhaupt keine Lust mehr, aufzustehen!«

»In diesem Kabuff bleib' ich nicht. Ich halte diese schummerige Beleuchtung nicht mehr aus! Für euch Frauen mag es ja vorteilhaft sein. Da sieht man wirklich keine Falten...«

Ich springe auf und stelle mich vollkommen nackt vor Dieter hin.

»So, mein Junge! Und nun fang mal an, zu kritisieren. Fang mit dem Gesicht an. Soll ich mich unter die Nachttischlampe legen? Ich bin fest überzeugt, daß ich von allen Frauen, mit denen Mr. Dieter Williams bisher geschlafen hat, den meisten Sex habe.«

»Den meisten Sex? Darauf kannst du Gift nehmen, Darling. Aber nicht die jüngste! Laß mal sehen!« Und Dieter greift nach einer Streichholzschachtel, die auf dem Nachttisch liegt und hat tatsächlich die Stirn, ein Streichholz anzureißen und mir ins Gesicht zu leuchten.

»Nein, also viele Falten kann ich noch nicht entdecken! Überhaupt nichts, was nicht mit einem *Facelift* zu beheben wäre. Sagen wir mal, in vier bis fünf Jahren. Solange solltest du immerhin noch warten. Zu früh darf man damit nicht anfangen!«

Das Streichholz ist erloschen, Dieter zieht mich zu sich herunter, auf seine Knie. Ich schmolle: »Wie kannst du bloß in unserer Hochzeitsnacht von Falten und Facelift sprechen? So was Taktloses! Ich werfe dir auch nicht deine himmelschreiende Unbildung und deinen Mangel an gesellschaftlichem Schliff vor, mein Freund!«

»Wollen wir uns zanken, Marlies?«

»Wer hat angefangen?«

Dieter steht auf, nimmt mich auf sine bärenstarken Arme und trägt mich zum Bett. Er wirft mich auf den Rücken, kniet sich aufs Bett, er selbst kauert neben meinen Füßen und preßt meine Fußknöchel wie ein Schraubstock zusammen. Die beiden Schraubstöcke, seine Arme und Hände, gleiten an meinen Beinen höher, und während Dieter mir beinahe wehtut und jeden Fingerbreit meines Körpers an sich preßt, bedeckt er meine Haut mit wilden, habgierigen Küssen. So küßt ein Verdurstender in den letzten fünf Minuten seines Lebens. Er beißt und krallt sich an meinen Knien und Schenkeln fest und schießt mit seiner gierigen Zunge auf mein Dreieck nieder.

Ich liege mit geschlossenen Augen da und bin halb ohnmächtig vor Glück. Aber ich muß meinen Geliebten dennoch fragen: »Bin ich wirklich nicht zu alt für dich? Du hast mir mit deinem albernen Facelift-Gequatsche richtig wehgetan, du Monster! Wolltest du mich ärgern?«

Dieter, zwischen eintausend Küssen:

»Hast du das nicht sofort gemerkt? Ich wollte dich ein bißchen ärgern. Ich ein paar Jahren werde ich viel mehr Falten haben als du, Liebling! Ich bin doch so stolz auf dich!«

Plötzlich frage ich Dieter, wie aus der Pistole geschossen:

»Wann hast du Kim zum letztenmal gesehen?«

»Wen? Ach so, Kim! Schatz, bist du durchgedreht, mir so alberne Fragen zu stellen? Das letzte Lebenszeichen von Gwendolyn und Kim war doch dieser wirklich nette, versöhnliche Glückwunschbrief. Und damit hat sich's. Ich habe mit den beiden Damen nichts mehr zu tun! Wenn du Lust hast, können wir die Stätte, wo ich meine ersten Lorbeeren erntete...«

...er hat das mit liebenswürdiger Selbstpersiflage gesagt und ich tue ihm den Gefallen, zu lachen...

»... wir können ja mal im Hotel Cape Clifford vorbeikommen, wenn wir ein paar Tage oder ein Wochenende in unserem Sommerhaus am Strand verbringen. Aber ich verspüre ganz und gar keine Sehnsucht nach dem Klapperkasten. Ich habe gehört, daß sie jetzt im Hotel eine ganz passable Combo haben, und auch einen neuen Entertainer. Ist mir wirklich schnuppe!«

Die Unterhaltung im Nebenzimmer wird immer lauter. Das sind keine Liebesspiele mehr. Mir kommt vor, als wäre dort einer, oder eine, handgreiflich geworden. Aber auch das soll nicht unsere Sorge sein.

»Leck mich ein wenig ab! Aber sehr, sehr langsam! Das kann keine Frau so wie du!« bittet mich Dieter und legt sich auf den Rücken. Die vollkommene Schönheit seines Adonis-Körpers kommt auch im Halbdunkel voll zur Geltung. Vor mir liegt ein junger, herrlicher Mensch, von Michelangelo gemeißelt. Dieter ist viel zu schön für mich. Ich werde ihn nicht in alle Ewigkeit an mich fesseln können.

Schon wieder diese dumme, kleinmütige Angst!

»Ich möchte dich mit meinen Schenkeln erwürgen!« sagt Dieter.

»Bitte, bediene dich!« Ich zwänge meinen weißen, langen Hals zwischen die sonnengebräunten, festen Schenkel meines Geliebten. Auch dieses Spiel ist keine Uraufführung. Wir haben es schon oft gespielt, und immer ist es aufregend und neu. Dieter drückt die Schenkel sachte, sehr sachte und bis zum Verrücktwerden raffiniert zusammen. Ich wage es nicht, meine aufeinandergepreßten Lippen zu öffnen, denn nur so kann ich meine Sucht beherrschen, mich wie ein Habicht auf den rosigen, kraftstrotzenden Turm zu stürzen. Die Befriedigung meines Geliebten käme dann zu schnell. Darum heißt es: Selbstzucht und warten, warten, warten. Das andere kommt ja noch. Später. Ich werde auch heute den Turm, den geliebten Pfahl zwischen die Lippen nehmen und ihn so tief in mich hineinsaugen, bis ich beinahe ersticke.

Daß die körperliche Liebe zwischen Mann und Frau so schamlos sein kann, habe ich erst in Dieters Armen erfahren. Hätte mir irgendein anderer Mann, mein erster oder zweiter Ehemann oder einer der ganz wenigen Boyfriends, die ich zwischen zwei Ehen und meiner Begegnung mit Dieter hatte, ein solches Anerbieten gemacht, ich hätte ihn aus dem Bett geworfen.

»Komm«, bittet mich mein Geliebter. »Mach mich ganz glücklich! So!«

Und Dieter greift nach meinem Kopf und drückt ihn genau dorthin, wo...

Was dann folgt, wäre irrsinnig komisch gewesen, wenn es sich um keinen Mord gehandelt hätte. Ein Mord kann nie komisch sein. Komisch war nur die Situation in *unserem* Zimmer. Ich war im Begriff, Dieter heute nacht zum erstenmal vollauf zu befriedigen, sein bestes Attribut bis zur Bewußtlosigkeit zu küssen, an Dieters Körper zu saugen..., als aus dem Nebenzimmer ein markerschütternder Schrei ertönte. Eine Frau schrie. Sie rief gellend um Hilfe, daran konnte kein Zweifel sein. Diese Hilferufe: »Help! Help!« mußten auch die anderen Motelbewohner hören. Und die fette Inderin in ihrer Portiersloge. Ein Schuß dröhnte. Wir schauten aus dem Fenster des ebenerdigen Zimmers, zogen die Jalousien hoch. Es wurde überall Licht gemacht, in allen Cabanas. Wir waren diesmal im Hauptgebäude einquartiert.

So plötzlich die Hilferufe ertönt waren, so plötzlich verstummten sie auch. Die fette Motelbesitzerin kam mit einem jungen Mann, wie sich später herausstellte ihrem Hausdiener, und einem Zimmermädchen – in Sari und Sandalen – gelaufen.

Die drei klopften wie wild an der Tür unseres Nachbarzimmers. Dieter und ich hatten Morgenmäntel übergeworfen. Wir laufen hinaus, fragen, ob jemand Hilfe braucht.

»Aufmachen!« kreischt die indische Puffmutter. So werden wir sie in alle Ewigkeit nennen, obwohl das ›Bombay Motel‹ eigentlich kein Bordell ist. »Aufmachen!«

Im Zimmer ist alles still.

Dann reißt jemand die Tür von innen auf. Ein halbnackter junger Mann mit wehender Löwenmähne, die Gitarre in der Hand, steht keuchend auf der Schwelle. Er brüllt: »Schaut nur hin! Dort drinnen liegt das Aas! Betrogen hat sie mich, mit meinem besten Kumpel! Und eingestanden hat sie's auch, die Hure! Dabei weiß jeder, daß Kyle Aids hat! Und die

Bestie läßt sich mit so was ein und schläft dann auch noch mit mir!... Wo ich Kyle doch nicht mal mehr die Hand geben wollte... Wenn ich jetzt noch kein Aids hab', so werd' ich's noch kriegen. Und darum habe ich das Miststück abgeknallt!«

Auf dem Teppichboden liegt ein Mädchen, sie ist nur mit einem Slip bekleidet. Neben ihr entdecken wir einen Revolver. Ein Blutstrom rinnt aus dem Mund der Leblosen.

Der Gitarrist springt ins Zimmer zurück, greift nach der Waffe.

Dieter versucht, sie ihm zu entwinden. Der Gitarrist schüttelt Dieter so leicht ab wie ein Schneeflöckchen.

»Laß mich!« schreit der Tobsüchtige. »Ich sterbe, wenn es *mir* paßt! Noch immer besser, als auf Aids zu warten!«

Blitzschnell steckt er sich den Lauf des Revolvers in den Mund. Drückt ab. Bricht an der Leiche des Mädchens zusammen.

Als der Schuß krachte und der junge Musiker zusammenbrach, hörten wir draußen das immer stärker werdende Jaulen der Polizeifunkstreife. Man schaffte zwei Leichen fort. Zwei junge Menschen, die sich vor kurzem noch geküßt und umarmt hatten.

Und das war ausgerechnet in unserer Hochzeitsnacht passiert!

Ich zittere am ganzen Leib.

»Nicht böse sein, Liebling, aber ich kann heut' nacht nicht mehr... Ich fürchte mich so! Wir wollen versuchen, zu schlafen!« sage ich. »Noch besser... Was hältst du davon, Dieter, wenn wir bei Mama und Daddy anrufen und ihnen den Sachverhalt schildern? Die haben gewiß nichts dagegen einzuwenden, wenn wir jetzt, zu nachtschlafender Zeit – warte mal, es ist schon drei Uhr morgens – wieder bei ihnen aufkreuzen. Ein Gästezimmer war ja für uns vorbereitet, mit Blumen, Kühlschrank und Geschenken... Mama war sowieso eingeschnappt, daß wir dieses gottverlassene ›Bombay Motel‹ vorzogen. Nun haben wir's. Recht geschieht uns!«

Dieter begreift schnell, daß ich nicht hier bleiben kann. Auch er kann das indische Motel, das wir so romantisch fanden, plötzlich nicht mehr ausstehen. Wir packen schnell unser Suitcase, holen den Wagen. Dann rufen wir bei meinen Eltern an.

»Hallo, Mami?«

Die Stimme meiner Mutter klingt, wie erwartet, zuerst schlaftrunken, dann sehr überrascht und entsetzt. »Was ist passiert?« ruft Mama in die Muschel. »Ist ein Unglück geschehen? Ich hab's ja prophezeit... in diesem Kabuff... seid ihr am Leben?«

»Wenn ich nicht am Leben wäre, könnte ich schwerlich telefonieren, Mutti!« sage ich.

»Und Dieter? Ist ihm etwas zugestoßen?«

»Nein, nein, Mami, auch Dieter ist okay... wir werden euch alles erzählen, es ist nämlich etwas Gräßliches im Hotel passiert... Nicht mit uns... nein, mit anderen... das Bombay Motel ist wirklich schlimm, hattest doch recht...«

»Kommt sofort! Sollen wir euch nicht abholen? Was wollt ihr essen?«

»Jetzt? Um drei Uhr früh? Nichts, Mami! Untersteh dich, uns abzuholen! Wir sind in dreißig Minuten dort...«

Um halb vier Uhr morgens hält unser Porsche vor dem stattlichen Herrenhaus. Wir werden von Mama und meinem Stiefvater zärtlich und sehr aufgeregt mit Küssen und Umarmungen empfangen.

»Was hat's denn in diesem Kaff gegeben? Mord und Totschlag?« will der Senator wissen, während wir uns im Morgengrauen bei Papa und Mama einquartieren.

»Du hast den Nagel auf den Kopf getroffen, Daddy!« sage ich. »Es gab wirklich Mord und Totschlag!«

Es ist schon reichlich hell, als wir mit Dieter in Mamas luxuriösem Gästezimmer landen. Ich lasse mich endlich nackt ins Bett fallen. Es ist mit bonbonrosa Seidendamast überzogen. Wir haben schnell geduscht und wollen morgen bis in den Tag hinein schlafen.

»Mama ist doch furchtbar stolz darauf, daß wir bei ihr und Daddy Zuflucht gesucht haben!« sage ich. Dieter nickt. Er versteht sich ausgezeichnet mit meiner Mutter. Mamas Bedenken wegen des verrückten Altersunterschiedes scheinen wie weggefegt.

Wir schwimmen im Glück.

»Dein angetrauter Ehemann gibt sich die Ehre, die große Diva endlich zu vergewaltigen!« sagt Dieter und setzt sein Versprechen gleich in die Tat um. Und obwohl wir beide todmüde sind und die Nacht schon beinahe vorüber ist, bitte ich Dieter, wie immer, auch jetzt: »Nicht so schnell, Liebling! Bitte, bitte, noch nicht!«

Aber Dieter ist diesmal kratzbürstig. »Laß endlich einmal mich den Fahrplan zusammenstellen!« fordert er. Und dann: »Weißt du, Schatz, ich hab' genug von der Romantik. Ich verstecke mich nie wieder mit dir in einem miesen Motel. Schließlich hab' ich als dein Mann ein bißchen Anspruch auf Luxus!«

»Du sollst ihn haben, Schatz! Meine Sekretärin hat ja nur in den allerbesten Hotels Zimmer bestellt! An der Riviera. In Rom und Paris. In Berlin... und in den Naturschutzparks, die wir hier in den Staaten besuchen werden.«

Dieter stößt seinen Pfahl ohne jeden Übergang schon nach ein paar wilden Küssen zuerst in meinen Mund, dann in mich hinein. Ich bin noch nicht so weit, doch lasse ich ihn gewähren. Dieter schreit laut auf. Eigentlich ist es ein Jauchzen. Ich habe meinen Mann befriedigt. Ich habe meinen Gott zum hundertstenmal befriedigt, seine Erregung schwillt in meinen Armen ab. An mich darf ich nicht denken. Mein Orgasmus ist nicht so wichtig, war es nie.

Dieter, schon halb schlafend: »Du, ich werde dich erstechen, wenn du mich betrügst. Oder erschießen. Der arme Teufel nebenan – im Motel – hatte selbstverständlich recht. Eine treulose Frau darf nicht weiterleben, man muß sie töten. Jede Rache ist berechtigt.«

»Und was macht man mit einem treulosen Mann?« frage ich.

Aber Dieter schläft schon tief und fest. Er hat mich vor dem Einschlafen so heftig in die Arme genommen, daß ich kaum Atem holen konnte. Ich kann noch immer nicht richtig atmen, seine Umarmung ist auch noch im Schlaf so stark, als hielte mich ein Schraubstock gefangen. Ich will ihn nicht wecken. Lieber atme ich ganz, ganz vorsichtig, in die Betrachtung von Dieters Mund versunken. Ich liege sehr unbequem da, doch für Dieter leide ich gern.

Eine Stunde lang, bis Dieter im Schlaf seine Lage ändert, begnüge ich mich mit einem Minimum an Sauerstoff.

Um sieben Uhr morgens liegt Dieters Kopf, in Sonnenlicht gebadet, auf dem rosa Seidenkissen. Mehr denn je gleicht er dem Idealbild der Wagner-Helden. Der Bayreuther Meister klagt in seiner Autobiographie oft genug über die sehr unzulängliche äußere Erscheinung seiner Heldentenöre. An Dieter Williams hätte Richard Wagner seine helle Freude gehabt – zumindest, was seine äußere Erscheinung betrifft.

Ich bin ja so glücklich, daß Ingrid, Albert und Dieters andere Lehrer am New Yorker Musikkonservatorium von Dieters Stimme, ihrem gewaltigen Volumen, dem ›Metall in seiner Kehle‹, nach wie vor begeistert sind. Wir alle haben nur eine Sorge: Dieter hat kein absolutes Gehör. Dergleichen fällt beim Schlagersingen nicht auf, und beim Rock ist es beinahe ein Vorteil – je lauter ein Entertainer da grölt und je falscher er singt, um so aparter! Ein paarmal bat ich Dieter, mit halber Stimme die Gralserzählung oder die Winterstürme zu singen – er kann vom Blatt singen, doch seine Einsätze sind sehr zaghaft. Nun, er wird ja, wenn alles klappt, frühestens in zwei bis drei Jahren sein Operndebüt feiern, bis dahin gibt es Arbeit, Arbeit und noch mehr Arbeit...! In der deutschen Diktion macht Dieter einige Fortschritte, ich zweifle aber daran, daß er es je über die phonetisch eingepaukte richtige Aussprache bringen wird. Hochdeutsch hat er mit seiner Großmutter, die aus Bayern eingewandert ist, nie gesprochen, und eine Gralserzählung mit Münchner Einschlag scheint mir denn doch nicht das richtige... Das alles sind aber vielleicht Kinderkrankheiten, die sich der künftige Heldentenor Dieter Williams abgewöhnen wird. Hoffentlich!

Außerdem behauptet Dieter, an starkem Lampenfieber zu leiden. Das merke er beim Korrepetieren. Im ›Hotel Cape Clifford‹, wo der Entertainer Williams mit Beifallsstürmen belohnt wurde, sei ihm das nie aufgefallen Im ›Hotel Cape Clifford‹! Er wagt es, diese bessere Bruchbude mit der City Center Oper, oder der Met, oder dem neuen Washingtoner Opernhaus zu vergleichen!

»Paßt auf, Dieter Williams wird ein großer Heldentenor! Eines Tages stehe ich mit ihm auf der Bühne der Met oder im

Bayreuther Schauspielhaus!« sage ich oft zu meinen Freunden. Ich wiederhole es so häufig, daß ich mir selbst ein bißchen verdächtig vorkomme. Zweifle ich schon heute an Dieters Durchbruch?

Albert beantwortet meine optimistischen Voraussagen mit einigen Einschränkungen.

»Dieter«, sagt der Gute, »hat tatsächlich eine ungewöhnlich große Stimme mit einem wunderbaren Timbre, er hat Erz in der Kehle. Aber leider, oder gottlob, singt man nicht mit der Stimme allein. Auch das Gehör und der Verstand müssen herhalten. Und zum Singen braucht man auch Herz. Als ob du das nicht wüßtest, Marlies! Du willst ja bloß, daß wir deinen Mann über den grünen Klee loben, und das wirst du weder von mir noch von Ingrid hören!«

Wenn ich an diesen frühen Pessimismus meiner Lehrer denke – heute, fast fünf Jahre nach unserer Heirat – so muß ich zugeben, daß die Wahrheit etwa in der Mitte lag. Dieter hat ja längst sein Operndebüt hinter sich. Noch immer gelang es ihm nicht, alle Kritiker für sich zu gewinnen, und an der Met hat er noch nie gesungen! Auch Bayreuth ist noch Zukunftsmusik für ihn.

Damals, am Morgen nach unserer schaurigen und trotzdem schönen Hochzeitsnacht beschlossen wir, unbedingt auch nach Europa zu fliegen. Die Zimmer waren ja schon bestellt. Ich hatte den Wunsch, ein paar Wochen weit weg vom Schuß zu sein – ich hatte einfach Sehnsucht nach Europa. Die nach Washington mitgebrachten großen Koffer und Kleider genügten nicht. Wir flogen mit dem Pendelflugzeug nach New York zurück und bemühten uns, den Eifersuchtsmord und unseren Schrecken zu vergessen.

In meinem Penthouse-Apartment packten wir noch zwei große Koffer, ich brauchte für Europa noch ein paar Cocktail- und Abendkleider, und die Reithosen und Stiefel wollten wir auch mitnehmen. Eine Woche Reiterferien in der Lüneburger Heide werden eingeplant, ich kenne die Heide nur aus Naturfilmen und Büchern.

Ingrid und Albert bringen uns zum John F. Kennedy-Flughafen. In der Senator-Lounge überraschen uns ein paar Professoren vom Konservatorium und einige treue Fans. Schon wieder muß ich Sekt trinken!

»Immer willst du mich beschwipst machen!« beklage ich mich bei Dieter.

»Bist eben ein kleines Mädchen, das keinen Alkohol verträgt!« schmeichelt mir Dieter. Jede Frau meines Alters läßt sich gern ein ›kleines Mädchen‹ nennen.

Ich gebe keine Wahnvorstellung wieder, wenn ich berichte, daß sie, die Hexe, der Quälgeist, das Scheusal, das ich so sehr hasse, plötzlich dastand, mitten in der Senator-Lounge, zwischen meinen Fans. Ich hielt ein Sektglas in der Hand und war im Begriff, meinem Mann zuzuprosten.

Da löste sich eine junge Frau, ein Mädchen, ganz in Weiß gekleidet, von der Gruppe. Ich hatte sie bisher nicht gesehen, und auch Dieter war wie vor den Kopf gestoßen.

Es war Kim, Dieters Ex-Freundin oder abservierte Geliebte oder Mitschülerin – wobei ich nie vergesse, daß Dieter immerhin schon die Oberprima besuchte, als Kim noch Elementarschülerin war. Ja, es war Kim in einem weißen Sommerkleid mit ordinär kurzem und knapp sitzendem Minirock und schulterlangem Blondhaar, Kim, fast ohne Make-up, aber sehr, sehr hübsch, Kim mit den langen nackten Beinen – sie trug nie Strümpfe – Kim mit einem – ich traute meinen Augen nicht – großen Blumenstrauß! Er bestand aus Rosen, Veilchen und Nelken. Das war sehr ungewöhnlich. In New York schenkt man sich keine Veilchen, man bekommt sie fast nie in den Blumenhandlungen zu kaufen.

Kim trat vor, machte einen spöttischen Knicks und deklamierte deutsch, mit scheußlich schlechter Aussprache:

»Rosen, Veilchen, Nelken,
alle Blumen welken,
nur die wahre Liebe nicht!«

Dieter hatte seinen Champagner verschüttet, ich hielt mein Glas mit beiden Händen fest, denn ich zitterte am ganzen Leib.

Unwillkürlich rückten unsere Freunde und die Fans, die ja Fremde waren und den Sachverhalt nicht kannten, von unserem Trio ab. Die Situation war unmöglich. Dieses Biest. Sie hatte ihr Versprechen, uns aus dem Weg zu gehen, nicht gehalten!

Dieter zischte ihr zwischen den Zähnen zu: »Mach, daß du wegkommst! Aber ein bißchen plötzlich! Du hast uns doch versprochen...«

»Ich halte mein Versprechen!« sagte Kim mit blitzenden Augen. »Ich wollte doch nur diese bescheidenen Blümchen... damit ihr mich nicht ganz vergeßt... Ich geh' ja auch schon!«

Und sie läuft hinaus. Vielleicht weint sie. Aber diese zudringliche Person tut mir absolut nicht leid, und auch Dieter atmet auf.

»Wer war denn diese junge Dame?« will ein Reporter wissen.

»Ach, die Tochter meiner früheren Haushälterin. Sie schwärmt für Musik, aber sie war immer sehr zudringlich!« lüge ich dreist und gar nicht so ungeschickt.

Die Fernsehreporter sind schon gegangen, sie haben Dieter und mich, innig umschlungen, vor dem Abflug zur ›Hochzeitsreise des Jahres‹ gefilmt.

Schwamm drüber. Niemand erkundigt sich mehr nach dem weißgekleideten Mädchen mit den Blumen und dem albernen Verschen.

Während wir die Fluggastbrücke passieren, sage ich zu Dieter: »Du, diese Mißgeburt will uns doch nicht etwa das ganze Leben vergällen? Wenn sie keine Ruh' gibt, schalte ich wirklich meinen Anwalt ein. Einen meiner Anwälte. Den rücksichtslosesten!«

»Schatz, ich kenne diese dumme Kim nun wirklich länger und besser als du. Das sind Schreckschüsse. Und törichte dazu. Die meint nämlich, du ließest dich ins Bockshorn jagen.«

»Will sie noch mehr Geld erpressen?«

»Ich weiß nicht. Aber du gibst ihr keinen Cent mehr, weder ihr, noch ihrer Alten! Das mußt du mir versprechen, Marlies! Du bist sowieso ein bißchen leichtsinnig. Oder irre ich mich? Ich habe die Absicht, dir in finanziellen Dingen auf die Finger zu schauen!«

Wir bleiben in der Tür zum Flugzeug stehen, und Dieter

küßt mich innig auf den Mund. Die anderen Passagiere lachen und applaudieren. Und dieser heiße Kuß Dieters war nicht für die Zuschauermenge oder die Reporter bestimmt, sondern nur für mich!

Vergebens bemühe ich mich in der Concorde während des nur dreistündigen Fluges, das Bild des Mädchens im weißen Kleid aus meinen Gedanken zu verbannen. Unverschämte Nutte. Marlies von Ritter wird Mittel und Wege finden, dich loszuwerden!

Drei Stunden nach dem Abflug von New York landet die Concorde in Paris. Dieter strahlt. Er kennt Paris noch nicht, er ist überhaupt noch nie im Ausland gewesen. Während unserer ganzen Hochzeitsreise, die immerhin zwei Monate dauert, lebt Dieter in einem Rausch. Er kann die vielen Eindrücke kaum verkraften. Er ist übermütig und dankbar, küßt mich, versichert mir immer wieder, daß ich der größte Glückszufall in seinem Leben bin.

»Ich war ja ein Bettler ohne dich, Liebling!« sagt mein Mann. Er fällt vor mir in die Knie, umarmt meine Schenkel, küßt durch den Kleiderstoff meinen Schoß. Diese rührende Szene im Pariser Hotel werde ich nie vergessen. Wir wollten eine Stadtrundfahrt machen und dann zum drittenmal ins Louvre-Museum, aber daraus wird nichts. Das Endziel ist wieder einmal unser Hotelbett.

Innerlich muß ich lachen. Dieter will ohne mich ein ›Bettler‹ gewesen sein? Mit dieser äußeren Erscheinung? Mit soviel Schönheit und Jugend? Ein ›Bettler‹? – Ich kenne keinen Mann, der nicht mit Dieter tauschen würde!

Am Pariser Flughafen erwarteten uns freilich wieder Reporter, Fernsehkameras, Opernfans. Ich bin in Hochform – ich stelle dann später während unserer Hochzeitsreise überhaupt fest, daß ich täglich jünger und schöner werde. Das macht mein beinahe untragbares Glück. Bald werde ich so jung aussehen wie mein geliebter Mann! Der Spiegel lügt nicht. Der Spiegel zeigt mir die unwiderstehliche, die allerhöchstens dreißigjährige, vollkommen verjüngte und verzauberte Marlies von Ritter. Ich fange erst jetzt an, zu verstehen, daß sich Dieter auf Anhieb in mich verliebte. Vielleicht reizte ihn damals, auf der Autobahn, mitten im Sturm, gerade meine Hilflosigkeit, mein zerzaustes Haar, mein klassisch schönes Gesicht unter der zerfließenden Schminke!

Der Pariser Flughafen. In sechs Monaten, das wissen die Reporter, werde ich in der prunkvollen Pariser Oper die Elsa im Lohengrin singen. Mit einem französischen Spielleiter und einem französischen Dirigenten. Darüber hinaus mit einem französischen Lohengrin – daß Gott erbarm! Aber ich kann mir nicht helfen, mein Impresario und Manager hat den Vertrag geschlossen, mein Honorar ist fürstlich, und ich muß an meine Zukunft denken. Ich muß Geld und noch mehr Geld verdienen. Vor allem als Ehefrau eines angehenden jungen Opernsängers, dessen Ausbildung ein Vermögen verschlingt...

Für Dieter und seine künstlerische Karriere würde ich mein letztes Hemd hergeben!

Immer, wenn ich in Paris bin, bedaure ich es, daß ich mich nicht heute, mehr als hundert Jahre nach der Schmach, die meinem Idol Richard Wagner durch den verfluchten Jockey Club angetan wurde, dafür rächen kann. Ich sehe rot, wenn ich an die Qualen denke, die der Meister in Paris ausstehen mußte. Er litt als Mensch, er litt als Künstler, er litt intellektuell. Und noch heute wird Wagners Werk von unfähigen, eingebildeten Franzosen verstümmelt, falsch ausgelegt, falsch inszeniert, überkandidelt aufgeführt... Marlies von Ritter wird das nicht ändern. Meine Rache ist darum ganz schlicht und einfach die: Ich lasse mir gerade in Paris, der Stätte von soviel Schmerzen für Richard Wagner, die höchsten Honorare zahlen und halte mir die Ohren zu, wenn ich Massenet und Gounod höre. Die Franzosen hatten einen einzigen Opernkomponisten: Bizet. Und dann kam nichts mehr...

Ich beneide meinen jungen Mann, weil diese Probleme für ihn nicht oder noch nicht existieren. Dieter ist lieb, gut, gar nicht dumm, aber irgendwie einfältig. Und für europäische Begriffe wahnsinnig ungebildet. Vorläufig stört mich das noch nicht. Vielleicht wird es mich eines Tages stören...

Immerhin ist er ein herzensguter Mensch, und das macht mich glücklich. Er wäre keiner gemeinen Tat fähig, ich nehme Gift darauf, daß Dieter nie unanständig handeln könnte...

Im übrigen werde ich mich in Paris hüten, meine französischen Kollegen zu kritisieren. Auch mit den schauderhaft unbegabten Bühnenbildnern und dem Dirigenten, dessen schlampige Tempi mir auf die Nerven gehen, muß ich auskommen. Ich kann keine Feinde brauchen.

Am Flughafen schiebe ich Dieter nach vorn und stelle ihn der französischen und ausländischen Presse vor.

»Darf ich meinen Mann vorstellen? Dieter studiert Gesang. Vielmehr, er singt schon seit vielen Jahren. Bisher war er Bariton. Jetzt versichern mir die führenden New Yorker Gesangslehrer und Musikpädagogen, daß Dieter Williams sehr bald als Heldentenor debütieren wird und daß er die schönste und größte Stimme seit – ich möchte nicht übertreiben, ich wiederhole nur die Meinung der anderen – seit Lauritz Melchior oder Wolfgang Windgassen hat.«

»Wo hat Ihr Mann bisher gesungen?« will eine Fernsehreporterin wissen.

Ich versetze Dieter einen heimlichen Knuff. Der kapiert. Er läßt mich reden.

»In Schülerkonzerten. An der New Yorker Musikakademie und in sogenannten Regionaltheatern, die etwa den deutschen und französischen Provinztheatern entsprechen!«

Ich habe nicht die geringste Lust, den Presse- und Medien-Hyänen vom ›Hotel Cape Clifford‹ zu erzählen, wo Dieter Country Music und Evergreens und, ich will es nicht wahrhaben, ab und zu sogar verkrampfte Rock-Antimelodien sang.

Aber so genau wollen die Neugierigen das alles nicht wissen. Man bittet uns um Küsse und Umarmungen vor der Kamera.

Ein Reporter fragt dann sehr direkt: »Wo haben Sie Ihren Mann kennengelernt, Frau von Ritter?«

»In der Grottenbahn. Jawohl, machen Sie keine so großen Augen! In der Grottenbahn! Sie haben ja im Fernsehen die Verwüstung gesehen, die vor ein paar Monaten der erste und letzte Tornado im Bundesstaat New Jersey anrichtete. Nun, damals geschah's. Ich stoppte mein Auto, weil ich nicht mehr nach New York durchkam, auf der Autobahn in New Jersey..., und mein Lebensretter, der mich und sich in einem Lunapark, in der Grottenbahn, in Sicherheit brachte, hieß Dieter Williams!«

»Wie unerhört romantisch!« Ich habe die Presse mit reichlich Stoff versorgt, alle sind entzückt.

Mir entgeht allerdings nicht – denn ich habe scharfe Augen und Ohren –, daß zwei Fernsehziegen miteinander tuscheln und hämisch lächeln. Ich wette, daß diesen Bestien der Altersunterschied zwischen Dieter und mir aufgefallen ist. Wahrscheinlich waren sie längst darüber orientiert. Die europäische Presse war ja bei Mamas Hochzeitsempfang in rauhen Mengen vertreten.

Ich weiß, daß ich wohl noch nie so jung und glückstrahlend ausgesehen habe wie gerade jetzt. Ich habe mich in der Concorde sorgfältig hergerichtet, weil ich mit dem Ansturm der Medien rechnete. Ich bin bildschön. Ich lasse mich nicht unterkriegen. Am liebsten würde ich den beiden Nutten zurufen: »Paßt mal auf, ihr Kühe, wie alt ihr mit fünfzig aussehen werdet...!«

Aber ich lächle und tu' so, als merkte ich nichts. Ich hänge mich nur noch schwerer an Dieters Arm und drücke einen Kuß auf seine Wange. Er umarmt mich. Dieter errät immer meine intimsten, geheimsten Gedanken. Er küßt mich *coram publico*, vor den vielen Fernsehkameras, ganz toll auf den Mund. Das soll heißen: »Seht, ihr Affen, wie verliebt ich in meine Frau bin! Der Altersunterschied spielt bei uns nicht die geringste Rolle!«

Dann wollen die Reporter wissen, wann Dieter Williams im Traumtheater aller Opernsänger, an der Met, auftreten wird.

Ich antworte ehrlich: »So schnell schießen die Preußen nicht! Wissen Sie, meine Damen und Herren, was es bedeutet, an die Met engagiert zu werden? Wie Sie wissen, habe ich einen Vertrag mit der Met. Für die nächsten fünf Jahre... Was meinen Mann betrifft, so hoffe ich, mit ihm sehr bald in europäischen Opernhäusern, im neuen Opernhaus von Washington, wo ausschließlich Wagners Musikdramen aufgeführt werden, und auf Tourneen mit Opern-Ensembles singen zu können.«

»Darf man hoffen, daß Sie beide eines Tages auch zusammen in Bayreuth auftreten?«

»Das wäre unser Traum!« sage ich. Und nun hoffe ich, daß auch Dieter endlich den Mund aufmacht. Oder habe ich ihn mit meinem Knuff endgültig eingeschüchtert?

Ich werfe ihm einen vielsagenden Blick zu.

Er versteht, was ich meine, und räuspert sich.

»Meine Damen und Herren, meine Frau und ich danken Ihnen für den reizenden Empfang! Es war auch mir, vor allem mir, dem – Anfänger im Opernfach, eine ganz große Ehre. Ich hoffe, Sie alle nicht zu enttäuschen, wenn es einmal so weit ist und ich mich als Heldentenor vorstelle! Aber seien Sie nicht zu streng mit mir! Schließlich ist noch kein Rhadames vom Himmel gefallen!«

Tiefe Stille. Ich rette die Situation.

»Mein Mann ist ein Spaßvogel!«

»Wieso?« will ein junger, magerer Reporter, an dessen Hals drei Kameras baumeln, wissen. Alles lacht, und am lautesten lacht Dieter, obwohl er nicht weiß warum.

»Um Himmels willen, Liebling, zitier du bloß keine Operntitel und Komponisten und Opernhelden!« sage ich im Taxi zu Dieter.

»Hab' ich mit Rhadames einen Bock geschossen?« will Dieter Williams wissen.

»Darling, den Rhadames sollst du ja gar nicht singen! Und zufällig ist Rhadames der Held von Verdis Aida und keine Wagner-Partie!«

Dieter schweigt. Dieter schmollt. Ich muß ihn einfach zwingen, abends mein dickes Opernbuch zu lesen. Mit den Inhaltsangaben der meistaufgeführten italienischen, deutschen und französischen Opern. Er muß ihre Hauptfiguren kennen. Und ihre Komponisten. Sonst wird unsere Ehe eine Kette von unsterblichen Blamagen sein...

Aber Dieter Williams hat eine gottbegnadete Stimme, und ich glaube nicht, daß alle Heldentenöre seit Wagners Lebzeiten durch und durch gebildet waren!

Hochzeitsreise. Verrückte, traumhaft schöne Liebesnächte in einem Pariser Luxushotel. Zwei Tage und Nächte verbringen wir in einem Schloßhotel in Versailles, gehen noch spät abends im Park bei Mondschein spazieren, von irgendwo dringt die Melodie eines Menuetts, wir tanzen mit Knicksen und Kratzfüßen; fehlt nur die schwere Brokatrobe für mich. Dieter müßte Schnallenschuhe tragen und einen Degen umgeschnallt haben. Im Schloß können wir uns an unseren Bildern in den deckenhohen Prunkspiegeln nicht sattsehen. Wieder errät mein Geliebter meine Gedanken. Zum hundertstenmal küßt er meine Hände und gelobt mir Treue bis über den Tod hinaus. Er versichert mir, daß sämtliche galanten französischen Könige mich zu ihrer Hauptmätresse gekürt hätten, wenn ich damals schon auf der Welt gewesen wäre.

Ich habe den Eindruck, als bedeckten wir jeden Fingerbreit, wohin wir uns auch wenden, mit unserer Liebe, unseren Küssen. Wir liegen an der lieblichen Marne im Gras, erquicken uns an den Blumenbeeten des breiten weißen Sandstrandes von Deauville, am donnernden Aufprall der hohen Wellen in Biarritz, einem Getöse, das für unsere Ohren die schönste Musik ist.

Wir stehen Hand in Hand ergriffen in der Pariser Sainte Chapelle, das gedämpfte Licht fällt durch die herrlichen Butzenscheiben und malt goldene Kringel auf das noch goldenere Haar meines Geliebten.

Meine Fans erkennen mich auf der Terrasse des Café Flore und an den rohgezimmerten Holztischen der gemütlichen Bistros in der Rue Buci. Wir essen fettige Pommes frites und frischgekochte Krabben aus einer Papiertüte und legen uns unten am Quai, genau unterhalb des Hotels, wo Richard Wagner einmal ein paar Wochen verbrachte, auf die Steine. In Paris darf man bekanntlich alles. Wir schlafen sogar ein, Dieter weckt mich um drei Uhr früh mit Küssen und wir fahren nach Hause, ins Hotel.

Griechenland, Italien, Skandinavien..., die Zeit vergeht wie im Fluge. Dieter ist auch von unserem viel zu kurzen Abstecher nach Deutschland – nur eine Woche Berlin und Hamburg – entzückt. Wir sitzen jeden Abend im Theater und sehen in der Hamburger Staatsoper eine wunderbare ›Zauberflöte‹. Ich muß Dieter freilich alles erklären, den Inhalt, die Musik..., doch reagiert er intelligent. Er ist ja erst dreißig! Wir werden das Kind schon schaukeln!

Mit Mama und Daddy in Washington telefonieren wir oft, auch mit Albert und Ingrid in New York. Alle ermahnen mich, auf meine Stimme achtzugeben, mich um Himmels willen nicht zu erkälten.

»Und um Dieters Stimme sorgt ihr euch gar nicht?« frage ich Albert über den Atlantik hinweg reichlich erbost. Seine Antwort läßt an Deutlichkeit nichts zu wünschen übrig.

»Vorläufig ist Dieter Williams noch Musikstudent. Marlies von Ritter hingegen ist bereits arriviert, falls dir das nicht bekannt sein sollte, mein Kind! Und Marlies von Ritter ist ihrem Ruhm und Ruf einiges schuldig! Darüber hinaus verdient sie in eurer Ehe das Brot, und nicht der Herr Gemahl!«

Ich lege auf. Ich bin wütend und tödlich gekränkt. Wenn man die ungeschminkte Wahrheit hört, ist man oft wütend und gekränkt.

Zwei Tage später halte ich es nicht mehr aus und rufe wieder bei Albert an. Der Gute entschuldigt sich. Er habe nicht spöttisch oder boshaft sein wollen.

»Du warst aber spöttisch und boshaft, Darling!« sage ich.

»Verzeih, mein süßes Kind! Du weißt ja, ich mag deinen Mann recht gut leiden, und ich finde auch seine Stimme sehr, sehr vielversprechend. Also – nichts für ungut, gelt?«

»Ich küsse dich, du altes Schaf! Tschüs! Übrigens halten wir's in Europa nicht mehr aus. Wir haben beide schreckliche Sehnsucht nach Amerika. Sogar nach den dreckigen Straßen in New York. Mir fehlt einfach die New Yorker Luft... Aber wir fliegen nicht direkt nach New York zurück, sondern zunächst nach San Francisco, dann wollen wir noch ein paar Tage im Yellowstone Park und im Glacier National Park verbringen... In einem Monat sind wir wieder bei euch!«

Dieter, den ich vielleicht allzusehr verwöhne, möchte aber noch an der Riviera tauchen. Ich tue ihm den Gefallen, wir steigen in einem korsischen Hotel in St. Raphael ab, mieten eine Motorjacht, fahren weit hinaus aufs Meer, werfen Anker und verbringen ganz allein zwei Tage und zwei Nächte mit Schwimmen, Tauchen, Essen und Lieben. Wir sind tollkühn und schwimmen auch bei Nacht und Nebel um die Jacht herum.

»Hier gibt es doch keine Haie?« frage ich Dieter.

Er beruhigt mich.

»Fürchte dich nicht! Bist du ein Hasenfuß!«

Einmal schlucke ich beim Tauchen Wasser, obwohl meine Lippen das Mundstück mit dem Schlauch, der zum Sauerstoffgerät auf meinem Rücken führt, fest umschließen. Irgend etwas ist nicht in Ordnung. Dieter zieht mich an Bord. Offenbar war es meine Schuld. Am Gerät können wir keinen Schaden entdecken.

Ich atme tief durch.

»Du, ich wäre beinahe abgesackt!« sage ich keuchend zu Dieter. »Möchte bloß wissen, Schatz, was du ohne mich tätest!«

Dieter hat seinen schwarzen Gummianzug schon abgelegt. Er steht splitternackt, mit gespreizten Beinen, auf dem Verdeck. Er ist so hinreißend schön im Mondlicht, daß es mir den Atem verschlägt.

»Was ich ohne dich täte, Liebling? Ich würde zunächst deine Lebensversicherung kassieren!« sagt mein nackter Abgott mit einem recht boshaften Lachen.

Und ich ringe noch immer nach Luft.

»Meine Lebensversicherung? Die habe ich doch noch nie erwähnt!«

»Ich bin eben ein kluger Junge und setze voraus, daß eine steinreiche Frau wie du eine hohe Lebensversicherung hat!«

»Stimmt auffallend. Und wenn du's noch genauer wissen willst, Dieter: die Nutznießerin ist Mama, und nach ihrem Ableben meine Cousine Phyllis. So war es zumindest bisher!«

»Eine Versicherungspolice kann man mit einem Federstrich ändern!« sagt Dieter trocken, während er sich mit einem Frottiertuch abreibt.

Ich bin wie vor den Kopf gestoßen. Nach reiflicher Überlegung sage ich mir, daß Dieter im Grunde genommen recht hat.

Ich habe die Versicherungspolice ein paar Wochen nach unserer Heimkehr auf Dieters Namen überschreiben lassen.

Schließlich muß man praktisch und nüchtern denken, und höchstwahrscheinlich werde ich Mama überleben, und nicht umgekehrt. Was Cousine Phyllis betrifft, so ist sie durch ihren Mann, einen Modearzt, bis ans Lebensende versorgt. Und kein Mensch steht mir heute näher als mein geliebter Mann.

Damals, nach unserem nicht sehr erquicklichen Gespräch an Bord der Jacht St. Raphael, hüllten wir uns in unsere Bademäntel und tranken Champagner und sehr heißen Espresso. Die Jacht hatte eine winzige, aber gutausgestattete Bar, eine Kitchenette und einen Kühlschrank.

Dieter kommt auf unser Gespräch zurück.

»Gleich wirst du sehen, daß ich praktischer bin als du, mein kleiner Liebling!« sagt er. »Ich weiß nämlich, daß im Leben auch unvorhergesehene Dinge passieren können. Voilà: Ich habe knapp vor unserem Abflug eine Lebensversicherung zu deinen Gunsten abgeschlossen!«

»Hinter meinem Rücken?« – Ich bin ganz erschlagen.

»Hinter deinem Rücken, doch nicht, ohne einen deiner Anwälte, Charly Mackintyre, zu Rate zu ziehen! Ich wollte dich mit der Police überraschen. Du bekommst eine Million Dollar im Falle meines Ablebens.«

Ich schlage die Hände über dem Kopf zusammen.

»Eine Million Dollar? Und wer bezahlt, wenn ich fragen darf, die Prämien?«

»Darüber werden wir uns noch einigen. Zunächst wird dir dein kleiner Mann großzügig gestatten, die Prämien von deinen fantastischen Einkünften zu bezahlen, schönste aller Frauen! Aber bitte, betrachte diese Zahlungen als Darlehen. Sowie ich Großverdiener werde, woran wir ja beide nicht zweifeln, zahle ich dir alles auf Heller und Pfennig zurück. Und dann bezahle selbstverständlich ich die Prämien! Einverstanden, Madonna?«

Was hätte ich tun sollen? Ich sagte ja und amen.

Wir verbringen die Nacht in zwei Liegestühlen auf dem Verdeck, es ist Vollmond, und alles liegt in Silberlicht getaucht da. Ich schlafe im Sitzen ein. Dann hält es Dieter plötzlich nicht mehr aus und reißt mich vom Stuhl hoch und an sich. Ich bin noch ganz schlaftrunken. Dieter umarmt mich so wild, daß wir beide ausrutschen und auf den harten Bretterboden des Verdecks fallen. Das gibt todsicher blaue Flecken für uns beide, doch war es kein folgenschwerer Sturz. Und nun liegen wir auf dem nassen Verdeck, der Seegang war vor einer Stunde noch stark und die hohen Wellen sind übergeschwappt. Wie eine lebende Walze rollen und rutschen wir auf die Reling zu. Zwischen den Gitterstangen kann man ganz bequem ins Wasser gleiten. Jetzt wird mir angst und bange.

»Dieter, bist du verrückt?« schreie ich. »Wir sind gleich im Wasser! Willst du Selbstmord verüben und auch mich umbringen? Ich hab' nicht die geringste Lust, zu ersaufen! Wir haben uns doch so mit Sekt vollaufen lassen, daß wir in diesem Zustand überhaupt nicht schwimmen können!«

»Keine Bange!« ruft Dieter sehr übermütig. Er läßt mich nicht los. Seine Finger liebkosen mich überall.

Ich schreie: »Hilfe! Zu Hilfe!«

Kein Mensch kann mich hören. Wir sind viele Kilometer vom Ufer entfernt, nirgends kann ich ein Boot oder ein Licht entdecken. Wir sind allein mit dem Mond und den Wellen. Mir klappern die Zähne vor Kälte und Angst.

Aber Dieter hat einen Halt gefunden. Es ist ein Fahnenmast. Dort liegt auch ein großer Fetzen Segeltuch, es ist ganz trocken. Dieter hält sich am Mast fest, schiebt das Tuch unter meinen frierenden Körper. Dann wirft er mich auf den Rücken, zwingt mich, auf ihm zu reiten.

Und er singt tatsächlich das zauberhafte Lied aus der ›Lustigen Witwe‹...

»Hopplahopp und hopplahopp...«, das Lied vom ›dummen, dummen Reitersmann‹... Vielleicht war es eine seiner Glanznummern im ›Café Cape Clifford‹? Zu den Stammgästen zählten ja auch viele bemooste Häupter, Rentner deutscher Abstammung, und die schwärmen für Evergreens von Lehár, Kálmán und Paul Abraham. Und von Linke! ›Das ist die Berliner Luft, Luft, Luft...‹ liegt meinem Mann sehr gut!

Aber nun hört er auf zu singen, schließt die Augen, bet-

telt, wie schon so oft: »Küß mich, du Biest! Hast mich eine Ewigkeit nicht geküßt! Schwöre mir, daß du mich liebst!«
Ich schwöre es zum hunderttausendstenmal.

Walkürenritt auf dem klatschnassen Verdeck, immerhin liege ich auf der trockenen Zeltplane, von salziger Seeluft umbraust. Ein merkwürdiger, doch verflucht aufregender Walkürenritt. Meine Schenkel brennen. Mein Schoß brennt. Ich bin glücklich, ich wage kaum zu atmen. Ich darf nicht an meine eigene Befriedigung denken. Ich forsche nach den Wünschen meines Mannes. Ich lasse mir diktieren – wie immer. Und Dieter wimmert: »Noch nicht! Bitte, bitte, Liebling, noch nicht! Du reitest so gottvoll. Mach noch nicht Schluß. Wir bleiben in dieser Stellung bis morgen früh. Du bist seidenweich. Innen und außen. Wer nicht mit dir geschlafen hat, der hat auch keine Ahnung von Sex und Liebe. Ich bin der beneidenswerteste Mann auf Gottes weiter Welt!«
Ich höre auf zu reiten. Er ist in mir, ich darf mich nicht bewegen, darf mich nicht bewegen. Die große Walküre der Opernbühnen, die so lange unbefriedigte, arme, vor Sehnsucht verbrennende Walküre hat endlich ihren Siegfried gefunden. Ich bin so stark wie Wotans Lieblingstochter. Und ich möchte nicht so unglücklich enden.
Soll unser allerkühnster Traum, als Partner in Wagners Opern aufzutreten, wirklich eines Tages in Erfüllung gehen? Kein Herrgott kann zwei Menschen so sehr lieben, ihnen auch noch diesen Traum zu erfüllen... Doch habe ich nicht endlich ein bißchen Glück als Frau verdient? Andere sind mit zwanzig im Bett befriedigt. Ich war es nie. Weder mit zwanzig noch mit dreißig noch mit vierzig Jahren. Erst mit fünfzig plus!
»Warte!« bettelt mein Mann.
Ich warte. Ich beherrsche mich. Und es kommt wie immer. *Er* kann sich auch heute nacht nicht beherrschen, schreit plötzlich auf und reißt mich mit solcher Kraft zu sich herunter, drückt sich in mich und mich in sich hinein, daß uns Hören und Sehen vergeht. Wir stürzen in den glühenden Krater. Unsere Lippenpaare finden sich. Wir schlafen ein. Die Morgensonne weckt uns, wir gehen in die Kabine, schlafen

weiter, erst um fünfzehn Uhr haben wir Hunger und stärken uns mit Pfannkuchen und gebratenem Speck.

Am liebsten blieben wir ewig im Mittelmeer verankert. Die Vernunft siegt. Ich weiß, daß diese zwei Monate Ferien, diese Hochzeitsreise mein letzter Urlaub in diesem Jahr sein werden, und für die beiden nächsten Jahre bin ich auch schon total ausgebucht. Ich werde mich an den Gedanken gewöhnen müssen, Dieter allein in New York zurückzulassen – nicht für lange, doch recht häufig für drei bis vier Wochen. Er darf sein Studium in diesem ersten Jahr seiner Ausbildung nicht wieder unterbrechen, eigentlich hätte ich ihm auch die zwei Monate nicht gönnen dürfen... Man wird nicht von heute auf morgen ein Heldentenor, dazu bedarf es der besten langjährigen Ausbildung...

Von Frankreich geht es nach Bayreuth. Im Zürcher Museum Rietberg, der ehemaligen Villa Wesendonck, erzähle ich meinem Geliebten von Richard Wagners Verhältnis zu der schönen und begabten Frau, die in alle Ewigkeit stolz darauf sein darf, daß Richard Wagner ihre fünf sehr empfindsamen Texte vertonte. Ich liebe die Wesendonck-Lieder, sie gehören zu meinem Konzert-Repertoire. Auf dem Festspielhügel, im Festspielhaus, das wir außerhalb der Saison besichtigen – im nächsten Jahr will ich dann mit Dieter die Festspiele selbst erleben, und eines Tages werden wir in Bayreuth zusammen auftreten – im Hause der besten Akustik, im Zuschauerraum, wo vor mehr als hundert Jahren das größte musikalische Ereignis aller Zeiten stattfand, bleibt der junge amerikanische Sänger, Dieter Williams, stumm.

»Ich werde es nie wagen, auf einer Bühne zu stehen, wo Wolfgang Windgassen, Lauritz Melchior, Jon Vickers und Jesse Thomas gesungen haben!« sagt Dieter leise. Ich habe ihm vom ersten Tag unserer Liebe an meine wertvollsten Schallplatten vorgespielt, er kennt die Stimmen der Unerreichten, Größten.

»Liebling«, sage ich, »du hast Gold in der Kehle, wir müssen aus dem Barren nur Schmuckstücke schmieden, und du mußt deinen Lehrern gehorchen.«

Einer meiner ältesten Bayreuther Freunde, früher Konzertmeister im Festspielorchester, ist auf meinen Wunsch bereit, eine Talentprobe von Dieter anzuhören. Dieter singt die ›Winterstürme‹ aus der Walküre. Wir kannten uns erst fünf Monate, als ich das Werk, von Albert unterstützt, mit Dieter einzustudieren begann, allerdings taten wir es heimlich, denn im New Yorker Musikkonservatorium gehörte Dieter Williams noch zu den Anfängern des ersten Semesters.

Franz-Josef Haussmann, mein alter Freund, ist hingerissen.

»Aber Sie erinnern mich ja an... Set Svanholm... an Melchior... an Hans Hotter... an Gotthelf Pistor!« sagt der alte Herr. »Sie haben eine riesengroße und ausdrucksfähige Stimme! Sie sind freilich noch immer ein Bariton, doch Ingrid und Albert, die ich sehr gut kenne, werden Sie im Laufe eines einzigen Studienjahres in einen Heldentenor erster Güte verwandeln. Vorausgesetzt, daß Sie schuften, schuften und noch mehr schuften, junger Mann! Und gewöhnen Sie sich's rechtzeitig ab, als Siegmund mit den Armen zu schlenkern wie ein durchgedrehter Rock-Sänger!«

Ich möchte vorausschicken, daß Dieter Williams sich das Armeschlenkern nie abgewöhnt hat und daß die Kritiker nach unserem ersten Lohengrin in der neuen Washingtoner Oper schrieben, der mit einem herrlichen Organ begabte neue Heldentenor Dieter Williams sei dem Schwan entstiegen, als wäre dieser Schwan ein Sportauto gewesen.

Noch ist es nicht so weit.

Wir bleiben zehn Tage in Bayreuth; am Grabmal des Meisters habe ich wieder ein stilles Gebet gesprochen, wie schon so oft. Und wieder erfüllt mich diese unbezähmbare, brennende Eifersucht auf Cosima, weil sie dem Meister Kinder schenken durfte. Weil sie Richard Wagner in den Armen halten durfte. Keine Frau hat ihn verdient. Nur ich hätte ihn verdient, ich ganz allein. Fünfzig Jahre lang war ich überzeugt gewesen, daß ich mich nur in einen Giganten verlieben kann, meine größte, meine einzige Liebesleidenschaft hatte ja bis dahin Richard Wagner gegolten.

Und die Frau, die sich nach dem Kuß eines Giganten sehnte, verlor sich an einen Zwerg. Denn soviel ist mir schon auf unserer glückseligen Hochzeitsreise klargeworden – trotz seiner stattlichen Größe von 1.90 ist Dieter Williams doch nur ein Zwerg, ein Zwerg, der wundervoll zu küssen versteht, ein lieber, guter Kerl, den ich rasend und bis zur Bewußtlosigkeit liebe, dem ich restlos ausgeliefert bin und der mich gleichzeitig kribblig macht, weil er so wenig weiß! Gewiß, es ist nicht seine Schuld! Und diese... Person, seine Freundin Kim, hatte es vermutlich nicht gestört, wenn er Puccini mit Verdi und Goethe mit Heine verwechselte und seltsamerweise die Oper Othello kannte, aber nicht wußte, daß ›auch‹ Shakespeare einen Othello geschrieben hat, ja, daß der Oper Shakespeares Werk zugrunde liegt!

Die Unbildung meines zweiten Mannes hat mich überhaupt nicht gestört, aber in meinen zweiten Mann war ich ja auch nicht verliebt! Wollte nichts anderes von ihm als Geld und bekam mehr, als ich je erwartet hatte...! Und nun frage ich mich: Habe ich, die mehr als reife Frau von zwei- oder dreiundfünfzig Jahren, wirklich Zeit und Lust, diesen intellektuellen Säugling immer wieder zu belehren? Wie einen ABC-Schützen?

Doch Dieter ist willig und anstellig. Außerdem hat der Löwe Blut geleckt. Dieter Williams will mit seiner Stimme Dollarmillionen scheffeln, und er wird sie scheffeln. Heldentenöre sind Mangelware.

Wir hatten schon vor unserem Abstecher nach Bayreuth heftiges Heimweh nach Amerika und fliegen über Asien, ohne uns irgendwo aufzuhalten, nach San Francisco. Ich möchte, bevor der Arbeits-Alltag für uns beide beginnt, noch ganz schnell ein paar Naturschutzparks mit Dieter besuchen, am liebsten hätten wir ein Auto gemietet, doch fehlt uns die Zeit. Wir fliegen von Staat zu Staat, von Park zu Park, stehen mit angehaltenem Atem unter der ganz aus Naturfelsen bestehenden Owachomo-Naturbrücke im Nationalpark des Mormonenstaates Utah, besuchen die alten indianischen Klippenpaläste im Mesa Verde-Nationalpark von Arizona, lassen den Blick hinauf bis zu den roten Gipfeln des ›Gartens der Götter‹ in Colorado Springs wandern, stapfen durch das nasse Laub im Regenwald der Olympic-Halbinsel des Bundesstaates Oregon, wo malerisches spanisches Moos, eine Schmarotzer-Flechte, wie die zottige Fellschürze eines Mime von den uralten Bäumen herabhängt. Man glaubt, unter verholzten und grün verfilzten Dinosauriern spazierenzugehen. Wir steigen im Yellowstone-Park, wo tausend Grad heiße Geysire als dampfende Säulen hoch hinauf in die Luft schießen, in einem Forsthotel ab, das deutschen Besitzern aus dem Schwarzwald gehört. Es heißt auch sehr stilgerecht ›Haus Schwarzwald‹.

Todmüde sind wir vom vielen Herumlaufen und von der starken Waldluft.

Spät nachts, im Bett, sage ich kleinlaut zu Dieter: »Liebling, sollten wir nicht ganz einfach türmen? Ich meine, unsere Karrieren zum Fenster hinauswerfen und auf Reisen gehen? Ich habe genügend Geld. Mir graut vor der Schinderei...«

Dieter wirft sich auf die Seite, schaut mich groß an.

»Das ist doch nicht dein Ernst!« sagt er dann.

»Nein, nein, mein Engel. Gewiß nicht. Aber manchmal bin ich sterbensmüde... Nun, die Arbeit wird mir guttun. Ich glaube, mir fehlt einfach das Korrepetieren. Ich kann nicht ohne meine Arbeit leben!«

Wir küssen uns seit zwei Stunden. Wir erfinden immer wieder neue und raffinierte Liebkosungen. Ich nehme Dieters Finger in den Mund, lutsche daran, kitzle einen nach dem anderen mit meiner Zunge. Das macht ihn rasend.

Ganz zufällig fällt mein Blick auf die Wanduhr, die – natürlich – eine Schwarzwälder Kuckucksuhr ist. Der Kuckuck ruft auch schon. Die Wirtin wollte wissen, ob uns der Kuckuck nicht stören würde. Unsere Antwort war: »Im Gegenteil! So etwas heimelt mich an. Bei meinen Großeltern in Pennsylvania gab es auch eine deutsche Kuckucksuhr.«

Es ist zwei Uhr morgens. Wir sind wieder zu spät schlafengegangen. Und plötzlich schrillt das Telefon auf Dieters Nachttisch.

»Du, das ist doch nicht möglich!« sage ich zu Dieter. »Hoffentlich ist Mutti oder Daddy nichts zugestoßen! Ich rief gestern von der Olympic Halbinsel bei Mutti an und sagte ihr, wo wir im Yellowstone-Park absteigen werden... Sonst hat niemand eine Ahnung... Heb mal ab, Liebling!«

Dieter hebt ab.

»Hallo?«

Ich sehe, wie sich sein Gesicht verfärbt.

»Was? Du bist es, Kim? Aber wieso..., und dann... so spät... es ist zwei Uhr morgens...«

Ich springe mit einem Satz aus dem Bett. Ich bin wütend, überrascht, wie aus allen Wolken gefallen. Woher hat diese Kim unsere Hoteladresse? Hatte sie etwa die Stirn, bei Mama und Daddy in Washington anzurufen und unseren Reiseplan auszukundschaften...? Ausgeschlossen. Unsere Reiseroute stand doch nur in großen Zügen fest, wir hatten lediglich in ein paar europäischen Großstädten und an der Riviera Zimmer reserviert. Unterwegs änderten wir unsere Pläne ununterbrochen, überließen beinahe alles unserer Laune.

Daß wir für ganze zwei Tage und zwei Nächte im Yellowstone-Park im ›Hotel Schwarzwald‹ absteigen würden, wußten wirklich außer uns nur Mama und Daddy, weil ich von jedem Aufenthaltsort mit meiner Mutter telefonierte.

Ich könnte Kim erwürgen. Ich gehe in die Kitchenette, brühe mir einen starken Espresso auf. Was mein Mann mit seiner früheren Freundin quatscht, interessiert mich nicht. Es darf mich nicht interessieren...! Ich bin mir zu gut, die wütende Dritte zu spielen. Ich werde Dieter nicht einmal den Gefallen tun ihn auszufragen, ich will nicht wissen, warum sich Kim erfrechte, um zwei Uhr morgens anzurufen. So eine Frechheit! So eine gigantische Unverschämtheit!

Der Kaffee ist fertig, ich setze mich auf den Barhocker in der Küche. Schade, daß ich Nichtraucherin bin. In solchen Situationen pflegt man sich eine Zigarette anzuzünden. Innerlich koche ich. Dieter ist mir eine Erklärung schuldig.

Offenbar hat Dieter mit diesem ordinären Mädchen, mit diesem ewigen Störenfried nicht viel Federlesens gemacht. Ich höre, wie er das Gespräch auffallend laut beendet. Er will wohl, daß ich seine banalen Abschiedsworte höre:

»Na also, dann tschüs, und grüß mir deine Mutter!« sagt Dieter und legt auf. Wie ein begossener Pudel taucht er gleich danach bei mir in der handtellergroßen Küche auf.

Ich schiebe ihm den dampfenden Espresso hin, habe schon eingeschenkt. Wir trinken stumm. Und noch immer stelle ich keine Frage. Wäre noch schöner, wenn Marlies von Ritter ihrem jungen Mann jetzt eine dramatische Eifersuchtsszene machte! Da ist Dieter schief gewickelt!

Endlich öffnet er den Mund und fragt: »Willst du wirklich nicht wissen, warum Kim zu einer so gottverlassenen Zeit anrief?«

»Interessiert mich nicht!«

»Red doch keinen Stuß! Ich habe vor dir keine Geheimnisse, Liebling. Also... Kim hat irgendwie unsere Reiseroute verfolgt und in San Francisco im Reisebüro erfahren, daß wir einen Flug nach Wyoming gebucht haben, weil wir ein oder zwei Tage im Yellowstone-Park verbringen wollten... Dann hat Kim wie ein weiblicher Sherlock Holmes bei allen Hotels und Motels, die im Naturschutzpark in Frage kamen, angerufen... Voilà.«

Ich balle die Fäuste vor Wut.

»Für mein Geld, nicht wahr? Dazu hab ich diesem Bettlerpack zehntausend Dollar geschenkt? Damit deine saubere Kim hundert Dollar vertelefoniert? Was wollte sie von dir haben? Um zwei Uhr nachts? Die kann sich ja in New Jersey ausrechnen, daß es in Wyoming um drei Stunden früher ist als in New Jersey?«

Dieter schmollt.

Das versetzt mich in Weißglut.

»Mach den Mund auf! Und sag mir die Wahrheit! Ich werde nicht erlauben, daß diese alberne Ziege...«

Dieter steht auf, umarmt mich liebevoll, küßt mir die Hände, tritt hinter mich und schließt mich sehr zärtlich in die Arme. Uns gegenüber hängt ein kleiner Wandspiegel. Ein Familienbild wie aus dem Biedermeier.

»Liebling, nimm es doch nicht so tragisch! Kim... nun ja, Kim behauptet, es nicht länger ohne mich auszuhalten! Sie liebt mich noch immer, das dumme Ding! Sie schwört Stein und Bein, ohne mich nicht leben zu können! Außerdem sagt sie, im ›Hotel Cape Clifford‹ sei ohne den Entertainer Dieter Williams alles tot! Die Gäste türmen in Scharen. Kim und Gwendolyn haben seit meinem Ausscheiden schon die dritte Combo ausprobiert. Ohne Erfolg. Ich bin angeblich unersetzlich!«

»Das glaubst du doch wohl selbst nicht, mein Schatz! Idiotische Schlager und Evergreens kann jeder Entertainer singen! Und überhaupt – was gehen dich die seelischen Probleme von Kim an? Wir haben doch Schluß mit ihr gemacht! Und ich sage bewußt: *wir*, und nicht *du*! Begreift diese dumme Gans nicht, daß wir verheiratet sind? Du hast nun einmal den Weltstar Marlies von Ritter geheiratet. Eine berühmte und bildschöne und gefeierte und, last, but not least, reiche Frau. Ist Kim so naiv, zu glauben, daß sie einen Keil zwischen uns treiben könnte? Daß du eines Tages zu ihr zurückkehren wirst? Über meine Leiche, lieber Junge!«

Dieter schüttelt heftig den Kopf.

»Niemals, niemals! Und ich habe Kim nicht die geringste Veranlassung gegeben, sich diesbezüglich Hoffnungen zu machen!«

Ich rede mich in eine irrsinnige Wut hinein.

»Was hat diese Nutte mit meinen zehntausend gemacht? Schon verputzt? Will sie mich noch einmal erpressen?«

»Schon möglich, Darling!« sagt Dieter.

»Also, da ist sie schief gewickelt! Gleich nach unserer Heimkehr suchen wir den Anwalt auf. Und dann wird sich zeigen, ob man eine so lästige Person, die nicht die mindesten rechtlichen Ansprüche an dich oder mich hat, loswerden kann oder nicht! Aber ich gutmütige Idiotin bin schuld. Hätte ihr keinen roten Heller geben sollen. Je mehr man gibt, um so unverschämter werden solche Erpresser!«

Dieter beißt sich in die Lippen. Er verschränkt die Hände so fest ineinander, daß seine Knochen krachen.

»Was soll ich tun?« fragt er dann, wie es scheint, wirklich verzweifelt. »Ich habe diese Auftritte sterbenssatt! Ich fange an, mich vor dieser Klette zu fürchten. Die werden wir nicht mehr los!«

»Was soll das heißen? Es gibt, Gott sei Dank, noch tüchtige Anwälte. Im Notfall hilft die Polizei.«

Dieter zuckt die Schultern.

»Ich kenne Kim seit ihrer Kindheit. Sie ist sieben Jahre jünger als ich. Trotzdem hat sie immer versucht, mich zu beherrschen. Die weiß, was sie will. Die gibt nicht auf...! Und ich hatte schon gehofft, sie habe sich mit ihrem Schicksal ausgesöhnt, als dieses nette Glückwunschschreiben zu unserer

Hochzeit eintraf. Mit dem Blumenstrauß. Aber vielleicht hat die Alte, die Gwendolyn, ihr Töchterchen wieder aufgehetzt...«

Wir überlegen und schweigen.

Ich lasse einen Versuchsballon steigen.

»Vielleicht sollte man versuchen, Kim umzubringen?« frage ich zynisch.

Dieter erschrickt.

»Hör doch auf mit deinen geschmacklosen Scherzen!« ruft er dann und versetzt dem Stuhlbein einen Fußtritt.

»Hab' doch bloß Spaß gemacht!« sage ich. »Du weißt ja, ich könnte keiner Fliege etwas zuleide tun. Man darf doch wohl mit verlockenden Gedanken spielen? Man führt sie dann ja doch nicht aus. Deine Frau hat ein sehr weiches Herz, Liebling...«

Dieter, entschlossen: »Ich habe eine viel bessere Idee. Wir müssen Kim an den Mann bringen. Einen netten und möglichst gutbetuchten jungen Mann für sie suchen. Das sollte dir, Liebling, bei deinen gesellschaftlichen Verbindungen nicht schwerfallen. Und dann verheiraten wir sie, und damit hat sich's. Die beste Methode, eine Frau loszuwerden, ist noch immer die altbewährte Verheiratung mit einem anderen. Das haben die Fürsten schon im Mittelalter getan, wenn sie ein hübsches Bürgermädchen nach ein paar Beischlafnächten loswerden wollten!«

»Prima Idee!« lobe ich meinen Mann. Mir scheint es tatsächlich vernünftiger, Kim den Wind aus den Segeln zu nehmen, ihr nicht feindselig, sondern ganz scheinheilig, als ›Freundin‹, gegenüberzutreten, sie vielleicht sogar einzuladen. Und einen Mann für sie zu suchen, falls sie noch keinen Ersatz für Dieter gefunden hat. Das mit der ›Sehnsucht nach Dieter‹ kann ja auch pure Lüge gewesen sein. Verlassene Bräute lieben es, ihrem treulosen Verlobten auf die Nerven zu gehen, ihm Schuldbewußtsein einzuträufeln. Kim ist natürlich schrecklich eifersüchtig auf mich, die Frau, die alles hat! Das ist mir durchaus erklärlich...

Ja, ich werde irgendeinen Großverdiener für Kim finden. Sie ist ja hübsch und jung, das muß ihr der Neid lassen. Ich werde auch zu ihrer dummen Mutter, der Gwendolyn, zukkersüß sein. Morgen, vor dem Heimflug, kaufe ich irgendeine indianische Bettdecke für Gwendolyn und silbernen Schmuck und ein Kleid für Kim. Schlau muß man sein. Schlau wie die Schlangen!

»Du, ich glaube, wir sollten Kim keine Szene machen!« sage ich zu Dieter, in seinen Armen liegend. Wir sind im Bett. Dort ist es immer am schönsten. »Wir werden mit ihr fertig werden, Darling! Die verheiraten wir, und zwar gut!«

Dieter küßt mich und beißt mich in den Hals, und wir haben keine Zeit mehr, uns über den komischen und taktlosen nächtlichen Anruf zu ärgern.

Doch während wir uns küssen – ich weiß es noch, als wäre es vor fünf Minuten gewesen – während wir uns wie zwei Katzenjunge im Bett balgen, durchzuckt mich doch der Gedanke: eigentlich schade! Wirklich schade, daß eine Frau ihre lästige Rivalin nicht einfach von einer hohen Klippe ins Meer oder in einen brodelnden Vulkan oder von der Dachterrasse eines dreißig Stockwerke hohen Wolkenkratzers in die Tiefe schleudern kann.

Ihr einen Schierlingsbecher vorzusetzen und sie zu zwingen, diese Flüssigkeit bis zur Neige auszutrinken, wäre auch nicht so übel! Schade. Wirklich schade.

Ich schlafe schlecht. Dieter, mein junger Gott, schläft neben mir tief und fest.

Wir sind beinahe fünf Jahre verheiratet, und bald bin ich mit der Aufzeichnung meiner Erinnerungen fertig. Dieter soll, falls ich früher sterbe als er, meine geheimsten Gedanken und Gefühle kennen. Ich will ihm nichts vorenthalten, nicht einmal die bösen, bösen, aber sorgfältig unterdrückten Rachegelüste Kim gegenüber. Kann man mehr von einer Frau verlangen, als daß sie ihre gemeinen Triebe klar erkennt und sie unterdrückt?

Dieter soll, wenn er meine Aufzeichnungen liest, erfahren, wie unsäglich ich ihn geliebt habe. In alle Ewigkeit. Über das Grab hinaus.

Ich schlafe schlecht.

Wir lieben uns noch immer jede Nacht, wenn wir nicht

durch meine Auslandstourneen oder Gastspiele in San Francisco, Seattle und Los Angeles getrennt sind. Nach Washington, wo ich oft singe, kommt Dieter immer mit. Wir treten auch oft gemeinsam auf – Dieters Debüt als Lohengrin, mit Marlies von Ritter als Elsa, war seinerzeit eine internationale Sensation. Es gibt heute keinen Musikkritiker, der nicht von Dieters Stimmvolumen begeistert wäre; und es gibt auch keinen, der ihm hundertprozentige Musikalität, schauspielerisches Können und ein absolutes Gehör zubilligte.

Mit fünfunddreißig Jahren, damit tröste ich mich, bot wohl noch kein einziger großer Heldentenor eine untadelige Leistung. Mit fünfunddreißig ist man als Wagnerheld noch sehr, sehr jung. – Ich kann es kaum erwarten, meine erste Isolde mit Dieter als Tristan zu singen... In wenigen Monaten ist es so weit, wir proben längst. Mit dem Endziel und dem Traum aller Sänger, der New Yorker Met, hat Dieter Williams freilich noch keinen Vertrag.

Ich leide, wenn ich ohne Dieter in einer fremden Stadt schlafen muß.

Und ich bin ganz seiner Ansicht, daß einer von uns, wenn irgend möglich, in New York bleiben und unsere sehr weitverzweigten und blühenden Geschäftsunternehmen überwachen soll. Meine Börsenmakler, meine Rechtsanwälte – sie alle respektieren Dieter Williams, der einen hellen Kopf hat. Wir haben vor kurzem einen Rennstall in Kentucky gekauft und eine Geflügelfarm in New Jersey. Ich bin jetzt auch Partnerin in einer New Yorker Börsenfirma. Allmählich habe ich die Überwachung unserer Finanzgeschäfte, unserer Einnahmen und Ausgaben nicht nur meinen Finanzberatern, sondern auch Dieter übertragen. Ich hielt ihn früher für geschäftlich desinteressiert und auch für viel zuwenig schlau, um sich im New Yorker Finanzdschungel auszukennen; Dieter strafte mich Lügen, er hat unser Kapital durch geschickte Anlagen verdoppelt und verdreifacht.

Und er studierte, daß ihm der Kopf rauchte.

Nach seinem ersten Auftritt im Lohengrin regnete es Angebote aus allen Opernhäusern. Nur die ganz boshaften Kritiker und bösen Zungen behaupteten nach wie vor, er habe seine Engagements der verliebten Gattin und Partnerin Marlies von Ritter zu verdanken.

Dieter singt heute außer dem Lohengrin auch den Tannhäuser, den Siegmund, den Walther Stolzing. Er bekommt ganze Körbe voll von Liebesbriefen. Die Autogramme schreibe ich, das tun wohl die meisten Ehefrauen der umschwärmten Sänger und Schauspieler.

Ich schlafe schlecht.

Ich schlief schon damals, auf unserer Hochzeitsreise durch Europa und Amerika, nicht immer gut. Wenn ich nachts erwachte und Dieters Kopf auf dem Kissen verliebt betrachtete, wurde mir angst und bange. Ich war zu glücklich.

»Marlies von Ritter wird von Jahr zu Jahr schöner, reizvoller, jünger!« schreiben die Zeitungen. »Ihre Stimme entwickelt sich noch immer...« Sie schreiben auch, ich sei der einzige Stern am Opernhimmel, der noch jahrelang hell strahlen werde.

Ich kann nicht schlafen.

Ich muß das Rad der Zeit wieder zurückdrehen, in meinen Erinnerungen zurückblättern. Ich bin eine Verfolgte.

Was will die Bestie von mir?

Ich weiß nicht, wann ich dem Scheusal, dem Phantom, zuerst begegnet bin... Ich weiß es nicht mehr. Da ist sie wieder, in grüne Stoffetzen gehüllt, mit einem zahnlosen Mund und zottigen, fettigen Haarsträhnen, die doch aus Hanfseilen bestehen.

»Laß meine Hand los, du greuliches Phantom!« kreische ich. »Willst du mich unter Wasser ziehen? Willst du mich ertränken? Zwischen die Felsen ziehen? In den Tunnel? Nein, nein, was du haben willst, das kann ich dir nicht geben, ich brauche es selbst zum Atmen! Laß mich! Weg mit deiner Hand! Ich werde dich töten, wenn du nicht von mir läßt...! Was flüsterst du? Daß man Tote nicht töten kann? Ich werde es dir beweisen, daß man Tote töten kann! Fort mit dir! Laß dich nie wieder sehen!«

Ich wache schweißgebadet auf.

Aber nein. Das war kein nächtlicher Traum. Ein andermal, ja. Da war ich, schweißgebadet und schreiend, aufgewacht, und Dieter nahm mich in die Arme und beschwichtigte mich und küßte mich. Dieter küßt mich immer gesund.

Doch diesmal war es kein Nachttraum.

Die Tote schwebt über dem Pflaster der Straße Central Park South, hier endet der riesige Park im Herzen Manhattans, dessen Grünfläche mit Seen und Sport- und Spielplätzen, Pavillons, Restaurants und Felsenwildnis so groß ist wie das ganze Fürstentum Monaco. Ich bin die Straße Central Park South entlanggeschlendert und habe bei den Pferdekutschen haltgemacht. Die gepflegten Tiere sind mit Blumenkränzen geschmückt. So eine Fahrt durch den Central Park, im Einspänner, gehört zu den beliebtesten Programmpunkten der Touristen, die New York im Sommer überschwemmen.

Dort, dort schwebt sie über dem Asphalt! Ich sehe sie ganz deutlich. Sie ist diesmal nicht in grüne Lumpen, sondern in Schwarz gekleidet. Das schwarze Gewand ist ganz anliegend, es glitzert feucht, ist es naß vom Wasser?

Sie schwebt, grinst. Kann man grinsen, wenn man kein Gesicht hat? Ich kann ihr Gesicht nicht sehen. Sie hat kein Gesicht.

Ich bleibe stehen, greife mir an den Kopf, schließe die Augen, reiße die Augen auf.

Dort... nichts ist dort! Ich kann nichts entdecken. Dort schwebt keine Gestalt, kein Gespenst, keine Frau. Ich sehe nur das hübsche, blitzsaubere Sonnendach eines Cafés am Central Park West, den Pferdekutschen gegenüber. Das Dach ist rot und weiß gestreift, es hat eine zackige Borte. Unter dem Dach, auf der schattigen Terrasse, schlürfen gutgelaunte Menschen ihren Eiscafé.

Die Taktik ändern, sagten wir uns damals, als wir von der Hochzeitsreise zurückkamen. Sollte sich Kim in New York bei uns melden, so werde ich ganz reizend zu ihr sein. Man muß diese Person überlisten. Es wird mir gelingen, diesen Ballast abzuwerfen. Ich bin zwei Ehemänner losgeworden, was nicht sehr einfach war, denn sie mußten blechen. Ich werde auch Kim los. *Wir* werden Kim los. Dieter und ich, wir müssen uns beide auf unsere Arbeit konzentrieren und haben es nicht nötig, uns von dieser kleinen Proletarierin auf den Nerven herumtrampeln zu lassen.

Großer Bahnhof auch damals, vor knapp fünf Jahren, als wir von der Hochzeitsreise heimkehrten.

»Wann werden wir den künstlerischen Genuß haben, Marlies von Ritter als Partnerin ihres Gatten auf der Bühne zu erleben?« will ein Reporter wissen.

»Mein Mann studiert noch. Sie werden sich einige Zeit gedulden müssen, dann gibt er sein erstes Konzert. Und später treten wir zusammen im Lohengrin auf!« sage ich.

Zu Hause, in unserer Penthousewohnung in der Nähe des Lincoln Center, wo uns das größte Musikzimmer zur Verfügung steht, erwartet uns schon wieder eine Überraschung. Kim hat wieder Blumen geschickt. Diesmal sind es lila Orchideen. Sie haben keinen Duft. Auf dem Kärtchen steht: ›Dem glücklichen jungen Paar eine frohe Heimkehr! Glück und Arbeit und vor allem baldigen Kindersegen! Von eurer treuen Kim.‹

Ich zerreiße das Kärtchen und werfe die Orchideen in den Mülleimer.

»Dieter, so eine Rohheit und Geschmacklosigkeit! Kim weiß ja, daß ich keine Kinder...«

Ich wollte sagen: »...haben kann«, sage aber »...haben will.«

Dann füge ich hinzu: »Diese Kim hat wohl eine geheime Geldquelle entdeckt. Orchideen sind sehr, sehr teuer!«

Früher, vor unserer Heirat, schämte ich mich oft, weil ich außerstande war, meinem Mann ein Kind zu schenken. Ich konnte mich oft nicht beherrschen, weckte Dieter, wenn ich mich nachts mit Selbstvorwürfen quälte und fragte ihn ein über das anderemal, ob er mir meine Kinderlosigkeit, besser ausgedrückt, mein Alter niemals vorwerfen würde...

Und immer küßte mich Dieter und beruhigte mich und dann fegte er meine Sorgen mit einer Handbewegung weg.

»Aber Liebes, ich will doch auch keine Kinder haben! Wirklich nicht! Die würden uns nur bei der Arbeit stören. Und beim Lieben. Ich kann keine Nacht ohne dich schlafen! Wärst du schwanger, so müßten wir ein paar Monate lang Abstinenz üben. Das hielte ich nicht aus. Ich habe Marlies von Ritter, den Weltstar, geheiratet und keine ewig schwangere Milchkuh! Ich versteh' dich wirklich nicht, mein Goldkind! In deiner Ehe muß es doch nicht immer nach Schema F zugehen! Wir haben eben keine Kinder, basta!«

Damals, nach unserer Heimkehr von der Hochzeitsreise, ist auch Dieter über die Taktlosigkeit, die Unverschämtheit seiner Ex-Freundin empört.

»Laß sehen, ich will das Kärtchen selbst lesen!« sagt er und greift in den Papierkorb, um die Fetzen herauszufischen und zusammenzusetzen. Dann schüttelt auch er den Kopf. »Unglaublich! Jetzt hab' ich die Nase voll!«

»Wir müssen sie auf elegante Weise loswerden... ihr einen Boyfriend suchen und sie möglichst schnell verheiraten!« sage ich energisch. »Ich kann diesen Kampf gegen Windmühlen nicht fortsetzen. Schließlich benötigen wir unsere Energie für wichtigere Dinge!«

Dieter nickt.

Und dann vergessen wir Kim und ihre Mutter sehr schnell. Albert und Ingrid stürzten sich wie zwei Tiger auf uns.

»Nun aber Schluß mit Vergnügungsreisen!« ruft Ingrid, während sie sich ans Klavier setzt, um nach zwei Monaten wieder mit mir zu üben.

»Hast du mir nicht einmal meine Hochzeitsreise gegönnt?« frage ich lachend.

»Nein! Die Arbeit ist viel wichtiger. Zum Teufel mit der Liebe!«

Auch Dieter erfährt schon am ersten Tag seines Studiums in der Musikakademie, daß seine Professoren, Albert an der Spitze, von einem künftigen Heldentenor denn doch mehr verlangen als das gutmütige Stammpublikum des ›Hotel Cape Clifford‹ von einem Schlagersänger schmalziger Evergreens.

Dieter raucht der Kopf. Manchmal kommt er nach sechsstündiger Arbeit todmüde und niedergeschlagen aus der Musikakademie nach Hause. Wir essen in diesen ersten Monaten unserer Ehe fast immer zu zweit zu Abend – leichte, bekömmliche Sachen, viel Salat, wenig Fleisch. Und getrunken wird fast überhaupt nichts, nur Fruchtsaft und Kaffee.

»Ein bißchen weniger *faire l'amour* könnte euren Stimmen und eurer Energie nur förderlich sein!« erklärte eines Tages Albert, der mir alles sagen darf. Er ist eigentlich mein dritter Vater... nach meinem verstorbenen Papa und meinem Stiefvater ›Daddy‹, der mich liebt und mit Geschenken verwöhnt.

Ich werde rot. Jawohl, die fünfzigjährige Marlies kann noch immer rot werden!

»Albert, seit wann steckst du deine Nase auch in unser Bett? Verzeih die Stilblüte!«

»Ich habe nicht die geringste Lust, meine Nase in euer Bett zu stecken, aber deine Augen sind gerötet und du hast heute während meines Vortrags über die Quellen von Wagners ›Parsifal‹ dreimal gegähnt. Dieter blieb allerdings ganz munter!«

Zur Erholung studieren wir abends oft mit Ingrid und Albert die Partituren der Opern, die auch ich noch nicht gesungen habe, und Albert, der alles weiß – von Gluck bis Hans Werner Henze und Giancarlo Menotti – erschließt uns die Welt der nordischen Sagen und Legenden, aus denen Wagner schöpfte.

Ich beruhige Albert.

»Ich weiß nicht, ob meine Augen vom *faire l'amour* gerötet sind, aber glaube mir, ich singe nicht schlechter, seit dem ich Dieter rund um die Uhr küsse, sondern besser! Eines Tages werde ich die Isolde singen, und dann habe ich buchstäblich keinen Wunsch mehr!«

Bis zu meiner ersten Isolde und Dieters erstem Tristan sollten beinahe fünf Jahre vergehen...

Ja, Kim und Gwendolyn sind bald vergessen. Wir richten uns für die nächsten Monate in der hellen, luftigen Penthouse-Wohnung mit sieben Zimmern, einer großen Dachterrasse und einem Jacuzzi-Sprudelbad ein und essen oft an einem kleinen Tisch im Wintergarten, der mit Kakteen, Palmen und seltenen Farnkräutern eine exotische Oase in unserem Apartment bildet. Wir sind sehr müde, todmüde vom Studium und von der Arbeit. Einmal muß ich ohne Dieter nach San Francisco fliegen, ich singe die Elisabeth, und das Publikum will mich nach der Hallenarie nicht von der Bühne lassen.

Dieter hat am Musikkonservatorium mit dem Studium des ›Lohengrin‹ begonnen, er kann mich nicht begleiten. Weil ich zweimal in San Francisco proben muß, dehnt sich mein Aufenthalt an der Westküste auf fünf Tage aus. Fünf Tage ohne meinen Mann! Dieter ruft jede Nacht an, telefoniert immer spät nachts, nach meiner Vorstellung, und ich beruhige mich erst, wenn ich Dieters Liebesschwüre über rund 6000 Kilometer Entfernung höre.

»Betrüg mich nicht, hörst du?« bitte ich meinen Mann.

»Womit, Liebling? Mit diesen todmüden Gliedern? Ich könnte nicht mal, wenn ich wollte... Du, der Professor war heute zum erstenmal mit meinem hohen C zufrieden....«

»Liebst du mich?« frage ich. Es ist die älteste Frage der Welt. Ich will nicht mehr fragen, und dann gehorche ich dennoch einem Zwang, den ich nicht unterdrücken kann. »Schwör mir, daß du nur mich liebst!«

»Nur dich, meine Süße! Ich liebe dich, ich liebe dich, ich liebe dich! Wann kommst du?«

»Übermogen. Du holst mich am Flughafen ab, ja? TWA, Flugnummer 450, sechzehn Uhr New Yorker Ortszeit.«

»Ich kann's kaum erwarten... Mach schnell... die Kritiken waren großartig, ich habe die ›San Francisco Times‹ gelesen.«

Ich leide, allen guten Vorsätzen und logischen Vorhaltungen zum Trotz, Qualen der Eifersucht, wenn ich von Dieter getrennt bin. Meine Logik sagt mir: Mit wem soll er mich betrügen? Jeder kluge Mann, ob alt oder jung, hütet sich heutzutage vor leichtfertigen Abenteuern. Wer möchte schon AIDS bekommen? Und überhaupt betrügt ein heißblütiger junger Mensch seine Frau nur dann, wenn sie ihn sexuell hungern läßt. Ich aber überschütte Dieter vom ersten Tag unserer Bekanntschaft an, seit jener Stunde, in der wir zwei in der verrücktesten aller Situationen von Leidenschaft übermannt wurden, mit Liebe. Mit Sex. Mit Küssen. Mit Umarmungen. Mit Zärtlichkeiten... und darüber hinaus ist er so ganz mein Geschöpf, ein Standbild, nach meinem Ebenbild geformt, ein tumber Tor, aus dem ich einen großen Sänger und einen verständnisvollen Interpreten der schwierigsten deutschen Musikdramen machen darf.

Dieter ist mein Geliebter, mein Mann, mein Geschöpf, mein Freund. In gewisser Beziehung ist er mein Sklave.

Nach jeder kurzen Trennung stürzen wir uns aufeinander wie zwei ausgehungerte Tiere. Ich muß Dieter zur Vorsicht mahnen. Er darf mich nicht mehr so wild beißen wie früher. Ich hatte oft seine Bißspuren am Hals und an den Schultern und mußte sie mit Make-up verdecken.

Wir bereiten uns auf unseren ersten gemeinsamen Lohengrin vor, und die keusche Elsa kann unmöglich mit häßlichen roten Malen am Hals und im Ausschnitt auftreten! Auch habe ich keine Lust, mich von meinen Kollegen hänseln zu lassen und den Klatschjournalisten Stoff zu liefern.

In der Nacht nach meiner Rückkehr aus San Francisco frage ich Dieter beiläufig: »Hat sich dieses Scheusal, die Kim, nicht mehr bei dir gemeldet?«

Dieter antwortet nicht sofort.

»Liebling, ich werde dich nie belügen. Kim hat sich gemeldet. Sie sagte, daß sie dir Abbitte leisten will. Wegen der faulig riechenden Orchideen und der ekelhaften, unverschämten Karte! Sie fragt, ob wir nicht einmal wieder im ›Hotel Cape Clifford‹ vorbeikommen wollen... Ich meine, wir könnten das mit einem Wochenende in unserem Ferienhaus verbinden!«

»Aber wozu, Liebling? Dann fängt doch alles wieder von neuem an!«

»Gwendolyn leidet an Arthritis, und Kim braucht meinen geschäftlichen Rat. *Unseren* Rat, sagt sie. Du, ich glaub' wirklich, daß Kim ganz harmlos ist. Wir werden ihr den Wind aus den Segeln nehmen, wenn wir uns mit ihr aussprechen. Sie hat mich auch um ein Darlehen gebeten. Bloß dreitausend Dollar. Sie braucht ein neues Auto, der alte Wagen ist zusammengekracht!«

Ich liege minutenlang schweigend da.

Dann sage ich: »Heute will sie dreitausend haben. Und wieviel – morgen? Soll denn die Quälerei kein Ende nehmen? Ich werde mit Charly telefonieren...«

Doch Dieter, der sich früher selbst so oft über Kims Dreistigkeit und Zudringlichkeit beschwerte, will nichts mehr vom Anwalt wissen.

»Ich erinnere mich, Liebling, wie aufopfernd mich Gwendolyn gepflegt hat, als ich eine Blinddarmentzündung hatte. Das war vor fünf Jahren. Ich meine, ich bin's Kim und ihrer Mutter schuldig, mich jetzt um die kranke Gwen zu kümmern. Vielleicht haben sie draußen in diesem gottverlassenen Nest gar keinen guten Arzt! Oder... Gwen muß ins Hospital. Arthritis kann sehr schmerzhaft sein, meine Großmutter in Kansas litt auch daran. Sei doch kein Frosch, hab Mitleid mit den unglücklichen, verlassenen Frauen...«

Die letzten Worte hat Dieter sehr spöttisch gesagt, so zynisch, daß ich unwillkürlich lachen muß.

»Meinethalben, Schatz. Gib Kim die dreitausend. Ich stelle dir nachher einen Scheck aus. Es wird dir nicht entgangen sein, daß deine holde Frau mit Windeseile charakterlos wird. Ich habe mir und dir gelobt, mich nicht mehr, nie wieder von den beiden Hexen in Cape Clifford erpressen zu lassen. Und ich strafe mich selbst Lügen! Gräßlich...«

»Keine Frau ist konsequent!« sagt mein Mann und zieht mich an sich. »Weißt du, Liebling, was du bist? Du bist ein herzensgutes Mädchen mit einem butterweichen Herzen! Und das alles... zuzüglich zu deiner Kunst, Schönheit und ewigen Jugend! Himmel, hab' ich einen Haupttreffer gemacht!«

Er zieht mich auf die Liege nieder. Wir standen im Musikzimmer und wollten üben. Aus dem Üben wird wieder einmal nichts.

»Dieter, wir müssen doch arbeiten!« rufe ich.

Dieter nestelt am Reißverschluß meines Kleides, macht ihn kaputt, ich höre, wie der Stoff reißt. Dieter verliert die Geduld, schiebt meinen Rock hoch, drückt das Becken an mich. Die Tür zum Eßzimmer steht weit offen, das Mädchen kann jeden Augenblick erscheinen, um den Tisch zum Abendbrot zu decken. Heute erwarten wir zwei Gäste zum Essen, Albert und Ingrid.

»Dieter, die Gäste kommen gleich..., das Mädchen muß doch den Tisch decken!«

»Ist mir schnuppe!« ruft Dieter.

Ich gebe mich geschlagen.

»Du hast mir das Kleid zerrissen, ich muß mich umziehen!« stöhne ich.

»Ich pfeife auf dein Kleid! Mach die Beine auseinander!«

Ausnahmsweise trage ich heute Strumpfhosen. Ich gehe am liebsten zu Hause, auch wenn wir Gäste haben, ohne Strümpfe herum. Mit seinen starken Fingern greift Dieter nach meinen dünnen Strumpfhosen, genau an der Stelle, wo er in mich eindringen will, und zerreißt das Nylongarn mit einer einzigen Handbewegung.

»So, jetzt bist du mir einen neuen Reißverschluß schuldig. Und ein Paar teure Strumpfhosen!« keuche ich. Sprechen kann ich nicht mehr, weil mich Dieter mit seinem ganzen muskulösen Körper bearbeitet. Zu meinem Entsetzen höre ich das Mädchen im Eßzimmer hantieren.

Offenbar hat Olga verdächtige Geräusche aus dem Musikzimmer gehört... Ich sehe, wie sie sich Hals über Kopf aus dem Staub macht und die Tür zwischen dem Eßzimmer und der Diele ins Schloß fallen läßt. Ich atme auf. Nun können Albert und Ingrid gern kommen – Olga wird sie in den Salon führen und sie bitten, auf Monsieur und Madame zu warten, die ›noch beim Ankleiden sind‹.

»Ich sehe in dem zerfetzten Kleid, mit den zerrissenen Strumpfhosen vermutlich aus wie eine Nutte für zehn Dollar!« klage ich, während Dieter schon ganz tief in mir ist.

»Für zehn Dollar kriegt man heutzutage keine Nutte. Die kosten im Schnitt fünfzig Dollar für zwei Stunden, und AIDS gibt es gratis als Draufgabe!« lacht Dieter.

Und nun schellt es draußen tatsächlich an der Tür, und ich höre klar und deutlich Ingrids und Alberts Stimmen und, wie erwartet, die geistesgegenwärtige Aufforderung unseres Stubenmädchens Olga: »Darf ich die Herrschaften bitten, im Salon Platz zu nehmen? Monsieur und Madame sind noch beim Ankleiden!«

Olga ist wirklich eine Perle!

»Ich kann diesen Hunger nicht ertragen!« stöhnt Dieter. »Je mehr du mir gibst, um so hungriger machst du mich, du elendes Biest! Die reinste Kannibalin bist du! Frißt mich mit Leib und Seele. Trinkst mein Blut aus. Du wirst mich zum Krüppel machen!«

»Ich wüßte gern, wer lieber beißt. Ich oder du? Hab' ich je schon dein Fleisch wundgebissen?«

»Und wie. Ich würde dir heute die Lippen zerfetzen, wenn du sie nicht zum Singen nötig hättest. Ich sehe schon, ich werde mir eine zweite Geliebte suchen müssen, die ich im Bett erwürgen kann... Bei dir muß ich mich immer vorsehen. Warum hab ich bloß eine berühmte Sängerin geheiratet?« – Dieter foppt mich. Und ich gehe ihm auch heut auf den Leim.

»Sprich es nie wieder aus! Das... mit der anderen Geliebten. Ich ermorde dich. Ich verschlinge dich bei lebendigem Leib, wenn ich dich je auf frischer Tat ertappe. Oder auch nachher. Ich kann Späße vertragen, Dieter, aber keine rohen Scherze mit Bett und Betrug im Bett...«

Dieter hat meine Schenkel, die mit Strumpffetzen bekleidet sind, so weit auseinandergerissen, daß ich nur mit Mühe und Not einen Aufschrei unterdrücken kann. Es tut entsetzlich weh. Und dann – die Erlösung. Die Flut nach der Glut.

Wir liegen schweißgebadet da.

Albert und Ingrid müssen den wahren Sachverhalt ahnen, die sind ja nicht von gestern!

Und Dieter küßt mich langsam auf den Mund. Hat der Nimmersatt wirklich nie genug?

Ich stoße ihn von mir, er rollt auf den Teppich. Es ist alles sehr komisch. Mit zwei Sprüngen bin ich in meinem Boudoir. Dort steht unser Doppelbett. Dieter hat auch sein eigenes, kleineres Schlafzimmer mit Bad, doch machte er noch nie Gebrauch von dieser ›Junggesellenbude‹, wie er sie nennt.

»Ich brauche das Bad, mach du dich drüben in deiner Bude fertig!« rufe ich und verriegle die Tür. Unsere Gäste werden sich noch ein bißchen gedulden müssen! Etwa dreißig Minuten später begrüße ich Ingrid und Albert. Ich habe geduscht und trage einen todschicken pinkfarbenen Jumpsuit aus Seide, dazu weiße Seidenpumps.

Ingrid lächelt vielsagend. Albert räuspert sich verlegen. Dieter ist schon da, er mixt die Cocktails.

»Für dich gibt's aber nur einen einzigen Drink, Darling!« sage ich mit Nachdruck. »Denk an deine Stimme, Liebling!«

Ich nehme einen Daiquiri, und dann bitte ich zu Tisch. Wir lassen uns Marikas Paprikahuhn schmecken. Marika ist unsere Köchin, die vor zwanzig Jahren aus Ungarn eingewandert ist und noch immer so fett und papriziert kocht wie drüben in der alten Heimat. Ganz, ganz selten versündigen wir uns gegen die schlanke Linie, auf die sowohl Dieter als ich achten müssen. Ich möchte um keinen Preis den früheren, fetten Brunhilden gleichen, und Dieter muß als Lohengrin, in seiner ersten Opernrolle, so schlank und faszinierend aussehen wie heute. Alle Opernhäuser der Welt sollen sich die Finger nach ihm ablecken. Und alle Frauen.

Das tun sie ja schon heute! – Ich bin in einer merkwürdig zwiespältigen Lage. Einerseits würde ich meinen attraktiven Mann am liebsten in einen Käfig sperren. Und ihn blenden, damit er keine andere Frau anschauen kann; andererseits bin ich stolz, wenn sich die geilen Weiber nach Dieter die Augen aus dem Kopf gucken!

Arbeit und nichts als Arbeit. Dieter kommt vom Konservatorium oft erst am späten Nachmittag nach Hause.

»Wenn ich geahnt hätte, wie stark man im Opernfach gezwiebelt wird, hätte ich mir alles dreimal überlegt!« sagt er. »Manchmal denke ich... Wozu brauchst du den ganzen Rummel? In New Jersey war mein Arbeitstag um achtzehn Uhr zu Ende, und abends konnte ich bummeln gehn! Als Sänger trat ich ja immer nur am Wochenende auf! Und dann noch manchmal mittwochs!«

Ich starre Dieter an.

»Wie kannst du dieses Tingel-Tangel mit der Oper vergleichen? Und mit dem Musikkonservatorium?« rufe ich empört aus.

»Ja, aber woher weißt du denn, daß ich die nötige Ausdauer habe!? Ich bin nicht so versessen auf ernste Musik wie du, mein lieber Schatz!«

Er hat es nicht ernst gemeint. Nein. Er will mich nur ärgern. Dieter kann boshaft sein! Da kommt er auch schon, bittet mich um Verzeihung. Ich tröste ihn:

»Dieses verrückte Tempo wird doch nicht von Dauer sein! Ich geb' dir mein Ehrenwort, daß wir nach deinem Debüt, wenn du erst einen Namen hast, nur die verlockendsten Angebote annehmen werden! Und nach jedem Gastspiel machen wir ein paar Wochen Urlaub! Ich dulde nicht, daß du dich kaputtmachst! Ich trete ja auch vergleichsweise selten auf! Eine Opernsängerin ist kein Operetten- oder Musical-Star, der jeden Abend auf den Brettern steht!«

Monate sind vergangen. Dieter ist soweit, mit den Proben zum Lohengrin beginnen zu können. Daß es eine Kim gibt, habe ich ganz vergessen.

Bis ich Kim eines Vormittags im Probesaal des Konservatoriums entdecke. Sie kauert ganz hinten auf einem Stuhl. Freilich haben sich auch andere Zuhörer eingefunden, doch die sind vom Bau, es sind Musikstudenten und -studentinnen.

»Wie kommt Kim her, willst du mir das nicht sagen?« frage ich Dieter. »Hast du sie etwa eingeladen?«

»Von einer Einladung kann nicht die Rede sein!« flüstert mir Dieter zu. Weder ich noch er wollen Aufsehen erregen. »Kim fragte vor kurzem an, ob sie zu einer Probe nach New York kommen darf..., denn zur Premiere nach Washington werden wir sie wohl nicht einladen, meinst du nicht auch?«

»Was soll das heißen... ›Kim fragte an‹... wie hat sie angefragt? Habt ihr miteinander telefoniert?«

»Sie hat mir geschrieben, und ich rief dann an.«

»Ich habe keinen Brief von Kim gesehen, und ich lese doch unsere Post immer selbst!« sage ich argwöhnisch.

»Doch, Kim hat geschrieben, und zwar an unsere Adresse! Wenn du etwa meinst, daß wir postlagernd miteinander korrespondieren...«

»Hör auf. Ich finde es, gelinde ausgedrückt, unverschämt von diesem Mädchen, uns nachzustellen. Trotz der zehntausend Dollar. Und dann hab' ich ihr noch dreitausend gegeben... Ist denn ihre Alte inzwischen abgekratzt?«

»Sprich nicht so ordinär, Marlies, es steht dir schlecht! Nein, Gwendolyn geht es besser, sie arbeitet wieder im Hotel!«

Ich fauche innerlich, ich möchte Dieter die Augen auskratzen und das Mädchen aus dem Fenster werfen. Jawohl. Aus dem Fenster werfen. Soll denn das in alle Ewigkeit so weitergehen?

Ich entsinne mich, wie dankbar Kim nach meiner Hand

haschte, als wir tatsächlich wenige Wochen nach unserer Heimkehr aus dem Yellowstone-Park nach Cape Clifford fuhren und ich Kim meinen zweiten Scheck gab. Er war auf dreitausend Dollar ausgestellt und für die arthritiskranke Gwendolyn bestimmt. Oder für das kaputte Auto.

So. Schwamm drüber. Jetzt sind wir die beiden Hexen für immer los! – dachte ich und war übermütig gut gelaunt. Wir verbrachten anschließend mit Dieter ein herrliches Wochenende in unserem Ferienhaus in den Dünen und waren diesmal mutterseelenallein... Also, Kim waren wir los...! Mein Gott, wie oft hab' ich mir das schon eingebildet? Immerhin würde dieses Aas nie wieder in unserer Dünen-Einsamkeit auftauchen, uns dort in Frieden lassen und nicht zum Fenster hereingrinsen wie damals! Ich kann die schauderhafte Erinnerung noch immer nicht verscheuchen!

Kim wohnt also der Probe bei, bedankt sich nachher recht artig und haut ab. Sie wünscht uns zuvor noch alles erdenkliche Glück zu unserer Premiere in der Washingtoner Oper und wagt es, meine weltberühmte Stimme zu loben! Als ob ich, Marlies von Ritter, diesen Stuß nötig hätte!

Kim stottert: »Ich habe noch nie eine so umfangreiche, glockenklare Sopranstimme gehört wie die Ihre, Frau von Ritter!«

Im Beisein von Fremden ist Kim sehr förmlich.

Soll ich mich jetzt geschmeichelt fühlen?

»Danke, danke!« sage ich. »Aber ich pflege meine Kritiken regelmäßig zu lesen. Die sind nämlich auch nicht schlecht!«

Kim hat noch die Stirn, Dieter und mich – schon wieder – nach Cape Clifford einzuladen.

»Ich habe fleißig Tauchen geübt«, sagt sie. »Wir könnten vielleicht einmal zusammen, zu dritt oder mit einer ganzen Gruppe, in der Bucht tauchen oder über das Riff schwimmen.«

»Wird gemacht!« verspricht Dieter. Wir versuchen beide, das Mädchen loszuwerden.

Oder will diese hergelaufene Person mir noch immer meinen Geliebten, meinen Mann ausspannen? Haßt sie mich? Freilich muß sie mich hassen. Übrigens spannt man einer

Marlies von Ritter keinen Mann aus, da müßten ganz andere kommen...!

Rechtzeitig fällt mir noch unser Plan ein, für Kim einen passenden Mann zu suchen und sie auf diese bequeme Weise loszuwerden. Ich rufe Kim nach: »Hallo, Kim... Hören Sie, wir geben demnächst eine Cocktailparty, hoffentlich schenken Sie uns das Vergnügen? Ich möchte Sie mit ein paar netten Junggesellen bekannt machen...! Dieter und ich haben beschlossen, die junge Dame zu verheiraten!«

»Das haben Sie mit Dieter beschlossen? Mich zu verheiraten? Wenn ich aber nicht will? Ich bin eine Einmannfrau, Marlies!«

Oft sprechen wir mit Dieter deutsch, damit er sich in der Sprache Richard Wagners üben kann. Auch Kim hat in der Schule etwas Deutsch gelernt.

Während einer deutschsprachigen Unterhaltung trinken wir später mit Kim offizielle Bruderschaft. Ist schon oft vorgekommen. Zwei Frauen, in gewisser Beziehung zwei Rivalinnen – obwohl mir Kim nicht das Wasser reichen kann – duzen sich. Am liebsten würden sie einander ertränken!

Leider ist Dieter ein Sprachen-Antitalent. Er hat einmal im College ein halbes Jahr lang Französisch gelernt, brachte es aber nie über die Wörter ›Monsieur‹, ›Madame‹ und ›Pardon‹ hinaus. Seinen ersten Lohengrin studiert er phonetisch. Hoffentlich wird er dann auf der Bühne nicht alles vergessen, was wir, Ingrid und Albert, ich und eine hervorragende Sprachlehrerin, die mit vielen New Yorker Opernsängern korrepetiert, ihm beigebracht haben!

Der Ärger mit dieser Kim reißt nicht ab. Ich habe sehr wohl begriffen, was sie mit der Bezeichnung ›Einmannfrau‹ meinte. Daß es für sie nur einen Mann gibt, nämlich Dieter. Daß ihre Krallen noch immer nach meinem Mann greifen.

Ich muß dieses junge Bestie loswerden. Um jeden Preis. – Ich mache meine, unsere Absicht, Kim auf New Yorks ledige und garantiert nicht schwule Männerwelt, auf die gutbetuchten Männer, loszulassen, wahr. Wir laden Kim zu mehreren Cocktailpartys ein. Kim gefällt. Hübsche, gesunde, frische junge Mädchen sind Mangelware in unserem Zeitalter der hysterischen Mannweib-Huren. Kim Forrester wirkt wie ein kräftiges, urgesundes Bauernmädchen. Die ist keine Emanze. Die ist auch nicht mit Problemen der Seelenwanderung oder Psychoanalyse belastet. Die ist nicht bekloppt. Bei der – sagen sich die Ehekandidaten ferner – kann man sich nicht anstecken, kein AIDS von ihr kriegen!

Ein fabelhaft verdienender Rechtsanwalt, ein Arzt, ein junger Anwalt, ein Bankier – sie alle melden sich bei Kim in Cape Clifford... Fast sofort nach einer der Partys, auf denen wir Kim wie einen Tanzbären vorführten. Die Herren rufen auch bei uns an und erkundigen sich nach Kims Familienverhältnissen.

Und dann folgen weitere, enttäuschte Anrufe bei mir und Dieter, den ›Vermittlern‹.

»Sie haben uns mit einer Eisprinzessin bekannt gemacht, liebe Marlies!« klagt ein heiratslustiger Rechtsanwalt. »Warum, schöne Freundin, spielen Sie die Heiratsvermittlerin, wenn die junge Dame nicht will?«

»Wieso?« frage ich unschuldig.

»Ich rief dreimal in Cape Clifford bei den Forresters an, und Kim verhielt sich ausgesprochen ablehnend. Sie sei so schrecklich beschäftigt!«

Kim behandelte alle Männer, die sie bei uns in New York kennenlernte, ganz ähnlich. Sie war nicht einmal bereit, mit unseren Kandidaten auszugehen, geschweige denn, ein Verhältnis anzufangen oder sich auf eine ernste Freundschaft mit Heirat als Endziel einzulassen.

Dieter hat das alles satt. Ich bin geduldiger als er.

»Laß mich mit diesem Quatsch in Ruh, Marlies!« fordert er.

Kein Wunder, daß Dieter nervös ist. Sein erster Lohengrin beschäftigt ihn Tag und Nacht, er kann sich nicht um Weibergeschichten kümmern. Ich verspreche ihm, Kim und Gwendolyn in Zukunft nie wieder zu erwähnen.

Mir bangt ja um Dieters Erfolg! Das Debüt von Dieter Williams als Lohengrin mit seiner Frau Marlies von Ritter in der Partie der Elsa rückt näher... In knapp drei Monaten haben wir in Washington Premiere. Ich beherrsche die Elsa im Schlaf und habe dennoch starkes Lampenfieber. Das war früher nur ganz selten bei mir der Fall.

Das alles liegt viele Jahre zurück... Was haben wir nicht alles seither gemeinsam erlebt! Wie viele Erfolge durften wir zusammen einheimsen! Und wie glückselig waren unsere Nächte!

Heute, fünf Jahre nach unserer Hochzeit, bin ich so glücklich wie keine zweite Frau unter der Sonne.

Vielleicht bin ich zu glücklich! Für soviel Glück muß man büßen!

Meine Heimsuchung, meine Alpträume und Wahnvorstellungen, an denen ich seit der Tragödie leide (einer Tragödie, die ich noch schildern muß)... meine Halluzinationen stellen sich periodisch ein. Mir ist, als litte ich an Malaria. Die von aller Welt beneidete und von ihrem Mann zärtlich geliebte Diva Marlies von Ritter hat auf der Höhe ihres Ruhmes, vom Erfolg verwöhnt, von ihrem Mann angebetet, schlaflose Nächte.

Die immer wiederkehrende Hauptfigur meiner schreckhaften Visionen und Wahnvorstellungen ist keine Unbekannte. Zunächst konnte ich sie nicht mit der grünlich angelaufenen Wasserleiche identifizieren, der Leiche aus Pappe, die in der Grottenbahn lag. Ich habe nämlich noch nie im Leben eine Leiche gesehen. Weder Mensch noch Tier. Doch, einmal wurde ein Tümmler am Badestrand von Cape Clifford an Land gespült, das arme Tier hatte schon einen aufgeblähten Bauch.

Noch nie habe ich eine Menschenleiche gesehen. – Mein Vater war nicht in einem offenen Sarg aufgebahrt, ich betete an seinem geschlossenen Sarg.

Angstträume verfolgen mich erst seit der Tragödie in der Bucht bei Cape Clifford, wo wir immer so gern tauchten. Dieter ist aus viel robusterem Holz geschnitzt als ich. Der schläft immer durch, wenn ich ihn nicht wecke. Er schläft darum so gut, weil ich ihn im Bett so gut befriedige.

Ich bin doch unschuldig – soweit ein erwachsener Mensch frei von Schuld sein kann! Wir sind allesamt schwache Menschen! Vielleicht werde ich immer wieder von Alpträumen verfolgt, weil es mir zu gut geht. Das Leben hat sein ganzes Füllhorn über mich ausgeschüttet, ich habe alles, wonach sich andere Frauen vergebens sehnen. Ruhm, Liebe, Schönheit, Geld. Ich erfreue mich der besten Gesundheit. Ich werde ewig leben und lieben. Fordern die Spukgestalten darum Rechenschaft und Buße von mir?

Der Anruf.
Soll ich denn nie zur Ruhe kommen? Ich werde seit der Tragödie in der Bucht bei Cape Clifford, die ich noch schildern muß und von der ich so oft träume... seit dem grauenhaften Unglück, das ich nie werde vergessen oder verschmerzen können, von Alpträumen und Halluzinationen heimgesucht.

Und dann, etwa ein halbes Jahr nach der Tragödie, dieser geheimnisvolle, bis auf den heutigen Tag ungeklärte Anruf. Das Telefon surrt im Wohnzimmer. Ich sitze im Musikzimmer, die Partitur des Lohengrin auf den Knien. Ich warte auf Ingrid. Dieter wird in zwei bis drei Stunden auch zu Hause sein. Er probt in der Musikakademie. Abends kommt auch Albert, dann werden wir den ersten Akt des Lohengrin vornehmen.

Trotz des unfaßlichen Unglücks, das in alle Ewigkeit einen Schatten auf unser häusliches Glück werfen wird, haben wir die Proben zu Dieters erstem Lohengrin in der Washingtoner Oper nicht abgesagt. Wir dürfen nicht vertragsbrüchig werden.

Das Telefon surrt im Wohnzimmer, die Tür steht halboffen. Ich sehe, wie das Stubenmädchen den Hörer abhebt. Sie hat strenge Weisung, mich nur in ganz wichtigen Fällen an den Apparat zu holen. Im Musikzimmer haben wir kein Telefon, das ist unser Tuskulum, hier darf uns keiner stören.

Olga steckt den Kopf durch die Türöffnung.
»Eine Dame wünscht Madame zu sprechen, es sei sehr dringend!« sagt das Mädchen.
»Wie heißt die Dame?«
»Sie spricht so leise, ich habe den Namen nicht richtig mitbekommen. Es klingt wie ›K‹ und ›I‹, vielleicht ›Kyra‹ oder so ähnlich!«

Das Blut gerinnt mir in den Adern.
»Kyra? Ich kenne keine Kyra. Aber wir wollen mal sehen...«

Ich gehe ins Wohnzimmer, winke dem Mädchen, mich allein zu lassen.

»Marlies von Ritter«, sage ich. »Mit wem...«

›...spreche ich?‹ wollte ich sagen. Ich kann den Satz nicht beenden.

»Erkennst du meine Stimme nicht?« fragt sehr leise und stockend eine Stimme, die ich wirklich nicht erkenne. Doch diese Stimme erinnert mich vage an eine Frau...

Beinahe wäre mir der Hörer aus der Hand gefallen.

Das ist doch unmöglich. Undenkbar. Die Stimme erinnert mich an Kim, und Kim ist...

Tote können doch nicht aus dem Jenseits telefonieren?

»Weißt du noch immer nicht, wer ich bin?« fragt die Anruferin.

Ich schreie in die Muschel: »Nein! Ich weiß es nicht! Was für Scherze erlauben Sie sich eigentlich mit Marlies von Ritter! Wer immer Sie sein mögen, verbitte ich mir Ihre Anrufe! Und woher, wenn ich fragen darf, haben Sie meine private Nummer? Unterstehen Sie sich nicht, noch einmal...«

Ich werfe den Hörer wutentbrannt auf die Gabel.

Dann rufe ich Olga.

»Das war schon wieder irgendeine lästige Person, wahrscheinlich eine Ziege von der Presse oder vom Fernsehen, die Ihnen was vorschwindelte!« sage ich erbittert. »Und wenn der Herrgott in eigener Person anruft, so wünsche ich, nicht gestört zu werden! Dasselbe gilt für Mr. Williams! Verweisen Sie alle Anrufer an meinen Impresario!«

Ich hatte mir lange überlegt, ob ich in meinen Wohnungen und Häusern, die ich abwechselnd bewohne, eine ständige Sekretärin beschäftigen soll. Dann entschied ich mich dagegen. Alles Geschäftliche und Berufliche erledigt mein Impresario in seinem großen Büro, dem stehen reichlich Sekretärinnen zur Verfügung. Um die künstlerischen Dinge kümmern sich meine Freunde Ingrid und Albert und noch eine Schar von weiteren Professoren.

Dieter kommt, er hat Ingrid im Lift getroffen. Ich muß die beiden ins Vertrauen ziehen.

»Kinder, ich dachte vorhin, mich trifft der Schlag! Da hatte irgendeine wildfremde Person, aller Wahrscheinlichkeit nach eine dieser Medien-Hyänen, die Stirn, hier bei uns anzurufen. Ich sollte erraten, wer am Apparat war! Ob ich ihre Stimme erkenne, fragte das Luder! Ich werde Olga verbieten, mich überhaupt mit irgend jemand zu verbinden, der nicht zu unserem intimen Kreis gehört!«

»Reg dich doch ab!« sagt Ingrid ziemlich gleichgültig und schaut in die Noten.

Ich schlucke herunter. Je mehr man so ein albernes Vorkommnis bagatellisiert, um so winziger wird es, sage ich mir.

Aber ich habe mich noch nicht ganz beruhigt.

»Ihr werdet mich auslachen! Aber eine Sekunde lang war ich überzeugt, daß die arme Kim am Apparat war!« füge ich noch hinzu.

Ingrid macht große Augen. Sie sagt gar nichts. Dieter schließt mich sehr zärtlich in die Arme.

»Aber Darling, fang doch nicht schon wieder an! Du halluzinierst am hellichten Tag! Das machen deine albernen, völlig unbegründeten Selbstvorwürfe! Du mußt Kim endlich vergessen! Mir ist es doch auch gelungen, und einfach war es nicht, das kannst du mir glauben! Liebling... wir müssen diese Tragödie vergessen! Wir sind nicht die einzigen Menschen, die eine schwere Last tragen und dennoch gute Miene zum bösen Spiel machen müssen! Andere haben ihre Kinder, ihre Eltern unter tragischen Umständen verloren. Kim war... unsere Freundin. Ja, Marlies, sie war auch deine Freundin, wenigstens in den letzten Monaten ihres Lebens! Aber wir müssen endlich zur Tagesordnung übergehen, sonst geht deine Karriere drauf, und meine – hat noch gar nicht angefangen!«

Albert und Ingrid nicken, Albert küßt mich auf die Wange. Ich bin aus Dieters Armen geschlüpft und suche jetzt an der Brust meines alten, meines allerbesten Freundes und Mentors Schutz.

»Warum«, frage ich weinend, ich kann meine Tränen nicht zurückhalten, »warum schickten wir damals Kim nicht einfach nach Hause, statt mit ihr zu tauchen!? Sie war doch lange nicht so sportlich begabt wie wir beiden? Dann wäre Kim vielleicht noch am Leben!«

Und nun verliert Ingrid die Geduld.

»Das alles ist vorüber, wir haben das arme Mädchen beweint, ihr habt für die Mutter gesorgt... Gwendolyn hat sich, soviel ich weiß, ganz gut bei ihren Verwandten in Colorado eingelebt, und du hast eine sehr große Geldsumme geopfert, Marlies, damit die bedauernswerte Frau zumindest keine materiellen Sorgen hat, nicht wahr?«

Ich nicke und trockne mir die Tränen ab.

»Mehr konntest du wirklich nicht tun, Kind!« erklärt Albert abschließend. »Es war ein unglückseliger Unfall, ein Unfall, an dem ihr unschuldig seid! Schreibt euch das endlich hinter die Ohren! Schuld war ganz allein Kim, weil sie dich, Marlies, in allen Dingen imitieren wollte! Selbst Kims Mutter hat euch nie die Schuld am Tod ihrer Tochter zugeschoben! So. Und nun wird gearbeitet!«

Noch immer weiß ich nicht, wer die unbekannte Frau am anderen Ende der Strippe war. Es ist auch gleichgültig. Ich bildete mir bloß ein, daß ihre Stimme so ähnlich klang wie die der Toten. Einbildung vermag viel.

»Los, Kinder, ans Klavier!« befiehlt Ingrid.

Wir üben bis in die späten Nachtstunden.

Dieter intoniert falsch, und Albert wäscht ihm den Kopf. Dieter ist jähzornig, behauptet, hundertprozentig richtig zu singen. Er verträgt keine Kritik.

Warum darf ich in meinen Erinnerungen, die meinen geliebten Dieter und meinen vielen Freunden gewidmet sind, den dunkelsten Tag meines Lebens nicht überspringen?

Eine Marlies von Ritter lügt nicht, sie ist auch keine Drückebergerin, sie muß der Mitwelt und Nachwelt Rede und Antwort stehen. Und vor allem ihrem geliebten Partner im Leben und auf der Bühne. Wie selig wäre ich, wenn uns spätere Chronisten das ideale Künstlerpaar nennen würden, zwei Sänger, mit denen selbst der Bayreuther Meister zufrieden gewesen wäre!

Der grauenhafte Tag. Ich darf ihn nicht überspringen.

Es geschah in der Bucht bei Cape Clifford, wo Dieter und ich so gern tauchten. Das Ufer fällt steil ab, an den meisten Stellen ist die Bucht dreißig Meter tief.

Die Tragödie in der mit klarem, wunderbar graublauem

Wasser gefüllten Bucht, die etwa eine Stunde Fußweg vom belebten Badestrand entfernt ist, ereignete sich etwa ein Jahr nach unserer Hochzeitsreise. Sie bildet eine Zäsur in unserem Leben. Wir können selbst heute, da ich diese Zeilen schreibe, nicht über den erschütternden Vorfall hinwegkommen...

Warum waren wir so leichtsinnig? Warum lehnten Dieter und ich es nicht glatt ab, mit der unerfahrenen Kim zu tauchen? War es Leichtsinn oder waren wir einfach zu gutmütig, um der lästigen Kim ihre Bitte abzuschlagen? Die war ja buchstäblich nicht loszuwerden! Wir waren beide ziemlich ratlos. Unser Verhältnis war allmählich recht freundschaftlich geworden, und ich sprach ganz offen mit Kim über ihre Zukunft, wiederholte immer wieder, daß ein bildhübsches junges Mädchen wie sie einen Boyfriend oder, noch besser, einen Ehemann brauchte!

»Willst du nicht Kinder kriegen?« fragte ich, die Kinderlose. »Glaub mir, Kim, wenn ich noch einmal alles von vorn beginnen könnte, so finge ich nicht mit der Karriere, sondern mit dem Kinderkriegen an... Die Karriere kann man aufschieben, das Kinderkriegen nicht!«

Kim zuckt die Schultern.

»Zuerst muß ich den Mann finden, von dem ich Kinder haben möchte!« sagt das wirklich reizend aussehende junge Mädchen.

Kim hat ihr Verhalten auch Dieter gegenüber geändert. Mich täuscht man nicht so leicht. Kim hat sich offenbar abgefunden, daß Dieter in alle Ewigkeit einer anderen Frau, nämlich mir, gehört. Kim hat die Waffen gestreckt. Wie könnte ein so unbedeutendes junge Mädchen auch mit mir, der großen Diva Marlies von Ritter, konkurrieren!

Vor dem Ausflug nach Cape Clifford, der eine so einschneidende Rolle in unserem Leben spielen sollte, haben Dieter und ich rund um die Uhr gearbeitet. Wir studierten den Lohengrin. Dieter wird sich dem Washingtoner und später dem New Yorker Opernpublikum als der Gralsritter vorstellen, und ich sehe dem großen Abend mit Hangen und Bangen, aber auch mit viel Vorfreude entgegen.

Kaum zwei Monate trennen uns von der Washingtoner

Premiere des Lohengrin. Nächste Woche fliegen wir mit Albert und Ingrid nach der Bundeshauptstadt, um bis zum Premierentag in Mamas Haus zu wohnen. Die Stellproben beginnen in dem neuen Opernhaus, wo ich – ohne Dieter – schon häufig sang.

Und nun wollen wir noch einmal mit Dieter ganz kurz ausspannen. Wir fahren mit dem Auto nach New Jersey hinüber, stellen den Wagen in einer Garage ab und nehmen dann unser Dünen-Buggy. Holterdipolter geht es über die sandigen Hügel zu unserem kleinen Ferienhaus, das wir so sehr lieben. Wir wollen keine Menschen sehen, ganz allein sein, es sind unsere letzten Kurzferien vor dem Lohengrin, bevor ich den strengen Musikkritikern und dem Publikum meinen geliebten, bezaubernden Mann, den neuen Heldentenor Dieter Williams, als Ritter vom heiligen Gral vorstelle...

O Gott, hoffentlich blamiere ich mich nicht!

Von Kim haben wir lange nichts gehört.

Irgend jemand, der Kim kennt, erzählte, daß sie endlich einen Boyfriend gefunden hat. Eines Tages, hoffentlich bald, wird sie uns ihren Schwarm vorstellen! Vielleicht, hoffentlich, war Kim gar nicht ernsthaft in Dieter verliebt. Nicht mit Leibe und Seele, nicht unrettbar wie ich! Dafür bin ich ja auch viel älter.

Eine reife Frau liebt halt ganz anders als ein junges Mädchen. Dieter ist mein alles, mein ganzes Leben! Die überspannte Kim hat nur für ihn geschwärmt, wie ein richtiger Teenager, obwohl sie keiner mehr ist!

Ich finde Dieter reichlich nervös, das macht das nahe Datum der Lohengrin-Premiere in Washington. Kein Wunder. Taugt er vielleicht wirklich nicht zum Opernstar? Dafür muß man ja geboren sein...!

In den Dünen weht eine frische Brise, es ist aber jetzt, im Spätsommer, nicht kalt, sondern viel wärmer als in anderen Jahren. Ich mußte Ingrid fest versprechen, mich vor einer Erkältung zu hüten und im Meer nur zu baden, wenn das Wasser noch richtig warm wäre. Wir arbeiten im Garten, begießen die Blumen – ein Gärtner sorgt auch in unserer Abwesenheit für die Pflanzen und die Goldfische in unserem kleinen

Teich –, und gegen Mitternacht verspüren wir Lust, im Meer zu schwimmen. Wir werden auch diesmal nicht weit hinausschwimmen, ich fürchte mich vor ›Jaws‹, dem großen weißen Hai.

Der Badestrand ist ziemlich menschenleer, die meisten Urlauber sind schon in die Stadt zurückgekehrt.

»Du, wenn der Theaterarzt wüßte, daß ich im Meer bade!« sage ich zu Dieter. Wir schwimmen nackt, wie immer, wenn uns keiner sieht.

»Es ist doch warm, wie im Juli!« beruhigt mich Dieter. Dann lassen wir das köstliche Seewasser an uns abrinnen, ich laufe ins Haus, Dieter erwischt mich unterwegs, nimmt mich auf seine Arme und trägt mich, wie Tarzan seine Beute, zu unserem Tuskulum. Das finden wir beide romantisch und auch sehr komisch.

»Was hat dir der Theaterarzt sonst noch verboten?« will Dieter wissen. »Am Ende auch die Liebesspiele mit deinem Lohengrin? Vielleicht ist Vorschrift, daß die keusche Elsa bis zu ihrer Hochzeitsnacht mit dem Gralsritter nicht...«

»Ich werde dir sofort beweisen, wie keusch ich bin!« sage ich lachend und ziehe Dieter aufs Bett. Wir sind beide noch klatschnaß, das Bett wird feucht, was uns überhaupt nicht stört. Abstinenz? Die soll einer Elsa guttun? Ich muß Dieter aufklären.

Zwischen zwei heftigen und wilden Küssen sage ich zu meinem Mann: »Wenn ich Ingrid und Albert glauben darf, die ja zwei alte Hasen sind und alles besser wissen, so merkt man es der Stimme einer Sopranistin an, ob sie unmittelbar vor ihrem Auftreten ge... hat oder nicht. Abstinenz sei ratsam, meinen die beiden. Ingrid hat mir dergleichen auch schon in früheren Jahren gepredigt, als ich mit meinem ersten und dann zweiten Mann verheiratet war. Und diese Art Abstinenz fiel mir überhaupt nicht schwer!«

»Fällt sie dir jetzt schwer? Bei mir?« fragte Dieter.

»Nennst du das Abstinenz?« Ich drücke Dieter tief in mich hinein, küsse und umarme ihn, daß er kaum Luft bekommt.

Dieter läßt mich los, schaut mich an.

»Du bist ein richtiger kleiner Golddigger, Schatz! Hast

deine Ehemänner immerhin um ein paar Millionen Dollar gebracht, nicht wahr?«

»Stimmt, Dieterlein. Eines Tages werden diese Milliönchen dir gehören!«

»Du, ich lasse mich nicht beleidigen! Tu nicht so, als hätte ich dich deines Geldes wegen geheiratet...«

Er fällt über mich her, beißt mich und küßt mich wie ein Teufel. Dann schlafen wir ein bißchen. Und dann weckt mich Dieter mitten in der Nacht und sagt: »Morgen stehen wir früh auf. Ich möchte nämlich in unserer Bucht tauchen – wir fahren mit dem Buggy hin. Ich habe neue Gummiringe zum Auslegen auf dem Sandboden, die sammeln wir ein und legen sie dann wieder aus. Mal sehen, wer das schneller macht, du oder ich?«

Dieters sportlicher Ehrgeiz imponiert mir. Ich erinnere Dieter daran, daß wir auch noch Rettungsschwimmen in der Bucht üben müssen, der Tauchlehrer hat es uns ans Herz gelegt. Wenn ein Taucher sein Mundstück verliert, so kann er sich durch Zeichensprache mit seinem Partner verständigen und ihm sein eigenes Mundstück leihen. Zwei Taucher bedienen sich dann, während sie aus dem Wasser aufsteigen, desselben Sauerstofftanks. Auch dieses Kunststück wollen wir noch oft üben.

»Ich hab' keine Lust, früh aufzustehen!« klagt Elsa ihrem Lohengrin.

»Küß mich! Ich hab' dein Raunzen satt! Wir haben uns seit Mitternacht nicht geliebt! Ich bin schon ganz kribblig vor Sehnsucht nach dir, meine Süße!« sagt Dieter. Sein Gesicht ist noch immer feucht, sein Kuß schmeckt salzig, und ich genieße auch diesen Geschmack.

»Wollen wir nicht lieber alles hinschmeißen und vor der Lohengrin-Premiere türmen?« fragt Dieter plötzlich, während sich seine Hände schon ganz schamlos mit meinen Oberschenkeln und meinem Becken beschäftigen.

»Türmen? Bei dem Kartenvorverkauf? Die ersten fünf Vorstellungen sind doch ausverkauft, mein Herr!« flüstere ich.

»Ich hab'...«

»Sprich's nicht aus! Du wirst dich nicht fürchten, wenn Mutti bei dir ist.«

»Nie sollst du mich befragen...!« schmettert mein Lohengrin plötzlich. Er hat meinen Körper fahrenlassen und sitzt im Bett. Er gestikuliert wild. Dieter kann sehr komisch sein.

»Hör auf, dich zu produzieren. Schone deine Stimme! Albert hat dir streng befohlen, bis zur nächsten Probe keinen Ton zu singen!«

»Nicht einmal Tonleitern?«

»Nicht hier in den Dünen. Warte, bis wir in New York oder Washington sind. Hast du nichts vergessen?«

»Was?« fragt Dieter und läßt sich wieder aufs Bett fallen.

»Du hast vergessen, mich zu streicheln. Deine Elsa hat ihre Jungfräulichkeit satt. Keine Bange. Auf der Bühne werde ich dann so unberührt aussehen wie eine politische Emanze. Oder wie... nun ja, Elsa von Brabant. Aber jetzt möchte ich zum hunderttausendstenmal entjungfert werden!«

Ich spürte Dieters feuchte und heiße Zunge in meinem Mund. Dann auf meinen Brüsten, auf meinem Bauch. Und dann noch weiter unten. Ich bin ganz schwach. Wo bleibt die Vernunft? Wir müßten wirklich ein paar Tage vor der Premiere wie Geschwister nebeneinander schlafen, sonst fehlt mir die Kraft zum Singen!

»Soll ich kommen?« will Dieter wissen.

Ich schweige. Ich lasse ihn zappeln.

»Sag, was willst du?« fragt Dieter.

»Ich möchte schlafen!« lüge ich, aber nur, um Dieter zu foppen.

»Sag das noch einmal!«

»Ich möchte schlafen, Dieter!«

Jetzt wird er auffahren oder mir einen Klaps versetzen. Doch Dieter bleibt gelassen. Er saugt sich an meiner linken Brust fest und tut, als schliefe er seinerseits ein. Er spielt das Baby. Das tut er gern. Und nun wird mir das langsame Tempo zu bunt. Ich lege mich auf die linke Seite und zwänge Dieter wie ein Schraubstock zwischen meine Schenkel. Ich greife nach dem herrlich prallen, steinharten Lebensbaum und drücke ihn mit beiden Händen in mich hinein. Meine Lippen suchen Dieters Mund, finden ihn, bilden einen Trichter, saugen Dieters Mund in sich, am liebsten würde ich ihm die Lippen abbeißen. Ich spüre die köstlichen Stöße mit dem heißen Dampfhammer und verkralle mich in seine Hinterbacken. Ich bin toll vor Liebe und verglühe in meiner Leidenschaft.

»Meine keusche Elsa!« flüstert mein Geliebter. »Ich fürchte, man wird es deiner Elsa diesmal ansehen, daß sie sich ihrem Lohengrin lange vor der Brautnacht hingab!«

Im übrigen hatte Dieter mit seiner Prophezeiung nicht unrecht. Die Kritiker verglichen nach der Washingtoner Premiere meine Elsa mit Marlies von Ritter in früheren Lohengrin-Aufführungen, und alle stimmten in der Meinung überein, daß meine Elsa viel, viel sinnlicher, ja beinahe zu erotisch geworden wäre.

Sie fanden auch die Antwort auf die Frage, wer wohl diese Wandlung verschuldet habe. Die Antwort hieß: Dieter Williams, alias Lohengrin, der Ritter vom heiligen Gral.

Dieter schläft bis sieben Uhr morgens, fest mit mir verbunden. Und wieder habe ich nicht das Herz, ihn zu wecken. Auch ich schlafe nach dem ersten Erwachen noch einmal ein, und die Sonne scheint längst hell und glutheiß über Cape Clifford, als wir zum Tauchen nach unserer verschwiegenen Bucht fahren.

»Sehr brav!« lobt Dieter nach der ersten Tauchrunde in der glasklaren, tiefen Bucht. Wir sind, wie erwartet, hier wieder allein, denn der Kurbetrieb spielt sich am Strand von Cape Clifford ab; außerdem ist die diesjährige Hauptsaison längst vorüber.

Dieter betrachtet mich stolz. Ich weiß, daß ich in meinem Taucheranzug aus schwarzem Gummi sehr gut aussehe. Ich bin muskulös und schlank; Dieter gleicht, wie immer, einem jungen Gott. Er wird der attraktivste Lohengrin aller Zeiten sein.

Unsere Sauerstoffgeräte haben Vorrat für eine Stunde unter Wasser, aber so lange sind wir noch nie auf dem Meeresboden geblieben, denn hier in Cape Clifford gibt es keine interessanten Korallengebirge wie in der Karibik, sondern nur ein paar Granitriffe und einen einzigen ›Tunnel‹. Dieses Gebilde aus Naturstein liegt etwa zehn Meter unter der Wasseroberfläche und gleicht tatsächlich einem schmalen Tunnel. Es macht uns Spaß, durch diesen Tunnel zu schwimmen; man muß vorsichtig sein, um den Gummianzug nicht zu verletzen und das Mundstück mit dem Schlauch, der zum Sauerstofftank führt, nicht zu verlieren.

»Komm!« ruft Dieter und springt, die Füße voran, von einer überhängenden Uferstelle wieder ins Wasser. Ich folge ihm. Wir winden uns durchs Wasser wie Tümmler, Dieter legt die mitgebrachten Gummiringe auf den Sandboden und macht mir ein Zeichen, sie aufzuheben. Ich sammle alle zwanzig Ringe ein. Das Tauchen macht uns einen Heidenspaß.

Und nun sind wir wieder oben am Ufer, nehmen die Masken ab, schnallen die Sauerstofftanks ab, packen aus dem mitgebrachten Korb unsere belegten Brote aus und trinken dazu heißen schwarzen Kaffee.

Da taucht mitten in der Bucht ein Fremder auf, ein Kopf mit Tauchermaske, der Fremde schwimmt ans Ufer, steigt ganz nahe der Stelle, wo wir sitzen, aus dem Wasser und nimmt die Maske ab. Schüttelt die Haare.

Der Fremde ist kein Fremder, ist überhaupt kein Mann, sondern eine Frau. Die Frau lacht uns freundlich zu, amüsiert sich über unsere erstaunten Gesichter.

Die Fremde ist keine Fremde, sondern Kim, die wir schon ganz vergessen hatten.

»Hello!« begrüßt uns Kim freundlich. »Na? Seid ihr überrascht, mir hier zu begegnen?«

Wir nicken. Wir sind tatsächlich beide verblüfft.

Plötzlich überkommt mich ein Gefühl der Hoffnungslosigkeit. Wird uns diese kleine Bestie in alle Ewigkeit verfolgen? Trotz der finanziellen Opfer, die wir brachten?

Ich zittere am ganzen Leib vor Empörung, doch darf es diese widerwärtige Nutte nicht merken. Ich kann mich tadellos beherrschen.

»Ich hatte freilich nicht erwartet, dich hier zu treffen, aber ich finde es sehr nett!« sage ich und bemühe mich, ruhig zu atmen. »Wußtest du, daß wir ein paar Tage Ferien machen?«

»Kim weiß alles! Mein Spionagedienst funktioniert prima!« antwortet das Mädchen, frech lachend.

Lacht sie mich aus? Diese Null? Dieser Niemand? Mich? Die berühmteste Wagner-Interpretin der Gegenwart? Mich? Marlies von Ritter?

Wir hätten uns an das Sprichwort halten sollen: ›Wer sich mit Hunden niederlegt, steht mit Flöhen auf.‹ Als Dieter mit Kim Schluß machte, hätte ich sie ein für allemal abwimmeln sollen. Auch die beiden Geldgeschenke hätten wir diesen notorischen Bettlern durch meine Anwälte überweisen können. Mit so einem Geschmeiß setzt man sich gar nicht an einen Tisch!

Auch Dieter ist von der zufälligen Begegnung offenbar kein bißchen begeistert.

»Ich wußte gar nicht, daß du eine Taucherausrüstung hast«, sagt er zu Kim.

»Freilich wußtest du's. Ich hab's euch beiden erzählt, und wir sprachen sogar davon, zusammen zu tauchen. Ihr habt das natürlich verschwitzt!« sagt Kim. »Ich tauche mit meinen Kumpeln in der Nähe des Strandes von Parsons Island, das Inselchen ist ungefähr eine Stunde von Cape Clifford entfernt. Aber als ich euer Dünen-Buggy vor eurem Ferienhaus entdeckte – gestern abend kam ich dort vorbei –, da wußte ich, daß ihr in der Nähe seid. Und heute vormittag war das Buggy verschwunden. So nahm ich mein Moped und die Taucherausrüstung und folgte euch hierher. Ihr habt ja oft von dieser Bucht geschwärmt, die sich so ideal zum Tauchen eignet.«

»Aber sie hat ihre Fallstricke – für blutige Anfänger ist die Bucht absolut nicht ungefährlich!« fauche ich. »Ich rate dir, lieber nicht mit uns zu tauchen! Da gibt es einen Tunnel unter Wasser, und wenn man sich nicht vorsieht, kann man darin steckenbleiben!«

»Hältst du mich für ungeschickt, Marlies? Wenn ich du wäre, würde ich überhaupt nicht tauchen und mir den Wind am Strand um die Nase wehen lassen! Du holst dir noch eine Grippe, und das kannst du dir vor der Premiere des Lohengrin in Washington nicht leisten...«

Ich bin sprachlos. Kim weiß wirklich Bescheid. Sie verschlingt in den Zeitungen offenbar alles, was mich, was uns und unsere Arbeitspläne betrifft. Die ist fest entschlossen, uns nicht von der Pelle zu rücken!

»Komm, Liebling!« sagt Dieter zu mir. »Wir werden uns nicht stören lassen. Wenn Kim schwimmen und tauchen will, so tut sie es auf ihre eigene Verantwortung. Oder willst du etwa ihr Kindermädchen spielen?«

»Nein, nein!« protestiere ich und mache Anstalten, vom Ufer ins Wasser zu springen.

Auch Kim, die sich zu uns gesetzt hatte, steht auf. Bevor sie die Tauchermaske über den Kopf zieht, sagt sie langsam und boshaft: »Vielleicht passiert mir was, holde Elsa und Isolde! Wäre doch eigentlich die bequemste Lösung für unser Dreiblatt!«

Ich schreie: »Dreiblatt? Ich kenne kein Dreiblatt. Nimm endlich zur Kenntnis, du blöde Ziege, daß Dieter dich hinausgeworfen hat! Hinausgeworfen, hörst du? Wir haben dich und deine Mutter ausbezahlt! Mehr Geld gibt's nicht! Laßt uns endlich in Frieden!«

Ich setze mich wieder ins Gras. Ich muß verschnaufen. Solchen Aufregungen bin ich wirklich nicht gewachsen, und sie werden meiner Stimme schaden! Ich sehe mich, Hilfe suchend, nach Dieter um.

Aber Dieter murmelt nur: »So hört doch auf, euch zu zanken, Kinder! Das führt zu nichts!«

Er stülpt die Tauchermaske über, und auch ich mache mich fertig. Ich höre noch, wie Kim sagt: »Also... nichts für ungut. Wir haben auch schon Karten für die zweite Aufführung des ›Lohengrin‹ in Washington, die Mama und ich, und wir werden wie toll applaudieren...«

Mit einem Satz bin ich im tiefen Wasser, Dieter folgt mir. Um Kim kümmere ich mich überhaupt nicht mehr. Die soll der Teufel holen. Meine sehr gescheite Mama hat mir immer, wenn ich in irgendeiner Situation Tränen vergoß, versichert, das Leben habe für alles eine Lösung... ganz ohne menschliches Dazutun.

O Gott, wenn wir nur diese gräßliche Kim und ihre Mutter, oder doch zumindest Kim, endlich los wären!

Diese Weiber wollen mir, Marlies von Ritter, damit eine Freude bereiten, daß sie Opernkarten gekauft haben? Ja, was denken die sich eigentlich? Ich bin wahrhaftig nicht auf diese ungebildeten Proleten angewiesen! Aus Europa und sogar aus Australien kommen meine Fans zu Dieters erstem Lohengrin angereist. Mich interessiert das Urteil der führenden Fachleute und nicht der Applaus einer jungen und einer älteren Nutte!

Ich nenne alle Weiber, die Störenfriede sind, Nutten oder Huren; auch wenn es nicht ganz stimmt.

Schluß sollte man mit Kim machen, sage ich mir, während ich ganz tief bis zum Grunde der Bucht tauche. Gut, daß man unter Wasser den Mund halten muß. Meine Lippen halten das Mundstück fest, ich atme sicher und ruhig. Im Sauerstofftank haben wir genügend Vorrat für eine Stunde.

Wir schimmen mit Dieter im Kreis, die Bucht hat einen mäßigen Umfang. Vom Ufer aus konnten wir deutlich sehen, wie hoch das Wasser nach den Regengüssen der letzten Tage den Strand überschwemmt hat, auch der Kranz von Granitfelsen, der die Bucht als natürlicher Wall gegen das freie Meer abschirmt, liegt fast ganz unter Wasser. Dasselbe Riff ist auch ein Schutz vor den Räubern des Meeres, den Haien. Oft haben mir die Strandwächter in Cape Clifford versichert, daß sich noch nie ein ›Großer Weißer‹ und auch seit vielen Jahren kein Sand- oder Hammerhai in die Bucht verirrt hat. Auch der Badestrand drüben in der Nähe von Gwendolyns Hotel gilt als sicher.

Mit einer Handbewegung fordere ich Dieter auf, durch das aus Granitblöcken aufgetürmte Hindernis am Meeresboden, den ›Tunnel‹, zu schwimmen. Das erfordert Geschicklichkeit, man muß mit dem Beatmungsschlauch den spitzen Zakken ausweichen und darf auch mit dem Gummianzug die Felsen nicht berühren, der Stoff könnte reißen. Dieter und ich haben das Durchschwimmen viele Male geübt, es macht uns immer wieder Spaß. – Die mitgebrachten Gummireifen, etwa zwanzig an der Zahl, haben wir bereits im Sand ausgelegt und wieder eingesammelt.

Ich mache im Wasser kehrt und schwimme auf den Tunnel zu. Geschickt passiere ich das Loch, komme am anderen Ende, am Ausgang, zum Vorschein. Nun ist Dieter an der Reihe. Auch er passiert das Hindernis glatt. Nun sollten wir eigentlich noch ›Unfall‹ üben. Einer von uns wird so tun, als habe er oder sie das Mundstück verloren, und der Partner leiht dem ›Verunglückten‹ sein eigenes Mundstück. Unter abwechselnder Benutzung dieses Geräts und des Sauerstofftanks, der dem ›Nichtverunglückten‹ zur Verfügung steht, steigen wir dann beide zur Wasseroberfläche hoch. Ganz gut, wenn man für den Notfall gerüstet ist!

Ich habe tatsächlich vergessen, daß Kim auch noch da ist!

Zwei spielende Seehunde könnten nicht so vergnügt sein wie Dieter und ich. Eigentlich schade, daß wir nicht mit possierlichen Seehunden um die Wette schwimmen und unter Wasser tanzen können, wie es die glücklichen Hauptdarsteller der Unterwasserfilme Jacques Cousteaus tun!

Ich bin viermal, Dieter dreimal durch den ›Tunnel‹ geschwommen. Und nun sehe ich, wie sich eine dritte Gestalt nähert. Es ist Kim – wer sollte es sonst sein? Sie hat sogar aus rotem Gummi ein großes, im Wasser deutlich sichtbares ›K‹ auf das Oberteil ihres Tauchanzuges geklebt.

Kim hat uns offenbar beim Passieren des Tunnels beobachtet. Und nun nähert sie sich den ausgehöhlten Felsen. Ich habe ein merkwürdiges Angstgefühl. Wenn bloß alles glattgeht! Kim behauptet zwar, tauchen zu können, aber ich glaube ihr überhaupt kein Wort. Die will mir einfach alles nachmachen. Ein Wunder, daß sie mit ihrer hohen Piepsstimme noch keine Gesangsstunden nimmt!

Ich mache ihr ein Zeichen, zu warten. Ich werde Kim einen Stoß versetzen und sie irgendwie zwingen, mit mir hochzusteigen und ihr oben, am Ufer, einen solchen Krach machen, daß ihr Hören und Sehen vergeht. Ein Unfall wäre noch schöner! Ich kann Kim nicht ausstehen, aber ich fühle mich nun einmal für meine Mitmenschen verantwortlich, und auch Dieter wird wohl angst und bange sein!

Ich hebe die Hand... Kim reagiert nicht. Kim ist schon im Tunnel. Ich schwimme schnell zum Ausgang. Jetzt müßte sie auftauchen, der Durchgang dauert nicht einmal zwei Minuten.

Wo ist Kim?

Ich mache wieder kehrt, schwimme zum Tunneleingang zurück. Da haben wir die Bescherung. Ich sehe Kims Füße, sie zappelt verzweifelt mit den Flossen. Wieder mache ich eine Kehrtwendung, schwimme durch die entgegengesetzte Öffnung in den Tunnel hinein...

Kim hat ihr Mundstück verloren! Mit verzerrtem Gesichtsausdruck hält sie die Luft an. Ihr Beatmungsschlauch hängt zerrissen im Wasser, ein spitziger Zacken hat ihn durchschnitten. Kim kann weder vor noch zurück. Blitzschnell atme ich tief ein, fülle meine Lungen mit Sauerstoff aus meinem Tank, reiße mir dann das Mundstück aus dem Mund und zwänge es zwischen Kims Lippen. Die greift mit beiden Händen gierig nach dem Schlauch, atmet tief ein und nickt, als wolle sie mir danken.

Inzwischen ist auch Dieter herangekommen. Ich bedeute ihm durch Gesten, aufzusteigen und lege meine rechte Hand ans Ohr, als hielte sie eine Telefonmuschel. Wir kennen ja beide die Notrufsäule, die nur ein paar Schritte von der Bucht entfernt am Waldeingang steht. Lieber Gott, hilf, gib, daß Dieter die Polizei und die freiwilligen Retter von Cape Clifford sofort an der Strippe hat! Die werden Kim aus dem Tunnel befreien! Ich bleibe inzwischen hier bei ihr, wir werden abwechselnd Sauerstoff aus meinem Tank einatmen.

Dieter scheint verstanden zu haben, was ich will. Er verschwindet, steigt hoch. Inzwischen versucht Kim pausenlos, sich aus ihrer Lage zu befreien, aber sie verklemmt sich nur noch mehr. Ein Glück, daß wir noch reichlich Sauerstoff in meinem Tank haben. Kims Tank hängt an dem zerrissenen Schlauch ins Wasser, ist wohl längst vollgelaufen.

Ich habe eine wasserdichte Armbanduhr. Nun ist Dieter schon zehn Minuten fort. Jetzt sind es fünfzehn Minuten. Zwanzig Minuten, und er ist noch immer nicht da. Ich beschließe kurzerhand, Kim meinen Tank zu überlassen und ohne Sauerstoffgerät hochzusteigen. Kim ist ja zunächst mit Atemluft versorgt! Ich mache ihr ein Zeichen, lege den mindestens halbvollen Tank in den Sand, verabschiede mich mit einer Handbewegung, die bedeutet: »Ich steige hoch... wir sind bald wieder da!«

Und dann atme ich noch einmal tief Sauerstoff ein, zwänge das Mundstück zwischen Kims Lippen und bin ein paar Sekunden später oben, fülle meine Lungen mit der herrlichen, würzigen Luft. Dieter steht neben der Notrufsäule, den Hörer in der Hand.

»Du, ich komme nicht durch!« schreit er mir zu. »Eine Störung! Vielleicht hat das Gewitter gestern die Leitung beschädigt!«

Ich habe die Flossen und die Tauchermaske abgeworfen und packte Dieter beim Arm.

»Komm, wir laufen zum nächsten Haus!«

»Aber Marlies, das sind mindestens fünf Minuten!«

»Fällt dir was Besseres ein? Die Leute sind bestimmt zu Hause, die Frau hat ein kleines Kind... Und Kim kann doch vorläufig noch unter Wasser atmen, sie hat meinen Tank!«

Wir laufen keuchend den Waldweg entlang. Das Ehepaar ist zu Hause, wir stürzen ans Telefon... Ein oder zwei Minuten darauf sind die freiwilligen Retter da, die Wasserpolizei ist mit Windeseile am Unglücksort, Taucher springen mit Sauerstoffgeräten in die Bucht... gleich werden sie Kim an die Oberfläche bringen! Ich kann mich nicht mehr beherrschen. Ich schluchze herzerreißend. Wenn Kim bloß durchgehalten hat! Hoffentlich können die geübten Männer sie aus ihrem Felsengrab befreien!

Viel schneller als erhofft kommen die Taucher der Wasserpolizei wieder zum Vorschein. Sie schwingen sich auf die Böschung. Reißen sich die Tauchermasken vom Kopf. Atemlos melden sie: »Wir haben keine Spur von dem Mädchen gefunden! Der ›Tunnel‹ ist leer! Wir kennen dort unten jeden Handbreit Boden. Nichts, kein Mensch. Nur... die Fetzen eines Taucheranzugs, zwei Mundstücke... ein zerrissener und ein heiler Gummischlauch. Und zwei ausgelaufene Sauerstofftanks.«

Der Herz schlägt mir im Hals. Dieter umarmt mich, streichelt mich. Dann fragen wir beide wie aus einem Mund: »Wohin kann Kim verschwunden sein?«

Die Taucher schütteln die Köpfe. Dann fragt der eine: »Hat Kim geblutet?«

»Ja, aber nur ganz wenig, aus einer Fleischwunde. Sie scheuerte sich an den Felszacken, um freizukommen!« sagt Dieter. »Warum fragen Sie?«

Ich weiß sofort, warum der Taucher wissen wollte, ob Kim

geblutet hat. Ich schreie auf. Haie werden durch Blut angelockt, können es kilometerweit riechen.

»Das kann doch nicht sein!« rufe ich entsetzt aus. »In der Bucht wurden doch seit Jahren keine Haie gesichtet! Sie ist durch das Riff geschützt!«

Das Riff liegt jetzt unter Wasser.

Ich habe Angst, durchzudrehen. Mir ist schwindlig, alles dreht sich vor meinen Augen.

Der eine Polizist tröstet mich:

»Wir dürfen die Hoffnung noch nicht aufgeben. Vielleicht gelang es Kim, sich irgendwie zu befreien und an Land zu schwimmen, sie kann ja irgendwo erschöpft, vielleicht ohnmächtig, liegen. Wir werden jedenfalls den ganzen Strand, die Küste, alle Buchten in der Nähe der Unglücksstelle absuchen!«

»Und Gwendolyn... Mrs. Forrester, Kims Mutter?« frage ich.

»Die haben wir schon benachrichtigt. Sie wird bald hier sein.«

Ich setze mich in den Sand. Meine Beine wollen mich nicht mehr tragen. Ich habe Schüttelfrost, vergrabe mein Gesicht in den Händen.

»Dieter...«, sage ich, »Dieter, es ist doch ausgeschlossen, daß ein Hai über das Riff kommt?«

»Wir haben Hochwasser, das Riff liegt fast einen Meter unter dem Wasserspiegel. Aber zerbrich dir um Himmels willen nicht den Kopf, Liebling...!«

Am nächsten Morgen, die Suche nach Kim ist in vollem Gang, werden zwei Hammerhaie in der Bucht gesichtet. Die Wasserpolizei meint, es wären sicherlich irgendwelche grausigen Spuren zurückgeblieben, wenn ein Hai die arme, festgeklemmte Kim angefallen hätte. Wir fanden ja nichts als Fetzen vom Gummianzug und die beiden Schläuche und leeren Sauerstofftanks.

Am darauffolgenden Tag tauchen wieder große Hammerhaie in der Nähe des Badestrandes von Cape Clifford auf, diesmal schwimmen sie nicht in unsere Bucht hinein, denn der Pegel ist gefallen, und das Riff bildet ein natürliches Hindernis.

Die Polizei, die Feuerwehr und die Retter suchen tagaus, tagein und auch nachts bei Scheinwerferlicht. So geht es acht Tage und acht Nächte lang. Sie finden keine Spur von Kim.

Gwendolyn ist versteinert in ihrem Schmerz. Sie macht mir und Dieter keine Vorwürfe. Wie könnte sie auch!

»Ich glaube euch, ich weiß, daß ihr mein armes Kind retten wolltet!« sagt Gwen ein über das anderemal. »Mein armes, armes, leichtsinniges Kind! Bildete sich ein, fabelhaft zu schwimmen und zu tauchen, aber sie hatte doch erst vor kurzem einen Taucherkurs absolviert! Sie wollte Ihnen halt alles nachmachen, Marlies!«

Ich nickte, mit Tränen in den Augen.

»Ich weiß. Ich weiß.«

Und mit dieser drückenden Last im Herzen, in unseren Gedanken, sollen wir die Proben zum Lohengrin wiederaufnehmen?

Ich flüchte mich, wieder in New York, an Dieters Brust.

»Ich kann nicht, Dieter!«

»Du mußt!« sagt Ingrid an seiner Stelle, die mich in diesen schweren Tagen mütterlich betreut. Meine Mutter wollte aus Washington sofort nach New York fliegen, um uns zu trösten, aber wir müssen ja sowieso nach Washington und uns bei Mama einquartieren. Das ganze Ensemble ist schon in der Bundeshauptstadt versammelt, nur die beiden Hauptdarsteller des Lohengrin, Dieter und ich, fehlen noch.

Daß die Tragödie auch gerade jetzt passieren mußte!

Wie leicht hätte das Unglück verhütet werden können!

Ich kann meine qualvollen Selbstvorwürfe nicht unterdrücken. Ich hätte energischer sein sollen, wir hätten Kim ganz einfach nach Hause schicken müssen. Nie hätten wir mit ihr tauchen dürfen, mit dieser Amateurin!

Das Ganze kam wie ein Blitzschlag aus heiterem Himmel. Und die einwöchige Suche nach Kim blieb vergebens. Es gibt keine andere Erklärung für Kims Verschwinden als die: das arme Mädchen konnte sich irgendwie befreien, wollte zur Wasseroberfläche hochsteigen, wurde von der tückischen Strömung, die oft alles vom Ufer zurück ins Meer reißt, erfaßt – und, geschwächt wie sie war, hinaus ins offene Meer gespült. Oder, noch schlimmer: ein Hai oder ein ganzer Schwarm dieser Räuber kam, durch die Fleischwunde Kims angelockt, in die Bucht, fiel Kim an, und ...

Ich darf nicht weiterdenken, es ist zu grauenhaft.

Erst nach zehn Tagen stellt die Polizei die Suche nach Kim Forrester ein. Man wird die Tote oder das, was von Kim übrigblieb, wohl niemals finden.

Wie in einem Wachtraum proben wir im Washingtoner Opernhaus, wo ich ohne Dieter schon oft aufgetreten bin, den Lohengrin, arbeiten angestrengt und hart, sind zuversichtlich – und dann klappt Dieter im letzten Augenblick, vor der Generalprobe, beinahe zusammen. Er leidet viel mehr unter Lampenfieber als ich seinerzeit als Anfängerin. Unser Dirigent, der Opernintendant, die Kollegen – sie alle sind von Dieters Stimme und Erscheinung begeistert. Es fehlt allerdings schon vor seinem Debüt nicht an Kritik.

»Um Himmels willen, Marlies, sagen Sie Ihrem Mann, daß man als Ritter vom heiligen Gral mit dem Schwan im Hintergrund nicht auf die Bühne springt, als sei ein Fünfmeterbrett im Olympiastadion! Dieter muß sich ruhiger, gemessener bewegen, sonst lacht ihn das Publikum aus!« sagt unser Dirigent. Der Regisseur hat sich den Mund fusselig geredet. Und abends, in Mamas Gästezimmer, wo wir einquartiert sind, probe ich noch einmal mit Dieter. Er ist so starrköpfig. Dieter ist ein Dickkopf, will keine Fehler einsehen. Wir brüllen einander an. Mama hat es gehört, klopft an die Tür, kommt, will schlichten, redet uns gut zu.

Dieter schreit mich an: »Such dir einen anderen Partner, wenn du mich so tierisch quälst! Herrgott, warum hab' ich mich überhaupt zum Opernstudium überreden lassen! Ich war viel glücklicher als einfacher Entertainer im Hotel Cape Clifford!«

»Kannst ja nach deiner Lohengrin-Serie zurückgehen! Gwendolyn wird dich todsicher liebend gern wieder als Sänger der ältesten Schnulzen anstellen!«

Das alles ist Quatsch und bösartiges Geplänkel. Gwendolyn hat ja ganz abrupt das Hotel zugemacht. Verkauft ist es wohl noch nicht. Wir haben – das heißt, ich habe – Gwendolyn eine sehr hohe Summe als Schmerzensgeld zur Verfügung gestellt, damit sie irgendwo in einem anderen Teil des Landes ein neues Leben beginnen kann. Verpflichtet war ich ganz und gar nicht zu diesem neuen Opfer, aber ich bin nun mal ein so gutmütiges Schaf! Gwendolyn war mir so dankbar! Sie ist auch schon in Colorado bei ihrer Schwester eingetroffen und arbeitet, um ihren Schmerz zu betäuben, in einer Gastwirtschaft, die der Schwester gehört.

Wir telefonieren ab und zu miteinander.

»Ich werde nie wieder froh sein können!« sagte die bedauernswerte Mutter bei unserem letzten Telefongespräch.

Selbstverständlich hat Gwendolyn ihre beiden Karten zum Lohengrin verkauft...

Nach dem lauten Streit vor der Generalprobe nahm sich Dieter doch zusammen. Ich bin nach dem ersten Akt begeistert, und das Publikum tobt. Es ist eine öffentliche Generalprobe. Die meisten Kritiker wollen den neuen Lohengrin zweimal sehen und hören, sie sind sowohl bei der Generalprobe als auch bei der Premiere zugegen.

Wir haben einander vor der Generalprobe, eigentlich schon seit zwei Wochen, vollkommene Abstinenz gelobt. Das fällt uns sehr schwer. Dieter versucht immer, sich nachts an mich heranzumachen. Ich dulde es nicht. Selbst ein so junger, gesunder Riese muß mit seinen Kräften haushalten. Wir küssen uns, liebkosen uns, und dann schiebe ich Dieter weg. Er muß jede Nacht sieben Stunden schlafen.

Wenn ich nur schlafen könnte! Kims Tod hat mir die Seelenruhe und den Schlaf geraubt. Ich fange an, mich selbst zu bemitleiden, und so etwas führt zu nichts! Gewiß, ich muß – fast unmittelbar nach der Tragödie in Cape Clifford – eine künstlerisch ungeheure Aufgabe lösen und gleichzeitig um jede Geste, jeden Schritt bangen, den der neue Lohengrin, mein Mann Dieter, auf der Bühne macht... Aber diese gigantischen Aufgaben und Herausforderungen sind ja nicht für alle Sterblichen bestimmt, sondern nur für die Auserwählten!

So tröste ich mich.

Wie im Traum erwachen wir, stärken uns, fahren in die

Oper... Es ist der Tag der Premiere. Wir sind beide in Hochform.

»Mach ruhige, gemessene Schritte!« ermahne ich Dieter im letzten Augenblick, bevor sich der Vorhang zum ersten Akt hebt. »Konzentriere dich auf jede Geste!«

Dieter ist gut gelaunt, zuversichtlich, er hat sogar die Stirn, zu witzeln: »Keine Bange, geliebtes Kind. Ich werde meinen Schwan nicht mit einer Gans verwechseln, die man auf dem Gutshof einfangen will!«

»Hals- und Beinbruch!« damit verabschiedet sich Elsa von Lohengrin.

»Hals- und Beinbruch, mein Süßes!«

Der Vorhang hebt sich, ich verwandle mich mit Leib und Seele in Elsa von Brabant. Ich sehe in Dieter Williams nicht mehr meinen Mann, sondern den strahlend verklärten Ritter vom heiligen Gral. Ich diene meiner allergrößten Liebe, Richard Wagner.

Diesmal erfüllt Dieter alle Erwartungen. Ein ›Ah‹ geht durch den Zuschauerraum, wie er scheinbar dem an die Rückwand der Bühne projizierten übergroßen Nachen, der von einem Schwan gezogen wird, entsteigt.

Diesmal gibt es nicht, wie in so vielen fürs Fernsehen aufgezeichneten Aufführungen, einen Wirrwarr von Dekorationen und Versatzstücken. Die Darsteller und der Chor sollen wirken, nicht ein künstlich an den Haaren herbeigezogener Klamauk... Auf der Bühne gibt es fast keine festen Kulissen.

Dieter singt. Das Publikum lauscht ihm wie gebannt. Auch ich bin in Hochform, das spüre ich. Lauter Jubel, donnernder Applaus füllen das Theater nach dem ersten Akt, und die Begeisterung steigert sich nach dem zweiten und dritten Akt. Wir stehen in einem Blumenmeer, ständig werden neue Körbe gebracht, Rosensträuße fliegen aus den Proszeniumslogen vor unsere Füße.

Ich bin erschöpft, glücklich und – neidisch. Warum soll ich es leugnen? Ich bin auch neidisch.

Zwar trat ich auch bisher mit großen Sängern auf; ob sie Erfolg hatten oder durchfielen, interessierte mich aber immer viel weniger als die heutige Reaktion des Publikums auf das Debüt des knapp zweiunddreißigjährigen Lohengrin.

Ich erfahre später von Mama und Daddy und Ingrid, die in den Wandelgängen und am Buffet spionieren, daß alle entzückt sind. Sogar die meisten Kritiker. Nur ein oder zwei aus New York angereiste Musikkritiker tadeln die ›nicht ganz sicheren‹ Einsätze und das nicht hundertprozentige Gehör des neuen Heldentenors.

Wir sind glücklich und todmüde. Nach der Vorstellung verschenke ich einen Tel meiner Blumenbouquets, wir fahren mit ein paar ganz intimen Freunden zu Mama, trinken Sekt, essen Kaviarbrötchen, eine ungeheure Last ist von uns gewichen. Die nächste Aufführung des Lohengrin findet in fünf Tagen statt, wir haben also Zeit zur Sammlung, Stärkung und – Selbstkritik. Alle bleiben wir bis zwei Uhr nachts auf. Die ersten New Yorker Tageszeitungen treffen, frisch aus der Presse, in Washington ein, und wir verschlingen die Kritiken. Marlies von Ritters ›Elsa‹ wird in alle Himmel hochgehoben.

Dieter liest das Urteil des wichtigsten New Yorker Musikkritikers, der vermutlich schon nach dem zweiten Akt mit seiner Redaktion telefoniert hat; er saß ja im Washingtoner Opernhaus in der ersten Reihe und kam zum dritten Akt zu spät, noch eben vor der Gralserzählung.

Nach ein paar banalen Lobesworten, die der äußeren Erscheinung des ›blendend gutaussehenden, unerhört attraktiven neuen Lohengrin‹ gelten, wagt es dieser mißmutige, vertrocknete Kritiker, den ganz New York fürchtet und haßt, meinen Mann als ›Koloß auf tönernen Füßen‹ zu bezeichnen. Dieter habe eine herrliche Stimme, ein gewaltiges, unverbrauchtes Organ, mit dem er zunächst nichts anzufangen wisse.

Der Kerl lügt ja! Ich könnte ihn erwürgen.

Dieter liest uns die Kritik laut vor:

»Der junge Sänger hat offenbar keine Ahnung, wer Lohengrin war und was der heilige Gral ist. Befremdete er schon im ersten Akt durch falsche Einsätze, so trug er die Gralserzählung im dritten Akt so vor, als wäre sie ein Frontbericht. Viel zu markant, zu kriegerisch, zu wenig lyrisch. Was die deutsche Aussprache des jungen Sängers betrifft, so würden wir ihm raten, Tag und Nacht mit einem deutschen Darsteller klassischer Rollen zu korrepetieren! Oder mit seiner Frau, die ja perfekt und mit mustergültiger Aussprache Deutsch spricht. Immerhin dürfen wir uns nach diesem im ganzen erfreulichen Debüt noch kein abschließendes Urteil bilden...«

Ich reiße Dieter die Zeitung aus der Hand, werfe sie auf den Teppich, trample darauf herum.

»Dieser alte, impotente Trottel ist doch nur neidisch auf dich! Der wollte nämlich vor etwa hundert Jahren selbst an die Oper, trat aber nur ein paarmal als Operettentenor auf!« schreie ich.

Und dann füge ich als aufrichtiger Mensch hinzu: »In einem einzigen Punkt gebe ich dem Schmierfinken recht. Du hast trotz meiner Bitten und Mahnungen in der Gralserzählung von einem ›förnen‹ Land und nicht von einem *fernen* Land gesungen... an deiner Aussprache müssen wir noch arbeiten!«

Albert und Ingrid pflichten mir bei, aber sonst haben sie nichts an Dieters Gestaltung und an seinem musikalischen Vortrag auszusetzen.

Ich kann mich noch immer nicht über die blödsinnige und bissige Kritik des ›Manhattan Herald‹ beruhigen.

»Leider haben solche Idioten Einfluß rund um die Welt, und die Intendanten der ›Met‹ und der Konzerthausbühnen lesen diesen böswilligen Quatsch und glauben zumindest die Hälfte!« sage ich.

Aber die anderen Kritiker überschlagen sich in Lobeshymnen. Ein Journalist vergleicht Dieters Stimme mit der Lauritz Melchiors. – Daß Marlies von Ritter wieder, durch die Bank, als größte und vollendetste Wagner-Interpretin unserer Zeit hochgejubelt wird, die Frau mit dem hellsten, leuchtendsten Sopran, und daß es heißt, ich sei schöner und jugendlicher denn je, wundert mich kaum. Und es ist mir plötzlich gleichgültig. Dieters Stern muß hell glänzen. Das ist die Hauptsache. Dieters Zukunft ist auch meine Zukunft...

»Liebling«, sage ich später, »du wirst auch die Miesepeter erobern. So schnell geht es nämlich nicht!«

Endlich, endlich haben wir den Premierenrummel hinter uns. Es ist Nacht. Dieter nimmt sich die wenigen negativen

Kritiken überhaupt nicht zu Herzen, mein krankhafter Ehrgeiz ist ihm fremd, das verdankt er wohl seiner unbekümmerten, strahlenden Jugend.

Ich denke jetzt nur daran, daß wir morgen nicht früh aufstehen müssen. Die Nacht gehört uns zum Lieben und Umarmen, ich darf meinen geliebten Dieter halbtot küssen.

Ich spüre in Dieters Liebkosungen seit Beginn der Proben nicht nur Liebe und Leidenschaft, sondern noch viel mehr Bewunderung als früher. Er hat mich bei der Arbeit beobachtet. Er macht Kotau vor der hervorragenden Partnerin.

»Ich bewundere dich so sehr, Marlies!« flüstert Dieter zwischen zwei sengend heißen Küssen.

»Hör auf, mich anzuhimmeln!« fordere ich. »Vergiß, daß ich Elsa von Brabant bin. Ich möchte geküßt werden wie ein ganz gewöhnliches, hübsches junges Mädchen! Schwöre mir, daß ich nicht zu alt für dich bin!«

Wie oft habe ich ihm diesen albernen Schwur abgenommen? Ich wäre keine Frau, wenn Dieter den Schwur auf meinen Wunsch hin nicht immer wiederholen müßte! »Du bist die Jüngste, die Schönste, die Genialste!« sagt Dieter und kitzelt mich mit fünf Fingern am Bauch. Ich muß lachen. Dann werde ich plötzlich ernst.

»Wie schrecklich, daß die arme Kim unseren Lohengrin nicht miterleben konnte! Sie wollte ja mit ihrer Mutter nach Washington kommen... Armes Mädchen! Ich kann's noch immer nicht fassen, daß...«

Dieter läßt mich los, nickt.

»Aber... Marlies, wir wollen doch ganz ehrlich sein. Sooft du mit Kim zusammen warst, gab es Krach. Wäre sie am Leben, so hättest du dich über ihre Anwesenheit im Zuschauerraum nur geärgert. Ich weiß, daß man Toten nichts Böses nachsagen soll, aber wir wollen doch versuchen, uns nicht selbst zu belügen. Du konntest Kim nicht riechen. Und das war gegenseitig. Ihr habt es immer wieder versucht... vergebens.«

Dieter hat recht. Wenn ich den Namen Kim nur aus meinem Hirn ausbrennen könnte! Es muß mir gelingen! Es muß mir gelingen!

Die Nacht wird herrlich, obwohl wir beide todmüde sind.

Nach den ersten Küssen werden wir wieder munter. Dieter ist heute ganz ›pervers‹, er hat die komischsten Wünsche. Er sei in die keusche Elsa verliebt, sagt er. Die keusche Elsa müsse ein hochgeschlossenes Nachtgewand tragen.

»Ich habe kein hochgeschlossenes Nachtgewand!« sage ich seufzend. »Ich hab' überhaupt kein Nachthemd mitgebracht! Hast du vergessen, daß ich keine Nachthemden trage?«

»Weiß ich, weiß ich, Liebling! Aber Lohengrin kann seine Elsa in der Hochzeitsnacht nur umarmen, wenn er ihr zuvor das Nachtgewand mit langen Ärmeln ausziehen darf... Sonst macht es dem kühnen Gralsritter keinen Spaß. Also, wo ist dein Nachthemd?«

Wenn Dieter Spielchen spielen will, bin ich mit von der Partie. Soviel Fantasie wie mein Mann habe ich auch noch.

Ich springe aus dem Bett und hole einen kuschligen weißen Morgenmantel. Und zwei Schals. Ich ziehe den langen Morgenmantel an und stecke die Schals in den Halsausschnitt. Außerdem fabriziere ich aus einem Handtuch eine Art Keuschheitsgürtel und schlinge ihn um meine Hüften. Der ›Gürtel‹ bedeckt mein Dreieck.

»So, geliebter Gralsritter. Nun darfst du deine Gemahlin entjungfern.«

»Elsa, mein Gemahl!« singt der Ritter vom heiligen Gral und schickt sich an, mich langsam und umständlich von meinen Hüllen zu befreien.

»Der Ritter ist ein Schwein!« sage ich, während mir glutheiß wird. Der Mantel ist schon weit offen, und Dieter zerrt den Keuschheitsgürtel mit den Zähnen von meinem Becken und dem Dreieck, das die Berührung kaum erwarten kann.

»Ich halt' es nicht mehr aus!« flüstere ich und suche die Lippen meines Mannes. Dieter preßt den Mund zusammen. Lohengrin foppt mich, die süchtige und gar nicht mehr keusche Elsa.

Ich werde ihn zwingen, mich zu küssen, und fahre mit dem Zeigefinger der rechten Hand zwischen seine zusammengepreßten Lippen. Er muß nachgeben. Er beißt mich. Es tut weh. Dann lutscht er lange an meinem Finger. Ich nehme den Finger aus Dieters Mund, drückte ihm einen leidenschaftlichen Kuß auf die Lippen und will so auf ihm liegen bleiben. Mein improvisierter Keuschheitsgürtel und Elsas weißes Nachtgewand – lies, Elsas Morgenmantel – liegen längst auf dem Teppichboden.

»Wie alt war Elsa eigentlich?« will mein Lohengrin nach den ersten heißen Küssen wissen.

»Ich weiß es nicht. Ich muß mal Albert oder Ingrid fragen, die wissen alles. Vielleicht steht es in der Partitur.«

»Sie war bestimmt ganz jung, nicht einmal zwanzig«, mutmaßt Dieter. »Aber hätte Elsa wirklich gelebt, so hätte sie nicht jünger und nicht schöner sein können als du!«

Wir sind wieder ein einziger Körper, durch Liebe und Leidenschaft aneinandergeschmiedet. Und durch unsere Kunst. Wir sind das glücklichste, das beneidenswerteste Menschenpaar unter der Sonne. Es ist beinahe zuviel. Womit haben wir soviel Glück verdient?

Trauerfeier für die arme Kim. Einen Monat nach der Premiere unseres Lohengrin in Washington treffen wir Gwendolyn in der Kirche von Cape Clifford. Die Freundinnen der Verschwundenen, der Toten, der armen, bedauernswerten Kim haben zu einer sehr stimmungsvollen, trotz des tragischen Anlasses gar nicht deprimierenden Feier eingeladen. Ein New Yorker Kirchenchor singt Bach und Händel, der alte Pastor, der die kleine Kim getauft hat und schon im Ruhestand lebt, hält die Trauerandacht und spricht sehr schön.

Ganz abrupt fragt mich Dieter im Flüsterton, ob er nicht als Jugendfreund von Kim ein paar Worte sagen soll? Ich bin einverstanden. Dieter geht die Stufen zur Kanzel hinauf. Aus dem Stegreif hält er eine ergreifende Gedenkrede, spricht von Kim, dem Schulkind, das so fleißig und wißbegierig war und immer das beste Zeugnis heimbringen wollte. Von Kim, der fleißigen jungen Wirtschafterin im Strandhotel ihrer Mutter... Gwendolyn trocknet sich die Augen. Ich hätte meinem Mann gar nicht zugetraut, daß er in einer heiklen Situation so nette, so schlichte und liebe Worte finden würde. Ich küsse Dieter auf die Wange und drücke seine Hand.

Mit einem Choral schließt die unvergeßliche Feier. Gwendolyn dankt uns für unsere Teilnahme.

»Sind Sie mit Ihrem neuen Leben leidlich zufrieden?« frage ich die Mutter der toten Kim.

»Ja, danke. Ich fühle mich im Haus meiner Schwester in Colorado sehr wohl. Ich arbeite fleißig, und vielleicht langt es eines Tages zur Übernahme eines kleinen Sporthotels...«

»Bitte, lassen Sie doch ab und zu von sich hören, Gwendolyn!« bitte ich Kims Mutter. Sie fliegt von Newark zurück nach Denver, Colorado.

Das Strandhotel in Cape Clifford meiden wir tunlichst. Es soll noch immer keinen Käufer gefunden haben.

Und um die Schreckensbucht schlagen wir einen weiten Bogen.

Wir haben unser kleines Ferienhaus an ein Ehepaar vermietet. Noch habe ich nicht die Nerven, dort einen Urlaub zu verbringen. Vielleicht in ein oder zwei Jahren. Man muß vergessen lernen, und mag Kims Tod noch so schwer auf uns allen lasten.

Die Lohengrin-Serie in Washington ist mit Glanz und Gloria vorüber, Dieter wird mit Angeboten überschwemmt. Allerdings melden sich zunächst die kleineren Opernhäuser in der amerikanischen ›Provinz‹ – es gibt ja eigentlich keine Provinz in den USA! – und aus Europa. In Deutschland, Frankreich und Skandinavien möchte man den neuen Heldentenor hören.

Ich selbst bin auf Jahre hinaus ausgebucht, und ich will das fast Unmögliche versuchen – immer, wenn Dieter singt, als seine Partnerin aufzutreten. Ich bin im Begriff, mein Programm, meine Verpflichtungen mit meinem Impresario sorgfältig durchzuarbeiten.

Marlies von Ritter will es nicht dulden, daß ihr Mann mit einem anderen dramatischen Wagnersopran auftritt. Ganz werde ich es freilich nicht verhindern können. Unsere Verpflichtungen werden sich von Zeit zu Zeit überschneiden, und das bedeutet eine Trennung.

Ich kann mich nicht von Dieter trennen.

Und doch werde ich mich, wohl oder übel, bisweilen, aber immer nur für kurze Zeit, von meinem Geliebten trennen müssen.

Etwa ein halbes Jahr nach Kims Tod, nach ihrem spurlosen Verschwinden im grausamen Meer, fängt meine Heimsuchung an. Eine böse Macht verfolgt mich. Erynnien greifen nach mir – warum gerade nach mir? Ich bin doch unschuldig!

Grünlich gefärbte Wasserleichen. Sie ähneln verzweifelt den Pappfiguren aus der Grottenbahn. Ich sehe sie im Schlaf und bei Tag. Wenn ich aus meinen Alpträumen aufschrecke, verkralle ich mich in Dieters Arme. Schlafe ich allein, so drücke ich meinen Kopf fest ins Kissen und halte mir die Ohren zu, obwohl keiner schreit – höchstens ich.

Leider muß ich ab und zu allein schlafen. Dieter gastiert in einem der großen amerikanischen Repertoire-Theater, wo auch Opernaufführungen stattfinden. Die Met bot ihm noch immer keinen Vertrag an; in München, in Berlin hat er schon mit Erfolg gesungen.

Alpträume. Tag- und Nachtträume.

Da geht auf der Madison Avenue oder am Broadway ein schlankes junges Mädchen mit wehendem Blondhaar und wiegenden Schritten vor mir, ein ganz junges Mädchen. Ich sehe es nur von hinten.

Aber das kann doch nicht sein! So eine verblüffende Ähnlichkeit! Ich laufe dem Mädchen nach, greife nach ihm, will ihm ins Gesicht schauen... Das Mädchen dreht sich um. Es ist eine völlig fremde Frau.

Und einmal sitzt dasselbe fremde und nur auf den ersten Blick bekannte Mädchen in einem Ruderboot. Ich habe ein Boot im Central Park gemietet, um mich zu entspannen, beim Rudern kann man so gut nachdenken. Ganz allein rudere ich über den Teich, ziehe die Ruder ein, füttere die Schwäne mit Brot. Da entdecke ich in einem aus der Gegenrichtung kommenden Boot ein Mädchen, das mir bekannt vorkommt... Das Mädchen dreht bei, rudert fort, ich folge dem Boot, habe es schon erreicht, das Mädchen dreht sich um...

Wieder ist es eine ganz fremde Frau.

Und dann... viel später, ein Jahr oder noch mehr ist vergangen, dieser mysteriöse Anruf! Bin ich verrückt? Habe ich tatsächlich durchgedreht? Habe ich Halluzinationen, Wahnvorstellungen? Einzig und allein darum, weil wir damals die arme, unglückliche Kim nicht abwimmelten, sie nicht wegschickten, sondern mit ihr tauchten? Sie hätten ebensogut in Anwesenheit von Fremden oder anderen Freunden einem tödlichen Unfall zum Opfer fallen können. Wohin kämen die Menschen, wenn ihr Leben ein einziges *Pater peccavi* wäre?

Dieter hat es besser, der leidet nicht an krankhaften Selbstvorwürfen. Mich ermahnt er immer wieder: »Nimm dich zusammen, Liebling! Sonst landest du nämlich wirklich in der Klapsmühle! Kim ist tot! Sie ist im Himmel, und sie kann uns nicht einmal als Engel böse sein!«

»Was hab' ich davon..., wenn ich keine Nacht durchschlafen kann?«

»Ich bestehe darauf, Liebling, daß du einen Arzt aufsuchst! Und diesmal nicht deinen Hausarzt, diesen Feld-, Wald- und Wiesendoktor, sondern einen Spezialisten für Nervenkrankheiten. Keinen Psychoanalytiker, um Himmels willen, nein...! Weißt du, Darling, was du brauchst? Urlaub, ein paar Wochen in Gebirgsluft. Ich habe an Colorado gedacht. Kims Mutter kann dir gewiß ein gutes Hotel oder ein Sanatorium empfehlen, die ist doch schon seit Monaten bei ihrer Schwester im Hochgebirge!«

»Hör mir auf mit Kims Mutter! Ich will nichts von Kim oder Gwendolyn hören!« sage ich, am ganzen Leib zitternd. Und dann, kleinlaut: »Ich weiß, daß ich einen guten Nervenspezialisten brauche. Und ich sage nicht nein. Hoffentlich schickt er mich nicht für längere Zeit in ein Sanatorium. Ich könnte eine lange Trennung von dir nicht verkraften, Schatz!«

»Deine Gesundheit geht vor. Marlies von Ritter kann sich's nicht leisten, hysterisch zu werden! Dazu bist du noch viel zu jung, zu erfolgreich, zu schön!«

Dieter, der geborene Schmeichler, findet immer den richtigen Ton, das richtige Argument. Er hat recht. Ich habe noch so viele gute Jahre als Operndiva zu erwarten – mindestens zehn. Und dann, wenn ich älter bin, kommen die Oratorien. Und das Konzertpodium. Ein dramatischer Sopran kann noch mit sechzig auf der Höhe sein, aber ich kenne die Grenzen, die meinem Rollenfach gesetzt sind. Ich werde mich rechtzeitig von meiner Brunhilde und Elsa, von meiner Elisabeth und Isolde verabschieden! Ich werde mich und meinen geliebten jungen Mann nie blamieren!

Später kann ich dann immerhin noch die Klytämnestra in Richard Strauss' Elektra singen; andere haben es mit fünfundsechzig getan!

Wie gut, daß ich Dieter habe und daß sein Stern immer heller strahlen wird, während bei mir von einem künstlerischen Abstieg überhaupt nie die Rede sein kann! Ehe es dazu käme, werde ich mich in die Liedersängerin und Oratoriensängerin Marlies von Ritter verwandeln, und dann, in einer nicht minder reizvollen Phase meines Lebens, werde ich mich ganz Dieter Williams widmen. Ich werde ihn auf allen Gastspielreisen begleiten, als seine Frau, seine beste Lehrmeisterin, Managerin und Beraterin. Wir werden zusammen korrepetieren. Ich bin eine gute Pädagogin. Ich werde bei keiner Opernaufführung in Amerika und in Europa, bei keinem Konzert fehlen, ich werde in der ersten Reihe Parkett oder in einer Proszeniumsloge sitzen.

Endlich, endlich werde ich ganz in Dieter aufgehen und nur für ihn leben können! Ich freue mich schon heute unsagbar darauf!

Noch ist es lange nicht soweit, ich habe noch nicht einmal meinen fünfundfünfzigsten Geburtstag gefeiert. Seit Monaten beschäftigt mich, Dieter und meine ganze künstlerische Entourage ein bevorstehendes Jubiläumskonzert, das die Sensation der diesjährigen Konzertsaison zu werden verspricht.

Mir wäre das ungemein wichtige Datum beinahe entfallen, ich führe nicht genau Buch über meine Opernpremieren, meine Debüts in den Konzertsälen rund um die Welt. Darum war ich wie vor den Kopf gestoßen, als mich Albert eines Tages fragte: »Marlies, mein kleiner Liebling, weißt du, was wir im nächsten Jahr feiern?«

Ich schüttelte den Kopf.

»Ich kann mir doch nicht alle Daten merken, und wenn schon wieder jemand Geburtstag hat... Also, schieß los!«

»Wir feiern den 30. Jahrestag deines ersten großen Konzerts in der Carnegie Hall!«

Ich muß mich setzen, so sehr überrascht mich Alberts Mitteilung. Ingrid, Albert, meine Sekretärin Vally und mein Impresario halten freilich alle Stationen meiner Laufbahn fest, führen genau Buch, kleben sorgfältig jede Kritik in meine Alben ein, jedes Foto... lassen Mikrofilme machen und halten Ordnung in meiner Schallplatten- und Videocassetten-Bibliothek. Aber ich lehne es ab, aus meinem Gedächtnis einen Zettelkasten zu machen. Ich muß Rollen korrepetieren und neue Liedertexte lernen...

Wir sind unter uns, und Albert weiß natürlich ganz genau, wie alt ich bin.

»Du, hab' ich nicht schon vor fünfunddreißig Jahren, noch als Teenager, in Konzerten gesungen?«

»Stimmt, und das verdankten wir, der Wahrheit die Ehre, deinem ersten Mann, Allan. Aber das erste wirklich repräsentative Konzert in der Carnegie Hall – ich betrachte es als dein eigentliches Debüt – fand vor dreißig Jahren statt. Damals wurden die ›New York Times‹, der ›Manhattan Herald‹, die ›Frankfurter Allgemeine‹ und die französischen und englischen Zeitungen auf dich aufmerksam. Hast du's vergessen?«

»Albert, wie könnte ich! O Gott, warum bin ich nicht mehr so jung wie damals?«

Albert zieht mich an sich. Die kleine Szene fand in meinem Musikzimmer statt. Albert hatte eine Klaviersonate komponiert und trug sie mir vor. Er ist nämlich auch ein recht begabter Komponist.

»Kein Mensch ist ›so jung wie damals‹!« sagt er. »Es kommt doch im Leben nur darauf an, was man erreicht! Ob man die Erfüllung seiner liebsten Wünsche erlebt! Und in dieser Hinsicht kenne ich kein beneidenswerteres Geschöpf als dich, kleine Marlies!«

Meine Betreuer haben sich hinter meinem Rücken verschworen, denn einen Tag später meldet sich auch mein Impresario, um mich – gemeinsam mit Albert, Ingrid und meinem Manager – vor ein *fait accompli* zu stellen. Es sei alles seit Monaten sorgfältig geplant und mit dem Generalintendanten der Carnegie Hall vereinbart; einem besonders glücklichen Zufall sei es zu verdanken, daß wir für ein ganz großes

Festkonzert im nächsten Jahr noch einen Termin buchen konnten, denn ein Konzertabend der Pariser Philharmoniker werde ausfallen.

»Und mich fragt niemand?« sage ich. »Ihr behandelt mich wirklich wie einen Fußball!«

»Liebling, wir haben acht Monate Zeit! Ich mußte doch erst in Erfahrung bringen, ob dich dein Lieblingsorchester, die Philharmoniker von Philadelphia, begleiten können!« sagt mein Impresario, Phil, der sich vor anderen Impresarios durch bemerkenswerte Wortkargheit auszeichnet. Um so mehr tut er für seine Klienten.

»Wie lange soll ich proben? Zwei Monate, Ingrid? Aber eines sage ich dir – ich trete nur mit Dieter auf!«

Ingrid nickt, der Impresario nickt, und auch Albert zeigt sich begeistert.

Ingrid und Albert haben sogar unser Programm zusammengestellt, in der sehr richtigen Vermutung, daß ich auch in diesem Jubiläumskonzert meinem Mann eine große Rolle einräumen werde.

Das Programm sieht so aus: Im ersten Teil soll ich die fünf Wesendonck-Lieder singen, dann, zusammen mit Dieter, das herrliche Liebesduett ›Winterstürme wichen dem Wonnemond‹ aus dem ersten Akt der Walküre. Nach der Pause folgt als Höhepunkt und Krönung des Festabends das Duett ›O sink hernieder, Nacht der Liebe...‹ aus dem zweiten Akt des Tristan, und meine unbestreitbar größte Leistung, Isoldes ›Liebestod‹.

»Ingrid«, sage ich, »du bist ein Genie. Etwas Schöneres und Anspruchsvolleres hätte ich mir nicht erträumen können. Aber meinst du, daß Dieter dem Tristan gewachsen sein wird?«

Ich bekomme nicht so schnell Antwort.

Nach einigem Zögern sagt Albert: »Es soll dein Festkonzert und dein Ehrenabend sein, Marlies! Wir hoffen gewiß alle, daß auch Dieter Williams uns nicht enttäuschen wird, doch werden ihn die Kritiker diesmal nicht so streng unter die Lupe nehmen. Es ist dein Abend! Dein Mann muß wohl oder übel die zweite Rolle spielen... Im übrigen arbeitet er ja, wie ich höre, sehr angestrengt, und bis Ende nächsten Jahres kann aus der kolossalen Stimme auch eine sicher und geschmackvoll gehandhabte Stimme werden...«

Wir befassen uns noch stundenlang mit dem großen Plan, ich ziehe Dieter am selben Abend ins Vertrauen, er ist entzückt, sagt aber ehrlich: »Marlies, mein Engel, der Tristan ist doch ungefähr die schwierigste Rolle..., an der so viele Heldentenöre gescheitert sind?«

»Du wirst eben nicht daran scheitern, Dieter! Außerdem singen wir auf dem Konzertpodium, und du kannst dich ganz auf deinen Gesang konzentrieren. Auf der Bühne werde ich meinen ersten Tristan mit dir erst in zwei oder drei Jahren singen, und so lange wird eben gearbeitet und studiert und geprobt, bis dir der Kopf raucht! Mir übrigens auch! Und nun entspann dich. Wir singen noch ein paarmal den Lohengrin und den Tannhäuser, bis es soweit ist und wir unser Pensum für das Jubiläumskonzert in Angriff nehmen!«

Ich verrate Dieter nicht, daß ich schon jetzt schreckliches Herzklopfen habe, wenn ich an das Festkonzert denke. Auf der Opernbühne ist man durch den Orchestergraben irgendwie vor dem Publikum geschützt, man fühlt sich entrückt wie im Märchen. Auf dem Konzertpodium aber hatte ich schon oft das Gefühl, wie ein Opferlamm den Kritikern ausgeliefert zu sein, die in den ersten Parkettreihen sitzen... man kann sogar die Gesichter von der Bühne aus sehen!

Ich habe die Kunst verlernt, mich zu entspannen. Eigentlich könnte ich mit Dieters Entwicklung, mit den vielen schönen Angeboten aus dem In- und Ausland für uns beide zufrieden sein.

Dieter hat ein paarmal seine Eltern in Kansas besucht, ich konnte ihn nur zweimal begleiten. Nette, einfache, liebe Menschen. Ich schicke ihnen regelmäßig Geld und Geschenke, sie konnten ihre Farm vergrößern und für mein Geld Rinder und Schafe kaufen.

Der ›Fall Kim‹ wäre vielleicht schon ganz in Vergessenheit geraten, wenn mich meine Alpträume nicht an das arme Mädchen erinnerten. Außerdem ruft Dieter anstandshalber alle zwei Monate einmal bei Gwendolyn in Colorado an. Es ist immer dasselbe. Sie trauert ihrer Tochter begreiflicherweise noch immer nach. Wie sollte es auch anders sein?

»Du, diese Gwen muß doch noch ziemlich jung sein, trotz ihrer Ungepflegtheit und der grauen Haare könnte die sich vielleicht noch einen Mann angeln!« sage ich einmal zu Dieter. »Wie sieht's übrigens in Cape Clifford aus? Steht das Hotel noch immer leer, oder haben sie alles abgerissen?«

»Keine Ahnung«, sagt Dieter. »Wer sollte die Bruchbude kaufen? Das Grundstück liegt in den letzten Monaten oft unter Wasser, und die Gemeinde hat kein Geld, einen neuen Deich zu bauen. Wer hätte Lust, so ein Grundstück mit einem halbverfallenen Hotel zu erwerben?«

Die Mieter unseres kleinen Ferienhauses in den Dünen haben längst gekündigt, das Wetter war zu schlecht. Unser hübsches Tuskulum steht leer, die Goldfische wurden in Sicherheit gebracht, irgendwann müssen wir den ganzen Garten neu bepflanzen.

Angst, unerklärliche Angst. Todesangst – auf der Höhe von Ruhm und Erfolg? Bin ich, Marlies, wirklich ›himmelhochjauchzend, zu Tode betrübt‹? Ich fürchte mich noch immer oder schon wieder vor Gespenstern. Mitten in den Vorbereitungen zu meinem großen Jubiläumskonzert ist mein Nervenzustand das ständige Gesprächsthema zwischen mir und Dieter.

»Vorläufig können wir gar nichts unternehmen!« sage ich, so energisch ich kann, zu Dieter. »Wenn ich jetzt einen Nervenspezialisten konsultiere, so schickt er mich irgendwohin weit weg in ein Sanatorium. Und ich kann doch die Konzertproben nicht aufschieben?«

Der große Saal der Carnegie Hall war zwei Tage nach dem Erscheinen der ersten Anzeigen für mein Jubiläumskonzert bis zum letzten Platz ausverkauft.

»Wie lange willst du mit deiner Sanatoriumsbehandlung warten?« fragt Dieter.

»Bis nach dem Konzert! Das versteht sich doch von selbst! Ich werde halt versuchen, so lange mit meinen«, jetzt versuche ich, mich selbst zu verspotten, »Gespenstern fertig zu werden. Und ich werde fleißig Baldriantee trinken und den Espresso abbauen und mit Alkohol sehr, sehr vorsichtig sein!«

Ich trinke jetzt allerhöchstens ein Glas Sekt, wenn wir eingeladen sind oder eine Party veranstalten.

Ein klarer, wunderbarer Herbst. Zwischen zwei New Yorker Konzerten haben wir ein bißchen Zeit und fliegen mit dem Hubschrauber nach Newark. Nach vielen Monaten wollen wir wieder einmal Cape Clifford besuchen, einen Dünenspaziergang machen... Wir haben uns so lange nicht in die Bucht gewagt, wo Kim ertrunken ist... Kims Leiche wurde nie gefunden.

Die Polizei, Kims Kameraden, die Fischer, wir alle haben nur eine Erklärung für Kims Verschwinden aus der Bucht – sie wurde von einem gierigen Hammerhai angefallen und ins offene Meer hinausgezerrt oder – sie konnte sich selbst befreien, wollte an die Oberfläche schwimmen und begegnete unterwegs einem Hai.

Was für ein grausiger Tod! Ich darf gar nicht darüber nachdenken!

Über ein Jahr lang haben wir Cape Clifford gemieden. Was wir dort erlebten, war zu traurig, es hat uns beide zu stark aufgewühlt. Aber Dieter liebt unser kleines Ferienhaus in den Dünen, und auch ich muß mich zwingen, dem Glück wie dem Unglück ins Auge zu blicken. Ich muß mich endlich von diesem dummen, hirnverbrannten *Pater peccavi* losreißen.

Wir haben den Wagen zu Hause gelassen, wir mieten in Newark am Flughafen ein Auto und fahren nach Cape Clifford. Der Ort ist schläfrig wie immer, die Hauptsaison ist zu Ende, wir treffen keinen bekannten Menschen. Dieter weiß von Gwendolyn, daß es dem Makler bis heute nicht gelungen ist, das, zugegeben, ziemlich morsche und überalterte ›Hotel Cape Clifford‹ an den Mann zu bringen.

Bevor die Gemeinde eine neue Kaimauer baut, wird es auch nicht gelingen. Ob der Garten und die Zufahrt wohl heute unter Wasser stehen?

Wir halten vor der Zufahrt. Nein, die Gartenpforte mit dem rostigen Vorhängeschloß, die Überreste der früher so gepflegten Beete, die verwahrlosten Kieswege sind heute zwar mit Pfützen von Seewasser bedeckt, doch steht der alte Kasten, ein Holzhaus, auf einem ziemlich trockenen Fundament. Wir gehen bis zur Gartenpforte und schauen hinauf zum ersten Stock. Dort lagen die Schlafzimmer. Die weiße Tünche war schon früher von der Außenmauer abgebröckelt, jetzt gleicht sie einem Schachbrett.

Kein Mensch weit und breit. Ein Gewitter liegt in der Luft, Sturmböen peitschen die Wellen hoch auf.

»Wo war Kims Schlafzimmer?« frage ich Dieter.

Der zeigt nach oben rechts.

»Dort oben. Komm, wir wollen gehen, quäl dich nicht schon wieder!«

Ich nicke, kann aber meinen Blick nicht von Kims Fenster losreißen. Ein weißer Vorhang bewegt sich dort oben.

Ich packe Dieter beim Arm, ich stoße einen markerschütternden Schrei aus.

»Was hast du, Liebling?« fragt Dieter.

»Schau... dort oben... siehst du es nicht?«

»Was soll ich sehen, mein Kleines? Ich sehe bloß die Vorhänge, sonst nichts!«

Mein Atem geht keuchend.

»Aber nein, nein... dort oben steht eine Frau hinter dem Fenster. Jetzt geht sie im Zimmer auf und ab. Sie trägt ein weißes Kleid!«

Dieter befreit sich von meinem Arm, er lacht schallend.

»Weißt du, was dir fehlt, mein Schatz? Du gehst zu spät schlafen! Wenn ich schon tief und fest schnarche, gehst du heimlich ins Wohnzimmer und regst dich künstlich bei diesen Mitternachts-Shows auf! Hast du wieder einmal Alfred Hitchcocks Thriller ›Psycho‹ gesehen? Na? Gesteh's doch ein! Du hast nämlich eben geschildert, wie der gute Alan Bates, so hieß Anthony Perkins doch in dem Gruselfilm, die Kleider seiner Frau Mama anzieht und in ihrem Zimmer auf und ab geht!«

Ich schüttle heftig den Kopf.

»Nein, nein, Dieter! Ich hab's ganz deutlich gesehen, dort oben in dem Zimmer geht eine Frau hin und her! Ich habe scharfe Augen! Kannst du sie denn nicht sehen?«

Dieter späht angestrengt hinauf. Die Gestalt ist verschwunden.

»Doch, Marlies!« sagt Dieter. »Ich sehe weiße Vorhänge. Aus der Nähe besehen, dürften sie allerdings nicht mehr weiß sein, sondern grau. Aber wenn du willst, klettern wir über den Zaun und gehen hinauf! Der Makler könnte uns zwar für Einbrecher halten, aber was gibt es in dieser Bruchbude schon zu stehlen! Jedenfalls könntest du dich mit eigenen Augen überzeugen, daß diese... Frau in weißen Gewändern in dieselbe Kategorie gehört wie deine berühmte grüne Wasserleiche...«

Ich bin wütend. Jetzt macht sich Dieter über mich lustig. Aber hat er nicht recht? Ich beruhige mich allmählich.

»Ich bin ja schon ganz manierlich, Dieterlein. Das sind halt meine Nerven...! In das olle Haus bringen mich keine zehn Pferde!«

Dieter küßt mich.

»Du, ich hab' von einem alten Kumpel aus Newark erfahren, daß der Lunapark, in dem wir uns kennenlernten, renoviert und modernisiert wurde! Die alte Grottenbahn – unsere Grottenbahn – ist zwar noch da, aber dort wimmelt es von neuen Phantomen! Ich weiß gar nicht, ob die grünlich angelaufene Hexe noch dort baumelt. Wollen wir nicht einmal dorthin?«

»Gern. Aber warten wir bis zum nächsten Sommer!« sage ich. Wäre auch noch schöner, wenn ich mich vor Pappfiguren in einer Grottenbahn fürchtete!

Und hätte es keinen Lunapark und keine Grottenbahn gegeben, so wäre ich heute vielleicht nicht mehr am Leben. Und hätte der Zufall mich nicht in Dieter Williams Arme getrieben, so wäre ich noch immer ein bejammernswertes, unbefriedigtes Geschöpf, eine Isolde, die von Liebe keine Ahnung hat! Besser gesagt, von Sex. Für mich sind Liebe und Sex identisch, weil ich vor meiner sexuellen Erweckung durch Dieter nie geliebt hatte. Niemals.

Wir wenden uns zum Gehen. Bevor wir ins Auto steigen, werfe ich noch einen Blick auf das bewußte Fenster im ersten Stock des schäbigen, ausrangierten ›Hotel Cape Clifford‹.

Hinter dem Fenster gähnt ein leeres Zimmer. Ich kann nirgends ein Lebewesen entdecken, weder eine mysteriöse Frau noch einen anderen Menschen. Sogar die streunenden Katzen und Hunde meiden das Grundstück. Die Frau ist verschwunden. Sie war vielleicht überhaupt nie da, genau wie die anderen Frauen, die Phantome, denen ich im Central Park auf dem Teich nachruderte oder auf der Fifth Avenue nachlief.

Ich bin krank. Ich darf nicht krank sein. Ich muß mich auf mein Jubiläumskonzert vorbereiten, und bis es soweit ist, trete ich noch ein paarmal in der Oper auf. Ich habe meine Schallplattenverträge. Ich darf mein Publikum und meine Intendanten nicht enttäuschen. Schluß mit den Wahnvorstellungen! Nimm dich zusammen, Marlies!

Zwei oder drei Tage in unserem Dünenhaus werden mir guttun. Wir parken hinter dem Häuschen und sind darauf gefaßt, unser Tuskulum in völlig verwahrlostem Zustand vorzufinden. Ich hätte ohne weiteres eines meiner Stubenmädchen oder eine Putzfrau mitbringen können, aber wir wollten ganz ungestört sein. Wir haben frische Bettwäsche und reichlich Handtücher, Konserven und Fruchtsäfte in zwei großen Koffern mitgebracht und machen schnell notdürftig Ordnung. Ein bißchen wird Staub gewischt, das herrlich breite Bett überzogen, dann kochen wir Kaffee, und ich mache leckere Brötchen zurecht, mit Räucheraal und ungarischer Salami. Dazu trinken wir etwas Rotwein. Mehr als ein halbes Glas Wein vertrage ich in der letzten Zeit nicht.

Alle Gespenster sind vergessen, wir schmieden Zukunftspläne. Wir küssen und umarmen uns und sind so toll verliebt wie in der ersten Nacht.

»Eigentlich müßten wir aus purer Pietät wieder mal in die bewußte Grotte hineinrudern und uns dort auf die Felsen legen, und...«, sagt Dieter, während er mir langsam, ausnahmsweise ohne Hast, das Leinenkleid vom Leib zieht.

»Aber Dieter! Ist unser Bett nicht viel bequemer? Das war ja damals doch nur eine Verlegenheitslösung! Weißt du, was ich nicht begreifen kann? Daß wir nicht beide, durchnäßt und vor Kälte mit den Zähnen klappernd, Lungenentzündung mit 41 Grad Fieber bekamen und starben!« sage ich kopfschüttelnd. Dieter nickt.

»Schau mir in die Augen! Behauptest du auch heute noch allen Ernstes, daß du dich auf den ersten Blick in die klatschnasse Marlies verliebt hast? Ohne zu wissen, wer ich war? Und daß du nicht beschwipst oder von irgendeinem mir unbekannten Rauschgift ›high‹ warst, als du erklärtest: ›Ich werde Sie heiraten‹?«

»Ich war weder beschwipst noch ›high‹. Ich hab' noch nie im Leben gehascht oder Crack angerührt und beabsichtige auch nicht, es zu tun!«

Wir liegen ganz still nebeneinander, nackt, auf dem Rücken, und lauschen der Brandung. Aber... ich bin eine Frau, und Frauen müssen immer reden. Und alberne Fragen stellen.

»Liebst du mich genauso wie damals? Wirst du meiner nie überdrüssig?« frage ich.

Dieter antwortet mit einer Gegenfrage: »Sag mir, ob ich Zeit hätte, mich nach einer anderen Freundin umzuschauen.«

»Ob du Zeit hättest...? Jeder Mann hat zu allem Zeit. Und auch jede Frau. Die Frage lautet: Hättest du Lust, mich zu betrügen, wenn du Zeit dazu hättest, Dieter?«

Mein Mann antwortet nicht. Ich darf ihn nicht verstimmen, wir haben ja wirklich so wenig Zeit füreinander. Ich rolle ihn auf die rechte Flanke und lege mich so neben ihn, daß meine Brüste seine Brust berühren und mein Bauch sich an seinen schmiegt. Ich werde nie aufhören, diese köstlichen Vorspiele bis zur Neige auszukosten. Dieter hat einmal gesagt, daß ich ihn noch im Sarg reizen würde, und damals fragte ich: »Wieso... im Sarg? Wenn wir getrennt begraben werden, kann ich dich nicht reizen!«

»Ich will, wenn ich hundert Jahre alt geworden bin und wir beide den Rummel satt haben und friedlich im Bett nebeneinander sterben, mit dir im selben Sarg begraben werden! In einer hundertprozentig unzüchtigen Stellung!« sagt Dieter und läßt seine Finger ganz, ganz langsam über meinen Rücken spazieren. Ich kriege Gänsehaut.

»Dieterlein«, sage ich, »wenn du hundert Jahre alt geworden bist und ich noch lebe, so bin ich immerhin hundertzwanzig Jahre alt! Ein bißchen zu alt, um dich zu unzüchtigen Handlungen herauszufordern, meinst du nicht auch?«

Dieters Finger haben sich von meinem Rücken getrennt, er schiebt sich ganz, ganz nah an mich heran, hilft mit den Händen nach und stößt den Palmenschaft tief in mich hinein. Armer Tristan! Arme Isolde! Ich weiß überhaupt nicht, ob deren Liebe und Leidenschaft nicht platonisch blieb? Bis auf die heißen Küsse im ersten und zweiten Akt und den Abschiedskuß von Tristans erkaltenden Lippen im dritten Akt? Wir, Marlies und Dieter, haben es viel, viel besser als alle Wagnerschen Liebespaare!

Plötzlich, Dieter ruht in mir, keiner von uns beiden hat den Höhepunkt erlebt, wir zögern wieder einmal, wir warten, wir können das göttliche Vorspiel gar nicht lang genug zerdehnen, plötzlich frage ich, beinahe gegen meinen Willen: »Hattest du vor mir viele Liebschaften, mein Schatz?«

»Komische Frage. Und gerade jetzt. Wenn ich mich recht erinnere, hab' ich dir vor Jahren schon gebeichtet. Ich hatte, bevor wir uns kennenlernten, insgesamt drei oder vier Freundinnen. Was man so ständige ›Girlfriends‹ nennt. Und immer hatte ich nach ein paar Monaten die Nase voll.«

»Bis Kim auftauchte, nicht wahr?«

»Aber Liebling, Kim war ja schon immer da! Unsere Familien kannten sich! Kim war ein Kind, als ich von der High School abging! Kim gehörte irgendwie schon immer mit dazu!«

»Und dann, als Kim noch nicht zwanzig war, seid ihr miteinander ins Bett gegangen?«

»Jawohl. Auch das hab' ich dir ehrlich gebeichtet. Wenn du's so genau wissen willst... Die arme Kim war sechzehn und ich dreiundzwanzig, als wir's zum erstenmal trieben. Auf einer Wiese oder bei meinen Eltern in Kansas. Ihre Mutter hat doch in der Nähe Verwandte... die zogen später nach Colorado, und bei denen ist Gwendolyn nach – Kims Tod untergekommen. Aber warum schon wieder diese uralten Geschichten ausgraben? Bist du am Ende noch auf die arme Ertrunkene eifersüchtig?«

»Dieter... ich bin auf alle Frauen eifersüchtig, auf die Lebenden und die Toten. Küß mich. Wenn du mich zum

Schweigen bringen willst, mußt du mich küssen wie ein Verrückter. Mach mich ganz, ganz kaputt!«

Dieter gehorcht; Dieter macht mich ganz, ganz kaputt, nicht mit irgendwelchen Roheiten, sondern mit Küssen, die stundenlang währen; zumindest kommt es mir so vor. Küsse sind für jede echte Frau viel wichtiger als die Verschmelzung des weiblichen Beckens mit dem Unterleib des Mannes, Küsse sind die Achse der Erde. Aus Küssen, erlebten oder erträumten, enstanden die größten Kunstwerke aus Menschenhand. Der ganze ›Tristan‹ ist ein Kuß, und wenn Isolde ihren Liebestod singt und stirbt, so bleibt ihr Lippenpaar mit dem Tristans verbunden.

In jener Nacht machte Dieter eine Bemerkung, die mich kränkte, doch durfte er diese Kränkung nicht spüren.

»Ich wollte«, sagte Dieter in einer Pause, in der wir uns ausruhen und auf die nächste Welle von Küssen und Umarmungen freuen, »ich wollte, du wärst mitunter weniger pathetisch. Auf der Bühne darfst du nach Herzenslust die tragisch leidende und reichlich überspannte Isolde sein, doch im Leben... Weißt du, mein kleiner Engel, manchmal gehst du mir ein bißchen auf die Nerven mit deinem Bühnen-Bombast!«

Ich reagiere nicht. Dieter hat mich tief gekränkt. Dann sage ich mir, daß Dieter eigentlich recht hat. Man ›wandelt nicht ungestraft unter Palmen‹. Man wandelt nicht ungestraft seit Jahrzehnten unter Richard Wagners tragischen Heldinnen. Das färbt ab.

Dieter wird nie ein Intellektueller sein. Er wird immer daran Anstoß nehmen, daß ich keine dumme Gans, kein albernes Flittchen bin, mit dem man pausenlos über Baseball und Rock 'n' Roll schwatzen kann. Über das Repertoire von Mick Jagger, über die Beatles und Fußball. Wir begegnen uns ja in unserer sportlichen Einstellung, in unserer Naturliebe, aber bei Dieter wird es offenbar in alle Ewigkeit mit dem tieferen Verständnis für die Individualität eines Künstlers, eines Komponisten oder Dramatikers hapern.

Ich gehe ihm also bisweilen auf die Nerven. Auch damit muß ich mich abfinden. Ich schlucke hinunter und vergesse Dieters gewiß nicht boshaft gemeinte Kritik.

Die nächsten Monate vergehen mit Windeseile, wir arbeiten rund um die Uhr, Dieters Repertoire wächst, seine deutsche Aussprache ist viel besser geworden, sie ist beinahe tadellos.
Wieder ein Silvesterabend.
»In drei Monaten feiern wir dein Jubiläum!« sagt Dieter stolz und prostet mir mit französischem Champagner zu. Wir haben eine Party für fünfzig Gäste in unserer Penthouse-Wohnung, es wimmelt von hübschen jungen Frauen. Dieter hat nur für mich Augen. Er überschüttet mich mit Zärtlichkeiten, ich muß ihn bitten, sich zu beherrschen, wenn er zu handgreiflich wird – und dabei ist er nicht beschwipst!
»Ich bin ja so unheimlich stolz auf dich!« sagt er ein über das anderemal.
Die Proben zu meinem großen Festkonzert in der Carnegie Hall haben begonnen, es ist längst ausverkauft. Ich werde mich zweimal umziehen – die Wesendonck-Lieder und die Sieglinde werde ich in einem weit geschnittenen Stilkleid aus blaugrünem Georgette, die Isolde ganz in Weiß singen.
Ich beherrsche mein Pensum, habe jedes Lied und auch die beiden Sopranpartien aus der Walküre und dem Tristan oft gesungen, aber für Dieter ist es eine weitere Sprosse auf der Karriereleiter. Ist er dem Siegmund und dem Tristan schon heute gewachsen?
Dieter hat noch mehr Lampenfieber als vor seinem Debüt im Lohengrin. Ich kann mich nicht erinnern, als blutjunge Anfängerin so entsetzlich unter Lampenfieber gelitten zu haben.

Hexensabbath.
Die Hexen tuscheln miteinander, sie haben ihre Geheimnisse.
»Ich kann es kaum erwarten!« zischt die eine Hexe.
»Und ich noch weniger!« flüstert die andere.

Ausdrücklich habe ich mit meinem Impresario, mit Ingrid, Albert und allen anderen Festordnern vereinbart, daß allerhöchstens zwei Reden gehalten werden dürfen. Vor Beginn des Jubiläumskonzerts soll Albert sprechen; Albert war mein erster Mentor und Lehrer, ich werde ihm treu bleiben, solange er lebt. Er hat zusammen mit Ingrid aus Marlies von Ritter eine große, eine vollendete Sängerin gemacht.

Wäre Allan, mein erster Mann, noch am Leben, so müßte auch er ein paar Worte sprechen, aber Allan ist vor kurzem gestorben. Ohne Allans Geld hätte ich mich vielleicht jahrelang abrackern und irgendeinen praktischen Beruf ergreifen müssen; dann könnte ich nicht schon mit ›fünfzig plus‹ mein dreißigstes Jubiläum als Konzertsängerin feiern!

Die Generalprobe ist vorüber, alles klappte wie am Schnürchen, sogar die kurzen Ansprachen Albert, und des Doyens der New Yorker Musikkritiker, eines weißhaarigen, durch und durch gebildeten Musikwissenschaftlers, der meine Verdienste um die Interpretation der schwierigsten Wagner-Rollen in alle Himmel hebt.

Einen Tag und eine Nacht, zwischen Generalprobe und Konzert, dürfen wir uns ausruhen. Und beim Konzert werde ich dann so tun müssen, als hörte ich die beiden Hauptansprachen zum erstenmal.

Mama und mein Stiefvater sind längst in New York, Mama ist viel nervöser als ich. Meine Eltern habe ich in unserer Stadtvilla beim Central Park einquartiert. Wenn das große Ereignis vorüber ist, wollen wir mit Dieter, meinen Eltern, mit Ingrid, Albert und ein paar anderen intimen Freunden auf die Bermudas fliegen. Ich habe auch dort ein reizendes, schneeweißes Ferienhaus am Strand gekauft, und ein neuer Kabinenkreuzer erwartet uns dort ebenfalls. Der Name ›Dieter‹ prangt am Bug. Die Jacht ist mein neuestes Geschenk für Dieter. Ich habe ihn offiziell zu meinem Finanzberater ernannt, er kontrolliert die Einnahmen aus meinen Mietshäusern, verwaltet mein Vermögen, er hat viel mehr finanzielles Talent als ich. Früher bildete ich mir das Gegenteil ein, doch Dieter hat mich von seiner Tüchtigkeit in Geldsachen überzeugt.

Und Mama quält mich seit Tagen mit der Frage, ob ihr mit Gold- und Silberflitter übersätes Abendkleid, das sie zum Konzert tragen will, nicht doch zu jugendlich für sie sei? Ich beruhige meine liebe, gute Mutter..., als ob ich jetzt nicht andere Sorgen hätte! Ich muß mich ja auf mein Programm konzentrieren! Dieses Jubiläumskonzert soll ein Höhepunkt meiner Karriere sein und auch eine Vorstufe für meinen ersten Tristan in der Oper mit Dieter als Partner. Dieter hat ja den Tristan noch nie auf einer Opernbühne gesungen. Er ist eigentlich zu jung, zu unerfahren für diese schwierige Rolle, ich weiß nicht, ob er auf der Bühne heute schon das nötige Durchhaltevermögen hat. Aber in der Carnegie Hall muß er ja nicht die ganze Partie singen.

Dieter wird vor der Generalprobe immer nervöser. Er hat seinen neuen Frack viermal anprobiert, er sitzt wie angegossen. Ich finde, Dieter sieht aus wie ein junger Gott. Ich bin wahnsinnig in meinen Mann verliebt.

Nach der fabelhaft gelungenen Generalprobe, in der Nacht vor dem Konzert, schlafen wir Hand in Hand, Mund an Mund eng aneinandergeschmiegt ein. Dieter machte vor dem Einschlafen immer wieder Anstalten, in mich einzudringen. Ich schob ihn sanft, ohne ein Wort zu sagen, zurück. Dieter weiß, daß wir mit unseren Kräften haushalten müssen.

»Auf den Bermudas feiern wir dann zum x-tenmal unsere Flitterwochen!« vertröste ich Dieter. »Wenn wir Lust haben, so brennen wir nach drei oder vier Tagen durch, unsere Gäste werden sich, von Mama und Papa betreut, auch ohne uns gut amüsieren. Ich hab' nämlich Lust, wieder einmal Hawaii zu besuchen. Erinnerst du dich an den Bungalow, den wir in Maui gemietet haben? Soll ich ihn kaufen? Ich möchte ihn dir schenken, das Ding kostet doch nur einen Pappenstiel!«

Dieter seufzt.

»Ich kann noch keine Pläne machen! Ich wollte, wir hätten das Konzert schon hinter uns! Ich hab' jetzt, nach der Generalprobe, noch immer Lampenfieber!«

Ich muß Dieter vor dem Einschlafen trösten, ihm Mut zusprechen, und dabei haben wir jede Ursache, zufrieden zu sein. Die prestigereiche Met, das Metropolitan Opera House im Lincoln Center, hat uns am Vormittag nach der Generalprobe das erste Angebot für ein gemeinsames Gastspiel gemacht! Ich werde in absehbarer Zeit mit meinem Mann in der Met singen! Es ist kaum zu glauben!

»Dieter, Liebling, sei doch nicht so verzagt! Jetzt reißt man sich sogar in der Met um uns beide! Sei doch stolz auf das Angebot! Zum Teufel mit deinem Lampenfieber, du mußt es einfach besiegen!«

Endlich halte ich meinen schlafenden Geliebten in den Armen, Dieter schlummert tief und süß unserem allergrößten Triumph entgegen.

Irgendwie hatte ich das Gefühl, vor einer Trennlinie in meinem Leben zu stehen. Das Festkonzert soll das größte künstlerische Ereignis in meinem Leben werden. Ein beispielloser Triumph für Marlies von Ritter und auch ihren Mann! Vielleicht schlummern wir unserem allerschönsten Tag, dem wichtigsten Abend in unserer Karriere entgegen!

Ich kann schon jetzt den Jubel und Applaus hören. Man wird mir, man wird uns beiden stehende Ovationen bereiten, alle Kritiker werden uns einmütig loben. Ingrid versicherte mir, daß auch Dieter gestern bei der Generalprobe fehlerfrei, großartig gesungen habe... Und nun schläft er tief und fest neben mir, ein kleiner, süßer Junge, der neue, herrliche Heldentenor, Siegfried und Siegmund, Lohengrin und Tristan... ein früh gereifter Heldentenor. Dieter hat mit knapp fünfunddreißig – er war dreißig, als wir heirateten – erreicht, worum viele Heldentenöre noch mit vierzig und fünfzig kämpfen müssen. Er darf den Tristan singen! Seine Erscheinung ist so blendend, daß ihm das Publikum zu Füßen liegen wird. Und dank seiner hervorragenden Lehrer hält er mit fünfunddreißig schon dort, wo andere erst mit vierzig und fünfzig Jahren halten.

Ich liebe ihn. Ich liebe ihn. Dieter hatte eine ziemlich harte und entbehrungsreiche Jugend. Nun kennt er keine Sorgen mehr. Freilich muß er angestrengt arbeiten, doch habe ich in diesem jungen, intelligenten Menschen die Liebe zur ernsten Musik erweckt. Und Dieter wird nie mehr Sorgen haben. Wenn ich einmal nicht mehr bin, erbt er alles – ich habe ihm alles vermacht, mein Testament ist hieb- und stichfest, meinen entfernten Verwandten vermache ich geringfügige Geldsummen, und Mama hat sich ausbedungen, in meinem Testament überhaupt nicht bedacht zu werden. Ich werde sie ja zweifellos überleben, sie und meinen schwerreichen Stiefvater.

Wenn wir von den Bermudas zurückgekehrt sind oder aus

Hawaii, so werden wir unsere Konzertkritiken studieren und sammeln, und meine Sekretärin wird auch diese Andenken in ein Album kleben. Ich freue mich auf unsere Ferien, und ich sehe dem Festkonzert heute abend mit großer Zuversicht entgegen. Meine Ruhe wird auch auf Dieter abfärben, und wir werden einen Triumph sondergleichen feiern.

Wie süß und unschuldig mein Geliebter, mein Tristan im Schlaf lächelt! Wie ich ihn liebe! Wie sehr ich ihn liebe! Und wie glücklich ich bin, weil auch er nur mich liebt!

Hier ist die Tagesschau, Kanal zwölf. Thomas Maloney.

»Wir unterbrechen unsere Abendsendung, um folgende Meldung durchzugeben: die amerikanische und die internationale Musikwelt haben einen unersetzlichen Verlust erlitten. Auf der Bühne der New Yorker Carnegie Hall brach heute knapp vor Mitternacht die berühmte Operndiva und Konzertsängerin Marlies von Ritter plötzlich zusammen, nachdem sie ihren bisher wohl größten Triumph gefeiert hatte. Gemeinsam mit ihrem Mann, dem Heldentenor Dieter Williams, war die Sängerin in einem großen Galakonzert anläßlich ihres Jubiläums aufgetreten. Die beiden Künstler trugen ausschließlich Werke von Richard Wagner vor, sie wurden von den Philadelphia Philharmonikern begleitet.

Unser Musikkritiker wird über den Abend, der eines der glanzvollsten Konzerte der letzten Jahre bot, noch ausführlich berichten. Nach jeder Nummer steigerten sich die Beifallsstürme für die Sängerin und ihren Mann. Frau von Ritter war in ihrer denkbar besten Form. Schon vor der Pause wurde das Künstlerpaar nicht weniger als zehnmal aus den Kulissen zurück auf die Bühne gerufen, um sich für die stehenden Ovationen des Publikums zu bedanken.

Nach der Pause sang Marlies von Ritter mit ihrem Mann das Liebesduett aus dem zweiten Akt von Tristan und Isolde, und dann riß die Künstlerin mit Isoldes Liebestod das Publikum zu nicht endenwollendem Beifall hin. Als Marlies von Ritter, zunächst noch allein, zum drittenmal die Bühne betrat, um sich zu verneigen, blieb sie plötzlich wie angenagelt stehen. Sie hob die rechte Hand, wies irgendwohin und brach dann mit dem Aufschrei:

›Nein! Nein!‹ zusammen. Der sofort herbeigeeilte Theaterarzt konnte keinen Puls mehr feststellen, und als die Ambulanz mit der Leblosen im Roosevelt Hospital eintraf, *war Marlies von Ritter tot*. Den bisherigen Untersuchungen nach hat ein Herzversagen dem Leben der großen Sängerin vorzeitig ein Ende bereitet. Eine Obduktion wurde angeordnet.«

In der Meldung hieß es ferner, daß Dieter Williams, der Gatte der Toten, den seit knapp fünf Jahren eine sprichwörtlich glückliche Ehe mit der auf so tragische Weise Verstorbenen verband, an der Bahre seiner geliebten Frau ohnmächtig zusammenbrach.

Der Musikkritiker der ›Manhattan Herald Times‹ schrieb: »Die Welt hat nicht nur ihren herrlichsten dramatischen Wagner-Sopran verloren; Marlies von Ritters Publikum, ihre zahllosen Freunde, ihre treuen Mitarbeiter trauern auch um einen großen, immer hilfsbereiten, herzensguten und edlen Menschen. Für Marlies von Ritter galten Floria Toscas Worte: ›Nur der Schönheit weiht ich mein Leben ...‹«

»Küß mich, Dieter, mein Liebling! Schwöre mir, daß du nie eine andere Frau geliebt hast!«

»Ich schwöre es dir, Kim, mein einziger, süßer Schatz! Aber du weißt es ja. Muß ich es immer wiederholen?«

Ich liege mit Dieter im Bett. Der Herbst ist wunderbar klar, sonnig und lieblich in Colorado, wo mich Dieter wieder einmal besucht hat. Diesmal kann er länger bleiben. Früher mußte er immer nach zwei- oder dreitägigem Aufenthalt nach New York zurückfliegen. Dort glaubte man, er sei in Kansas bei seinen Eltern gewesen.

Dieter küßt mich leidenschaftlich vom Kopf bis zu den Füßen. Dieter Williams hat nie eine andere Frau geliebt als mich, Kim Forrester.

Seit dem Ehrenbegräbnis für Marlies von Ritter bei New York, einer Beisetzung, die beinahe ein Staatsbegräbnis war, mit Gästen aus Berlin und Bayreuth, aus Paris und Moskau... seit der Beerdigung von Dieters Frau, dieser ungekrönten Königin aller Wagner-Sopranistinnen, sind vier Monate vergangen. Damals brach Dieter an der Bahre seiner Frau zusammen. Dieter war schon immer ein ausgezeichneter Schauspieler.

Die Obduktion der Leiche bestätigte den Befund des Theaterarztes, der die tote Marlies als erster untersucht hatte. Die Sängerin war einem Herzversagen, hervorgerufen durch einen unerklärlichen Schock, erlegen. – Auch Dieter Williams wußte keine andere Erklärung für den plötzlichen Tod seiner geliebten Frau.

Nur Dieter, Ingrid, Albert und der Hausarzt von Marlies wußten von den Halluzinationen, an denen die Künstlerin seit Jahren, seit dem tragischen Ertrinkungstod der jungen Kim Forrester gelitten hatte. Und warum hätten sie der Presse und den Fernseh-Klatschtanten jetzt, nach dem Tode der Künstlerin, neuen Zündstoff liefern sollen? Marlies war nicht mehr zum Leben zu erwecken. Warum also ausplaudern, daß die Tote von Visionen, von Phantomen verfolgt worden war? *Und zwar seit Kims Tod!* Weil Marlies, die Edle, sich verantwortlich fühlte. Und dabei war sie unschuldig, nicht wahr?

Es war für Dieter nicht immer ganz einfach gewesen, rechtzeitig in der kleinen Wohnung anzurufen, die er für mich in Manhattan gemietet hatte und mich zu alarmieren: »Kim, Darling, sie geht heute zum Shopping auf die Fifth Avenue..., wenn du dich sputest, kannst du sie noch in der Nähe des Rockefeller Center erwischen...«, oder: »Kim, mein süßer Schatz, wie geht es dir heute?«

»Prima, Darling!«

»Heut kannst du wieder einmal Gespenst spielen. Hoffentlich bist du in Form!« sagt Dieter, glänzend gelaunt.

»Ich bin sogar in Hochform!« erkläre ich.

»Also, paß auf! Sie will heut im Central Park Boot fahren. Allein, ja, das macht sie gern. Um etwa elf Uhr vormittags. Miete rechtzeitig ein Boot, fahre ihr entgegen und dreh dann bei... Bist ja die geborene Schauspielerin!«

Wir lachen und finden alles großartig.

Immer hatte ich freilich nicht Zeit, Gespenst zu spielen. Es durfte auch nicht allzu häufig sein, im ganzen bin ich Marlies etwa ein halbes dutzendmal erschienen. Mein, unser Meisterwerk war mein – zugegeben, von Alfred Hitchcock geklautes – gespenstisches Erscheinen am Fenster des verfallenen Strandhotels in Cape Clifford. Mir war es nicht schwergefallen, über den Zaun zu klettern, und oben kleidete ich mich in ein weißes Schleiergewand. Das Telefon im Hotel war nie ausgeschaltet worden, dafür hatten Mama und ich gesorgt. Ich wußte ungefähr, wann Dieter mit Marlies vor der Bruchbude auftauchen würde, und ich spielte meine Rolle so gut, daß ich selbst stolz darauf war... Als das Auto mit Dieter und Marlies verschwunden war, zog ich mich um und fuhr allein zurück nach New York.

Abends rief mich Dieter heimlich aus einer öffentlichen Fernsprechzelle an, und wir lachten uns halbtot...

Zwischendurch arbeitete ich auch ab und zu, nahm vorübergehend Halbtagsjobs an, sooft ich in New York war, und in diesen Jobs kannte man mich als ›Claire Forbes‹. Auf diesen Fantasienamen lautete auch mein New Yorker Mietvertrag. Dieter versorgte mich reichlich mit Geld, bezahlte meine Miete und zog aus seiner steinreichen Frau heraus, was das Zeug hielt. Ich hatte immer genügend Zeit, das Gespenst zu spielen und die Nerven der berühmten und sehr großzügigen Marlies zu zermürben...

Mit den nächtlichen Alpträumen der Marlies von Ritter hatte ich allerdings nichts zu tun. Für die sorgte ihr eigenes schlechtes Gewissen!

Eine hervorragende strategische Planung erforderte der allerletzte Abend in Marlies von Ritters Leben. Wir setzten alles auf eine Karte, waren aber keineswegs überzeugt, ob diese ›Halluzination‹ die gewünschte Wirkung, nämlich einen starken Nervenschock oder etwas ganz Endgültiges... heraufbeschwören würde.

Unsere Rechnung ging auf, der liebe Gott ergriff offenbar für uns Partei...

Von Dieter bekam ich meine Eintrittskarte zum Konzert.

Erste Reihe Parkett. Wenn man auf der Bühne steht, kann man die erste Reihe und alle, die dort sitzen, von der Bühne aus tadellos sehen, sogar im halbdunklen Zuschauerraum. Das hatte mir Dieter versichert.

Alles war sorgfältig geplant. Ich erschien erst im zweiten Teil des Konzertes nach der Pause auf meinem Platz, als die Lichter im Zuschauerraum bereits erloschen waren. Ich wußte von Dieter, daß der ganze ständige Troß der Marlies, ihre Eltern, ferner Albert und Ingrid und noch ein Schock von Lehrern und Freunden, in Logen untergebracht waren. In der ersten Reihe Parkett saß kein persönlicher Freund oder Bekannter der Sängerin, und mich kannte niemand. Die kleine, unbedeutende Kim Forrester war in der ›High Society‹ von New York immer unbekannt gewesen, und sie war ja auch vor zwei Jahren spurlos verschwunden, *ertrunken, das arme Geschöpf!*

Kein Hahn krähte mehr nach Kim Forrester!

Außerdem tauchte ich im halbdunklen Zuschauerraum auf und nahm den bisher leer gewesenen Platz in der ersten Reihe Parkett ein. – Der Dirigent hob gerade den Taktstock.

In der Carnegie Hall sind die Orchester bei Konzerten auf der großen Bühne und nicht in einem Orchestergraben untergebracht, die Solisten stehen vor dem Orchester.

Die ›Unbekannte‹ war also sehr spät gekommen, sie setzte sich auf den freien Platz. Während des Liebestodes klopfte mir das Herz im Hals. Marlies von Ritter sang herrlich, sie sang mit beispielloser Leidenschaft, Wärme und lyrischer Ausdruckskraft, das mußte ihr der Neid lassen. Als sie geendet hatte und die arme Isolde den Liebestod gestorben war, tobte das Publikum, alle sprangen von ihren Sitzen auf. Ich blieb sitzen, war von den jubelnd Applaudierenden verdeckt. Es regnete Blumen, und aus den Kulissen wurden für Marlies riesige Körbe mit Rosen, Nelken und Orchideen auf die Bühne gebracht. Dann kam der dritte Herausruf, die Beifallsstürme und Hochrufe steigerten sich, und Isolde erschien zum drittenmal auf der Bühne, um sich zu verneigen.

Und nun erhob ich mich von meinem Platz, drängte mich nach vorn, stand unmittelbar unterhalb der Bühnenrampe, für Marlies-Isolde deutlich sichtbar. Ich rief, so laut ich konnte: »Marlies! Schau hierher! Marlies!«

Und Marlies, von Rosen- und Orchideenkörben umgeben, in einem Regen einzelner Blumen, die aus den Logen auf die Bühne geworfen wurden, hörte meine Stimme. Erkannte meine Stimme.

Marlies sah mich.

Marlies schrie auf, zeigte auf mich...

»Nein, nein!« schrie Marlies von Ritter. Und brach zusammen.

Ich war längst verschwunden. Als es plötzlich hell im Zuschauerraum wurde und der Theaterarzt auf die Bühne eilte, stand ich längst auf der Straße. Kein Mensch hatte mich erkannt. Ich nahm ein Taxi und fuhr nach Hause auf die East Side Manhattans, wo ich in meiner kleinen Wohnung in der 60. Straße zunächst aus meinem Abendkleid schlüpfte, mir einen bequemen Morgenmantel anzog und einen starken schwarzen Kaffee braute. Kuchen hatte ich schon gestern besorgt. Ich ließ es mir schmecken, während die Tagesschau unterbrochen wurde, um der New Yorker Kunstwelt die traurige Nachricht vom tragischen plötzlichen Ableben der größten lebenden Wagnersängerin mitzuteilen...

Und wenn Marlies von Ritter nicht erschrocken wäre?

Dann hätte ich noch länger mit meiner Rache warten müssen. Ich gebe es zu. Doch früher oder später hätte ich Rache geübt, brutale, gemeine, herzlose und doch so unendlich gerechtfertigte Rache. Irgendwann einmal hätte es geklappt. Früher oder später, das wußte ich, würde ich, Kim Forrester, mein Mütchen kühlen und *die Mörderin Marlies von Ritter ins Jenseits befördern*.

Man kann auch morden, ohne sein Opfer selbst zu töten. Die Absicht zählt. Der Wille zählt. Der böse Wille ist gleich der bösen Tat.

»Sag, daß du mich liebst, Dieter.«

»Ich hab' es doch schon so oft gesagt, Liebling! Sei doch nicht so wie die arme Marlies. Die ging mir mit ihren ewigen Liebesschwüren so gräßlich auf die Nerven, daß ich sie vielleicht eines Tages ins Wasser geworfen hätte, wenn uns der liebe Gott nicht zuvorgekommen wäre...«

»Dieter, nennst du unser geschicktes Manövrieren am Ende einen Fingerzeig Gottes? Meinst du, der liebe Gott hat uns bei unserer Rache geholfen?«

»Wer weiß! Aber jetzt küß mich und zerbrich dir nicht deinen reizenden Kopf! Morgen machen wir einen Ausflug mit dem Jungen!«

»Glauben deine Schwiegereltern in Washington wirklich, daß du in einem Sanatorium Erholung suchst? Daß du deine angegriffenen Nerven kurieren mußt?«

»Die glauben mir. Ich darf ja auf Anraten meiner Ärzte keine Telefonanrufe entgegennehmen. Mama und Papa, so nenne ich die Eltern von Marlies, wissen nur, daß ich in einem Luftkurort in Colorado bin...«

Wir lachen und amüsieren uns köstlich. Ich habe die Zeit ohne Dieter, nicht ganz zwei Jahre waren es, abwechselnd im Haus meiner Mutter in Colorado und in dem kleinen Apartment in New York verbracht, das Dieter für mich gemietet hat. Dort trafen wir uns, sooft wir wollten. Dieter konnte ja immer für ein paar Stunden loskommen. Wir durchlebten die herrlichsten Liebesnachmittage und auch halbe Liebesnächte, wenn Marlies einmal in einer anderen Stadt gastierte und Dieter durch ein Konzert oder eine Opernaufführung oder auch nur durch sein Musikstudium an New York gebunden war.

»Weißt du, was du bist, du Scheusal?« frage ich meinen Geliebten und küsse seinen nackten Körper, beiße nach Herzenslust in seine Schultern und kann es kaum fassen, daß er jetzt wirklich, endlich, endlich ganz mir gehört. »Weißt du, was du bist?«

»Hast du wieder ein neues Schimpfwort für mich, Kim?«

»Wie man's nimmt. Du bist ein Hengst. Du bist kein Mann, sondern ganz schlicht und einfach ein Prachthengst. Wie konntest du eigentlich jahrelang deine sextolle Frau, die Marlies, befriedigen und auch noch mich glücklich machen? Bist du wirklich so stark? Macht dir der Sex eigentlich soviel Freude?«

Dieter überlegt.

Dann sagt er ehrlich: »Nicht nur der Sex, sondern vor allem die kritiklose Leidenschaft, die ich in Marlies auslösen konnte. Immerhin wirst du zugeben, daß Marlies von Ritter eine ganz ungewöhnliche Frau war. Diese Stimme! So was gibt's nicht wieder. Und schön war sie auch. Faszinierend. Und sehr, sehr heiß im Bett...«

Ich könnte Dieter erwürgen. Aber ich liebe ihn zu sehr. Noch nicht. Noch nicht.

Wir stehen überhaupt nicht auf. Mama läßt uns in Frieden. Mama hat so lange für mich Schmiere gestanden, meine Existenz verheimlicht... nur meine Cousine, in deren Haus Mama untergekommen ist, wußte von dem Schwindel, und die schwieg. Für alle Fremden war ich eine ›junge Mieterin aus New York‹. Ich arbeitete im Hotel meiner Cousine, hielt mich aber oft in New York auf.

Ich war glücklich. Ich war schwanger.

Als mich Marlies von Ritter in der Bucht bei Cape Clifford ertränken wollte, war ich im dritten Monat, und Dieter wußte es.

Wir haben ein Kind. Unser Junge ist nicht ganz zwei Jahre alt. Er liebt seinen Vater. Ich wünsche mir ein zweites Kind. Wenn ich wieder schwanger werde, so bin ich wunschlos glücklich. Ich möchte heute nacht wieder schwanger werden. Oder morgen nacht. Sehr viel Zeit habe ich nicht, denn mir steht noch etwas sehr Kompliziertes, etwas Unausweichliches bevor.

Ich habe mit Marlies von Ritter abgerechnet.

Ich muß mit einer zweiten Person abrechnen. Ich will mit dieser zweiten Person erst abrechnen, wenn ich zum zweitenmal schwanger bin. Ich wünsche mir so sehr noch ein Kind.

Marlies von Ritter hat königlich für ihren Mann gesorgt. Alles, was sie besaß, gehört Dieter Williams. Er hat Häuser und Villen geerbt, die teuersten Autos, einen Rennstall in Kentucky, eine Motor- und eine Segeljacht, Wertpapiere und sehr, sehr viel Bargeld.

Ich bin die Mutter von Dieters Kind. Ich hoffe inständig, auch die Mutter seines zweiten Kindes zu werden.

Ich habe es nicht nötig, Dieter zu bedrängen. Er bringt das wichtige Thema selbst zur Sprache.

»Ich bin auch nur ein Mensch!« sagt Dieter Williams, knapp fünfunddreißigjährig. »Du bist die Mutter meines Kindes. Wenn mir etwas passiert, soll alles, was Marlies mir vermachte, dir und dem Jungen gehören.«

Dieter macht, ohne daß ich ihn irgendwie hätte drängen müssen, sein Testament. Ich bin seine einzige Erbin.

»Aber du wirst ewig leben!« sage ich zu meinem Geliebten. »Wir werden rasend glücklich sein, wir Aussteiger! Was hatte die arme Marlies von ihrem Weltruhm? Sie hätte früher ans Kinderkriegen denken sollen. Jede Frau soll Kinder haben, sonst hat sie nicht gelebt oder umsonst gelebt!«

Dieter nickt, Dieter küßt mich. Er ist mir ja für den Jungen, den ich ihm schenkte, so dankbar. Unser prächtiger Junge heißt Rolf. Er ist hellblond, sehr stark. Er hat die blauen Augen meines Geliebten. Immerzu weinte Rolf nach seinem Papi, wenn uns Dieter besucht hatte und schnell nach New York zurückfliegen mußte. – Ich nahm Rolf nie mit nach New York, er war bei meiner Mutter in Colorado viel besser untergebracht.

Marlies hatte, als sie mich ertränken wollte, keine Ahnung, daß ich schwanger war. Dieter wußte es.

Marlies wollte mich einfach aus der Welt schaffen, weil sie die zudringliche, lästige Rivalin satt hatte.

Sie war überzeugt, daß ich ertrunken oder von Haien aufgefressen worden war. Und mit diesem Bewußtsein lebte und arbeitete sie weiter. Es war ein elendes Leben, denn Marlies von Ritter wurde von lebenden und eingebildeten Erynnien verfolgt. Hexen trachteten nach ihrem Leben. Die eine, sorgfältig intrigierende, klug planende Hexe war ich. Die zweite Hexe war Gwendolyn, meine Mutter.

Ich liege im Bett, zwischen zwei Umarmungen. Dieter hat mich heute so stark befriedigt wie noch nie. Wir sind in New York, in meiner kleinen Wohnung, die ich noch nicht aufgegeben habe. Wie immer, habe ich Rolf auch diesmal in der Obhut meiner Mutter in Colorado zurückgelassen, die fabelhaft für den Kleinen sorgt. Rolf liebt seine Omi.

Ich habe heute eine ganz besondere Ursache, überschäumend glücklich zu sein. Ich flüstere meinem wunderbar starken Geliebten, diesem besten Hengst unter den Männern, die Freudenbotschaft ins Ohr: »Dieter, Liebling, ich glaube, ich bin wieder schwanger.«

»Seit wann?« will Dieter wissen.

»Seit zwei Monaten!« sage ich und schlinge Dieters schöne, harte, lange Schenkel um meine Hüften.

»Zwei Monate? Das ist noch kein Beweis. Abwarten und Tee trinken, bevor wir uns freuen!« sagt Dieter.

Dann reißt er mich wieder an sich und sorgt dafür, daß ich, falls ich noch nicht schwanger sein sollte, es ganz gewiß heute nacht werde. Er rollt mich um meine eigene Achse, zerrt mich hoch, preßt sich in mich hinein und murmelt zärtliche, verrückte Liebesbezeigungen. Ich bin wunschlos glücklich. Ich mußte ja früher immer die Zähne zusammenbeißen, wenn Dieter aus meinen Armen zu der verhaßten Frau, dieser überspannten Diva, heimkehren mußte. Daß er mit Marlies schlief, bedrückte mich nicht so sehr wie die Tatsache, daß wir nur so wenig Zeit füreinander hatten.

Eine knapp Achtundzwanzigjährige kann doch auf eine fast Fünfundfünfzigjährige nicht eifersüchtig sein! Auf eine *kinderlose* Fünfundfünfzigjährige! Und mag sie die berühmteste Operndiva der Welt sein!

Marlies von Ritter machte meinen Dieter außerdem ganz wild mit ihrer überspannten, sklavischen Liebe. Mit den viel zu großen Anforderungen, die sie an Dieters Arbeitskraft und Fleiß stellte.

»Willst du wirklich aussteigen? Deine Opernkarriere aufgeben?« frage ich Dieter oft. Er hat mir nämlich seine Zukunftspläne geschildert. Diese Zukunftspläne bestehen darin, daß er sich endlich so ziemlich gehenlassen wird. Er hat, was die ›ernste Musik‹ betrifft die uns beiden gegen den Strich geht, überhaupt keine Pläne! Und er freut sich diebisch auf sein Aussteigen aus der Welt der Senkrechtstarter! Wir haben ja jetzt Geld über Geld über Geld, Autos, einfach alles...

Zwei Monate vergehen. Ich suche den Arzt auf, der bestätigt, was ich Dieter schon längst verraten habe. Ich bin schwanger. Ich bin jetzt im vierten Monat.

Dieter jubelt. Ich bin selig. Doch türmen sich noch etliche Hindernisse auf unserem Weg zum vollkommenen Glück. Ich bin ja offiziell noch ›tot‹. Niemand weiß, daß Kim Forrester wiederaufgetaucht ist. In Cape Clifford haben wir uns noch nicht gezeigt. Niemand hat erfahren, daß damals, bei dem verhängnisvollen Jubiläumskonzert der Marlies von Ritter, wirklich eine junge Frau mit Rachsucht im Herzen unter der Bühnenrampe stand. Die Hexe, die Rachegöttin Kim Forrester..., und daß die Hand der Sängerin Marlies von Ritter nicht ins Leere wies, sondern auf einen Menschen aus Fleisch und Blut.

Auf mich. Die Hexe. Die Erynnie. Die grünlich angelaufene Wasserleiche.

Ich hatte mich ja, als Marlies zusammenbrach, so geschickt geduckt wie ein Panther. Ich war blitzschnell hinausgestürzt, während alles nach vorn drängte und die Bühnenarbeiter sich um Marlies scharten und Dieter zu seiner zusammengebrochenen Frau hinlief und der Theaterarzt herbeieilte...

Nein, Kim Forrester ist noch nicht offiziell von den Toten zurückgekehrt! Wir waren schon beim Anwalt. Der ist Syndikus einer Großfirma, sehr schlau, sehr gerissen.

»Vorläufig schweigen wir, liebe Kim, lieber Dieter!« rät der Anwalt. »Kim, Sie und Ihr Mann haben ja nicht nur ein großes Vermögen geerbt, sondern auch die Memoiren der Marlies von Ritter! Die sind ein Fressen, eine Fundgrube für Opern-Fans! Diese Memoiren werden Sie, liebe Freundin, ergänzen, damit die Welt die Wahrheit erfährt! Und weiß, was sich in der stillen Bucht bei Cape Clifford wirklich zugetragen hat und *warum* Marlies von Ritter seither von Erynnien geplagt wurde! Ob wir die Stellen mit den Begegnungen auf dem See... und auf der Fifth Avenue mit Ihnen, liebe Kim, im Manuskript belassen oder streichen werden, muß ich mir noch überlegen! Schließlich hatten Sie, die von Marlies unschuldig Verfolgte, das gute Recht, auf der Fifth Avenue spazierenzugehen und auf dem Teich im Central Park Boot zu fahren...! Je skandalöser, um so besser! – Ich muß mir nur überlegen, was man uns dafür aufbrummen kann, daß Sie sich nicht sofort, nachdem Sie ans Ufer geschwommen waren, bei den Behörden gemeldet haben! Immerhin kostete die großangelegte Suche nach Ihnen, liebes Kind, einen tüchtigen Batzen Geld. Aber darüber unterhalten wir uns noch! Vorläufig sind Sie eben noch immer tot. Einverstanden?«

»Okay!« sagen Dieter und ich. Wir verabschieden uns von dem schlauen Rechtsberater.

Die Hauptsache, daß ich nachts nicht ›tot‹ bin, daß wir alles, unser Leben, unsere Zukunft neu planen können!

Dieter will tatsächlich sobald wie möglich, sowie er noch einigen vertraglichen Verpflichtungen nachgekommen ist, von der Bühne verschwinden. Er will den ›ganzen Heldentenor‹, wie er sich ausdrückt, zum Fenster hinauswerfen. Er schwört mir, daß er in den letzten Jahren, an der Seite seiner großen Diva, überfordert worden sei. Zu einer ernsthaften Opern- und Konzertkarriere gehöre eben nicht nur Stimme – die hat Dieter –, sondern auch angeborener Ehrgeiz und Fleiß.

Bei Dieter Williams waren Ehrgeiz und Fleiß nur ein Lügengespinst. Dieter hat ein kolossales Beharrungsvermögen, wenn er etwas erreichen will, doch galt sein angeblich eiserner Wille einem ziemlich prosaischen Ziel. Dieter Williams wollte ausharren, und er harrte aus, bis er Marlies von Ritter *beerben* konnte!

»Ich pfeif' auf meine Karriere! Ich steige aus!« sagt Dieter zu meiner Mutter und mir. Mama hat uns in New York besucht, sie hat den kleinen Rolf mitgebracht. Noch haben wir meine kleine Junggesellenwohnung in Manhattan nicht aufgegeben. Später werden wir mit Kind und Kegel in eine der luxuriösen Eigentumswohnungen Marlies von Ritters ziehen.

Dieter fährt fort: »Kim, Darling, du wußtest es ja schon immer, daß ich nicht so toll von Ehrgeiz zerfressen wurde wie die arme Marlies!«

»Die *böse* Marlies!« verbessere ich meinen Geliebten.

»Also gut. Die böse Marlies! Du weißt ja, daß dein Dieter ein ganz schlichter Junge vom Land ist. Ich möchte heiraten. Ich werde dich heiraten, sobald der Tod meiner Frau in Vergessenheit geraten ist und unsere Anwälte die Rechtslage geklärt haben. Ich freue mich schon darauf, daß Kim Forrester aus der Versenkung auftauchen und einen echten Psychothriller auftischen wird. Allerdings werden sich viele Musikschwärmer über die Enthüllungen ärgern, aber... Enthüllung der gefallenen Götzen wird heute groß geschrieben. Sag mal, Kim, du hast doch nichts dagegen, die Ehefrau eines trauernden Witwers zu werden?«

»Sei nicht so zynisch, Dieterlein!«

Nun habe ich plötzlich moralische Skrupel.

»Apropos, Dieterlein... den trauernden Witwer solltest du häufiger als bisher herausstreichen! Wenn du mit Albert und Ingrid und mit den Fans von Marlies beisammen bist, so sag doch immer wieder, du könntest den Verlust deiner Gattin nicht verschmerzen! Ja, du könntest ihn nicht überleben! Das ist so eine romantische Redensart... Übrigens, auch ein harmloser Selbstmordversuch deinerseits könnte nicht schaden!«

»Aber warum?« will Dieter wissen.

»Weil du soviel von Marlies erbst! Damit dich die Knülche für keinen Erbschleicher halten!«

»Also schön, ich werde Tränen in den Augen haben und x-mal sagen, ich könnte den Tod meiner Frau nicht überleben...« seufzt Dieter.

Tatsächlich stellt er sich in Gegenwart Alberts und Ingrids und bei den Proben zu einem Konzert, das er weder absagen will noch kann, verzweifelt und schwört, seiner Marlies in den Tod folgen zu wollen... Man tröstet ihn. Alle Zeitungen schreiben, Dieter Williams habe seinen Nervenzusammenbruch, den er an der Bahre seiner geliebten Gattin erlitt, noch lange nicht überwunden... Er liebe seine tote Frau mit einer ›Leidenschaft, die über das Grab hinausreicht‹.

Der Impresario rät sogar, Dieter einen Leibwächter mitzugeben, der ihn auf Schritt und Tritt begleitet...

Davon will Dieter nichts wissen.

Einige Tage später sage ich zu Dieter: »Wir werden das glücklichste Ehepaar unter der Sonne sein, aber wir dürfen die Dinge wirklich nicht überstürzen, wenn Marlies auch eines vollkommen natürlichen Todes starb. Wir warten eben ein

Jahr, anderthalb Jahre... Inzwischen kommt unser zweites Kind zur Welt.«

Dieter reitet auf mir, der starke, wunderbare Hengst. Dieter, der Hengst, ist ein richtiges Biest. Marlies war eine Hexe. Eine Bestie. Auch ich bin eine Hexe. Und meine Mutter war und ist die Dritte im Bunde.

Die Eltern der Opernsängerin sind nach ihrem Tod für ein paar Jahre an die Riviera gezogen, sie haben ihr Haus in Washington verkauft. Die Mutter hat zwanzig Kilo abgenommen, sie ist nur noch ein Schatten ihrer selbst. Sie kann den Tod ihres Kindes, auf das sie so stolz war, nicht verschmerzen.

Oft habe nun ich des Nachts Gewissensbisse. Marlies, die Bestie, tut Kim, der Bestie, leid. Arme, arme Marlies! Eine Frau, die keine Kinder haben kann, ist eine blutarme Bettlerin. Eigentlich bin ich ihr nicht mehr böse. Ich habe ihr verziehen. Dieser wunderschöne Leib war ja doch nur ein verdorrter Leib, diese Frau mit einer überalterten Gebärmutter, dieser zum Kinderkriegen unfähige Leib – wie muß er, zusammen mit der Seele, gelitten haben! Isoldes Liebestod war für Marlies von Ritter ein qualvoller Tod, weil sie im Augenblick ihres Sterbens wußte, daß sie zwar haufenweise Tonbänder und Filme, Schallplatten und Videocassetten auf Erden hinterließ, doch keine Kinder aus Fleisch und Blut!

Ich habe einen Sohn von Dieter – Rolf. Und in ein paar Monaten schenke ich unserem zweiten Kind das Leben. Dann erst kann ich die letzte Phase meines Planes verwirklichen.

Dieter ist überglücklich.

»Und ich wünsche mir noch ein drittes und ein viertes Kind von dir, meine süße, geliebte Kim!« jubelt er. »Dann kaufen wir ein Hotel, oder wir renovieren die Bruchbude in Cape Clifford und richten alles piekfein ein. Hochmodern! Und dein Dieter wird sich um die Geschäfte kümmern und auch die Häuser verwalten, die ich von Marlies geerbt habe, und um den Rennstall in Kentucky... Ich glaub' nämlich wirklich, daß ich für Finanzgeschäfte mehr Talent habe als zum Singen! Ich werde meine Stimme nicht ganz vernachlässigen, beileibe nicht, Schatz! Ich werde in unserem neuen

Hotel meine Evergreens und neue Schlager flöten und das Publikum anlocken wie der Rattenfänger von Hameln seine Nagetiere! Wir werden das Geld scheffeln! Nach der Veröffentlichung unseres Enthüllungsromans wird Cape Clifford kein schläfriges Städtchen mit Strand, sondern der Treffpunkt der *Hautevolee* sein! Paß nur auf, mein Geliebtes!«

Ja, der gescheite Anwalt und Dieter haben recht. Fehlt nur noch *der Schluß* von Marlies von Ritters Enthüllungsroman. Wir leben ja in einer Zeit der Enthüllungsromane. Ich sehe wirklich nicht ein, warum die Menschen nicht erfahren sollen, wer ihre geliebte, vielbewunderte und angehimmelte Marlies von Ritter wirklich war.

Sie war eine Hexe.

Nur der Zufall wollte es – und ich habe dem Zufall unter die Arme gegriffen –, daß Marlies von Ritter nicht zur kaltblütigen Mörderin wurde. Sie selbst, Marlies, lebte jahrelang in dem Glauben, gemordet zu haben. Sie lebte in dem Glauben, ihr Opfer, ihre Rivalin, Kim Forrester – mich – in der Bucht ertränkt zu haben.

Und ich wäre ertrunken, wenn ich nicht eine so verdammt gute Schwimmerin wäre. Das wußte Marlies nicht, die hielt mich für eine blutige Anfängerin.

Ach nein! Ich konnte, ich kann besser schwimmen und tauchen als Dieter und Marlies.

Denn so geschah es in der Bucht bei Cape Clifford, dort, wo das Wasser klar, aber sehr tief ist – mit Ausnahme einer ganz kleinen, seichten, sehr flach zum Riff hin abfallenden sandigen Stelle – so geschah es, als wir zu dritt tauchten und ich versuchte, wie schon so oft, durch den ›Tunnel‹ aus Granitstein hindurchzuschwimmen... Es war nicht so, wie es Marlies von Ritter in ihren Memoiren schilderte. Es geschah so, wie ich, die einzige Chronistin jener Tragödie, es zu Papier bringen werde.

Ich habe mir mein Gehirn zermartert, warum ich damals, auch damals meinem Geliebten und seiner Frau aufgelauert habe. Ich liebte Dieter leidenschaftlich, und ich haßte ihn, weil er mich hatte sitzenlassen; weil er sich von der großen

Diva blenden ließ. Dieter hatte mich verlassen. Ja, es ist wahr, was Dieter damals während des Tornados in der Grottenbahn zu Marlies, der Unbekannten, sagte. In diesem Punkt hat Marlies nicht gelogen.

Ich hatte an jenem Nachmittag vor dem Sturm mit Dieter, meinem Verlobten, einen furchtbaren Streit. Dieter schlug mich beinahe. Dieter schwor im Beisein meiner Mutter, er werde sich nie mehr im Hotel zeigen. Ich hatte Dieter vor die Entscheidung gestellt, mich entweder nach jahrelangem Verlöbnis endlich zu heiraten oder ... sich aus dem Staub zu machen. Und Dieter schrie mich an, er werde die erstbeste Frau, die erstbeste hübsche und attraktive Frau, vom Fleck weg heiraten ...

Dann kam, völlig unerwartet, der Tornado. Da rettete Dieter impulsiv die schöne Unbekannte. Er fühlte sich auf den ersten Blick, wie er mir ganz ehrlich gestand, sexuell unwiderstehlich zu Marlies hingezogen, deren Namen er nicht kannte. Er bat sie in der Grotte, in einer Art Rausch, der mit Todesangst vermischt war, ihn zu heiraten, falls sie mit dem Leben davonkommen würden.

Wer hat in kritischen Situationen nicht allerhand Unsinn zusammengeschwatzt? Marlies nahm ihren Ritter doch damals nicht ernst, sie hielt ihn wohl für vollkommen durchgedreht! So genau habe ich ihre Schilderung der Sturmnacht noch nicht gelesen.

Und Dieter Williams heftete sich an die Sohlen der Frau, die sich als die berühmteste Wagnersängerin unserer Zeit vorstellte und es auch war. Dieter Williams war bis dahin noch nie in der Oper gewesen.

Auch mich trifft Schuld. Ich hätte der fremden Frau, die mein Freund klatschnaß und ohnmächtig – so trug er sie aus der Grotte, als sich der Sturm gelegt hatte – ins Hotel brachte, die Tür weisen sollen. Ich war nicht energisch genug. Ich hatte Mitleid mit der Sängerin. Außerdem war sie zwar schön, doch man sah ihr an, daß ich ihre Tochter hätte sein können.

Warum hatte ich meinem Boyfriend immerzu, seit Jahren schon, das Messer an die Kehle gesetzt und pausenlos von einer Heirat gesprochen? Ich warf mich ihm an den Hals. Das mag kein Mann. Dieter rächte sich an mir, dem ewigen Quälgeist, indem er diese berühmte, diese schwerreiche Künstlerin, die große Diva, heiratete. Dabei liebte er nur mich. Es dauerte nicht lange, bis er seine Frau mit mir betrog. Beinahe sofort nach der Hochzeit. Dieter beschwor mich, Geduld zu haben. Wir schmiedeten ein Komplott, wie man der Frau Geld und noch mehr Geld abnehmen könnte. Fast jeden Monat traf ich mich heimlich mit Dieter in Hotels, in Motels und später in der kleinen Wohnung, die er für mich in Manhattan mietete; doch das erst nach dem Unglück in Cape Clifford, nach meinem ›Ertrinkungstod‹.

Es kam ja der Tag, an dem wir in der Bucht zu dritt getaucht hatten und an dem ich ›ertrank‹.

Ich wußte es seit der Hochzeit Dieters, wußte es eigentlich schon viel früher, daß Marlies von Ritter zum erstenmal im Leben verliebt war. Dieter hatte mir immer alles erzählt. Ich wußte aber nicht, daß Marlies von Ritter, die feinfühlige Sängerin, deren menschliche Qalitäten so oft in der Presse gepriesen wurden, bereit war zu morden, um ihren Geliebten ganz allein zu besitzen.

Sie war bereit, zu morden. Sie mordete nur darum nicht, weil ich mich nicht geschlagen gab. Weil ich wie eine Löwin um mein Leben kämpfte und ans Ufer schwamm.

So spielte sich alles ab in der Bucht, wo ich so gern und oft mit Dieter tauchte:

Wir sind unter Wasser, alle drei. Dieter und Marlies sind schon durch den kurzen Unterwassertunnel geschwommen, auch ich habe ihn zweimal mit Leichtigkeit passiert. Es macht mir Spaß.

Da spüre ich, daß von hinten jemand an mich heranschwimmt. Ich drehe mich um. Marlies kauert im Tunneleingang. Marlies zieht mich an den Beinen aus dem Tunnel, scheint es sich dann zu überlegen und stößt mich in die andere Richtung, tief in den Tunnel hinein. Ich bleibe sekundenlang stecken, komme schnell wieder los und schwimme zum entgegengesetzten Tunnelende. Dort angekommen, sehe ich mich einem Taucher gegenüber. Es kann nur Marlies sein, ich erkenne auch schon ihr Gesicht durch die Maske. Ich sehe auch Dieter, er kratzt mit dem Tauchermesser an einem Gesteinsbrocken, wahrscheinlich sammelt er Flechten.

Marlies hebt beide Arme, als wolle sie mir ein Zeichen machen. Ich verstehe wirklich nicht, was sie von mir will.

Da greift Marlies plötzlich nach dem Mundstück meiner Maske und reißt es mir zwischen Lippen und Zähnen aus dem Mund. Sie handelt so unvermittelt, daß ich nachgebe. Das Mundstück schwebt schon über mir im Wasser, ich habe nur noch ein bißchen Atemluft in den Lungen. Nicht genug. Mit einem Ruck reißt Marlies – ohne auf Dieter zu achten, der herbeigeschwommen ist und meine Notlage sofort überblickt – den Schlauch von meinem Sauerstofftank.

Jetzt kann mich nur eines retten – ich muß entweder von Marlies oder Dieter mit Sauerstoff versorgt werden, mit ihnen abwechselnd durch ihre Mundstücke atmen, wie es jeder Tauchschüler lernt, oder, so schnell mich meine Flossen tragen, hochsteigen, zur Oberfläche des Wassers, um frische Luft zu schöpfen – um nicht zu ersticken.

Ich greife nach dem Mundstück von Marlies, was ja halber Wahnsinn ist, denn warum sollte mich die Bestie, die mich soeben ertränken wollte, jetzt mit Atemluft versorgen...? Ich mache Dieter ein verzweifeltes Zeichen mit der Hand. Marlies hält Dieter fest, und Dieter regt keinen Finger.

Er tut es gewiß nicht aus Schlechtigkeit. Dieter liebt mich ja. Dieter liebt mich! Oder wäre es auch für Dieter die bequemste Lösung, wenn ich...?

Dieter ist nur vor Schreck wie gelähmt... Oder...?

Mit einem Tritt stößt mich Marlies zurück in den Tunnel. Ich fühle meine Sinne schwinden...

Wie ich mich aus dem Tunnel befreit habe, kann ich nicht genau sagen. Ich habe wohl wie eine Löwin gekämpft. Ich weiß nur, daß ich am Strand erwachte, völlig erschöpft und ganz nackt, mein schwarzer Gummianzug hing mir in Fetzen vom Leib, große Stücke waren herausgerissen, meine Tauchermaske samt Mundstück, den Sauerstofftank, die Flossen konnte ich nirgends entdecken. Ein Blick auf meine wasserdichte Armbanduhr belehrte mich, daß seit unserem Sprung vom Ufer, in die Bucht, zwei Stunden vergangen waren.

Ich versteckte mich im Gebüsch. Und ich versteckte mich im Wald, als ich die Stimmen der Suchmannschaften hörte. Ich werde nie begreifen, wieso die Hunde mich nicht fanden. Vielleicht hatte ein Bach, den ich überqueren mußte, meine Spur verwischt.

Ich klopfte spät nachts, die Suche nach der ›Toten‹ war noch in vollem Gange, an eine kleine Seitentür, die in unsere Privatwohnung im ›Hotel Cape Clifford‹ führte. Irgendwo hatte ich eine staubige, schmutzige Zeltplane gefunden. In die hatte ich mich gehüllt. Meine Mutter rief mit schwacher Stimme: »Wer ist da?«

»Mama, sag kein Wort! Ich bin's, Kim! Ja, ich bin am Leben... Aber du mußt schweigen! Ich beschwöre dich zu schweigen, Mama!«

Als ich diese Worte sprach, hatte mich meine Mutter bereits in die Küche eingelassen, sie war weinend vor Freude auf einen Stuhl gesunken.

»Aber die Suchmannschaften...«, schluchzte Mama. »Ich muß die Polizei benachrichtigen, die wissen doch gar nicht, daß du lebst!«

»Sie sollen es auch nicht wissen! Dieter darf es nicht wissen! Und Marlies, die Bestie, schon gar nicht!«

Meine Mutter starrte mich verständnislos an. Dann fand sie ein leeres Zimmer im Hotel für mich, versteckte mich, gab mir gut zu essen und zu trinken, wartete, bis ich eingeschlafen war. Gleich würde ihre Freundin, die seit der Hiobsnachricht von meinem ›Ertrinkungstod‹ nicht von Mamas Seite gewichen war, wieder hier sein, sie wollte nur ein paar Sachen, Kleider und Vorräte aus ihrem eigenen Haus herüberbringen.

»Ich werde Mary schon morgen früh los, unter irgendeinem Vorwand... Ich werde ihr sagen, daß ich mich allein viel besser sammeln kann und daß die Köchin und Putzfrau bei mir sind... wir haben ja keine Gäste mehr im Hotel, die Saison ist vorüber!« sagt Mama.

Ich schlafe trotz meiner Qual tief und fest.

Ich habe keine Schmerzen, und meine Lunge hat keinen Schaden gelitten, das weiß ich ganz gewiß.

Ich leide dennoch Qualen.

Ich muß mich rächen. Nicht nur an der Bestie, der Hexe, der Kannibalin Marlies von Ritter, die meinen Geliebten mit Haut und Haaren auffressen, mit ihrer Haut umwickeln, in ihr eigenes Sein, in ihre Wünsche und Ideale einpuppen möchte. Ich muß mich auch an einem anderen Menschen rächen, dem ich blind vertraut hatte. Den ich mehr geliebt hatte als meine Mutter. Als mich selbst.

Es kommt für alles seine Zeit.

Seit dem tragischen und theatralischen Tod der Marlies von Ritter auf der Bühne der Carnegie Hall, an einem Abend, der Marlies von Ritters größter künstlerischer Triumph war, sind viele Monate vergangen.

Bald wird mein Verleger die bis übers Grab hinaus treue Gemeinde von Fans schockieren, die vor den Schallplattengeschäften Schlange stehen und die neu gepreßten Singles und Opernplatten und Tonbänder und Videocassetten der Verstorbenen kaufen. Er wird die von mir redigierte und ergänzte Autobiographie der herrlichen Diva veröffentlichen.

»Marlies von Ritter ist unsterblich. Sie wird es in alle Ewigkeit sein!« schreibt Albert van Heest, der Mentor und Lehrer der Toten, der seit ihrem Hinscheiden ganz gebeugt ist und wohl nicht mehr lange leben wird, im Vorwort zu Marlies von Ritters Autobiographie.

Wie schade, wie furchtbar schade, daß sich nicht wenigstens Dieter Williams, der junge Gemahl und geliebte Partner der großen Toten, über den posthumen Erfolg dieses biographischen Werkes freuen kann!

Er kann es nicht..., denn eine Tragödie kommt selten allein. Seit dem plötzlichen Herztod seiner vergötterten Isolde versuchte Dieter Williams mehrere Male, sich das Leben zu nehmen. Er war nun einmal – und das wunderte keinen, der die beiden verliebten Turteltauben auch nur einmal beobachtet hatte –, er war einfach außerstande, ohne seine Marlies weiterzuleben. Er duldete keinen Leibwächter. Ich, Kim Forrester, die treue Jugendfreundin von Dieter Williams, bemühte mich vergebens, den Sänger auf andere Gedanken zu bringen. Übrigens wollte Dieter Williams die Opern- und Konzertbühne verlassen und mich, seine Jugendgespielin, heiraten.

Er wird es leider nicht tun können.

Am Tage der Veröffentlichung von Marlies von Ritters Autobiographie, redigiert und ergänzt von ihrem Opfer, Kim Forrester, erwartet die New Yorker literarische Welt eine kleine Sensation, die auch die New Yorker Kripo mit Stoff versorgen wird.

Marlies von Ritter und Dieter Williams werden leider außerstande sein, in der Nobel-Buchhandlung Cornelius auf der Fifth Avenue die ersten Hardcover-Exemplare der Gedanken und Erinnerungen einer großen Wagner-Interpretin zu signieren. Dafür wird eine Dritte im Bunde durchaus in der Lage sein, ihr Autogramm zu geben. Immerhin ist die Ergänzung der vorliegenden Seiten mir, Kim Forrester, zu verdanken.

Ich, Kim Forrester, die Jugendfreundin Dieter Williams, bin nämlich von den Toten auferstanden. Auf welche Weise, das erfahren meine Freunde, wenn sie Marlies von Ritters Memoiren samt Nachwort lesen. Ja, ich weiß – vielleicht bekomme ich von den Behörden eine Strafe aufgebrummt, weil ich mich jahrelang teils in New York, teils in Colorado bei meiner Mutter versteckt hielt. Das nehme ich in Kauf.

Ich hielt mich mit gutem Grund versteckt. Ich beschwor damals, als ich mich schwimmend rettete, meine Mutter mit gutem Grund, mich nicht zu verraten. Sich jahrelang so zu verhalten, als sei ihre Tochter ertrunken oder von Haien ins offene Meer geschleppt und aufgefressen worden.

Mit gutem Grund, sage ich.

Denn niemals, niemals hätte ich Dieter Williams nach dem Tod seiner Frau heiraten können. O ja, ich habe ihm zwei Kinder entlockt. Ich wollte schon immer Kinder haben. Kinder vom schönsten Mann New Yorks. Kinder von einem Bild ohne Gnade.

Der Leser von Marlies von Ritters Autobiographie samt der

von mir besorgten Ergänzung wird sich erinnern, daß ich damals, in der Bucht, mitansehen mußte, wie Dieter Williams keine Anstalten machte, Marlies wegzustoßen, und wie er auch nicht versuchte, *überhaupt nicht versuchte*, mir, der beinahe schon Leblosen, sein eigenes Mundstück zu geben. Wir hätten ja abwechselnd Sauerstoff aus dem Tank Dieters atmen können; wir hatten es als Tauch-Eleven oft geübt.

Nein. Dieter Williams, der fast jede Woche heimlich mit mir schlief, Dieter Williams, der junge Gott, der Held, machte keine Anstalten, mich zu retten. Er machte auch unter Wasser Kotau vor seiner reichen Frau...

Doch das hätte ich ihm nach meiner glücklichen Rettung noch verziehen; vielleicht war er gelähmt vor Schrecken.

Was ich ihm nicht verziehen habe und warum ich Dieter Williams niemals, niemals hätte heiraten können, war etwas anderes. Ich durchlebe diese Stunden immer wieder.

Ich erwache aus meiner Betäubung, ich liege am Ufer, der Taucheranzug hängt mir in Fetzen am Leib. Ich krieche auf allen vieren hinauf und verstecke mich im Gebüsch. Ein Blick auf meine Armbanduhr belehrt mich, daß seit unserem Sprung ins Wasser, drüben in der Bucht, schon zwei Stunden vergangen sind.

Ich spähe hinüber. Von Polizei, von Rettungsmannschaften kann ich keine Spur entdecken. Ich schaue mir die Augen aus dem Kopf, und nun sehe ich zwei Menschen in schwarzen Gummianzügen, ohne Maske. Eine Frau und ein Mann kauern drüben, genau oberhalb der Bucht.

Der Mann will aufspringen. Die Frau hält ihn zurück.

»Laß mich, Marlies! Wir müssen Hilfe holen!« ruft der Mann. Ich höre es ganz deutlich.

»Du bleibst sitzen! Wir holen Hilfe, aber später! Wir bleiben... eine halbe Stunde, eine Stunde sitzen, dann laufen wir zum nächsten Haus und melden, was in der Bucht passiert ist...!«

»Aber sie ertrinkt oder erstickt bis dahin! Wir können Kim nicht im Wasser lassen!« ruft Dieter.

»Du bleibst!« befiehlt Marlies. »Ob wir das Unglück eine halbe Stunde oder eine Stunde später melden, spielt keine

Rolle. Kontrollieren kann es keiner. Die Leute wissen doch gar nicht, daß wir zu dritt in der Bucht tauchten!«

Und Dieter Williams, mein langjähriger Freund, mein Geliebter – Dieter Williams, der schönste Mann unter der Sonne, der größte Feigling und Schuft unter der Sonne, läßt sich ins Gras herunterziehen. Ich schaue auf meine Armbanduhr. Eine halbe Stunde vergeht. Eine Stunde vergeht. Erst jetzt stehen die beiden schwerfällig auf.

»Und jetzt laufen wir bis zum nächsten Haus und melden den Vorfall so, als sei Kim vor einer Viertelstunde im Tunnel steckengeblieben...«

Die Hexe, die Kannibalin, packt ihr Opfer bei der Hand und zerrt Dieter mit sich.

Dieter wollte mich nicht retten. Dieter wollte mich umbringen. Hört es: Ihr Verehrer, ihr Anbeter der beiden Götzen Dieter Williams und Marlies von Ritter – die empfindsamste Elsa, die leidenschaftlichste Isolde hat in ihrer Autobiographie gelogen, und Dieter Williams hat mich doppelt und dreifach belogen.

Und darum bin ich voll und ganz damit einverstanden, daß Dieter Williams, der schwergeprüfte Witwer der großen Sängerin, seinen unersetzlichen Verlust, den Tod seiner Frau auf der Bühne der Carnegie Hall, ›nicht lange überleben konnte.‹

Man fand Dieter Williams in derselben Bucht, wo ich, Kim, beinahe ertrunken wäre, in der klaren, zum Tauchen so gut geeigneten Bucht bei Cape Clifford, hinter dem Steuer seines Wagens. Durch das eine, um einen winzigen Spalt geöffnete, aber sonst ganz verklemmte Fenster war Wasser eingedrungen, vermutlich sehr langsam. Vergebens hatte der Sänger versucht, die anderen Fenster zu öffnen. Im letzten Augenblick schien der Verstorbene in seiner Todesangst den Versuch gemacht zu haben, die sorgfältig versperrten Autotüren aufzustemmen. Man entdeckte tiefe Kratzspuren um die Schlösser. Vom Autoschlüssel keine Spur. Dieter Williams hatte, bevor er mit seinem Wagen in selbstmörderischer Absicht über die Klippen raste und in die Bucht stürzte, den Schlüssel wohl selbst weggeworfen.

Man fand den Toten, über die Lehne des Fahrersitzes gebeugt, mit verzerrtem Gesicht und weitgeöffneten Augen. Auch sein Mund stand weit offen, als habe er um Hilfe geschrien. Am allertragischsten aber war der Umstand, daß sein Wagen an der seichtesten Stelle in die Bucht gestürzt war, die Karosserie ragte ein gutes Stück in die Luft, und nur das Vorderteil des Autos mit dem Toten lag in dem nassen Grab. Er war ertrunken, seine Lungen waren voll Wasser.

Als vorübergehende Sommergäste das Auto entdeckten und die Polizei herbeiholten, war der vielversprechendste Heldentenor Amerikas unwiderruflich tot.

Ja, ein Unglück kommt selten allein!

Ich muß noch die richtigen Schlußworte für die Autobiographie der Marlies von Ritter, samt Nachwort, finden.

Und nur zu meinem eigenen Vergnügen und zum Amüsement meiner guten Mutter will ich meinen bisherigen wahren Enthüllungen die Krone aufsetzen und mich von meinen, von unseren Lesern, von den vielen tausend Fans der Marlies von Ritter und ihres Gatten, Dieter Williams, verabschieden, indem ich sie in mein kleines, letztes, nicht unerhebliches Geheimnis einweihe.

Ich bin ziemlich erfahren mit Autoreparaturen. Ich kann sehr talentiert an einem Motor herummurksen, das habe ich während meines langen Aufenthaltes in Colorado von einem befreundeten Mechaniker gelernt.

Ich, Kim, hatte Dieter, den ich ja sehr bald ›heiraten wollte‹ und dessen Erbin ich war, zu einem kleinen Ausflug nach der Schreckensbucht überredet. Wir müßten der Vergangenheit endlich mutig ins Auge blicken, hatte ich gesagt.

Und Dieter ließ sich überreden.

Es war ein kühler Tag und schon ziemlich spät am Nachmittag, weit und breit sahen wir keinen Menschen.

»Erinnerst du dich...?« fragte ich Dieter, als wir uns im Auto küßten. Wir hatten ganz nah an den Klippen geparkt.

»Du bist mir nicht mehr böse?« wollte Dieter wissen. »Weißt du, ich war damals ganz erschlagen..., aber kaum waren wir am Ufer, da lief ich auch schon zur Notrufsäule..., dann kam die Polizei...«

»Ich weiß!« sage ich. »Weißt du was? Wir haben's noch nie

im Auto getrieben! Wir wollen doch mal versuchen, wie das geht...«

Dieter küßt mich, er ist sehr aufgeregt, er nestelt an seinen Kleidern, ist aber noch vollständig angezogen. Ich erwidere seinen Kuß...

»Warte, Liebling, ich hole was. Ich hab' eine Überraschung für dich!« rufe ich. »Du mußt aber die Augen schließen!«

Dieter schließt die Augen, er öffnet begehrlich den Mund. Nur ein einziges Fenster steht um einen winzigen Spalt offen. Ich springe mit einem Satz aus dem Auto, sperre die Tür ab und werfe den Schlüssel in weitem Bogen ins Wasser.

Der Schlüssel wurde nie gefunden.

»Wo bist du?« ruft Dieter.

»Mach die Augen zu, Liebling, ich bin gleich wieder bei dir!« rufe ich.

Und schon kauere ich hinter dem kleinen, leichten Wagen.

Und werfe mich mit voller Kraft dagegen. Einmal, zweimal. Der Wagen gerät ins Rollen. Ich höre, wie Dieter aufschreit. Ich habe die Hand- und Fußbremse, als Dieter die Augen schloß, mit einem einzigen Handgriff verklemmt. Dieter hätte ohnehin nicht bremsen können, weil wir unmittelbar am Rand der Klippen geparkt hatten.

Dieter schreit noch einmal gellend um Hilfe.

»Kim, Kim, was machst du?«

»Ich sitze auf den Klippen, im Gras!« antworte ich, während das Auto weiterrollt. »Ich warte eine Stunde lang, bevor ich Hilfe hole! Krepier, du Schuft!«

Noch ein Ruck, und der Wagen mit dem ›Selbstmörder‹ Dieter Williams stürzt in weitem Bogen ins Wasser. Ich klettere die Böschung hinunter. Ich kauere vier, fünf Meter von dem Auto, das sich langsam mit Wasser füllt, im Sand. Ich habe schreckliche Angst, daß jemand kommen und Dieter retten könnte, doch ist die Bucht sehr weit vom Badestrand entfernt, und noch weiter von der Gemeinde Cape Clifford.

Wir starren uns an.

Ich starre in die zu Tode verängstigten, brechenden Au-

gen meines gefangenen Geliebten Dieter Williams. Noch lebt er. Sein Mund ist weit geöffnet, sein Schrei wird vom Wasser erstickt, ich höre nur ein dumpfes Gurgeln. Er versucht, die Hände zu falten, fleht mich an, ihm zu helfen...
 Kim Forrester hilft ihrem Geliebten nicht.
 Kim Forrester läßt ihren Geliebten ersaufen.

Am nächsten Tag findet man das Auto mit dem ›...Selbstmörder Dieter Williams, der den Verlust seiner geliebten Frau, der Sängerin Marlies von Ritter, nicht überleben konnte‹. Wie schön! Der trauernde Gatte folgte seiner Gattin in den Tod.
 Die Zeitungen, die Fernsehsender sind um eine Sensation reicher! ›Und die Treue ist doch kein leerer Wahn!‹

Mama und ich, wir lachen uns ins Fäustchen. Weil ich, Kim Forrester, nicht die geringste Lust verspüre, mein Leben hinter Gittern zu verbringen oder zum Tode verurteilt zu werden, habe ich das Kapitel, in dem ich Dieters ›Selbstmord‹ schildere, nur meiner lieben Mutter zu lesen gegeben und es dann sorgfältig in meinem Safe verwahrt.
 Dort soll es bleiben. Für alle Zeiten!
 Aus der ›Autobiographie der Marlies von Ritter, ergänzt durch Kim Forrester‹, werden die zahllosen Fans der Sängerin und ihres Gatten erfahren, daß ihre Ideale nicht nur schön und edel, sondern auch reichlich verrucht waren. Wie herrlich! Diese Verruchtheit wird wiederum den Massenverkauf der Williamsschen und Ritterschen Schallplatten erheblich ankurbeln – und in wessen Kasse fließen die Millionen?
 In meine! Denn ich, Kim Forrester, bin Alleinerbin der Williamsschen, alias Ritterschen Millionen.
 Ich habe meiner lieben Mama auch schon ein neues Hotel in Cape Clifford gekauft. Dort wird nächste Woche das luxuriöse, hochmoderne Spielcasino eröffnet! Da kann sich Atlantic City verstecken!
 Mama hat ihre Wohnung in Colorado aufgegeben. Meine beiden Jungen sind längst bei mir in New York. Ich werde zwischen New York und Cape Clifford hin- und herpendeln und Mama im Hotel helfen.

In schlaflosen Nächten sehe ich nicht nur Marlies vor mir, sondern auch mich wie in einem Spiegel. Auch ich bin eine Egoistin. – Was Dieter Williams betrifft, meinen, unseren Geliebten, so gehört er auch mir nur im Tode ganz. Kein Mann kann einem ganz im Leben gehören, man muß ihn auffressen mit Haut und Haaren.

Wenn ich aber ganz ehrlich sein soll... Ich hatte seit Dieters Tod zwar etliche Geliebte – doch so einen Hengst wie Dieter gibt es nicht mehr.

Erotische Romane von

MIRIAM GARDNER

Die amerikanische Schriftstellerin erzählt faszinierende Geschichten von aktiven und zugleich zärtlichen, sensiblen Frauen, die ungewöhnliche Liebesbeziehungen eingehen. Männer spielen dabei nur eine Nebenrolle...

Gefährtinnen der Liebe
01/6730

Die zärtlichen Frauen
01/6887

Schwestern der Liebe
01/6797

Die zärtlichen Gefährtinnen
01/7626

Tempel der Freude
01/7704

Schwestern der Begierde
01/7787

Wilhelm Heyne Verlag München

HEYNE TASCHENBÜCHER

Liebe und Partnerschaft
Zwischen-menschliche Beziehungen heute: Probleme, Analysen, Lebenshilfe.

01/6640

01/7679

17/4

10/52

01/7221 (?)

01/7280

01/7678

01/6756

DIE GROSSE HEYNE-JAHRESAKTION 1989

Spitzentitel zum Spitzenpreis – erstmals als Heyne-Taschenbuch

ANAÏS NIN

Die berühmten Erzählungen von Anaïs Nin, der geheimnisvollen Freundin Henry Millers – ein ebenso subtiles wie überzeugendes Buch über Sinnlichkeit, Sexualität und Liebe.

„Dies ist das schönste und direkteste Buch, das je von einer Frau geschrieben worden ist. Was es zum doppelten Genuß macht, ist seine Sprache: delikat und geschmeidig, direkt und sinnlich."

New York Times

Heyne-Taschenbuch
01/7952

Wilhelm Heyne Verlag München